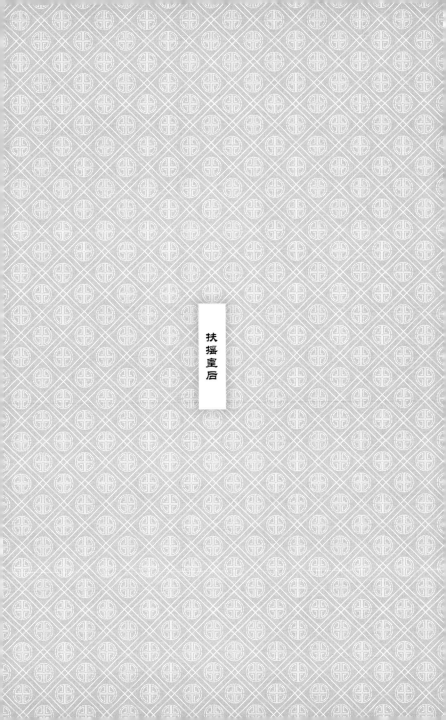

扶摇皇后

부요황후 8

ⓒ천하귀원 2020

초판1쇄 인쇄	2020년 8월 24일
초판1쇄 발행	2020년 9월 8일
지은이	천하귀원 天下歸元
옮긴이	김지혜
펴낸이	박대일
편집	이문영 · 박지해 · 임유리 · 신지연 · 곽현주
마케팅	임유미 · 손태석
일러스트	리마
디자인	박현주
펴낸곳	파란미디어
출판등록	2004년 9월 14일 제313-2004-00214호
주소	03992 서울시 마포구 동교로23길 14 국제빌딩 6층
전화	02.3141.5589 영업부 070.4616.2012 편집부
팩스	02.3141.5590
전자우편	paranbook@gmail.com
카페	http://cafe.naver.com/paranmedia
페이스북	http://www.facebook.com/paranbook
ISBN	978-89-6371-814-9(04820)
	978-89-6371-770-8(전13권)

부요황후

천하귀원天下歸元 지음 | 김지혜 옮김

파란

차 례

임천루의 화염

소녀의 자그마한 체구가 맹부요의 품으로 뛰어들어 깊숙이 안기는 동시에, 기척을 숨긴 비수 역시 그녀의 가슴을 향해 달려들었다. 예리하게 날 선 비수, 무방비 상태의 맹부요.

당이광의 손에 들린 비수는 세상에 둘도 없는 보물이었고, 그 칼날에는 살갗만 스쳐도 상대를 곧장 황천길로 보내 버릴 수 있을 만큼 무서운 맹독이 먹여져 있었다.

칼날 앞머리가 가늘게 갈라져 있어 비수를 쥔 손가락을 살짝 앞쪽으로 밀기만 하면 흡사 꽃비가 흩날리듯 독침이 무더기로 발사되고, 비수 중간부의 용수철을 건드리면 서슬 퍼런 삼릉자[1]가 쏘아져 나가며, 칼날 앞머리와 중간 그리고 칼자루는 각각

---

1 三棱刺. 삼면에 우묵하게 홈이 파진 가늘고 긴 꼬챙이 형태의 무기.

사슬로 연결되어 수시로 길이 조절이 가능할 뿐만 아니라, 칼자루는 속이 비어 있어서 외부 충격을 받으면 즉시 폭발해 상대를 날려 버리도록 설계되어 있었다.

다시 말해 그것은 비수, 암기, 폭약, 독약이 하나로 합쳐진 암살 무기였다. 극강의 고수를 제압하기 위한 용도로 만들어져 잡을 수도 없고, 쳐 낼 수도 없고, 막을 수도 없으며, 그렇다고 안 잡고, 안 쳐 내고, 안 막을 수는 더욱이 없는. 어느 쪽을 택하든지 간에 부상을 피하기란 불가능하며, 그 부상이 얕은 생채기 하나에 불과할지라도 그길로 목숨을 잃고 마는.

맹부요는 바로 비수를 건드려도 보고, 찔러도 보고, 눌러도 보고, 입에 물려고까지 해 봤지만, 손이 하나 더 있지 않고서야 당이광의 지근거리 공격에 맞서 아무런 부상 없이 비수를 처리하는 건 절대 불가능하다는 결론에 도달했다.

당이광과 비수가 이미 지나치게 가까이 다가붙어 있었다. 맹부요는 한숨을 뱉으면서 손가락 하나를 전광석화처럼 앞으로 뻗었다. 결과까지는…… 생각할 여력이 없었다.

바로 그때, 누군가의 손이 스윽 끼어들어 비수를 낚아챘다. '낚아챘다'는 동작 자체는 단순할지 모르나, 그 손가락 끝에서 이루어진 현란한 움직임은 결코 아무나 따라 할 수 있는 것이 아니었다.

일찰나 사이에 다섯 손가락 전부가 고도로 민첩한 동작을 수행해 냈다. 엄지로는 찍고, 중지로는 누르고, 식지로는 튕기고, 무명지로는 찌르고, 소지로는 휘감쳤다. 심지어는 한 손가락

안에서도 마디 제각각이 따로 놀았다.

사방 한 치 범위에서 그야말로 눈 깜짝할 새 벌어진 일. 흡사 하나의 손놀림이 지나간 것 같았으나 실상 그 안에는 열 가지가 넘는 파생 동작이 존재했다.

엄지는 갈라진 칼날 앞머리를 우그러뜨리고, 중지가 중간부에 붙은 용수철을 움직이는 동시에 손마디가 용수철 발사 장치의 핵심을 틀어막고, 식지는 갓 머리를 내민 삼릉자를 때려서 집어넣고, 무명지가 칼날과 손잡이 사이를 파고드는 한편, 소지가 사슬을 낚아 칼자루에 감아 버림으로써 도화선을 차단, 자폭 기능을 무력화시키고.

정밀함의 극치, 눈이 어지러울 정도로 현란한 손놀림. 세상 그 누구보다도 민첩한 손. 이러한 손과 손놀림을 가진 인물은 온 천하를 통틀어 단 한 명뿐이었다.

일생을 의술에 바쳐 '의성'이라는 별호를 얻은 남자.

세상 가장 감쪽같은 인피면구를 만들어 내고, 세상 온갖 보물의 정수를 그러모아 단약을 빚어내며, 단약 화로의 화력을 절묘하게 조절하고, 고난도의 정교함이 요구되는 수술을 집도하고…… 그 모든 일을 가능케 하는 것은 바로 타의 추종을 불허하는 섬세함과 범접 불가한 기민함으로 무장한 손이었다.

종월.

새하얀 옷자락이 허공을 스치는 순간 홀연히 모습을 드러낸 그는 분명 갑작스럽게 끼어든 존재임에도 마치 처음부터 당연히 그 자리에 있어야 했던 사람처럼 보였다. 무수한 생명을 구할 수 있는 동시에 그 생명들을 모조리 앗을 수도 있는 손에 낚아채인, 세상에서 제일 위험한 비수가 숭흥궁 밖 연못을 향해 무심히 내던져졌다.

그사이 당이광은 이미 맹부요의 발밑에 웅크리고 엎어져 있었다. 종월에게 비수를 빼앗긴 당이광을 제압하는 일쯤이야 맹부요에게 식은 죽 먹기였으므로.

당이광 따위는 눈에 들어오지 않는 맹부요가 눈앞에 서 있는 남자의 흰 눈 같은 백의와 벚꽃잎 같은 입술을 쳐다봤다.

투명하게 반짝이는 자태, 고산 꼭대기의 만년설만큼이나 청아하고 고결한 외양. 짙은 어둠 한가운데 서 있는 그는 속세의 티끌이라고는 한 점도 닿은 적 없는 백설 그 자체처럼 보였다.

분명 예전과 다를 게 없는 모습이건만, 맹부요는 흡사 낯선 사람을 보는 듯한 눈길을 보냈다. 그러다가 한참 뒤에야 싱긋 웃으면서 입을 열었다.

"그 괴상망측한 가면, 드디어 벗으셨네."

종월의 눈빛은 담담했다. 암매의 얼굴을 벗어 던진 그는 머리카락, 눈동자, 입술 색만 달라진 게 아니라 성격까지 단번에 원래대로 돌아왔는지, 첫마디부터 다짜고짜 까칠한 소리였다.

"그 모습이든 이 모습이든, 지금 그쪽이 뒤집어쓰고 있는 여자 얼굴보다는 훨씬 보기 좋을 텐데."

그의 눈을 빤히 들여다보며 맹부요가 신기하다는 양 말했다.

"다른 건 둘째 치고 눈동자 색은 어떻게 바꾼 거예요? 아무리 생각해도 의문이네."

"나도 의문이야. 언제부터 눈치챈 거지?"

종월이 대답 대신 물었다. 맹부요의 입가에 의뭉스러운 미소가 번졌다.

쉽게 가르쳐 줄까 보냐.

사실 암매의 정체를 간파한 건 퍽 오래된 일이었다. 황궁에서 우연히 마주친 밤, 상처에 약을 발라 주면서 이미 어느 정도는 눈치를 챘으니까.

추측이지만, 당시 그의 몸에는 피부와 흡사한 보호막이 한 겹 덧입혀져 있었을 것이다. 불화살이 그에게 치명상을 입히지 못한 이유가 바로 거기에 있었을 것이다.

그때 눈으로 확인한 부상 부위는 화상 흔적이 남아 있긴 했어도 중증까지는 아니었다. 본격적으로 그녀가 약을 발라 주기에 앞서 그가 상처를 안 보여 주려 했던 건 바로 그 보호막을 먼저 제거하기 위해서였으리라.

그날 저녁 치료 과정 중에 그의 피부색이 과거 밀실에서 본 나신과는 전연 딴판임을 알아차렸다. 물론 그때까지만 해도 지하 밀실의 촛불 그림자에 비친 피부색과 실제 피부색 사이에는 당연히 차이가 있을 수 있겠거니 했지만…….

얼핏 스쳐 지나간 의문이 확신으로 변하게 된 계기는 그날 밤에 꾼 꿈이었다. 원보 대인이 가면을 가지고 노는 꿈. 쉴 새 없이 일렁이는 그림자 때문에 어지럼증이 다 들던 그 꿈에서 깨는 동시에 모든 것이 명확해졌다.

사실 종월 정도 되는 능력자가 헌원성한테 그리 맥없이 붙들려 갔다는 것 자체가 납득하기 어려운 이야기이긴 했다. 게다가 암매와 종월은 비록 분위기나 용모는 극과 극일지언정 소소하게 서로 겹치는 부분들이 꽤 많았다. 그녀가 줄곧 간을 봤던 결벽증이며 해박한 약학 지식도 그렇고, 얼굴을 만졌을 때 손끝에 걸리던 감촉도 의심스러웠다.

그날 광대 황제가 형틀에 매달려 기다리던 사람은 아마도 종월이었을 것이다. 그런 줄도 모르고 다짜고짜 끼어든 그녀가 종월의 계획을 완전히 뒤틀어 버렸고, 급기야 그는 그녀를 지키고자 애초에 맞을 일이 없었던 화살까지 맞았다. 그녀가 무턱대고 끼어들지만 않았어도 헌원민과 접선을 마치고 무사히 황궁을 떠났을 터인데⋯⋯. 따지고 보면 발목을 잡힌 쪽은 그녀가 아니라 종월이었던 것이다.

맹부요의 성격에 그 모든 사실을 알고도 종월을 버리고 혼자만 궁에서 탈출할 수 있을 리가. 맹부요는 무슨 일이 있어도 끝까지 그를 돕겠노라 결심했다. 상대편 의사야 어떻든지 간에 그녀는 자신이 해야 할 일을 할 따름이었다.

섭정왕을 칠 전략을 두고 헌원민과 실시간으로 의견을 교환하려면 종월이 궁중에 머무를 필요가 있었기에, 그녀는 황후가 되었다. 종월과 헌원민이 서로를 이용하면서도 경계하는 사이라는 걸 알고서는 종월 대신 헌원민에게 경고를 날리기도 했다.

헌원민이 넘겨준 관계도와 명단이 실은 종월의 것이라는 사실 또한 자연히 알고 있었다. 종월이 긴 세월 숨죽인 채 노려온 것은 결정적인 한 방. 조정과 궁중을 막론하고 모든 방면에서 그는 이미 오래전에 준비를 마친 상태였다. 추측이 맞는다면 헌원성에게 붙들려 간 가짜 역시 종월이 안배한 비장의 무기일 가능성이 컸다.

종월의 목표와 자신의 목표 사이에 존재하는 간극을 떠올린 맹부요가 작게 웃음을 흘렸다. 황위 찬탈과 대권 탈취가 습관처럼 굳어 버린 그녀와 달리 종월의 핵심 목표는 단지 헌원성의 목숨이었다. 비록 종월이 원래 세웠던 계획을 속속들이 알지는 못하지만, 그 안에 한왕과 상연의 힘을 빌려 헌원 조정을 압박한다는 항목은 없을 게 확실했다. 자신의 조국에 화를 불러올 가능성이 큰 행각이므로.

헌원국 출신인 종월에게 내부적인 정권 다툼이야 얼마든 용인 가능한 범위일 테지만, 외세와 손을 잡는 건 절대적인 금기에 속할 터. 그래서 그녀가 대신 나선 것이다.

이제 남은 건 대망의 보스 사냥.

그녀는 이쯤에서 빠져 주는 것이 옳으리라. 문의 태자 일가와 섭정왕 사이의 악연은 긴 세월 와신상담하며 때를 기다려 온 종월이 직접 매듭지어야 할 일이니.

"나머지는 본인 몫이에요."

맹부요가 얼마 전 헌원운으로부터 은밀히 넘겨받은 왕부 배치도를 꺼내 놨다.

"비슷한 걸 이미 가지고 있을 것 같기는 한데, 내가 원래 오지랖만 넓잖아요. 활용 여부는 알아서 결정해요."

배치도를 건네받아 손안에 거머쥔 종월이 불쑥 말했다.

“솔직히, 황제가 되고 싶은 생각은 없었어.”

“으음. 그럴 줄 알았는데……, 이놈의 오지랖이.”

소리 없이 웃던 종월이 눈을 내리까는 그녀를 보고는 입을 다물었다. 가슴속 가장 깊은 곳에 있는 말은 둘 다 그저 묻어 두기를 택한 것이다.

맹부요가 발밑에서 훌쩍거리고 있는 동글동글한 녀석을 내려다보며 미간을 찌푸렸다.

“울어야 될 사람은 난데 왜 네가 짜고 앉았어?”

“으아앙! 아육阿六 오라버니가 죽는단 말이에요…….”

당이광이 맹부요의 다리를 붙들고는 대성통곡을 하기 시작했다.

“다 끝났어…….”

맹부요가 이마를 짚었다.

당한 건 분명 이쪽인데 자객이 더 피해자처럼 보이는 이 상황은 대체 뭐지?

당이광은 계속해서 목 놓아 울고 있었다. 눈물 콧물을 맹부요의 옷자락에 듬뿍듬뿍 처바르면서.

“허어엉……. 왜 안 죽어요? 언니가 안 죽으면 아육 오라버니가 죽는데…….”

“…….”

입꼬리를 움찔거린 맹부요가 당이광을 달랑 집어 들어 눈물로 얼룩진 얼굴을 한참 쳐다보다가 착잡한 표정으로 한숨을 폭 내쉬었다.

애를 진짜 죽여야 돼? 불의의 사고로 고작 네 살에 멈춰 있는 애를?

그녀의 눈이 머뭇머뭇 종월에게로 향했다. 뭐라도 좀 건설적인 의견을 얻을 수 있기를 기대하며.

그러나 종월은 팔짱을 낀 채 먼 산을 보다가 짧게 한마디를 했을 뿐이었다.

"지능 문제가 거짓이 아니라는 것만은 보증하지."

그걸 지금 말이라고!

맹부요가 가자미눈을 떴다.

진짜가 아니었다면 그녀와 종월, 둘 다를 감쪽같이 속여 넘길 수가 있었겠는가? 그녀를 완전히 무장 해제시켜 결정적인 순간에 접근을 허용하게 만들 수가 있었겠느냐 말이다.

진짜가 아니고서야, 다 망해 가는 섭정왕이 시킨다고 주저 없이 암살 임무에 뛰어들 사람이 어디 있나? 진짜로 남들보다 부족하기 때문에, 섭정왕도 당이광을 택한 것이다.

그건 그렇고, 아육 오라버니는 또 누구야? 설마 이번에도 종월? 납치된 가짜 종월 하나 때문에 헌원운에 이어서 당이광까지 줄줄이 신세 망치게 생긴 거야?

맹부요가 의심의 눈초리를 보내자 종월이 즉각 쏘아붙였다.

"왜 나를 쳐다봐? 내가 그 바보 꼬마하고 뭔가 있을 사람으로 보이나?"

그러자 맹부요가 표정을 싹 바꿔 웃음 지었다.

"아무 사이도 아니라면야, 망설일 필요 없겠네!"

그녀가 당이광의 정수리를 겨냥해 일 장을 날리려 할 때였다.

"잠깐!"

멈칫, 당이광의 머리 바로 위쪽에서 동작을 멈춘 맹부요가 손바닥을 그 위치에 그대로 둔 채 피식했다.

"역시 너였냐."

새하얀 피부에 몹시도 화려한 색채의 의복을 두른 광대 황제가 어둠 속에서 천천히 모습을 드러냈다. 묘한 표정으로 맹부요를 쳐다보던 헌원민이 이내 엉엉 울고 있는 당이광에게로 눈길을 옮겼다. 순간, 물기를 머금은 그의 눈빛이 속절없이 흔들렸다.

그 눈동자 안에 그득히 담긴 것은 그리움, 한탄, 슬픔, 착잡함……. 이미 습관이 되어 버린 침묵과 가식 탓에 입 밖으로 꺼내 놓고 싶어도 그러지 못한 시름이었다.

당이광 쪽으로 다가서서 자세를 낮춘 그가 소녀를 품에 안고 머리를 쓰다듬어 주며 속삭였다.

"아욱 오라버니 말은 낙일 목장에서도 제일 덩치가 큰 놈인데, 네가 그걸 어떻게 타."

당이광의 몸이 움찔했다. 울음을 뚝 그친 소녀가 눈물범벅이 된 얼굴을 들어 헌원민을 쳐다보면서 훌쩍훌쩍 대꾸했다.

"내 백마를 타려고 했더니 아버지가 죽여 버렸어."

"그랬구나."

짙은 향내가 풀풀 풍기는 손수건을 꺼내 든 헌원민이 땀과 눈물에 젖은 당이광의 얼굴을 세심하게 닦아 주면서 부드러운 목소리로 말했다.

"앞으로는 말 탈 때 아육 오라버니가 꼭 옆에 있을게. 다시는 낙마할 일 없을 거야."

"아육 오라버니야?"

울음을 그친 당이광이 제 딴에는 몹시 진지하게 상대를 뜯어보는가 싶더니, 코가 빨개진 채 웅얼거렸다.

"아육 오라버니는 키가 이렇게 안 큰데. 이렇게 알록달록하지도 않고……."

'풉' 하고 웃음을 터뜨린 맹부요가 곧바로 코끝을 훔치며 뒤돌아섰다.

왜 갑자기 가슴이 먹먹해지고 그러냐.

변경 소도시 군왕의 막내아들이 허수아비 황제로 낙점되어 도성으로 떠나던 날, 성을 지키는 장수의 어린 딸이 애타게 그 뒤를 쫓아가려 하자 장수는 그 자리에서 딸의 작은 백마를 죽여 버렸고, 어린 소녀는 백마 대신 아육 오라버니가 남겨 두고 간 사나운 말에 올랐다가 그만 사고를 당하고 만 것이다.

그날부로 소녀의 세계는 한 걸음도 앞으로 나아가지 못했다. 세상만사가 창호지에 핀 서리꽃처럼 무의미하게 빛바랜 가운데, 남은 것은 다만 아육 오라버니의 흐릿한 모습뿐…….

12년의 세월. 소년은 적막한 구중궁궐 안에서 외로이 〈귀비취주〉를 흥얼거리며 그 세월을 견뎠고, 그동안 소녀는 네 살짜리 세상에 갇힌 채 키 작은 소년만을 그리고 또 그렸다.

애처로운 어린 시절의 동무여. 눈물겨운 황가의 삶, 그 스산

한 초상이여.

당이광이 울긋불긋하게 분장한 헌원민의 얼굴을 쳐다보다가 말고 불쑥 팔을 뻗어 눈물이 치덕치덕한 손으로 그의 얼굴을 문질러 닦았다. 헌원민은 눈에 물기가 그렁그렁하게 고인 채, 과자 부스러기가 잔뜩 붙은 소녀의 손이 연극 분장을 닦아 내도록 가만히 내버려 두었다.

뺨 연지, 눈썹먹, 입술 홍지, 진주분, 진홍색 눈꼬리와 요염한 입술, 길게 빼서 그린 눈썹이며 한천 같은 피부……. 그 모든 덧없는 화려함이 소녀의 눈물 젖은 손바닥 아래에서 하나하나 지워져 나가고, 마침내 창백한 감이 있으면서도 무척 준수한 소년의 진짜 얼굴이 드러났다. 당이광은 12년 전 잃어버렸던 아육 오라버니의 품속으로 뛰어들었다.

무성한 초원에 풀 향기 그윽하던 봄날이었다. 아육 오라버니는 마차에 실려 떠나가고, 소녀의 이야기는 마차를 뒤쫓던 순간에 영영 멈춰 버렸다. 자기 키보다 두 배는 높은 말 등에서 떨어지면서 소녀가 마지막으로 본 풍경은 광막한 변경 땅의 버려진 보루들, 그리고 온 세상 가득 초록빛 연무처럼 일렁이던 봄풀이었다.

그때부터 소녀는 낙일 목장만을, 둘이 타던 소백화小白花와 대흑표大黑彪만을, 꼬마 아가씨와 어린 소년의 놀이만을 기억하게 됐다.

기억 속에서 소녀는 소년의 어깨에 기대어 해 질 녘 풍경을 바라보다가 시간이 길어지면 그대로 잠이 들곤 했다. 별님 달

님이 고개를 내밀 즈음 소년이 소녀를 안아 들고 집으로 돌아
갈라치면 들판에 흐드러지게 핀 포련화蒲蓮花가 소년의 옷자락
에 향기로운 밤이슬을 알알이 매달아 주었더랬다.

그로부터 여러 해가 지나, 소녀는 소년의 귀비가 되었다. 호
화로운 황궁에 앉아 과자를 우물거리면서도 소녀는 아육 오라
버니만 생각했다. 귀비가 되면 아육 오라버니를 돌려주겠노라
고, 황후를 죽이면 아육 오라버니와 함께 있게 해 주겠노라고,
섭정왕은 그렇게 약속했다. 소녀는 황후가 참 좋았지만, 세상
에 아육 오라버니보다 중요한 건 없었다.

당이광은 헌원민의 어깨에 기대 가슴이 미어지도록 울었다.
그런 당이광을 꼭 안아 주던 헌원민이 맹부요 쪽을 곁눈질했
다. 그러자 맹부요가 이를 드러내며 웃어 보였다.

"살인자는 목숨으로 죗값을 치러야지."

잠시 그녀의 눈치를 보던 헌원민이 말했다.

"그냥 내가 못 미더운 거잖아?"

그가 당이광을 안고 천천히 일어서면서 말을 이었다.

"두 사람의 계획이 성공한다면 나는 이 아이를 데리고 떠나
겠어. 한가한 왕야 자리나 하나 줘."

맹부요가 입매를 휘었다.

"미련 없겠어?"

"미련이 있은들 어쩌겠어."

헌원민이 습관적으로 눈웃음을 쳤다.

"그간 이 나라 저 나라 부지런히 끌어들인 거, 표면적으로는

헌원성 물먹이기였지만, 실은 나한테 보내는 경고이기도 했잖아? 헌원성 하나 처치하는 것쯤이야 아월이 진작 짜 둔 작전만으로도 충분했을 터, 이렇게까지 판을 크게 벌일 필요는 없었지. 네 목적은 헌원성과 나를 한꺼번에 치워 버리는 거였어."

"어쩔 수 없었다고."

맹부요가 생글생글 웃으며 말했다.

"폐하께서 나를 보통 긴장시키셨어야지. 너무 잘 참고, 너무 잘 감추고, 너무 심계가 깊더라고. 언젠가는 화근이 될 게 뻔한데 고이 놔둘 수가 있나."

헌원민이 코웃음을 쳤다.

"너희 둘 말이야, 한 사람은 조정 신료들을 완전히 장악해, 다른 사람은 아예 외세까지 끌어들여…… 황궁 심처에 갇혀 사는 외톨이 황제 따위는 기껏해야 정보 전달원 겸 편리한 허울 정도로만 활용하더니? 주변 심복조차도 헌원월의 사람들을 빌려 쓰는 내가 뭘 할 수 있을 것 같아서?"

맹부요는 아무 대꾸도 하지 않았다.

지금이야 우리가 숨통을 틀어쥐고 있으니 저러지만, 만약 마지막에 이르러 황위가 종월이 아닌 저 손에 넘어간다면? 그간 억눌려 있던 권력욕이 폭발해 또 다른 헌원성이 하나 탄생하실지 누가 아나.

그래도 분위기 파악은 하는군.

헌원민이 제 목에 매달려 도통 떨어질 줄을 모르는 도라에몽을 가만가만 안고 어르면서 말했다.

"내가 바라는 건 별거 없어. 그저, 자유롭고 싶을 뿐……."

그러더니 아련한 눈빛에 그리움을 담고서, 조용히 읊조렸다.

"낙일 목장의 그 초원, 봄이 오면 훨씬 아름다운 모습이겠지? 공작고사리, 앵두꽃, 포련화, 자주개자리……. 빨강, 노랑, 보라, 초록이 온 들판을 가득 채울 거야. 끝이 보이지 않을 만큼 너른 하늘 아래에서 목청을 한껏 돋워 소리를 내지르면 커다란 산봉우리 세 개가 같이 메아리를 외쳐 주고……. 하하! 정말 좋겠다. 사방을 에워싼 담장도, 소리 죽여 부르는 노래도, 이제 진력이 나, 진력이……."

드넓은 목장, 탁 트인 초원, 그토록 그리웠던 기억 속 꽃내음. 12년 전 초원을 뛰놀던 소년은 암흑에 잠긴 황성 담장을 마침내 성큼 넘어, 꿈에 그리던 고향으로 돌아갈 수 있게 되었다. 미소 띤 얼굴로, 한 걸음, 한 걸음.

마치 꿈속을 걷는 듯한 표정으로 맹부요의 곁을 스쳐 지나던 헌원민이 문득 고개를 그녀 쪽으로 기울이더니 지극히 작은 소리로 말했다.

"한왕, 그 많은 수고를 마다하지 않고 아월을 제위에 앉히려는 이유 말이야. 단지 내가 대권을 잡으면 아월을 해할까 봐, 정말로 그게 전부인가?"

맹부요가 흠칫 굳은 사이, 헌원민은 시원하게 웃으면서 이미 뒤쪽으로 멀어져 가고 있었다. 맹부요는 침묵했다.

가슴속 깊숙이에 꼭꼭 숨겨 두었기에 그 누구도 알지 못하리라 생각했건만. 제삼자에 지나지 않는 헌원민이 눈치챘을 정도면 저 영명한 종월은?

새삼 종월 앞에 서 있기가 불편해진 그녀가 급조해 낸 한마디를 던졌다.

"궁 밖에 나가서 바람 좀 쐬고 올게요!"

종월은 그 자리에 그대로 서서 도망치듯 담장 밖으로 사라지는 그녀의 모습을 응시하다가, 이내 쓸쓸한 미소를 머금었다.

달은 떴으나 별빛은 아직 밝기 전이었기에, 그의 미소는 아득한 하늘 한복판에 그토록 외로이 새겨져야만 했다.

부요, 이리도 수고로운 방식으로…… 나를 거절하는군.

얽매일 곳 없는 떠돌이 의원이 되고자 하였지. 이 가슴에 사무친 한을 풀고 나면 영원토록 네 곁을 지키리라 생각하며.

그러나 너는 나를 비단과 옥석으로 장식된 황위에 올려 한 나라라는 무거운 책임으로 네 뒤를 쫓을 자유를 구속하려는가. 사실 이렇게까지 마음 쓸 필요는 없었건만.

두 개의 신분으로 빛과 어둠을 넘나들며 살았던 복잡다단한 삶은 지금까지로도 충분하기에, 네 앞에서만은 그저 누구보다도 단순 명료한 한 인간으로서 단순 명료한 사랑을 바치고 싶었을 따름이거늘.

설사 너의 대답이 명료한 거절이라 해도.

❁

'본 투 비 황위 브로커' 맹부요 대왕은 독설남의 장기적 안녕을 원했다. 그래서 옥좌까지 이어지는 탄탄대로를 닦아 주고자 섭정왕의 양 날개를 자르고 헌원민을 쫓아내는 등 시키지도 않은 짓들을 부지런히 완수해 냈다.

종월은 그녀가 하는 일에 대해 이렇다 할 의견을 표명하지 않았다. 그에게 있어 진정한 목표는 어차피 단 하나, 헌원성을 없애는 것이었으므로.

헌원성은 비록 양쪽 날개는 꺾였을지언정 곤경 땅에 심어 둔 세력을 모조리 잃은 것은 아니었다. 다년간 정권을 틀어쥐고 노련하게 국정을 운영해 온 그는 병권의 중요성을 누구보다도 잘 아는 인물이었다. 덕분에 사태가 최악으로 치닫고 있는 현 시점에도 그의 손에는 아직 경영京營 소속 병력 3만과 정예 중의 정예로만 꾸려진 섭정왕부 철위鐵衛 3천이 남아 있었다.

주변국 군대의 국경선 집결은 사실상 헌원군 병력을 분산시키기 위한 허장성세일 뿐, 진정 피할 수 없는 대격돌은 곤경성 내에서 벌어질 예정이었다.

종월이 택한 것은 성긴 그물망으로 주변을 넓게 포위했다가 차츰차츰 그물을 조이며 압박의 수위를 높여 가는 방식이었다.

자국 내 비밀 조직들이 헌원성의 전면적 통제와 탄압에 직면하자 종월은 의성이라는 신분을 이용해 여타 주변국에서 암암리에 세를 키웠다. 국적을 막론하고 황족의 진료 의뢰에는 무조건 응하되, 치료 후에는 돈 대신 자신이 원하는 각종 편의를 보장해 주는 것으로 사례를 받았다. 그의 손에는 세상 가장 치밀한 첩보망, 천하에서 최고로 정교하고 강력한 무기, 인원수는 많지 않아도 기량만큼은 독보적인 작전 부대가 있었다.

부대원들은 어릴 때부터 오주 최악의 기후 조건이라 일컬어지는 궁창 북부의 혹한에 내던져져 고강도의 훈련을 받았다. 장기간에 걸쳐 각종 약재에 노출된 그들의 육체는 강철처럼 단단했고, 그들의 살인 기술은 천하제일 살수 암매가 이끄는 암살 조직에서 오주 전역을 누비며 임무를 수행하는 동안 실전을 통해 단련된 것이었다.

낮에는 눈처럼 흰 백의를 걸치고 병자의 생명을 구하지만, 밤이 되면 먹물 같은 흑의로 갈아입고 타인의 목숨을 빼앗는 종월과 마찬가지로, 그 휘하의 살수들 역시 비슷한 삶을 살았다. 그들은 평범한 사람들 사이에 섞여 누군가는 꽃 파는 아낙네로, 누군가는 물만두 통을 지고 다니는 늙은 행상으로, 정체를 감쪽같이 숨기고 지냈다. 꽃바구니 속 꽃 한 송이에 한 사람의 목숨이 왔다 갔다 하고 물만두 통에 연결된 멜대 안에 실상은 피에 젖은 장검이 감춰져 있다 한들, 누가 그걸 알아챌까.

오랜 인내의 끝은 응당 일격 필살일 터.

종월은 수하 중에서도 엄선된 자들을 2년에 걸쳐 인내심 있게, 다양한 방식으로 헌원에 침투시켰다.

일례로 지난해 헌원성의 탄신일을 맞아 각국 황실 귀빈들이 축하 사절단 자격으로 헌원을 방문했을 때만 해도 수하 열여덟을 사절단과 바꿔치기해 들여보냈고, 그들은 현재까지 헌원에 머물러 있었다.

헌원운의 눈에 뜨인 것 또한 계산된 행동이었다. 본격적인 작전은 가짜 종월이 헌원성에게 잡혀간 시점에 개시됐다.

첫 번째 목표물은 성궁이었다. 맹부요가 비빈들을 이용해 당파 싸움을 부추기는 동안, 종월의 칼날은 또 다른 방향을 겨누고 있었던 것이다.

그가 제일 먼저 한 일은 헌원성의 진짜 발톱과 날개를, 즉 대소 신료들을 대상으로 감시, 체포, 조사, 시찰, 심문을 행하는 한편 헌원성에게 비협조적인 관원을 암암리에 처단하는 비밀조직을 도려 내는 작업이었다.

막 곤경에 당도한 맹부요가 호국사 앞에서 재주 판을 벌여 섭정왕부에 입성, 그의 행방을 찾아다니던 보름여 사이에 종월은 국경에서 손에 넣은 성궁 특사의 낯가죽을 이용해 곤경성 교외 남쪽에 위치한 놈들의 근거지에 잠입했다. 그다음은 암살로 암살을 평정하고, 잔혹으로 잔혹을 다스렸을 따름이었다.

성궁이라는 위협을 단죄해 머리 위를 짓누르는 압력으로부터 문무백관을 해방시키는 것은 옛 주군을 그리워하는 원로대신과 장군들을 같은 편으로 끌어들이기에 앞서 반드시 행해야 할 일이었다.

성궁에 문제가 생기자 헌원성은 일단 헌원민을 의심했다. 하여, 갑작스럽게 황후 책립을 밀어붙였던 것이다. 그 과정에서 운 나쁘게 얻어걸린 게 하필이면 정권 탈취 전문가 맹부요이긴 했지만.

종월에게 맹부요는 예상치 못한 변수였다. 그의 원래 계획은 조정 신료들을 대거 포섭한 뒤 문의 태자 사건을 전면에 재등장시켜 섭정왕과 그의 앞잡이 노릇을 하는 중신들을 탄핵하는 것이었다.

3품 이상 관원 여섯에게 역모죄로 지목당할 경우, 당장 처분을 받지는 않더라도 대리시와 도찰원의 조사가 끝날 때까지는 직무를 내려놓고 반성 기간을 가져야 하는 것이 헌원의 국법이었다.

물론 종월이라고 해서 헌원성이 순순히 권세를 포기하리라 기대하는 건 아니었지만, 그래도 분노한 여론에 밀려 한 발짝 물러설 수는 있지 않겠는가.

겸허히 조사 결과를 기다리는 척 아주 잠시라도 왕부 문을 닫고 안에 틀어박히기만 하면, 종월은 즉시 헌원성과 그 심복들 사이의 연락 체계를 끊어 버린 다음 대문을 때려 부수고 들어가 놈의 목을 칠 자신이 있었다.

설사 헌원성이 아예 법령을 개정해 단 하루의 반성 기간조차 안 갖는다손 치더라도, 휘하의 중신들은 세상 사람들의 눈을 의식해 잠깐이나마 뉘우치는 시늉을 할 터. 놈들은 그길로 종월의 먹잇감이 될 예정이었다.

섭정왕부야 방비가 철통일지 몰라도 대학사 댁은 글쎄…… 과연 어떠할지.

그와 그녀는 양쪽 모두 풍운을 가지고 노는 수완가이자 한 올 한 올 치밀한 판을 짜는 책략가였다. 서로 방법은 달랐어도 목적하는 바는 같았으니 어느 쪽이 더 현명했는지를 굳이 따지고 들 필요는 없을 것이다.

이제는 칼날이 피를 마실 순간만을 기다릴 뿐.

헌원 소녕 12년 음력 12월 29일.

섭정왕이 경영에 급령을 내려 서평군왕의 반란군 세력을 진압하도록 하고, 경성도위京城都衛 쪽에는 반대파 숙청을 명했다.

헌원성 역시 한 시대를 풍미한 효웅이었다. 적은 어둠 속에 몸을 숨기고 있건만, 본인은 적 앞에 고스란히 노출된 상황. 물러서 봐야 막다른 골목으로 내몰릴 뿐임을 깨달은 헌원성은 차라리 위협의 근원을 뿌리 뽑겠다는 생각으로 승부수를 띄우기로 했다. 회유가 불가하다면 그때는 무력으로 해결을 볼 수밖에 없는 것이 정치이므로.

경성도위군의 기세는 살벌하기 이를 데 없었다. 말발굽이 길거리를 거침없이 휘젓고 다니면서 뿌연 흙먼지를 일으키는 가운데, 예리하게 벼려진 살기가 곤경의 숨통을 조여 왔다.

백성들은 저마다 대문을 닫아걸고, 좌판을 거두어들이고, 문틈으로 살그머니 바깥 동정을 살폈다. 밖에서는 색이 선명한 갑주를 두르고 손에는 도검을 꼬나든 군사들이 골목 제일 끄트머리 으리으리한 관원 나리네 저택으로 몰려가고 있었다.

군홧발이 막 대문턱을 넘었을 때였다. 그 자리에 움찔 멈춰 선 병사 하나가 다음 순간 피범벅이 되어 대문 밖으로 튕겨 나왔다. 조금 전 대문 안으로 돌진하던 때보다도 훨씬 빠른 속도였다.

무언가 거대한 힘에 가슴팍을 들이받힌 양 피를 분수처럼 뿜으며 튕겨 나온 병사는 뒤따르던 동료들을 무더기로 넘어뜨렸다. 곧이어 대문 안쪽에서 검은색 소형 화살이 빗발치듯 쏟아져 나왔다. 그 위력은 상상 이상으로, 화살 한 발당 최소 세 명의 몸뚱이가 한꺼번에 꿰뚫렸다.

제일 앞쪽에서 무리를 이끌던 자의 숨이 가장 먼저 끊겼고, 대문 앞에는 삽시간에 수십 구의 시체가 쌓였다. 충격과 공포가 주변의 발걸음을 일시 정지시킨 가운데, 대문이 마저 열리더니 검은 옷의 건장한 사내들이 걸어 나왔다. 용모는 평범했으나 풍기는 기운은 칼날처럼 서슬 퍼런 자들이었다.

사내들의 손에서는 쇠뇌를 닮았으되 일반 쇠뇌라기에는 다소 기묘한 형태의 무기가 겨울 햇빛을 받아 싸늘한 금속성 반사광을 발하고 있었다.

만약 현장에 병기를 조금이라도 안다는 이가 있었다면 깜짝 놀라 탄성을 터뜨렸을 것이다. 선기국 최고의 병기 제작자가 개발해 낸 18연발 낙주노落珠弩. 주워 담을 틈 없이 쏟아지는 구슬처럼 적군의 목숨이 속절없이 다하기에 붙은 이름이었다. 제작 비용이 워낙 어마어마해 선기국에서도 기술만 보유 중이지 황군에 대량으로 보급할 엄두는 못 낸다는 바로 그 무기를 사내들은 저마다 아무렇지도 않게 하나씩 들고 있었다.

그들의 손가락이 발사 장치를 한 번씩 당길 때마다 낫질에 풀이 베어져 나가듯 적들이 무더기로 죽어 나갔다. 원거리 살

상용 쇠뇌를 시가전에서 사용하다니, 평범한 정신머리로 할 짓
은 아니었다.

바닥에 널브러진 병사들의 시체는 메뚜기 꼬치가 따로 없는
모양새였다. 어느 누가 자기 몸뚱이를 그 악마 같은 전쟁 병기
앞에 내던지고 싶어 할까. 백여 명에 달하는 동료들이 창졸간
에 몰살당하는 광경을 목격한 경성도위군은 괴성을 내지르면
서 단체로 탈주를 시도했다.

그와 동시에 사방 도처에서 경악에 찬 외침과 처절한 비명이
울려 퍼졌다. 각 고관대작의 저택에서 개미 떼처럼 새카맣게
쏟아져 나온 경성도위군이 허겁지겁 거리를 따라 줄행랑을 치
기 시작했다. 지휘관들이 아무리 호통을 쳐 봐도 그 난장판을
수습하는 데는 전혀 도움이 되지 않았다.

걸음아 날 살려라 달아나는 병사들의 등 뒤에서는 수염이 허
옇게 센 노신들이 씩씩거리면서 쫓아 나와 놈들의 궁둥이에다
대고 지팡이를 사정없이 휘둘러 댔다.

"사람 같지도 않은 것들! 예끼!"

말갛던 하늘이 선혈로 얼룩지고, 혼란이 파도처럼 거리를 휩
쓸었다.

쇠뇌를 손에 든 채 싸늘한 눈으로 그 광경을 지켜보던 검은
옷의 사내들이 잠시 후 일제히 고개를 들었다. 머리 위를 스쳐
지나간 휘파람 소리에 반응한 것이다.

그 소리를 신호탄으로, 쇠뇌를 가슴 앞에 안고 일사불란하게
몸을 날린 사내들은 각자 맡았던 저택의 높다란 담장을 넘어

곧장 섭정왕부로 향했다.

섭정왕부 담벼락은 위압감을 자아내는 평소 모습 그대로 굳건히 자리를 지키고 있었다. 다른 때와 달라진 점을 찾자면 대문 앞에 얼룩덜룩하게 남은 핏자국과 곳곳에 널린 살점들, 까맣게 그어진 화약 자국과 미처 치우지 못해 아무렇게나 널브러져 있는 시신들 정도랄까.

서평군왕이 휘하의 경군 1만과 직속 왕군을 이끌고 겹겹 포위를 돌파, 섭정왕부 석 장 밖까지 진격해 온 것이 불과 조금 전 일이었다. 서평군왕에게는 이때가 바로 일생을 통틀어 헌원성에게 가장 가까이 가 본 순간이었다.

바로 그 석 장 거리 밖에서, 환희에 찬 서평군왕이 부하들에게 최후의 진격을 명했을 때였다. 철흑색 왕부 바깥벽이 돌연 빙그르르 뒤집히더니 거무스름한 대포가 등장했다.

담벼락 한 면당 설치된 대포는 무려 세 문이었다. 서평군왕이야 시가전만 생각했지, 설마하니 헌원성이 자기 집을 어지간한 성 뺨치게 개조해 놨을 줄 상상이나 했겠는가.

다음 순간, 대포가 불을 뿜었다……. 오호통재라!

섭정왕부 최고층 누각인 동시에 곤경 전역을 통틀어서도 가장 높은 건축물, 사면이 전부 창문인 임천루에서는 궁노를 든 병사들이 일제히 창문을 열어젖히고 등장해 360도 전방위 연속 사격을 퍼부었다. 서평군왕 휘하 군사들은 쏟아지는 화살 비를 당해 내지 못하고 무더기로 목숨을 잃었다.

4층 이상에서는 화살이 빗발치고 그보다 낮은 층에서는 뇌탄이 투하됐다. 밤하늘에 칠흑의 포물선을 그리며 낙하한 뇌탄이 지면과 충돌할 때마다 그 주변으로 선명한 핏빛이 범람했다.

임천루 맨 꼭대기에서는 용포에 왕관을 갖춘 섭정왕이 고상한 자세로 창틱을 짚고 서서 아래를 향해 냉소를 보내고 있었다.

곤경을 붉게 물들인 피의 세례가 비로소 최고조를 찍은 시점, 헌원성이 막 서평군왕을 패퇴시키자마자 종월이 섭정왕부 앞에 모습을 드러냈다. 흰 눈 같은 백의와 벚꽃잎 같은 입술, 담박한 색채의 백마 위에 담박하게 올라앉은 그의 자태는 흡사 구름 꼭대기에서 영롱하게 빛나는 진주를 보는 듯했다.

왕부 정문 앞에 말을 세운 그가 고개를 들었다. 그의 눈이 마침 아래를 내려다보고 있던 섭정왕의 눈과 맞부딪쳤다.

세대를 건너뛰어 피의 원한으로 얽힌 두 사람. 10여 년의 세월 동안 한 치의 양보도 없이 치열한 공방전을 벌여 온, 목숨을 건 침묵의 싸움을 하루도 쉬지 않고 이어 온 쌍방이 마침내 오늘, 한자리에 마주 선 것이다.

눈을 가늘게 좁힌 헌원성이 독화살과도 같은 눈빛을 내쏘았다. 반면 종월은 무심히 고개를 들고서 아무런 표정 없이 위를 쳐다보고 있을 뿐이었다. 10년이 넘는 와신상담의 세월을 들여 거꾸러뜨리고자 한 원수가 아니라 평소 가꾸는 화단의 꽃, 낮에는 지극정성으로 돌보다가도 밤이면 피 묻은 신발로 아무렇지 않게 짓밟곤 하던 그 가냘픈 꽃송이들을 보는 듯한 눈으로.

10여 년간 묻어 뒀던 핏빛 원한을 사이에 두고, 공기 중에 아직 떠도는 화약 냄새 섞인 연기를 사이에 두고, 철옹성처럼 버티고 선 누각을 사이에 두고, 눈을 마주친 쌍방은 이내 각자 눈을 돌렸다.

헌원성이 팔을 들어 올렸다. 임천루에 가득 채워 둔 무기로 주제도 모르고 설치는 버러지들을 처리하고자.

종월은 손가락을 가볍게 튕겨 소리를 냈다. 그 역시 공격을 개시한 것이다.

공격은 섭정왕부 내부에서 시작됐다.

콰앙!

한 차례 굉음과 함께, 헌원성과 헌원월 간의 목숨을 건 마지막 대결이 막을 올렸다. 문의 태자 일가 몰살 사건이 남긴 핏빛 결말이 드디어 만천하에 드러나는 순간이었다.

폭약으로 흥한 자 폭약으로 망하리니!

굉음에 이어 임천루 뿌리 부근에서 시커먼 연기가 솟구치면서 건물이 조금씩 휘청이기 시작했다. 휘청임의 폭이 급속하게 커지는 사이, 점점 더 높이 치솟던 검은 연기가 어느덧 누각 절반을 휩쌌다. 검은 연기 속에서는 새빨간 화염이 요사스럽게 춤추면서 건물을 집어삼키고 있었다.

임천루 내부에 그득 들어찬 무기 대부분은 화약을 사용하는 것들이었기에, 무서운 기세로 건물을 덮친 대폭발은 실상 저승사자의 강림이나 다름없었다. 화염이 기세를 더해 감에 따라 무언가 터져 나가는 소리가 쉴 새 없이 울렸다.

화승총, 불화살, 뇌탄이 폭발과 함께 불꽃을 뿜으면서 사방팔방 쏘아져 나가 건물 손상을 가중시키는 한편 병사들의 목숨까지 앗아 가고 있었다. 누각을 지키던 시위들이 속속 처절한 비명을 지르면서 아래로 추락해 산 채로 화염에 불타 죽었다.

철갑으로 중무장한 병사 3천이 왕부 곳곳에서 달려와 화재 진압에 뛰어들었지만, 폭발은 그들의 발밑에서도 실시간으로 계속되고 있었다. 지면이 갈라지고, 건물이 주저앉고, 나무가 쓰러지고, 발밑에서 기습적으로 터져 나온 흑적색 불길에 휩싸여 생죽음을 당하는 자들이 속출했다. 왕부 정문에서부터 임천루까지 이어지는 길 전체에 시체와 잘린 팔다리가 어지러이 나뒹굴었다.

비명을 지르며 뿔뿔이 흩어졌던 시위들은 차츰차츰 폭발이 임천루로 향하는 길을 따라서만 일어난다는 사실을 알아차렸다.

목적은 너무나도 분명했다. 구조 인력의 접근을 차단하는 것.

발걸음을 멈춘 시위들은 어찌할 바를 모르고 서로서로 얼굴만 살폈다. 철통같은 경계 태세를 자랑하는 섭정왕부 안에서 이토록 위력적인 폭발이 일어나다니, 대체 어떻게 이런 일이 가능하단 말인가.

이때 종월이 수신호를 주자 뒤쪽에서 대기 중이던 흑의인들이 쇠뇌에 기존 화살 대신 불화살을 장착했다. 불난 데 기름을 들이붓겠다는 뜻이었다.

병사들이 울부짖는 소리가 점점 커지고 있었다. 임천루 꼭대기 층에 있던 헌원성도 더는 여유를 부릴 재간이 없는지 다급히 돌아서서 누각 아래로 내려오려는 듯한 움직임을 보였다.

종월은 꽤 먼 거리를 사이에 두고도 상대의 표정에 드러난 충격과 의혹을 읽어 낼 수 있었다. 그가 큰 감정 기복 없이 싸늘한 조소의 눈빛만을 얼핏 내비쳤다. 잡념을 배제한 평상심 그대로.

예전부터 '철옹성'이라 일컬어진 섭정왕부는 외부인에게 적용되는 출입 조건이 지극히 까다로울 뿐 아니라 평시 경계 태세 자체도 물샐틈없이 삼엄했다. 헌원성은 왕부 근처에 살던 주민들을 전원 다른 곳으로 이주시키고 겹겹 담벼락과 무수한 경비병만을 주변에 남겼다. 게다가 누군가 땅굴을 파고 침입할 것에 대비해 본인 손으로 직접 진동 감지 및 경보 장치까지 만들었으니, 실로 치밀하다 하지 않을 수 없는 처사였다.

하지만 그렇게 치밀한 헌원성도 한 가지 치명적인 실수만큼은 피하지 못했다. 바로 황궁에 대한 지배력을 강화하기 위해 왕부에서 황궁으로 곧장 이어지는 통로를 만든 것이었다. 이는 곧 본인이 세운 방비벽에 본인 손으로 문을 하나 뚫어 놓은 격이었다.

왕부를 아무리 철통같이 지킨들 황궁 안에는 적이 파고들 빈틈이 넘쳐났다. 특히 그 적이 어떠한 대가든 감수할 각오로 절치부심 복수의 칼날을 갈아 온 자라면 더욱이.

과거 종월의 행방을 적에게 밀고해 그의 충성스러운 수하를 살가죽이 벗겨져 죽게 만들고, 종월 본인 역시 우물 속에서 생사를 넘나들게 만들었던 바로 그 호위병이 '의도치 않게' 독사에 물려 세상을 하직한 것이 지금으로부터 10년 전 일이었다. 호위병의 죽음으로 가세가 급작스럽게 기울면서 그의 아들은 어느 늙은 과부에게 양자로 맡겨졌고, 다 자란 후에는 생계를 위해 환관으로 궐에 들어갔다.

당시 궁인사의 환관 선발 기준은 대단히 까다로웠지만, 호위병의 아들은 출신 특성상 아무런 의심도 받지 않고 입궁할 수 있었다. 게다가 이후에는 그 충심과 영민함을 인정받아 황제 폐하를 곁에서 모시게 되었다.

늙은 과부 밑에서 살던 시절, 아이는 '우연히' 땅굴을 파서 재물을 훔치는 것이 특기인 대도大盜를 만나 기술을 전수받은 바가 있었다. 능숙할 만큼 굴 파기를 익힌 뒤에는 그걸로 생계를 꾸려 가려는 시도도 몇 차례 해 보았으나 번번이 중간에 발각당해 흠씬 두들겨 맞고 끝났다. 작게나마 장사를 하거나 막노동을 해서 노모를 부양하려고도 해 봤지만, 왜인지는 몰라도 운이 지독하게 안 따라 주는 바람에 소년은 장사를 할라치면 항상 손해를 봤고, 막노동을 할라치면 꼭 누가 시비를 걸었다. 그리하여 마지막에는 별수 없이 환관이라도 되기로 한 것이다.

황제 폐하의 시중을 들게 된 이후에도 사실 그는 한 차례 더 신원 조사를 받았다. 그가 헌원민 곁에 계속 남아 있을 수 있었던 것은 당시 조사에서 그저 운이 억세게 나빠 고생이 많았던 인생임을 확인받은 덕분이었다.

그 소년이 바로, 소안이었다.

소년의 조작된 일생은 종월이 헌원성을 치기 위해 장장 10년에 걸쳐 실행에 옮긴 방대한 계획의 일부였다. 소안은 한평생 '의붓어머니'를 위해 온갖 고생을 마다치 않았고, '의붓어머니'

는 평생에 걸쳐 한 가지 일을 완수할 것을 그에게 누차 요구했다. 그것은 다름 아닌 땅굴 파기.

낮에는 황제 폐하의 수발을 들고 밤이면 몰래 땅굴을 파는 날들이 이어졌다. 처음에는 그나마 수월했지만, 왕부 안쪽으로 접어들고부터는 기척을 낼 수가 없어 한 삽 뜨는 데 빈 각이 족히 걸리곤 했다. 하룻밤을 통째로 투자하고도 손가락 반 토막 깊이밖에 못 판 날도 있었다.

지하 통로 하나를 완성하는 데 쏟아부은 시간이 무려 3년이었다. 궐에서 맹부요를 처음 만났을 때가 바로 임무를 완수한 직후였다. 그 이후의 다지기 작업, 방수 조치, 폭약 채우기 등은 다른 사람 몫이었다.

소안처럼 종월의 손에 '키워진' 아이들은 한둘이 아니었다. 과거 문의 태자가 몰락하자 기다렸다는 듯이 돌을 던진 작자들과 번개같이 섭정왕 쪽에 붙은 변절자들은 일찌감치 종월의 감시망 안에 포함되었다. 종월은 그들을 죽이는 대신 장기적 관리하에 두고서 향후 헌원성에게 접근하는 데 필요한 '통행증'으로 활용할 계획을 세웠다. 세상 모든 것을 의심한 헌원성도 설마하니 자기 사람들이 종월의 침투 통로가 되리라고는 상상하지 못했다.

이것이 바로 진정한 강자의 선택이었다. 한때의 통쾌함에 연연하지 않고 장기적인 이득을 도모하는 것. 헌원성만 처단할 수 있다면, 그 앞잡이들의 죄과쯤이야 무엇이 그리 중요하겠는가.

종월의 입가에 엷은 웃음기가 맺혔다. 전방은 온통 선혈과 화염에 물들어 있었지만, 그의 백의는 티끌 하나 없이 말끔했다. 피라면 이제 지긋지긋했다. 빛과 어둠 사이를 부단히 넘나드는 인생에도 환멸이 났다.

오늘이 지나면 진정으로 그 화초를 아끼는 결벽증 의원이 되어 병을 치료하고 사람들을 구하며 살아갈 수 있을 줄 알았다. 피 묻은 손을 깨끗이 씻고 싸움박질 좋아하는 여인 때문에 일생 가슴 졸이며 살아가게 될 줄 알았다.

그런데 여인이 그를 다른 길로 떠밀었다. 앞으로도 계속 살인을 멈출 수 없을 길로.

그래, 그리하자꾸나.

종월은 권태로이 고개를 들어 검은 연기와 붉은 불꽃에 반쯤 잡아먹힌 임천루를 올려다봤다. 누각 허리가 금방이라도 부러질 것 같았다.

헌원성이 옷자락을 휘날리며 아래로 날아내리는 것을 본 종월이 피식 웃음을 흘렸다. 그러고는 팔짱을 끼고 숫자를 세기 시작했다.

하나, 둘, 셋…….

퍼엉!

절반쯤 날아내려 오던 헌원성이 허공에서 균형을 잃고 곤두박질치다가 누각 4층 처마에 아슬아슬하게 걸렸다. 뇌탄으로 가득 채워진 4층은 임천루 전체를 통틀어서도 불길과 폭발이 제일 격렬한 구간이었다.

사방을 향해 유성처럼 발사된 불꽃이 순식간에 헌원성의 용포로 옮겨붙었다. 시커먼 연기에 휩싸인 헌원성은 연신 콜록거리면서도 시야를 확보하려 안간힘을 다했으나 도저히 눈이 떠지지를 않았다. 가슴속이 선뜩 얼어붙은 그는 기의 흐름을 조절하려 애써 보다가, 어느 순간 단전이 텅 비어 있다는 사실을 깨달았다.

진력이 다 어딜 간 거지? 무공은 다 어디로 사라졌단 말인가? 경신전을 쓸 새도 미처 없었건만, 어째서 진기가 모조리 소진된 것인가? 대체, 언제부터 시작된 일이지?

화염이 빠르게 전신으로 번져 가고 있었다. 살갗이 타들어 가면서 치지직 소리를 냈다. 펄펄 끓는 열기, 세상천지를 온통 뒤덮은 선홍빛 통각…….

순간, 뇌리를 어렴풋이 스치는 인물이 있었다. 그자 역시 이러했다. 그자의 어깨 가죽을 벗겨 내고 인두로 생살을 지지라 명했을 때도 지금처럼 치지직 소리가 나고 탄내가 퍼졌…….

아니, 아니지! 소리는 똑같지만, 냄새는……, 냄새는 이렇지가 않았다!

헌원성이 불타 멀어 버리기 직전의 눈을 부릅떴다. 그러고는 사지가 불길에 휩싸여 오그라드는 와중에도 필사적으로 고개를 세워 종월의 얼굴을 내려다봤다.

저것은 고문을 받다가 숨이 끊어진 헌원월의 얼굴이 아닌가!

감옥 안의 사내와 지금 임천루 아래의 사내. 놀랄 만큼 닮은 두 사람은 모두 문의 태자와 똑같은 얼굴을 하고 있었다…….

헌원성은 과거 자기 손에 떨어진 사내가 진짜 헌원월이라 믿어 의심치 않았다. 핏줄이 아니고서야 문의 태자와 그토록 흡사할 수는 없는 일이기에.

그렇게 생각하면서도 끝까지 조심, 또 조심했다. 그자 가까이 접근한 적은 한 번도 없었다. 수하들이 고문을 가할 때도 멀찍이 감방 계단 아래에서 지켜봤을 정도였다.

그랬음에도……, 그랬음에도…….

헌원성은 처마 끄트머리에 걸린 채, 시간이 갈수록 새카맣게 오그라들면서 사람의 형상과는 거리가 먼 덩어리로 변해 가고 있었다. 종월은 그 모습을 여유롭게 지켜보는 중이었다.

약인藥人이라고, 들어는 봤나?

적합한 조건을 가진 인물을 골라 온몸 구석구석 피와 살, 손톱에까지 약 성분이 속속들이 배도록 끼니마다 특별히 조제한 약을 먹이고, 밤낮으로 약재를 우려낸 물에 몸을 담그게 하고, 심지어는 잠자는 동안에도 약재 섞인 훈향을 쏘이게 해 탄생시킨 존재.

그 기나긴 과정을 거치는 동안 종월은 섬세한 손재주를 부단히 발휘해 원래도 자신과 닮은 상대방의 용모를 한층 더 구분이 힘들게 다듬었다. 지극히 더디고도 은연한 작업이었기에 거기에만도 꽤 여러 해가 소요됐다.

헌원성이 가혹한 고문의 유혹을 이기지 못하리라는 것도, 그 광경을 가까이서 구경하고 싶어 안달을 내리라는 것도, 종월은 정확히 내다봤다.

살갗이 벗겨지기만 하면 약인이 발하는 피비린내가 주변인들의 오장육부를 서서히 잠식해 들어갈 터였다. 무공이 고강한 자일수록 타격은 더욱 치명적이니, 다음번에 전격적으로 진기를 끌어올리는 순간이 곧 체내의 약효가 폭발하는 순간이었다.

헌원성이 임천루에 오르리라는 점 또한 종월의 예상 범위 안이었다. 마지막에는 꼭대기 층에서 추락할 것까지 포함하여.

모든 것이 정확히 그가 바라던 대로였다. 비참하게 추락해 추하게 죽는 것. 그 옛날 헌원성의 손에 죽은 문의 태자가 그랬듯이.

"아버지!"

피를 토하듯 처절한 소녀의 외침이 인파가 만들어 낸 소란 한복판을 뚫고 울려 퍼졌다. 그와 동시에 종월의 미소가 입가에 그대로 얼어붙었다.

운아!

혼란을 틈타 군주를 빼내도록 이미 수하를 왕부에 잠입시키지 않았던가. 계획대로라면 기절한 채 외가로 옮겨지고 있어야 할 아이가 임천루 아래에 나타나다니?

번쩍 고개를 든 종월이 임천루를 가리키며 소리쳤다.

"들어가서 막아!"

흑의인 하나가 신속하게 담장을 넘어 들어갔지만, 한발 늦은 뒤였다. 가녀린 형체가 앞을 가로막는 시위들을 순식간에 제치고는 누각 아래에 널린 시체를 박차고 몸을 날려 단번에 4층까지 솟구쳐 올랐다. 그러더니 선혈이 낭자하고 화염이 이글거리는 그곳에서 몸의 절반이 불탄 채 꿈틀거리고 있는, 더는 얼굴조차 알아볼 수 없는 부친을 끌어안았다.

거센 불길은 금세 소녀에게도 옮겨붙었다. 머리카락이 재가 되고, 살갗이 피범벅이 됐다. 타닥타닥, 불꽃이 나지막하게 튀는 소리 속에서 소녀의 몸 역시 고통을 이기지 못하고 오그라들었지만, 그녀는 한사코 부친의 시신을 손에서 놓지 않았다. 그 순간 소녀가 속삭인 말은 화염만이 들었을 것이다.

"아버지, 제가 잘못했어요."

피처럼 짙던 13년의 은원은 이제 불빛으로 화해 곤경 하늘을 온통 붉게 물들이며 쏟아져 내리고 있었다. 사랑도, 증오도, 미련도, 원한도, 적막한 심사도, 전부 불살라졌고 유수와 같은 세월 속에서 수줍게 미소 짓던 소녀 또한 이로써 세상에서 영영 지워졌다.

저 멀리, 섭정왕부까지 큰길 세 구간을 남겨 둔 지점에서는 조금 전만 해도 질풍처럼 말을 몰고 달려오던 여인이 거리 한복판에 우뚝 멈춰 있었다. 여인은 이내 두 눈을 천천히 감았다.

누각에 매달린 소녀가 그러하듯 파르르 떨면서 고개를 떨군 여인은 말없이 손바닥에 얼굴을 묻었다. 그러자 뒤쪽에서 연보라색 비단 장포 자락을 휘날리고 있던 남자가 가만가만 그녀를 품에 안더니 곧바로 말을 돌려 자신의 등으로 그 애처로운 핏빛 정경을 가렸다.

품 안의 여인을 부드럽게 다독이면서, 남자가 고개를 틀어 다시금 누각 방향에 눈길을 던졌다. 그곳에서는 백의를 걸친 인물이 말 위에서 몸을 날려 높다란 누각을 향해 솟구쳐 오르고 있었다. 남자의 눈동자에 애달픈 탄식이 스쳤다.

＊

헌원 소녕 12년 음력 12월 29일.

지난 13년간 무소불위의 권력을 휘둘러 온 섭정왕이 본인 인생의 마지막 세밑을 넘기지 못하고 운명했다.

헌원운은 종월 덕분에 목숨은 건졌지만, 백옥 같던 피부를 잃은 데 더하여 목소리마저 잃고 말았다. 화상 후유증이 목소리를 앗아 간 것인지, 아니면 그날의 화마가 진주처럼 완벽하게 빛나던 그녀의 인생을 잿더미로 만들어 버린 이후로 다시는 더러운 세상을 향해 입을 열고 싶지 않아진 것인지, 명확한 이유를 아는 사람은 없었다.

맹부요는 극심한 자책에 빠졌다. 그날 다급히 섭정왕부로 향한 것은 헌원운을 빼내기 위해서였으나, 결국에는 한발 늦고 말았다.

그리고 그 지도. 헌원운을 꼬드겨 입수한 지도야말로 죄책감의 가장 큰 원인이었다.

소녀에게는 그게 얼마나 깊은 상처였을까? 죄지은 사람이야 벌을 받아 마땅하지만, 무고한 아이한테까지 상처를 주다니. 자신이 대체 무슨 자격이 있어 그런 짓을 저질렀단 말인가.

종월은 그 지도를 작전에 이용하지 않았다고 했다. 공격 노선만 놓고 봐도 확실히 그날 밤 일은 어린 군주와 무관했다. 맹부요는 그것이 자신을 보호하기 위한 종월 나름의 방식이었음을 알았다. 무고한 사람을 해쳤다는 죄책감의 십자가가 그녀를 짓누르길 바라지 않았기에, 종월은 모든 죄업을 홀로 짊어지기를 택한 것이다.

헌원 소녕 12년은 영원토록 지워지지 않을 그 밤의 핏빛과 화염 속에서 막을 내렸다.

헌원민은 헌원성이 죽은 그날 바로 황궁을 나섰다. 변경 자그마한 성으로 돌아가 유유자적한 왕야의 삶을 살고자.

궁문 밖으로 첫걸음을 내디딘 그는 느릿하게 고개를 돌려 무려 12년을 갇혀 지냈던 감옥의 높다란 담벼락을 올려다봤다. 짧은 순간 무수히도 많은 감정이 차례로 스쳐 간 뒤, 그의 눈은 종내 고요한 호수로 화했다.

궁문 주변은 적막했고 차가운 달빛 아래에는 한백옥 광장이 너른 수면인 양 펼쳐져 있었다. 그것은 환하게 빛나는 거울, 죽음 끝에 새로이 태어난 헌원 궁정을 비추는 거울이었다.

광활한 하늘 아래, 싸늘한 달빛 가운데, 화장기 없이 수려한 용모의 청년이 조용히 소맷자락을 걷어 올리더니 손가락을 나긋하게 세웠다. 그러고는 화약 연기며 피비린내가 채 가시지 않은 바람과 쓸쓸한 적막 속에서 목청 뽑아 노래를 부르기 시작했다.

세찬 물결과 첩첩 산세는 변함없건만, 세찬 물결과 첩첩 산세는 변함없건만.

젊디젊은 남아여, 그대는 어디에 계시나이까. 어언지간 흔적 없이 사라진 임이여!

전장의 강물은 여전히 뜨거워 이 내 가슴을 미어지게 하더라니.

이것은 강물이 아니라 20년을 흐르고도 그치지 못한 영웅의 피로구나![2]

곁에서 그의 옷소매를 꼭 붙들고 있던 소녀가 감탄 어린 기색으로 고개를 들더니 커다란 눈망울을 반짝반짝 빛내며 말했다.

"아윽 오라버니 노래 진짜 잘해!"

"그래?"

노래를 멈춘 헌원민이 한참 넋을 놓고 있다가 피식 웃고는, 소녀의 손을 잡고 황궁을 등졌다.

"하지만 평생 다시는 안 부를 거야."

❀

이듬해 봄, 새 황제의 즉위와 함께 헌원국 연호는 승경承慶으로 바뀌었다.

새 황제는 즉위식에 앞서 대한과의 접경 지대 600리를 맹부요에게 하사하고자 하였으나, 맹부요는 이를 정중히 사양했다.

"안심해요. 한왕네 토끼가 그쪽 집에 또 뛰어들 일은 없을 테

---

2 잡극 〈관대왕독부단도회關大王獨赴單刀會〉 중 일부분을 변형한 것.

니까."

긴 침묵 끝에, 종월이 피식하며 말했다.

"만약 헌원 국주가 구소 대인을 호국국사의 작위에 모시고자 한다면?"

활짝 웃음 지은 맹부요가 능청스럽게 답했다.

"거기까지는 마지못해 받아 주고요."

그러더니 종월의 어깨를 툭툭 두드렸다.

"황제 일 열심히 해요. 시간 나는 대로 잘하고 있나 확인하러 올 거예요."

돌아서서 소맷자락을 휘휘 흔들어 보인 맹부요는 그길로 자리를 뜨고자 했으나, 등 뒤를 따라붙는 남자의 눈빛이 워낙 눅진하고 차진 탓에 온몸이 어색하게 굳어 버려 발이 떨어지지를 않았다. 결국 맹부요는 뭐 씹은 표정으로 뒤를 돌아보며, 억지로 짜낸 질문이라도 하나 더 던질 수밖에 없었다.

"있잖아요, 처음부터 자기 찾으러 온 줄 알았으면서 왜 끝까지 가면 안 벗었어요?"

흰 눈 같은 백의의 남자는 그대로 침묵을 지키다가 한참이 지나서야 입을 열었다.

"그 질문은 다음번 이 나라에 왔을 때 다시 받도록 하지."

맹부요는 입가를 씰룩거리면서 눈을 흘겼지만, 더는 별소리를 못 하고 돌아섰다. 긴긴 계단을 내려가는 맹부요에게서 줄곧 눈을 떼지 못하던 종월은 그녀의 뒷모습이 완전히 보이지 않게 되고 나서야 천천히 자리에 앉았다.

광막한 정전 한가운데 까마득히 높은 옥좌 위, 경성 고관대작 전체를 발밑에 거느리고 있으면서도 그는 홀로 고독할 따름이었다. 곁에 놓인 찻잔의 맑은 수면에 그의 청담한 얼굴빛이 어리어 있었다. 깊은 상념에 젖은 채로, 그는 가만히 자신의 얼굴을 쓸어내렸다.

부요, 내가 가면을 벗지 않은 것은…… 다른 모습으로라면 혹여나 네 마음을 얻을 수도 있지 않을까 해서였다.

❀

"이제 어디로 가요?"

"어디든 원하는 곳으로. 한 가지, 그대가 흥미를 느낄 만한 제안이 오기는 했소만."

"음?"

"선기국 새 여제가 즉위를 앞두고 있다더군. 오주 3국에 영지를 가지고 계신 한왕 구소 대인을 즉위식에 초청하고 싶다던데."

"에엥?"

5부
선기의 수수께끼

새해 불꽃놀이

"세뱃돈 줘요."

탁자 위에 새하얀 손바닥 두 개가 떡하니 올라왔다. 손에 들린 특제 세뱃돈 봉투는 가로세로 석 자에 육박하는 초대형 크기였다.

새하얀 손 옆에 앉은 새하얀 털 뭉치도 보고 배운 대로 잽싸게 자루를 펼쳐 놨다. 그 자루 역시 만만치 않은 크기로, 가로세로가 각각 열 치에 달했다.

낮짝 두꺼운 한 명과 한 마리가 맞은편에 앉아 있는 물주를 뚫어져라 쳐다보며 눈을 반짝반짝 빛내는 사이, 의자 등받이에 느긋하게 기대 손끝으로 탁자를 톡톡 두드리던 물주가 우선 털 뭉치 쪽에 쓱 한 번 눈길을 주고는 말했다.

"원보, 너를 보니 '근묵자흑'이라는 말의 뜻을 확실히 알겠구나.”

타락한 원보 대인은 부끄러움을 이기지 못하고 저만치 벽 모퉁이에 가서 찌그러졌다.

그러나 용맹한 맹부요 대왕께서는 본인 사전에 ‘중도포기’라든지 ‘자괴지심’ 따위의 단어를 키워 보신 적이 없는 고로, 봉투를 내민 자세 그대로 음흉하게 웃음 지었다.

“많이도 안 바라요. 액면가 천 냥짜리 은표로 이 봉투 하나만 꽉 채워 주면 되는데, 존귀한 태자 전하께서 설마 이 정도 소박한 부탁도 못 들어주시지는 않겠죠?”

빙긋이 미소 지은 태자 전하께서 나풀거리는 속눈썹을 들어 그녀를 쳐다봤다.

“물론이오. 당금 천하에 어느 누가 감히 맹부요 대왕을 섭섭하게 할까.”

“호오?”

맹부요가 턱을 괴었다.

“한왕부 토끼가 어디로 튈 줄 알고.”

장손무극의 말에 맹부요가 히죽이 웃었다.

“기우, 그 얼음덩이 입에서 나온 소리라 그런지 진짜 효과 만점이네. 어라, 그런데 왜 기우가 한왕군에 있었지? 전북야한테 내쳐진 건가?”

“그럴지도.”

태자 전하께서 매정하게 말씀하셨다.

“어느 나라 조정에서건 기우 같은 경우는 관직에 있을 수가 없으니.”

맹부요가 웃음기 어린 표정으로 눈을 흘겼다.

“치사하다, 치사해.”

그러자 장손무극이 겸손히 화답했다.

“과찬의 말씀을.”

그래, 성벽만큼이나 두꺼운 얼굴 가죽과 먹물처럼 시커먼 속내를 가지신 태자 전하를 상대로 양심의 발현 따위를 기대하느니 전북야가 남들 다 보는 데서 발가벗고 춤추기를 기대하는 게 낫지.

맹부요는 별수 없이 화제를 돌렸다.

“아니, 새 황제 즉위 축하해 주러 가자면서 그게 누군지는 말 안 해 줘요?”

“모르겠소.”

장손무극이 답했다.

“초청장에 여제의 이름은 없더군. 선기국주 봉선의 꿍꿍이가 무엇인지는 몰라도.”

“봉선이 안 죽었다고요?”

당황한 맹부요가 물었다.

“황제가 멀쩡히 살아 있는데 무슨 즉위식을 해요?”

“봉선이야 태상황에 오르겠지. 오주대륙에서는 흔한 일이오. 과거 태연에서도 황자의 수가 워낙 많아 황위 경쟁이 끝도 없이 과열되자 황제가 옥좌를 미리 비워 준 적이 있었소. 현재 선기국은 황자만 많은 것이 아니라 황녀도 여럿이니 더 난리 법

석일 테지."

장손무극이 피식 웃더니 덧붙였다.

"내 보기에는 그게 전부가 아닐 것 같기는 하오만."

"도대체 애가 몇이길래요? 지금까지 만난 건 일단 셋인데."

"8남 9녀, 본래는 더 많았으나 죽을 자들은 벌써 다 죽은지라."

"쑥쑥도 낳았네……."

맹부요는 감탄을 금치 못했다.

"무슨 돼지가 새끼 까는 것도 아니고, 아주 그냥 바글바글."

웃는 듯 마는 듯 한 눈으로 맹부요를 힐끗 쳐다본 장손무극
이 잠시 후 말했다.

"어디를 가나 일을 치고야 마는 그대의 고질병을 고려해 새
끼 돼지들의 신상 정보를 간단히 한 번씩 읊어 주도록 하겠소."

"됐어요."

맹부요가 탁자를 톡톡 두드리면서 눈웃음을 쳤다.

"누가 또 억압과 구박에 시달리고 있어서 이 몸이 황위 찬탈
을 도와줘야 할 것도 아니고. 흐음……. 운흔 형제님은 황위랑
거리가 먼 것 같은데."

"세상일은 모르는 게지."

장손무극이 미소 지었다.

"선기 쪽에서 맹부요 대왕의 용맹과 총기, 옥골선풍의 자태
에 반해 울며불며 황제가 되어 달라 매달릴 수도 있고."

"그건 좀 일리가 있네요."

맹부요가 크게 깨달은 바가 있는 모양새로 휘휘 손짓을 했다.

"들어나 봅시다."

"황후 밑으로는 아들 둘, 딸 둘이 있는데 현재 가장 유리한 위치는 그들이오. 다만, 봉선의 장자와 장녀는 영榮 귀비 소생 1남 2녀 중에 포함되어 있고, 막강한 권문세가 출신 녕寧 비 슬하의 삼황자도 지위가 굳건하다더군. 삼황자 같은 경우는 문무를 두루 갖추어 봉선의 총애를 한 몸에 받고 있다 들었소. 나머지 비빈과 궁녀들에게서 난 자식 중에도 재주가 뛰어난 이들은 적지 않으나 어차피 모친의 비천한 신분이 제약으로 작용할터, 존재 자체만 기억해 두면 될 것이오."

"뭐지……."

선기국 황자와 황녀들의 신상 정보가 적힌 종이를 내려다보던 맹부요가 이상하다는 투로 말했다.

"다들 나이가 꽤 있는데 어떻게 된 게 황후 소출들이 제일 어리네요? 황후 이후로는 비빈 중에 아무도 자식을 본 사람이 없어요? 이건 말이 안 되는데. 봉선의 나이를 생각해도 그때부터 씨가 말랐다기에는 시기가 너무 이르단 말이죠. 마누라고 자식이고 너무 많아서 질려 버린 건가?"

"현재의 선기국 황후는 봉선이 두 번째로 맞이한 정실이오. 봉선이나 다른 비빈들에 비하면 한참 젊은 나이지."

장손무극이 의미심장하게 웃었다.

"질투 많고 독살스럽기로 오주 각국에 명성이 자자하다오."

"하!"

웃음을 흘린 맹부요가 중얼거렸다.

"만萬 귀비[3]네."

장손무극의 의아한 눈빛에 맹부요가 손사래를 쳤다. 만 귀비는 명나라 사람이니 장손무극이 알 리가 없었다.

"아니, 그냥 역사 속 이야기가 생각나서요. 다른 후궁들이 자식 낳는 꼴 절대 못 봤던, 질투 많은 만귀비. 선기국 황후랑 똑같잖아요, 하하."

순간 모종의 생각 한 토막이 맹부요의 뇌리를 빠르게 스쳐 지나갔다. 그러나 그 흔적을 다시 더듬어 보려 했을 때 머릿속에는 이미 아무것도 남아 있지 않았다.

고개를 돌린 그녀는 자신을 지긋이 바라보고 있는 장손무극과 눈이 마주쳤다.

"부요, 그대가 말하는 역사는 대체 어느 나라 어느 왕조의 것이오?"

맹부요가 쿨럭, 기침을 뱉었다.

하여간, 잠깐만 방심해도 이놈의 주둥이가 일을 치는구나.

장손무극이 말을 이었다.

"그대의 그 기묘한 역사 이야기, 남들 앞에서는 꺼내지 않는 것이 좋겠소."

맹부요는 그의 말에 큰 의미를 두지 않고 그저 짧게 알겠노라 답했다. 여기저기 떠벌리고 다닐 이야기가 못 되는 거야 사실이

---

3 만정아萬貞兒. 명나라 성화제成化帝의 후궁으로 성화제보다 열아홉 살 연상이었
   다. 잔혹한 성품으로 유명하다.

지, 하며.

맹부요가 자리에서 일어나 늘어지게 기지개를 켰다.

"배고파졌는데 음식 좀 시키죠. 아아, 쓸쓸한 연말이네."

창밖으로 고개를 쭉 빼고 객잔 주변 민가에서 흘러나오는 따스한 불빛을 쳐다보며, 그리고 저 멀리서 한 무리의 사람들이 떠들썩하게 술잔을 나누는 소리에 귀를 기울이며 한숨을 폭 내쉰 맹부요가 말했다.

"커다란 식탁 앞에 다 같이 둘러앉아서 새해를 맞이하는, 그런 건 못 해 보는구나……."

"그러게 왜 그리 급히 떠나왔소?"

장손무극이 그녀의 머리를 토닥였다.

"어제 한사코 곤경을 떠나오지만 않았어도 오늘 밤 종월이 대소 신료들을 모조리 승명전에 불러모아 술판을 벌여 줬을 터인데."

"그건 사양이거든요."

맹부요가 탄식했다.

"곤경에는 남아 있기 싫었어요. 어디를 보나 참상이잖아요. 담벼락 아래에 남은 핏자국이며 절반은 불타 버린 임천루며, 그런 것들을 보면 누각 4층에 매달려 있던 부녀가 떠오를 수밖에 없다고요. 헌원성이야 죽어 마땅한 자였지만, 군주는 무슨 잘못이 있어요. 결국은 내가 죄인이죠."

창턱을 짚고 서서 밖을 내다보는 그녀는 살짝 넋이 나간 듯한 모습이었다. 등불에 물든 국경선 근처 소도시의 평온한 정경에 취해 있던 그녀가 잠시 후 울적한 웃음을 내비쳤다.

"폐허가 된 건물이야 다시 지으면 그만이라지만 폐허가 된 마음은 어찌 돌이키겠어요. 종월이 백성들을 잘 돌봐 주길 바랄 따름이에요. 좋은 황제가 되어야 할 텐데……."

"부요."

부드러운 음성이었다. 다음 순간, 맹부요는 등이 따스해지는 감각과 함께 상대의 품 안으로 끌려 들어갔다. 등이 그의 가슴과 맞닿자 겉옷 너머에서 차분한 심장 박동이 전해져 왔다.

크고, 깊고, 힘 있는 장손무극의 심장 박동에 조용히 귀를 기울이고 있자니, 무겁던 자신의 심박이 그가 전해 주는 온기와 규칙적인 고동 속에서 차츰차츰 평온해지다가 종내에는 강물의 흐름으로 화해 그와 똑같은 박자로 뛰기 시작하는 것이 느껴졌다. 거문고 현의 고아한 청음과도 같은 울림에 세밑 추운 밤, 변경 소도시에 남아 있던 마지막 한 점 쓸쓸함이 마침내 바스러졌다.

"여하를 막론하고, 내가 곁에 있소."

맹부요의 입가에 희미한 미소가 어렸다. 촛불에 비친 장손무극의 그림자가 앞쪽 벽면에 드리워져 있었다. 그 미끈한 윤곽을 바라보던 맹부요는 천천히 손가락을 뻗어 그림자의 가슴에 심장을 그려 넣었다.

응, 당신이 있어.

두 사람은 창밖의 짙은 어둠을 묵묵히 응시하면서, 모래시계 속 모래알이 새로운 한 해를 향해 사락사락 흘러가는 소리를 들고 있었다.

맹부요가 가만히 웃음 지었다.

꼭 떠들썩한 분위기가 아니더라도, 포근함 속에서 맞이하는 새해도 좋구나.

모래시계의 모래알이 거의 다 떨어졌을 때였다. 성 서남쪽에서 불꽃이 번쩍하더니 '펑' 소리와 함께 붉은 광채가 밤하늘 높이 날아올라 진청색 어둠을 환하게 밝히고, 맹부요의 눈동자를 밝게 비추었다.

슈욱! 슈욱!

그때부터 성안 곳곳에서 붉은 광채가 별빛처럼 점점이 일기 시작하더니, 점차 세를 불려 광범위한 홍색의 향연을 이루었다. 그 붉은빛은 황성에서만 구할 수 있는 값비싼 꽃불이 아닌 평민들이 쓰는 흔한 폭죽에 불과했지만, 수량만큼은 어마어마했다. 집집마다, 곳곳에서 백성들이 폭죽에 불을 붙여 탕탕거리는 소리가 성안을 그득히 메웠다.

그리하여 모래시계 위 칸이 마침내 깨끗이 비었을 즈음에는 성 위쪽 짙푸른 하늘에 무수히 많은 붉은색 광채가 흐드러지게 피어나, 진홍색 겹벚꽃이 온 하늘에 화려하게 만개한 듯한 장관을 빚어냈다. 하늘 끝에 걸렸던 붉은빛의 띠가 너울너울 날아내리는 광경은 흡사 구름층 아래로 빨간 꽃술을 늘어뜨린 피안화의 모습 같기도 했다.

온 세상에 불빛이 환한 가운데, 갑자기 거리 여기저기서 대문 열리는 소리가 나더니 집집마다 어른, 아이 할 것 없이 식구 전체가 등롱을 들고 하하 호호 웃으면서 밖으로 몰려나왔다. 가족들의 손에는 저마다 폭죽이 한 움큼, 혹은 한두 개씩 쥐어져 있었다.

긴 행렬을 이룬 등불은 마치 은하수에서 쏟아진 별빛의 샘물인 양 거리를 따라 유유히 넘실거리면서, 조금 전까지만 해도 고요한 어둠에 잠겨 있던 성안을 굽이굽이 휘감아 돌았다.

변경 소도시가 찬란한 빛으로 물드는 데 걸린 시간은 불과 일찰나.

맹부요는 멍하니 바라보고 있었다. 약속이라도 한 듯 한꺼번에 떠들썩하게 터져 나온 활기를. 도시의 검은색 경맥을 삽시간에 화사하게 채운 등불들을.

이 전부가 단순한 우연일 리는 없었다. 이곳은 궁핍한 변경 소도시였다. 성안에서 제일 좋은 객잔마저도 초라한 널판때기 침상을 쓰고 있었다. 널빤지는 군데군데 칠이 벗겨져 나뭇결이 그대로 드러나 보였고, 몸을 눕힐라치면 삐걱거리는 소리가 요란했다. 백성들 살림살이는 더욱이 팍팍하기 그지없을진대 집집마다 무슨 여유가 있어 폭죽 같은 것을 사겠는가.

문득, 오늘 성에 당도해 관아 앞을 지나쳐 오면서 본 풍경이 떠올랐다. 그때만 해도 사람들이 줄을 서서 무언가를 배급받는 걸 보고 연말연시를 맞이해 관부에서 구휼 물자라도 나눠 주나 했었다. 줄이 이상하리만치 길다는 느낌은 받았어도 그 이상은 생각해 보지 않았건만, 지금에 와서 돌이켜 보니 그게 바로 온 성안 백성들에게 폭죽을 나눠 주는 줄이었던 모양이다. 한 해의 마지막 밤, 지난날과 새날이 교차하는 찰나 짧은 화려함을 꽃피우기 위하여.

그녀의 도래가 성 하나를 통째 빛으로 물들인 것이다.

오늘 밤의 성대한 불꽃놀이는 흰 눈 같은 백의의 남자가 그녀에게 바치는 선물이었다. 아직껏 핏자국이 선연한 황성에서의 화려한 새해맞이는 그녀가 원하는 바가 아님을 알기에. 그러면서도 그녀가 곁을 지켜 줄 온기를 그리워하고 삭막한 외로움을 두려워한다는 것 또한 잘 알기에. 하여, 그는 이와 같은 방식으로 필시 상념에 젖어 쓸쓸하게 가라앉았을 그녀의 눈동자를 밝혀 주고자 한 것이리라.

이 순간 맹부요의 눈동자는 더할 나위 없이 환하게 빛나고 있었다. 하늘 가득히 너울너울 반짝이는 붉은빛 꽃술의 광채를 품고서.

지나간 어느 해인가 그녀가 다른 이를 위해 떠들썩한 추억을 선물했듯이, 이번 해에는 또 다른 누군가가 심혈을 기울여 그녀에게 같은 선물을 해 준 것이다.

세상 모든 아름다운 정성은 값지다. 비록 그 값진 마음이 주는 기쁨 뒤에는 탄식이 따르기 마련이지만.

등 뒤에서 그녀에게 살며시 팔을 두른 장손무극 역시 성안 가득 반짝거리는 광채를 함께 바라보고 있었다. 사실 그라고 해서 비슷한 선물을 준비할 생각을 안 해 본 것은 아니었다. 다만, 현재 머무는 곳이 남의 땅이기도 하고, 직접 부요의 곁을 지킬 수 있는 입장이기에 계획을 접었을 뿐……

그래, 잠시간이야 감동하게 두어도 무방하겠지.

　본인이 대단히 너그러운 줄 아는 태자 전하께서는 손에 가볍게 힘을 주시어, 창가에 멍하니 서 있던 맹부요를 자기 쪽으로 돌려세웠다. 그러고는 꽃잎 같은 입술이 무의식중에 살짝 벌어져 있는 자태를 흐뭇하게 감상하다가 가만히 입을 맞췄다. 온 성안에서 무성하게 타올라 10만 리 창천을 진홍으로 색칠한 불꽃이 그 곱디고운 광채를 객잔 2층 창가에도 드리웠다.

　반쯤 말려 올라간 주렴 안쪽으로 별빛 같은 등잔 하나가 깜빡이는 그곳에서는, 온화한 산들바람에 두 사람의 옷자락이 함께 나부끼는 그곳에서는, 훤칠한 사내와 가냘픈 여인이 서로를 꼭 끌어안은 채, 마주 기댄 버드나무 두 그루처럼 운치로운 풍경을 그려 내고 있었다.

　그 한 해는 그렇게 지나갔다. 맹부요는 선혈과 화염 사이에 낀 열여덟을 지르밟고서 여정의 한복판, 한 치 앞을 내다볼 수 없는 열아홉의 문턱으로 들어섰다.

　막막하고 고독하기만 했던 1년 전, 혹은 3년 전에 비하면 지금의 자신은 나날이 알차게 여물고 있다는 게 그녀의 생각이었다. 비록 그사이에 천신만고를 두루 겪기는 했지만, 그녀가 이곳에 와서 남긴 선명한 흔적은 오주대륙의 기억 속에 오래도록 살아 숨 쉴 것이다. 그녀 자신이 아득한 전생을 잊지 못하듯이.

새벽빛에 물든 아담한 성, 그곳의 한적한 거리를 말을 끌고 서 타박타박 걸으며 맹부요는 조용히 미소 지었다. 지난밤의 떠들썩함을 겪고 난 거리는 아직 집집마다 대문이 닫힌 채 고요히 잠들어 있었다. 걸음을 내디딜 때마다 길바닥에 어지러이 널린 빨간색 폭죽 포장지가 밟혔다. 맹부요는 그 사각거리는 감촉에 가슴이 따스해짐을 느꼈다.

순조롭게 성문을 빠져나온 뒤로 얼마나 말을 달렸을까, 마침 내 국경 관문이 나타났다. 통행패를 보여 주고 관문을 통과한 맹부요는 고개를 들어 위쪽 성벽을 올려다봤다. 그곳에는 칼이 꽂혔던 구멍 세 개가 그대로 남아 있었다. 달라진 점이 있다면 그날의 핏자국은 이미 씻겨 나갔다는 것 정도.

석 달여 전, 바로 이곳에서 흑의를 입은 또 다른 종월이 천하 제일의 살수다운 교묘한 술책과 흉맹한 기개를 발휘, 그녀에게 관문을 통과하는 요령을 가르쳐 줬었다. 물론, 훌륭한 제자가 못 되는 그녀는 낯가죽을 벗겨 내는 게 아니라 애먼 횡십자를 그려 놨지만.

말이 나지막한 구릉에 올라선 직후, 맹부요는 다시 한번 멈춰 서서 주위를 돌아봤다. 그날 밤 철성과 나란히 몸을 숨긴 채 검은 옷의 사내를 지켜보던 위치가 바로 여기였다. 칼끝의 유선처럼 날렵하고 군더더기 없던 자태, 예리한 칼날이 비단 폭을 가르듯 밤의 어둠을 아름답게 가르던 그 신형……

종월이 몸매 하나는 진짜 군침 돌게 잘 빠졌지…….

맹부요는 음흉한 표정으로 '으흐흐' 웃음을 흘렸다. 지금쯤 종월은 그 누구도 범접하지 못할 드높은 옥좌에 올라앉아 조정 대신 중 자기 사람이 될 자들을 선별하고 다독이는 한편, 반대 파를 제거하고 황위를 공고히 다지느라 바쁠 것이다.

오주대륙에서 가장 뛰어난 사내로서, 종월은 응당 그 자리에 있어야 한다.

그녀가 싱긋 웃으면서 말 머리를 돌렸을 때였다. 저 멀리서 아득한 악기 소리가 들려왔다. 중후하고 고풍스러우면서, 애절하고 은은한. 퉁소의 맑음과도 다르고 피리의 낭랑함과도 다른 소리. 그윽한 차의 향미와도 같이 여운이 길게 감도는 음률이 국경 관문 성루에서부터 잔잔히 흘러나와, 홀연히 내리기 시작한 눈송이를 싣고서 흩날리기 시작했다.

매화 꽃잎을 닮은 눈송이는 깊고 고적한 훈의 음색을 타고서 빙빙 휘돌며 날아내리다가, 그 투명하고도 청초한 자태를 맹부요의 농밀한 속눈썹 위에 살며시 누였다. 검은 깃털 위에 새하얀 나비가 사뿐히 내려앉듯이. 그러고는 소리 없이 녹아내려, 감회에 휩싸여 보드라워진 마음 한구석을 촉촉이 적셨다.

바람 지나는 옛길, 이별을 배웅하는 훈 가락.

〈억고인憶故人〉.

떠나간 이를 추억하는 노래.

추억하고픈 이는 누구며 떠나간 이는 또 누구려나. 천살국 시절 위장용 저택 정자 꼭대기에서 연주해 주었던 곡과 들려주었던 옛이야기 전부가 오늘 이 순간 국경 관문의 들풀 위를 스쳐 지나는 눈발로 화하였으매, 그녀의 눈가에서 조용히 녹아

내린 눈꽃이 남긴 것은 괘념 어린 눈물 한 방울이어라.

성 밖에 말을 세운 채 뒤를 돌아본 그녀가 고단한 여정에 지친 만큼, 성안의 그 역시 천 리 길을 한달음에 달려오며 얻은 먼지를 하얗게 덮어쓰고 있었다.

성 밖의 그녀는 온 하늘에 가득한 눈발 속에서 조용히 고개를 들어 얼굴로 날아드는 눈송이를 느끼며, 이별의 곡조에 귀를 기울였다. 아스라이 한 가지 색으로 물든 하늘과 땅을 바라보는 동안 때로는 유리알 같은 눈동자를, 때로는 벚꽃잎 같은 입술을 가졌던 남자의 모습이 머릿속을 맴돌았다.

성안의 그는 눈처럼 새하얀 의복을 걸치고서, 손에는 오래된 황적색 운룡 문양 훈을 들고 있었다. 중후한 광택을 가진 훈이 그의 손안에서 발하는 빛은 그윽함을 넘어 신령스러운 느낌마저 자아냈다.

연주에 깊이 몰두한 채 그는 황궁에서 마주친 순간 다급히 자신을 향해 뛰어들던 그녀를, 궁궐 지붕에서 불타던 화살을, 장창이 은신처 틈새를 파고들자 자신의 머리 위를 떠받치던 그녀의 손을, 그녀가 고생 끝에 만들어 낸 변기통 침상을, 상처에 약을 발라 주던 섬세한 손길을, 손에 남긴 부드러운 입맞춤을, 정원 담벼락 아래에서의 짧은 포옹을, 교묘한 눈속임용 따귀를, 그녀가 비분을 이기지 못하고 자신의 가슴을 들이받던 순간의 울림을, 숭흥궁 꼭대기에서 날아내리던 붉은 등롱에 빈 소원을…… 그리고 일생 처음이자 아마도 마지막이 될, 단둘이서 맞이한 설을 떠올렸다.

나란히 고난을 함께했던, 그 무엇과도 바꾸지 못할 나날들. 한시도 떨어지지 않고 서로의 손을 붙들어 주며 걸었던 험로. 이제부터 그의 인생은 존엄의 최정상을 향해 나아가겠지만, 그의 사랑은 색채를 잃고 시들어 버릴 터였다.

눈발이 굵어지면서 천지를 순백으로 뒤덮었다. 눈송이 날리는 옛길에서는 서리처럼 새하얀 이가 훈을 연주하고, 산 아래 눈꽃 속에서는 옷깃을 반쯤 세운 이가 차분히 그 소리에 귀를 기울이고 있었다.

곡이 끝나자 양편에 정적이 흘렀다. 맹부요는 저 멀리 관문 방향을 주시하고 있었지만, 성벽 위에는 사람 그림자도 보이지 않았다. 묵묵히 자리를 지키길 잠시, 시천을 뽑아 든 그녀가 새카맣게 빛나는 칼날을 손가락으로 튕기듯 때렸다.

우웅!

예기를 품은 음향이 은은하게 번져 나가 마침내 하늘 끝에 닿자, 맹부요는 관문 쪽을 향해 빙긋이 미소를 보내고서 조용히 말 머리를 돌렸다. 준마의 발굽은 국경 지대에 쌓인 눈을 밟으며 구불구불하게 이어진 길 위를 날듯이 질주해 갔지만, 그녀만의 강직한 기개를 품은 화답의 청음은 텅 빈 성벽 위를 오래도록 맴돌았다.

성안, 백의 위에 하얀 모피를 걸친 남자는 훈을 쥔 손을 느릿느릿 내려뜨리고는 기다란 손가락으로 매끈한 악기 표면을 살며시 어루만졌다. 그의 청아한 이목구비에는 광활한 하늘을 배경으로 흩날리는 눈발과 마찬가지로 서늘하고도 차분한 웃음기가 어려 있었다.

부요, 아무쪼록 무탈하기를.

✿

헌원국 군대를 자극하지 않을 만큼 국경으로부터 적당히 떨어진 지점에 당도한 맹부요는 멀찌감치에 새카맣게 모여 있는 인파를 발견했다. 눈발의 싸늘한 냉기를 이글이글 불사르고 있는 화염 같은 누군가의 옷자락이 어렴풋이 눈에 들어왔다. 대한 황제께서 줄곧 국경 지대를 배회하면서 그녀를 기다리고 계셨던 것이다.

머리가 지끈거린다는 표정으로 말을 세운 맹부요가 이마에 손을 짚었다.

"앞에는 호랑이 뒤에는 늑대에다 옆에는 웬 여우 한 마리까지. 내 팔자는 왜 이 모양이냐……."

조막만 한 바람막이를 걸치고 그녀의 어깨 위에 앉아 있던 원보 대인은 까만 눈망울을 도르르 굴리며 생각했다.

양심 없는 것, 좋다고 이용해 먹을 때는 언제고!

어쩔 수 없지, 하다못해 귀신도 부르기는 쉬워도 떼어 내기는 어렵다고 하지 않나.

'쿵' 하고 숨을 들이마신 맹부요는 앞으로 나서면서 인사를 건넸다.

"이야, 날씨 끝내주네요. 사냥 나오셨나 보네?"

전북야가 검게 이글거리는 눈동자로 그녀를 뚫어져라 응시하며 대꾸했다.

"토끼 사냥을 나왔다."

맹부요의 입가가 씰룩씰룩 경련을 일으켰다.

토끼 사냥이라면 이미 '강도질'의 대명사가 된 단어지, 아마?

"소신은 탈탈 털어도 나올 것이 없사옵니다만."

맹부요가 양손을 펼쳐 보였다.

"폐하 눈에 들 만한 물건은 정말 아무것도 없지 말입니다."

"너면 된다."

곁에 있는 장손무극은 아예 보이지도 않는지, 전북야의 답변은 짧고도 노골적이었다. 맹부요는 눈을 들어 전북야 뒤쪽에 까맣게 늘어서 있는 본인 휘하 한왕군을 쳐다봤다. 다시 머리가 지끈거렸다.

시간 장소 분별없이 고백 쏟아 내는 것 좀 제발 관두면 안 되나? 저 많은 미래의 수하들이 단체로 귀를 쫑긋 세우고 있단 말이다.

"선기국에 간다던데?"

전북야가 대답을 기다리지 않고 질문을 이어 갔다.

"길은 어느 쪽으로 잡을 생각이지?"

"요성을 거쳐 물길을 따라 이동하려고 합니다."

말을 받은 사람은 줄곧 입을 다물고 있던 장손무극이었다. 그가 미소 띤 얼굴로 덧붙였다.

"부요가 요성에 들르지 못한 지도 시일이 꽤 된지라."

"장한산 영지에 포함된 세 개 현을 거쳐 곧장 선기로 넘어가는 방법이 있소이다."

눈을 장손무극에게로 돌린 전북야가 한 치의 양보도 없이 받아쳤다.

"자기 영지에는 심지어 아직 한 번도 못 가 봤지."

맹부요는 다시 한번 이마를 짚었다.

여기저기 부동산이 많은 것도 좋은 일만은 아니로다……

"결정은 부요에게 맡기는 편이 좋겠군."

예상 밖에 전북야의 입에서 나온 말이었다. 이게 무슨 일인가 싶어 고개를 든 맹부요의 귀에 전북야가 짐짓 무심히 덧붙이는 소리가 꽂혔다.

"기분 전환 겸 짐을 따라 나온 태후께서 50리 떨어진 무청현武淸縣에 계신다. 너를 많이 보고 싶어 하시던데, 그렇다고 몸도 안 좋으신 분을 행군 행렬에 함께 모실 수야 있나. 거기서 기다리시게 할 수밖에 없는 상황이었지."

맹부요가 눈을 부라렸다.

하다 하다 이제 전북야 당신까지 잔꾀를 써?

지금 이곳은 세 나라 국경이 가장 빡빡하게 맞닿아 있는 지점이었다. 길을 대한으로 잡건 아니면 무극으로 잡건, 결정은 이 자리에서 내려야 했다.

여기서 곧장 무극국으로 향한다면 입경이 수월하지만, 무청현으로 이동하게 되면 그쪽에는 따로 관문이 설치되어 있지 않은 관계로 먼 길을 되돌아와야만 무극국으로 넘어갈 수 있다.

다시 말해 일단 무청현에 갈 경우, 상식적으로 거기서 다시 길을 무극국 쪽으로 틀 수는 없는 것이다.

선택권을 넘겨주겠다는 전북야의 발언은 번지르르한 허울일 뿐, 실상은 이번에도 그녀를 은근슬쩍 한 방 먹인 셈이었다. 이대로 무청현까지 따라가면 대한을 거쳐서 선기로 향하겠다는 뜻이 되는데, 그렇다고 이 엄동설한에 자신을 기다리고 있는 병약한 태후를 허탕 치게 만들 수야 없지 않은가?

전북야, 이 가증스러운 작자야. 어떻게 엄마까지 끌어들일 생각을 하냐?

그녀의 눈빛을 읽어 낸 전북야가 눈썹을 치켜세웠다.

"무슨 착각을 하는 거지? 오랜 세월 궁에만 갇혀 사신 분이다. 본인 의지로 바람 쐬러 나오신 것뿐이야."

맹부요가 도끼눈을 치떴다.

아무렴, 본인 의지로 나오셨겠지. 그런데 언제부터 그렇게 정신이 멀쩡해지셔서 굳이 무청현을 콕 찍어 바람을 쐬신대?

하지만 전북야는 전혀 찔리는 기색 없는 눈빛으로 응수했고, 이렇게 되자 맹부요도 당해 낼 재간이 없었다.

사실 어느 나라를 거쳐서 가든 그건 별로 중요한 문제가 아니었다. 이 많은 사람 앞에서 전북야한테 휘둘리는 모습을 보인다는 게 뒷맛이 영 씁쓸해서 그렇지.

이러지도 저러지도 못하고 갈등 중인데, 홀연 장손무극의 목소리가 들려왔다.

"태후께서 그대를 만나고 싶어 하신다면야, 무청현으로 갑시다.”

덕분에 한시름 놓은 맹부요가 감사의 눈빛을 보내자 장손무극이 그녀를 향해 가볍게 미소 지었다. 그의 의미심장한 눈빛이 말하는 바는 명확했다.

‘물러서야 할 때는 물러설 줄도 알아야지. 때로는 물러섬이 곧 나아감일 수도 있고, 나아감이 실상은 퇴보일 수도 있는 법이니. 중요한 것은 길을 어디로 잡느냐가 아니라 주도권을 명백히 하는 일이오.’

맹부요도 이를 드러내고 웃어 주면서 고까운 눈빛을 보냈다.

‘한계를 모르는 간사함이십니다그려. 속 시커멓기로 천하인의 순위를 매길 때 그쪽이 겸손하게 2등을 자처한다면 1등 자리에는 아무도 안 앉으려 하겠지.’

둘 사이에 오가는 눈빛을 유심히 지켜보던 전북야가 이내 눈을 번뜩 빛냈다. 그러더니 불쑥 말채찍을 들어 저만치 앞쪽에 보이는 무극국 국경을 가리키며 픽 웃었다.

“우리 대한의 군대가 이대로 경계비를 짓밟고 쭉 남하해 무극국 문무백관 전원을 손님 삼아 반도로 모신다면, 태자께서는 과연 기분이 어떠실지?”

스르릉!

말이 끝나기 무섭게 허공에서 장검 수십 자루가 날아들었다. 은빛 반사광을 흩뿌리며 등장한 검들은 서로 얽혀 일렁이는 빛의 그물을 형성, 전북야 주변을 물샐틈없이 포위했다.

사방에 검광이 번뜩이는 가운데, 장손무극이 차분히 웃으며 말했다.

"수만 군사를 수고롭게 해 가면서까지 무극국 문무백관을 반도로 데려가느니, 여기서 제가 폐하를 정중히 중주로 모시는 편이 낫지 않을는지요?"

철컹!

전북야와 세 걸음 거리를 두고 도열해 있던 대한국 군사들이 표정을 굳히면서 일제히 칼을 뽑았다. 아까부터 전북야 곁에서 묵묵히 대기 중이던 소칠은 아예 앞으로 나서 장손무극을 향해 서슬 퍼런 검을 내리치려 했다.

이때 전북야가 손을 들어 군사들과 소칠의 움직임을 제지했다. 그러고는 주변 산비탈 뒤편, 덤불 속, 초목 사이에서 기습적으로 튀어나온 무극국 은위들을 차갑게 노려보며, 가소롭다는 표정으로 말했다.

"겨우 이 몇몇으로?"

장손무극이 엷게 미소 지었다.

"국경 근처 요성에 주둔 중인 군사들과 그곳 주민들도 있지요. 충성스럽고 용감하기로 이름난 사람들입니다. 그들의 성주만 해도 용맹무쌍하기가 홀로 융족 진영에 쳐들어가 적장의 목을 뚝딱 베어서 나왔을 정도이니 말입니다. 요성 성주로 하여금 폐하를 모셔 가도록 하는 것도 가능한 방책이지 싶군요."

맹부요는 하늘을 올려다봤다.

둘이 쌈박질하면서 나는 왜 또 끌어들여? 장손무극, 이 괘씸한 인간아. 열은 막말하는 전북야 때문에 받아 놓고 왜 엉뚱한 사람 과거지사를 들추고 앉았는데?

전북야가 고개를 돌려 그녀를 쓱 쳐다봤다. 단지 그 한순간 눈에 들어온 맹부요의 모습만으로도 굳어 있던 표정이 스르르 풀어진 그는 언젠가 요성 근방 산속에서 보낸 밤을 떠올렸다. 물속에 숨어 눈물 흘리던 여인, 달빛 아래에서 눈앞을 스쳐 간 하얀 나신, 바위에 남겨진 자그마한 족적과 그 주변을 적신 연분홍빛 핏자국이 눈에 선했다.

하아, 그래. 작정하고 무극국에 한 방 날릴 게 아니라면 이쯤에서 관두자꾸나.

대한 황제는 고개를 젖혀 싸늘한 눈꽃에 얼굴을 내맡겼다. 들끓던 심장이 서서히 식어 가는 게 느껴졌다. 그는 그렇게 장한산 영지 건으로 그간 쌓였던 억하심정과 헌원국 영주산에서 장손무극에게 놀아난 울분을 가까스로 억눌렀다.

장손무극이 싱긋 웃으며 수신호를 보내자 은위들이 도로 모습을 감췄다. 팔을 소매 안에 집어넣은 그가 유유히 말했다.

"무극과 대한은 그간 줄곧 우호 관계였지요. 가벼운 농담쯤은 마음에 담아 두지 않겠습니다."

전북야도 웃음을 지어 보이고는 팔을 뻗어 맹부요의 말을 자기 쪽으로 끌어당겼다.

"물론! 정말 싸울 거였으면 긴말이 필요 없었을 터."

서로를 응시하는 두 남자는 양쪽 모두 미소 띤 얼굴이었지만, 공기 중에 튀는 '파칫' 소리를 들은 맹부요는 부르르 몸서리를 쳤다.

으으, 천적끼리 또 만났구먼······.

눈보라를 헤치고 말을 달린 끝에, 맹부요는 무청현 역관에서 과거에는 태비였고 현재는 태후가 된 전북야의 모친과 재회했다. 그새 살짝 살이 올랐고 안색도 많이 밝아진 걸 보니 확실히 전북야가 지극정성으로 봉양하기는 한 모양이었다. 당초 천 리 전장을 목숨 걸고 뚫고 와서 황위를 손에 넣은 것 자체가 모친에게 안정된 노년을 만들어 주기 위해서였으니 오죽할까.

태후는 맹부요를 보자마자 진심 어린 반가움의 미소를 지으며 두 팔을 벌려 그녀를 가까이 불렀다.

"새아가······."

신이 나서 달려가려던 맹부요는 그 한마디에 헛발을 짚고 말았다. 그녀는 일단 장손무극이 뒤따라오고 있는지부터 확인했다. 마침 역참 대청에서 차를 마시고 있던 그가 홀연 그녀 쪽으로 고개를 돌리더니 웃는 듯 마는 듯 애매한 표정을 지었다. 맹부요는 즉각적으로 환하게 웃어 본인의 떳떳함을 한껏 피력했다.

피식한 장손무극이 그녀를 향해 찻잔을 들어 보이면서 입 모양으로 무슨 말인가를 전달했다. 그런데 맹부요가 입 모양을 미처 읽어 내기도 전에 태후가 먼저 손짓을 보냈다.

"새아가, 이리 온."

이러다가 온 세상 사람이 다 저 새아가 소리를 듣고야 말지.

덜컥 겁이 난 맹부요는 싹싹하기 그지없게 태후에게로 달려갔다. 태후 곁에서는 전북야가 양손을 무릎에 올리고 의젓하게 앉아 그녀를 쳐다보고 있었다.

황제 폐하 체면을 생각해서라도 다른 신하들처럼 절을 올려야 할지, 맹부요가 고민에 빠져 있던 때였다. 태후가 자리를 살짝 옆으로 비켜 주면서 옆에 와서 앉으라는 시늉을 했다.

엉겁결에 가서 앉기는 했으나, 맹부요는 다음 순간 곧바로 '아차' 했다. 사람을 세 명이나 감당해 내기에는 평상이 너무 좁았던 것이다.

아니, 의자도 저렇게 많은데 황제 폐하께서는 왜 굳이 여기 앉아 계신단 말인가. 자기 궁둥이가 우리 두 사람 면적을 독차지하고 있다는 걸 정녕 몰라서?

황제 폐하께서는 일말의 자각도 없이 입을 꾹 다문 채 인삼탕 한 그릇을 손에 받쳐 들었을 따름이었다. 그리고는 너무 뜨겁지는 않은지 손수 온도를 살피더니 탕을 한 숟갈 한 숟갈 모친에게 떠먹여 드리기 시작했다.

비단 수건을 받치고 인삼탕을 한 모금씩 받아 마시는 태후의 편안한 모습에서 이루 말할 수 없는 만족감이 느껴졌다. 그녀에게 있어 평생 가장 큰 행복은 사랑하는 아들과 일상을 함께하는 것이었다. 아들이 황제가 됐든 아니면 다른 무엇이 됐든, 그런 건 아무래도 상관없었다.

한없이 평온한 분위기였다. 등불이 온유하게 빛나는 가운데 모자는 탕을 먹여 주고 받아먹는 일에만 신경을 쏟고 있었다. 간간이 은수저가 사기그릇에 부딪치는 소리만이 작게 울렸다.

맹부요는 조용히 앉아서 그 정경을 지켜보고 있었다. 그녀는 이 순간의 전북야가 퍽 마음에 들었다. 등불 아래에서 몸을 살짝 기울이고 모친에게 탕을 먹이고 있는 전북야에게서는 낮의 억센 기세와는 사뭇 다른, 소리 없이 사람 마음을 건드리는 다정함이 배어 나왔다.

아주 오래전, 그녀 역시 저렇게 엄마에게 오골계탕을 떠먹여 줬었다. 맹부요의 희미한 미소 속에 눈물이 번져 나갔다.

이제 어느 누가 엄마 먹여 줄 탕을 끓일까.

인삼탕을 다 마시고 난 태후가 빙긋이 웃으면서 맹부요의 손을 잡았다. 그녀는 말수가 극히 적은 편이었지만, 일단 입을 열었다 하면 맹부요를 소스라치게 만드는 재주가 있었다.

"말랐어."

태후가 웃는 낯으로 전북야를 돌아봤다. 흠칫한 전북야의 얼굴에 수상쩍은 홍조가 스치자, 맹부요가 기겁을 하며 말했다.

"아뇨, 아뇨! 저……, 저는 인삼탕이라면 질색이라서……."

유창한 언변을 타고나 말은 콩 볶듯이, 욕은 기관총 갈기듯이 하고, 없는 논리도 쥐어짜 만들어 내며, 있는 논리로는 남의 상투 꼭대기에 올라앉는 게 당연한 맹부요 대왕께서 웬일로 어정쩡하게 말을 더듬는 순간이었다.

거 뭐시기냐, 황제 폐하께서 모친의 뜻을 받들어 정말 숟가락이라도 들이미는 날에는 쥐구멍에 들어가든지 아니면 벽에 머리라도 박아 죽고 싶어질 터…….

다행히 전북야는 장손무극 과가 아니었다. 얼굴이 붉어졌다는 건 모친의 권유를 행동으로 옮길 엄두는 안 난다는 뜻이리라. 눈을 떨구고 두어 번 헛기침을 뱉은 전북야가 자리를 피하려는가 싶더니 도중에 무슨 생각이 들었는지 평상에 도로 눌러 앉았다.

맹부요는 바늘방석에 앉은 기분이었다. 전북야와 둘이 있어 본 적이야 많지만, 중간에 어르신이 하나 끼어 계신 건 또 다른 문제였다. 앉은 자리도 그렇고, 표정도 그렇고, 말도 그렇고, 무엇 하나 신경 쓰이지 않는 게 없었다.

도망가고 싶다고 마음대로 갈 수가 있길 하나, 그렇다고 태후 앞에서 성질대로 행패를 부릴 수 있길 하나. 가뜩이나 정신도 온전치 못하신 분 충격받으시면 어째.

맹부요가 할 수 있는 일은 태후를 향해 실없이 웃는 게 다였다. 태후도 그녀를 보며 실없이 미소 지었다. 아들의 처를 보는 눈을 하고서, 아주 흐뭇하게. 실없는 웃음을 주거니 받거니 하는 두 여자의 화기애애한 모습을 지켜보던 전북야도 무슨 생각을 했는지 입꼬리를 슬며시 말아 올렸다.

한 방에 모여 앉은 세 사람이 서로서로 마주 보고 비실비실 웃음을 흘리길 한참. 마침내 정신력의 한계에 도달한 맹부요가 입꼬리를 끌어 올리느라 애쓰면서 속으로는 하직 인사말을 고르던 때였다.

황후가 기습적으로 팔을 뻗어 그녀의 손을 낚아챘다. 온전치 못한 몸에서 나왔다기에는 믿기 힘든 속도였다. 태후의 손에 들려 있던 팔찌가 번개같이 맹부요의 손목에 걸렸다.

'딸깍' 소리가 울렸다. 아래를 내려다본 맹부요는 어느새 손목에 채워져 있는 납작한 팔찌를 발견했다. 검은색 금속이 중후한 광택을 발하고 있었다. 딱 보기에도 세월이 느껴지는 물건. 팔찌 바깥 면에는 아무런 무늬가 없었지만, 안쪽에는 고풍스러우면서도 힘이 느껴지는 도안이 새겨져 있었다. 긴 시간 사람의 정기를 가까이한 덕분에 질감은 연옥처럼 부드럽고 매끈했으며, 중량감이 전혀 느껴지지 않아 마치 구름 한 조각을 손목에 두르고 있는 것 같았다.

맹부요는 직감적으로 자기 손목에 채워진 게 보통 물건이 아니리라는 사실을 짐작해 냈다. 만약 '대대로 시어머니가 며느리에게 물려주는 가보'쯤 된다면 그야말로 낭패였다.

그녀는 허겁지겁 팔찌를 빼내려 했지만, 처음 손목에 걸렸을 때는 분명 헐렁했던 게 아까 그 '딸깍' 소리와 동시에 딱 손목 굵기로 줄어든 탓에 아무리 용을 써 봐도 도무지 빠지질 않았다.

당황해서 식은땀이 다 날 지경이었다. 그 순간에 아까 장손무극이 입 모양으로 했던 말이 떠올랐다. 혼란스러운 와중에 문득 그게 무슨 소리였는지 알 것 같았다.

'아무 물건도 받지 마오.'

……이것까지 다 계산하고 있었다는 거야?

그녀가 고개를 푹 수그린 채 기를 쓰고 팔찌를 잡아당기는 동안 곁에서 그 모습을 지켜보던 전북야가 이내 불쾌한 눈빛을 내비쳤다. 몇 번이나 참고 또 참던 그가 결국에는 침중한 목소리로 입을 열었다.

"태후께서 어려서부터 지니고 계시던 호신부다. 뭘 그렇게 못 빼서 안달이야?"

그래도 가보까지는 아니구나.

동작을 멈춘 맹부요가 대꾸했다.

"호신부면 더 못 받죠!"

"일국의 황제인 내가 어머니 하나 못 지켜 드릴 것 같은가?"

전북야가 보기에 검은색 금속 팔찌와 맹부요의 하얗고 가느다란 팔목은 그야말로 완벽하게 아름다운 조화를 이루고 있었다. 저토록 선명한 색채 대비라니.

팔찌를 빼게 둘 생각이 없는 그가 말했다.

"태후께서 고마움의 표시로 주시는 선물이라 생각해라. 안에 기관 장치가 있어서 한번 채워지면 못 푸는 물건이니 괜히 힘 빼지 말고."

맹부요는 말없이 눈을 데구루루 굴리며 생각했다.

이따 나가서 축골공을 한번 써 봐야지.

물론 축골공은 근육을 수축시키고 골격을 접는 기술일 뿐, 정말로 뼈 크기를 바꿀 수 있는 건 아니었다. 이 정도로 꽉 끼어 있는 팔찌를 빼내기란 결코 쉽지 않을 것이다.

하아! 함정이로다, 곳곳이 함정이야…….

태후의 방에서 나와 본인 처소로 향한 맹부요는 출입문을 살짝 밀어 열자마자 가느다란 문틈을 통해 안에 있는 인물을 발견했다. 남의 방에 여유롭게 앉아서 서책을 읽고 있는 인물의 모습에 황급히 소맷단을 내려 팔찌부터 가리려는데, 눈도 좋은 장손무극이 그녀 쪽을 흘깃 쳐다보고는 말했다.

"또 선물을 받았소?"

맹부요는 억울했다.

또라니? 내가 언제 무슨 선물을 그렇게 많이 챙겼다고.

그녀의 손을 끌어다가 가타부타 말없이 팔찌를 뜯어보던 장손무극이 한참 만에 탄식하듯 내뱉었다.

"하여튼 마음만 좋아서는, 그 마음이 그대의 강점이기는 하나 항상 도움이 되는 것만은 아니오."

맹부요는 그 말에 깊이 공감했으나, 입으로는 한마디도 안 지고 되받아쳤다.

"몸도 성치 못한 사람 손을 어떻게 뿌리쳐요?"

그녀를 쓱 한 번 쳐다본 장손무극이 등을 의자 등받이에 기댔다. 그의 얼굴에 쓴웃음이 스쳤다.

"딱 그대가 좋아할 만한 장면 아니었소? 미안하오, 아마 나는 영영 만들어 줄 수 없겠지⋯⋯."

한 박자 늦게 그의 모후를 떠올린 맹부요는 일순 가슴이 덜컥했다. 어머니와 유독 정이 깊은 전북야와 달리, 장손무극은 그녀에게 가족 간의 단란한 정을 느끼게 해 줄 수 없는 처지였다. 어디 그녀뿐이랴, 장손무극 본인조차 누려 볼 길이 없을 것을.

생각이 여기까지 미치자 당장에 마음이 약해진 맹부요 대왕이 의자 곁으로 다가가 장손무극의 어깨를 토닥였다.

"황후께서도 언젠가는 당신 마음 알아주실 거예요."

그 틈에 장손무극이 자연스럽게 그녀의 허리에 팔을 감더니 나지막이 말했다.

"그대가 알아주는 것으로 나는 족하오……."

모성애가 폭발한 맹부요가 그의 등을 어루만져 주면서 속삭였다.

"그래요……."

다음 순간, 허리에 감긴 태자 전하의 손이 어째 심상치 않은 방향으로 움직인다는 느낌이 왔으니…….

우당탕!

방 안에서 돌연 책걸상 넘어지는 소리가 나더니 누군가의 분노에 찬 일갈이 이어졌다.

"장손무극! 이 불여우 같은 작자!"

❀

장한산 영지에 접어들기까지는 며칠의 여정이 더 걸렸다. 내내 태후를 돌봐야 했던 탓에 속도가 느려진 것이지만, 맹부요는 조바심을 내지 않았다.

일생을 궁궐 심처에 갇혀 살다가 처음으로 아들과 함께 대한 산천을 둘러볼 기회를 얻은 여인에게 눈에 보이는 모든 풍경은 신선함이요, 즐거움이었다. 그런 사람을 앞에 두고 어떻게 여정을 재촉할 수 있겠는가. 특별히 서둘러야 할 이유가 있는 것도 아니고.

전북야가 맹부요를 위해 선택한 왕부 소재지는 교현이었다. 조정에서 자금과 감독 인력을 내려보내고 현지 관부에서도 최선을 다해 협조한 결과, 완성된 왕부는 말 그대로 '호화찬란', '으리으리'한 모습이었다.

황금빛 편액에 호방한 검은색 서체로 적힌 한왕부 세 글자를 올려다보고 난 맹부요가 이내 눈길을 아래쪽으로 옮겼다. 그러고는 대체 얼마나 큰 건지 어림짐작도 안 되는 부지에 줄줄이 늘어서 있는 건물들을 보면서 꿍얼거렸다.

"모르는 사람이 보면 내가 황제 자리 노리고 황궁 하나 작게 지어 놓은 줄 알겠네."

쨍한 태양 아래에서 고개를 들고 편액을 쳐다보던 전북야가 햇살보다도 환하게 웃으며 말했다.

"네가 원한다면야 황궁인들 못 비워 줄까."

아무것도 못 들은 척, 침묵으로 대화를 얼렁뚱땅 끝낸 맹부요가 막 섬돌에 올라섰을 때였다. 갑자기 대문이 벌컥 열리더니 기우와 요신이 각자 한 무리의 수하들을 이끌고 달려 나왔다. 기우는 호위 부대 선두에서 깍듯이 한쪽 무릎을 꿇고 이름을 외쳤고, 요신은 울며불며 뛰어와 맹부요의 옷자락을 붙들고 곡을 했다.

"하늘이시여! 주인님, 드디어 돌아오셨군요! 제가 요즘 돈을 얼마나 많이 긁어모았다고요, 자랑할 사람 없어서 갑갑해 죽는 줄 알았네⋯⋯."

맹부요가 그를 걷어차면서 쏘아붙였다.

"모리배 같으니!"

그러고는 만면에 웃음을 띠고서 친히 손을 내밀어 기우를 일으켜 세워 줬다.

"기 통령, 토끼 사냥 고마웠다는 인사도 제대로 못 했군."

입가에 희미한 미소를 머금은 기우가 고개를 숙였다.

"한왕께서 토끼를 잘 키우신 덕입니다."

맹부요가 그 소리에 호탕하게 웃어 젖히더니 그의 어깨를 힘줘 두드리며 말했다.

"이제 보니 농담도 잘하네."

이어서 뒤로 돌아 허리를 굽힌 그녀가 웃음기 어린 눈으로 자신을 쳐다보고 있는 장손무극과 전북야를 향해 공손히 안으로 들라는 손짓을 해 보였다.

"이제야 제 집에서 두 어르신을 대접할 수 있게 되었습니다그려."

그 소리에 좋아서 눈이 반짝반짝 빛나기 시작한 전북야가 장손무극을 보며 눈썹을 까딱했다. 그러나 장손무극의 표정 변화는 그저 빙긋이 한 번 미소 지은 게 전부였다.

장손무극이 살짝 허리를 낮추면서 전북야에게 선두를 내어주었다. 평소 세세한 예법 따위에 구애받지 않는 전북야는 기분 좋게 행렬 맨 앞에서 문턱을 넘어 들어갔다.

미소를 동반한 장손무극의 안내 동작은 가림 벽을 돌아 뜰로 접어들 때도, 앞뜰과 뒤뜰을 연결하는 통로에 들어설 때도, 회랑을 지날 때도 꾸준히 이어졌다. 마지막으로 내당에 당도해 전북야에게 상석을 권한 그는 이내 주인 자리에 앉아 시녀에게 차를 내어 오라 일렀다…….

전북야가 이상한 낌새를 챈 건 찻잔을 받아 들고 나서였다. 생각해 보니 장손무극은 처음부터 끝까지 주인 모양새를 하고서 자신을 '손님'으로 대접했던 것이다!

아까부터 뒤에서 킥킥거리며 따라오던 맹부요는 그때쯤 이미 꼬리를 말고 줄행랑을 친 뒤였다.

저녁 식사 시간에도 전북야의 얼굴에서는 내내 먹구름이 가시지 않았고, 아들 꼴이 왜 그런지 알 리가 없는 태후는 잔뜩 움츠러들어 눈치를 살피느라 바빴다. 얼마 지나지 않아 자기 때문에 모친이 불안해하는 걸 눈치챈 전북야가 황급히 표정을 풀었다.

맹부요의 눈에는 그 모습이 그렇게 우스울 수가 없었다. 한편으로는 장손무극이 너무했지 싶기도 했다.

이렇게 된 이상 술이나 열심히 권해 집주인의 의무를 다하는 수밖에. 그래야 괜히 귀찮은 일 생기기 전에 둘 다 보내 버리지.

그러나 결과는 실망스러웠다. 두 남자는 술을 독으로 들이부어도 끄떡없을 막강 주량의 소유자들이었다. 손에 쥐가 나도록 따라 주는 걸 다 받아 마시고도 낯빛 하나 안 변한 둘은 급기야 그녀의 느려 터진 첨잔 속도에 불만을 품고 각기 자작을 하기에 이르렀다.

맹부요는 그래도 주인 의식을 십분 발휘해 한쪽 구석에서 마저 자리를 지켰다. 술기운에 둘이 또 시비라도 붙을까 마음이 안 놓여서였다.

그렇게 한참을 지키고 앉았다가 눈을 떠 보니 둘은 여전히 술을 마시고 있었다. 계속해서 지키고 지키다가 눈꺼풀을 들어 올렸을 때도 둘은 여전히 술을 마시고 있었다. 내리 지키고 지키다가 눈꺼풀을 손으로 까뒤집어서 열었을 때도 둘은 여전히 술을…….

맹부요는 자리를 박차고 일어나 저벅저벅 밖으로 향했다.

에라, 계속 퍼마시다가 콱 죽어 버려라!

가서 잠이나 자야겠다는 생각에 바깥채에서 만난 기우에게 물어 침실 위치를 알아 두었으나, 빌어먹을 왕부가 지나치게 광활한 게 문제였다. 무려 한 시진을 헤맨 끝에 그녀는 비참한 현실을 깨닫고야 말았다.

내 집에서 길을 잃은 것이다.

하나같이 비슷비슷하게 생긴 건물들 사이에서 대체 무슨 재주로 본인 처소를 분간해 낸단 말인가. 결국, 따지고 보면 여기 전체가 다 자기 거라는 결론을 낸 그녀는 아무 데나 들어가서 눈을 붙이기로 했다.

그리하여 얻어걸린 잠자리는 이부자리를 포함해 실내 장식이 정갈하게 갖춰진 방이었다. 그녀는 안으로 들어가 옷을 벗어 던지고 드러누웠다. 긴 여정으로 가뜩이나 지친 데다가 이제 내 집에 왔다는 생각까지 더해지자 긴장이 풀리면서 금세 단잠이 밀려들었다.

밤 깊어 달빛 서늘한 시각, 푸르스름한 거리에는 적막만이 흐르는 가운데 누군가가 비틀거리는 걸음으로 안간힘을 다해 거리를 내달려 왔다. 길바닥에 핏방울과 식은땀을 흩뿌리면서 넘어졌다가 일어서기를 반복하던 그는 나중에 가서는 담벼락에 의지해, 나무줄기에 의지해, 한 발자국씩 힘겹게 걸음을 옮겼다. 그 길의 끝에 있는 한왕부를 향해.

한편, 한왕부 안에서는 취기 탓에 걸음이 살짝씩 흔들리는 인물이 벽을 짚고서 한 발짝 한 발짝 맹부요가 잠들어 있는 방으로 다가가고 있었다.

그 마음 어디에

아란주는 한왕부 후원 동편 뜰 처마 위에 홀로 앉아 술로 울적함을 달래고 있었다. 지난번에 한바탕 말다툼이 오간 후로 단단히 감정이 상한 아란주는 전북야 뒤꽁무니 따라다니는 걸 관두고 재밋거리를 찾아 혼자 대한으로 넘어왔다. 도중에 황제 폐하가 태후를 모시고 북부 국경 지대를 시찰 중이며, 근래 한왕과 함께 장한산 영지로 향하는 길이라는 이야기가 들렸다.

그간 격조했던 맹부요가 보고 싶기도 하고, 전북야가 눈에 선하기도 한지라, 결국 아란주는 한왕부 쪽으로 방향을 틀었다. 그러나 막상 당도하고 보니 이렇게 또 전북야 앞에 나서기는 분하다는 생각이 들었다. 하여, 왕부 주방에서 술을 훔쳐다가 적당한 처마에 드러누워 퍼마시기 시작한 것이었다.

진작 왕부 시위들 눈에 띄고도 남았을 행태지만, 시위들은 보고도 못 본 척할 수밖에 없었다. 일찍이 기우와 요신이 '한왕부 대문은 언제나 아란주 공주에게 활짝 열려 있다.'라고 분부해 둔 까닭이었다.

처마 끄트머리에 등을 기댄 아란주 곁에는 술병이 무더기로 쌓여 있었다. 딱히 주량이 센 편도 아닌 아란주가 오늘 마음먹고 훔쳐 낸 술은 '조석취'였다. 엄청나게 독해서 세 사발이면 아침부터 저녁까지 정신을 못 차린다는.

그러나 세 사발이 뭔가, 아란주는 족히 세 병은 될 양을 들이켜고도 기껏해야 살짝 알딸딸한 정도였다.

대체 뭐가 문제일까.

술병을 들어 올려 쿵쿵거려도 보고 흔들어도 본 그녀가 술트림을 요란하게 하고는 한탄을 뱉었다.

"주량이…… 끄윽……, 나날이 발전하는구나……."

그녀는 몰랐지만, 왕부 내 사람 손이 닿는 곳에 있는 술병은 죄다 순하디순한 '이화백'으로 바뀌치기된 상태였다. 황제 일행이 한왕부로 오고 있다는 소식을 들은 요신이 즉각적으로 지시한 일이었다.

전북야에, 장손무극에, 맹부요까지. 그 무시무시한 셋이 한자리에 모이면 근방 3리 내에서 예측과 상식의 범위를 뛰어넘는 크고 작은 사건 사고가 발생할 가능성은 무한대에 수렴할 터……. 장난하시나? 그간 왕부 살림 꾸리느라 들어간 공이 얼마인데.

풀 한 포기 나무 한 그루 값나가지 않는 게 없는 이곳에서 술

먹고 개 된 셋이 난동이라도 피우면? 꼬꼬마 원보 대인을 짓뭉개기라도 하면?

백번 양보해 원보 대인은 안 건드린다 치자. 화초 망가지는 것만으로도 심각한 사태란 말이다!

타고난 장사치 요신은 현대의 가짜 술 유통업사들이 써먹는 꼼수를 일찍이 이 시절부터 깨우쳤다. 그리하여 오늘날 모태주병에 이과두주를 채우듯, 아란주 공주가 훔친 조석취 병에 이화백을 채워 두었던 것인데…….

이화백도 술은 술인지라 많이 마시면 취하는 건 당연지사였다. 어느덧 눈이 풀린 아란주는 화끈거리는 뺨을 감싸 쥐고 생각했다.

전북야 나쁜 놈! 젖은 속곳 때문에 풍한 들까 봐 벗겨서 말려 주려고 했더니. 내가 명색이 공주인데, 아무한테나 그렇게 살뜰히 봉사하는 줄 알아? 기껏 시중들어 줬더니만 고마운 줄도 모르고 도끼눈을 치떠? 흥이다, 흥! 나였으니 망정이지, 맹부요였어 봐. 그 자리에서 귀싸대기를 날렸을 거다. 만약 맹부요였으면……. 아니지. 나 말고 맹부요였으면 도끼눈이 다 뭐야, 제발 벗겨 달라고 매달렸겠지.

잠시 멍하니 있던 아란주는 가슴이 저릿한 느낌에 얼른 제 뺨을 찰싹 때렸다. 그러고는 술병을 집어 술을 목구멍에 꿀꺽꿀꺽 들이부었다. 조금 전에 피어오르던 생각을 술로 싹 씻어 배 속으로 다시 내려보낼 기세로.

술병을 비우고 입가를 쓱 훔쳐 낸 아란주가 중얼거렸다.

"아란주 이것아, 한심하게 뭐냐! 남의 집 술로 배 채우면서 집주인 질투하기야?"

아란주는 이리 휘청 저리 휘청 하면서, 게슴츠레한 눈으로 하늘에 걸린 달을 올려다봤다. 맨날 인상이나 쓰는 전북야 얼굴보다야 저 달이 훨씬 잘생겼구나, 하는 생각에 시구가 절로 읊어졌다.

"휘영청 밝은 달이 임의 어여쁜 얼굴 비추니, 단아하고 가냘픈 자태에 내 마음 애수에 잠기누나……."[4]

그런데 읊다 보니 너무 아련한 게 그 몹쓸 놈한테는 안 어울리지 싶었다. 차라리 지난번 술자리에서 맹부요가 읊었던 시가 훨씬 나을 것 같았다. 아란주는 허벅지를 쳐 가면서 암송을 시작했다.

"어젯밤 나뭇가지 휘도록 눈이 내렸기에 홀로 퍼마시다가 길바닥에 대자로 뻗었네. 옷가지를 홀라당 도둑맞고 보니 질투에 눈멀어 진탕 퍼마신 게 후회막심이로다. 군중 속에서 애타게나 자신을 찾다가 홀연 깨닫는구나. 알고 보면 다 딱한 사람들이로세!"

지붕 아래쪽을 순찰 중이던 시위 무리가 동시다발적으로 비틀했다.

마침 원보 대인 역시 그 근처 담벼락 밑을 지나고 있었다. 녀석은 원래 맹부요 방에서 잘 생각으로 육감적인 몸을 침상에

---

4 《시경詩經 · 진풍陳風》에 실린 작자 미상의 시 〈월출月出〉 중 일부분이다.

누인 채 기다렸으나, 한참이 지나도록 대왕께서는 납실 기미가 없고 훔쳐 마신 술 탓에 점점 오줌이 급해져서 밖에 나온 참이었다.

장손무극은 애완동물이 술 마시는 걸 금했지만, 오늘 밤에는 본인도 살짝 취한 것 같았다. 그 틈에 원보 대인은 술자리에서 나온 빈 병을 하나하나 들락거렸다. 바닥에 남은 술만 해도 원보 대인에게는 충분한 양이었다. 특히 술병을 알뜰살뜰 비울 줄 모르는 전북야가 있었기에, 병 세 개를 순회하고 나자 배가 대설산처럼 불뚝해졌다.

처음에는 오줌을 해결할 장소로 화단을 눈독 들였으나, 그 두엄 밭은 아무래도 불결하리라는 생각이 들었다. 그때부터는 여기저기 들쑤시고 다니면서 왕부 꾸밈새를 시찰하기 시작했다.

시위들에게는 일찌감치 지침이 내려진 바 있었다. 하얗고 동그란 털 뭉치가 굴러다니는 걸 보더라도 절대 쥐 잡듯 때려잡지 말고 모른 척하라는.

원보 대인이 머리 위쪽에서 들려오는 '훌륭한 시구'를 감지한 건 모처에서 볼일을 마친 직후였다. 대인은 그 즉시 쪼르르 지붕 위로 올라가 아란주 옆에 큰대자로 드러누웠다. 고개를 돌린 아란주가 빨강 바람막이를 두른 하얀 털 뭉치를 발견하고는 배시시 웃으며 말했다.

"원보, 역시 너밖에 없다! 이렇게 와 줄 줄도 알고!"

원보 대인은 아직 비워지기 전인 술병에 눈을 고정한 채 마지못해 웃어 주었다.

이 몸은 술 냄새 푹푹 풍기는 데서 잠드는 게 좋을 뿐이니라.

사람 하나와 쥐 하나가 똑같은 자세로 누워 있은 지도 한참, 하늘가에 걸린 달을 넋 놓고 쳐다보던 아란주가 탄식했다.

"진짜 멀다, 멀어……."

원보 대인은 아란주를 힐끗 곁눈질하며 생각했다.

말 속에 뼈가 있구나, 뼈가 있어…….

술병에 기어들어 가서 꼼지락거리던 원보 대인이 갑자기 코를 킁킁거리더니 귀를 쫑긋 세웠다. 아란주도 이상한 소리를 듣고 일어나 앉아 저만치 앞쪽을 내다봤다.

저 멀리서 누군가 비틀거리며 걸어오는 모습이 보였다. 심각한 부상을 당했는지 걸음걸이가 힘겨웠다. 싸늘하게 쏟아지는 달빛 아래, 어렴풋하게 보이는 사람의 온몸은 새빨갛게 피범벅이었다.

그자는 한왕부 쪽으로 접근 중이었다. 골목 두 개만 더 지나오면 곧 왕부 앞에 당도할 터였다.

더 멀리서는 회색 옷을 입은 무리가 그를 뒤쫓아 오고 있었다. 회색 옷의 무리는 어떻게든 그자가 한왕부에 당도하는 것을 막아야 하는 모양이었다. 무리 선두에서 달리던 자가 활에 화살을 먹이더니 멀찍이서 피투성이 인물의 등을 겨눴다.

얼씨구……. 이 태평연월의 벌건 야밤에, 정의로운 아란주 공주님이 두 눈 시퍼렇게 뜨고 계시는 앞에서 겁도 없이 살인을 벌여? 앙?

흥!

지붕을 훌쩍 박차고 오르는 동시에 술병 두 개를 집어 든 아란주가 병을 양손으로 휘두르며 골목을 향해 쇄도해 갔다. 왕부 앞쪽 골목 담벼락을 단숨에 넘어선 그녀는 허공에 뜬 상태에서 저만치 날아오는 화살을 겨냥해 술병을 내던졌다.

그런데 술병이 손을 떠나는 찰나, 시야 끄트머리에 새하얀 무언가가 포착됐다. 싸한 느낌에 뒤를 돌아봤더니 원보 대인이 있어야 할 지붕 위가 휑하게 비어 있는 게 아닌가. 다시 앞쪽으로 고개를 돌린 아란주의 눈에 들어온 것은 비행 중인 술병 속에서 팔다리를 쩍 벌리고, 새하얀 털을 휘날리면서, 까맣고 커다란 눈을 똥그랗게 부릅뜨고 있는 털 뭉치였다…….

"으아악!"

비명을 지른 아란주가 즉시 그쪽으로 몸을 날렸지만, 술병은 그녀가 미처 따라잡기도 전에 화살촉과 충돌했다. 아란주는 다시 한번 새된 소리를 내지르면서 두 눈을 질끈 감았다. 피가 뚝뚝 떨어지는 생쥐 꼬치 같은 건 보고 싶지 않았다.

그런데 다음 순간, 웬 사내의 포효가 귓전을 때렸다.

반짝 눈을 뜬 아란주의 눈에 들어온 것은 박살 난 술병과 추락 중인 화살, 그리고 화살을 밟고 멋들어지게 날아간 원보 대인이 유려하기 그지없는 '도약하면서 360도 돌아 앞다리 차기' 기술로 활 쏜 사내의 눈을 걷어차는 광경이었다.

그 발차기는 아예 사내의 눈알을 터뜨려 버렸다…….

끔찍한 통증이 찾아들자 사내는 포효와 함께 냅다 칼을 휘둘렀다. 원보 대인은 칼날을 좌우로 샥샥 피하면서 날쌔게 뛰어

다녔지만, 개중 몇 차례는 칼을 맞기 직전까지 가서 아란주를 기절초풍하게 만들었다.

아란주는 지체 없이 적을 향해 달려들면서 나머지 술병 하나를 있는 힘껏 집어 던졌다. 곧이어 회색 옷의 무리가 벌 떼처럼 몰려와 그녀 주변을 포위했다. 저마다 손에는 서슬 퍼렇게 번뜩이는 도검을 꼬나들고서.

선두에서 무리를 이끌던 사내가 얼마 떨어지지 않은 곳에 우뚝 서 있는 한왕부를 곁눈질하면서 잠시 망설이더니, 이내 팔을 내두르며 억눌린 소리로 일갈했다.

"빠르게 끝내!"

그 소리에 히죽 웃은 아란주가 뒤에 차고 있던 충천연색 곡도를 빼서 허공에 현란한 칼자국을 꽃피워 냈다.

"덤벼! 안 그래도 오래 쉬었더니 손이 근질근질하던 참이다!"

잽싸게 그녀의 어깨 위에 올라앉은 원보 대인도 앞발을 위협적으로 쳐들어 권법 자세를 잡았다.

주위를 에워싼 회색 옷의 괴한들이 무서운 기세로 포위망을 좁혀 왔다. 순간 번뜩이며 뻗어 나간 곡도가 무지갯빛 반원을 그리면서 그중 한 놈을 격퇴했다.

아란주는 손발이 바쁜 와중에도 고개를 틀어 처음 지붕에서 발견했던 사람을 확인했다. 숨이 거의 끊어져 가는 상대방은 얼굴 전체가 피투성이였고, 헝클어진 머리카락이 피에 엉겨 붙어 이목구비 절반을 가리고 있었다. 그럼에도 아란주는 처음에 이어 두 번째로 눈길을 주자마자 상대가 누군지를 기억해 냈다.

아란주가 당혹한 투로 말했다.

"당신은……!"

아란주와 원보 대인이 처마 위에서 술을 마시던 시각, 맹부요 대왕께서는 숙면 중이셨다. 그녀는 아득한 궁궐 전각에서 엄마한테 인삼탕을 먹여 주는 꿈을 꾸고 있었다. 고요한 전각 안에는 구름이 자욱했고, 수저와 사기그릇이 부딪치는 소리만이 간간이 울렸다.

그녀가 엄마를 보며 웃자 엄마도 그녀를 보며 웃었다. 그렇게 서로 마주 보고 헤실거리고 있는데, 전각 입구가 '쾅' 하고 열리더니 거대한 바윗덩이가 굴러 들어와 그녀를 깔아뭉갰다.

바윗덩이가 굴러 들어와…….

맹부요가 번쩍 눈을 떴다.

악몽인가? 가위눌린 거? 꿈속의 묵직한 중량감이 왜 아직도 느껴지는 것 같지? 그나저나 어디서 이렇게 찬 바람이 들어와?

술 냄새가 확 풍기는가 싶더니 그녀의 몸 위에 얹힌 누군가의 숨소리가 들려왔다. 천천히 눈을 들어 상대의 체격과 옷차림을 뜯어본 맹부요는 대번에 눈썹을 곧추세웠다.

거 뭐시기, 누구냐……, 이놈의 빌어먹을 전북야가 죽고 싶어 환장을 했나. 지금 맹부요 대왕님을 깔개 삼아 자빠져 자는 거야?

냅다 밀쳐 내려는 찰나, 전북야가 홱 돌아누워 얼굴을 아래로 하고는 그녀를 힘줘 껴안았다. 맹부요는 인상을 쓰면서 무릎을 굽혀 전북야를 밀어 올려 보려 했다.

첫 번째 시도는 실패. 두 번째 시도에서는 힘을 넣은 덕분인지 전북야가 '윽' 소리를 냈다. 그렇다고 밀려난 건 아니지만.

낯빛이 까맣게 썩은 맹부요가 쏘아붙였다.

"전북야! 술 처마시더니 머리가 어떻게 됐나, 오밤중에 처녀 방에를 쳐들어오고!"

이때 전북야가 눈을 떴다. 눈동자 속에 이채가 어른거리고 있었다.

그토록 새카만 눈동자, 너무나도 가까운 거리. 전북야만이 가진 유창목 같고 심연 같은 검은색이 거대한 마력을 품은 소용돌이로 화해 강렬한 흑색 광채를 발하며 그녀를 끌어당겼다.

맹부요는 순간 멍하니 굳어 버렸다. 그 눈빛에 가슴팍을 한 대 세게 얻어맞은 기분이었다. 희미하게 통증마저 느껴졌다.

상대방의 낮게 잠긴 목소리가 들려왔다.

"여긴 내 방이다."

"어어……."

맹부요가 당황한 눈으로 방 안을 한 바퀴 둘러봤다. 그러고 보니 꾸밈새만 봐도 안방 같지는 않았다. 어느 모로나 손님방에 더 가까워 보였다.

불청객은 전북야가 아니라 나였단 말인가?

"그럼 됐고요. 비켜 줄라니까."

맹부요는 당장 상대를 밀어내려 했지만, 전북야는 꿈쩍도 하지 않았다. 그녀가 진력을 쓰는 만큼 전북야도 진력을 써서 버티고 있었다. 한 눈금의 오차도 없이, 절대로 그녀보다 많은 힘을 주지는 않고서.

곧이어 그가 나른하게 말했다.

"술이 과해 그런가, 누운 자리에서 일어나고 싶지가 않군."

전북야는 그 자세에서 팔꿈치로 침상을 짚고서, 맹부요의 어깨에 기댄 그녀의 호흡에 섞인 그녀 본연의 향기를 음미했다. 가볍고 부드럽되, 그윽하고 순도 높은 향이었다. 오늘 밤 마신 술과 같이 배꽃을 닮아 엷고, 나긋하고, 은은하면서도, 시간이 지날수록 처음에는 몰랐던 향기로운 정취에 젖게 되는.

순백의 꽃잎처럼 은근히 코끝을 스쳐 지난 향내가 바람 속으로 사라지고 나서도 가슴 깊숙이 스며든 잔향은 오래도록 지워질 줄을 몰랐다. 사방으로 물씬 퍼지는 향기로움에 이끌려 그 뒤를 쫓게 되지만, 결국은 멀리 바람 속에 있어 손 닿을 수 없는, 그런 향.

전북야는 눈을 감고 숨을 깊게 들이마셨다. 많은 것을 바라지는 않았다. 그저 조용히, 맹부요만의 향기와 분위기에 젖고 싶은 것뿐이었다. 그는 이번 생에 천하를 손에 넣었으나, 그녀에게 이만큼 가까이 다가가 볼 기회와 시간은 아마 많이 얻지 못할 터였다.

힘으로 어찌해 볼 마음은 없었다. 그녀의 뜻을 거스르고 싶지 않았다. 그러니 달빛 별빛과 그녀의 향기가 한데 섞인 이 순간의 공기를 묵묵히 호흡하는 것 정도는 허락해 주기를. 짧은 재회의 끝, 만날 수 없는 기나긴 날들에 찬찬히 그녀를 추억할 수 있도록.

돌연, 맹부요가 한숨을 푹 내쉬더니 조그맣게 말했다.

"침상만 불쌍하게 됐네……."

그러고는 대뜸 침상 상판 위에 주먹을 내리꽂았다. 굉음과 함께 상판 가운데가 동강 나면서 침상 전체가 내려앉았다.

맹부요는 상판이 비스듬히 기울면서 만들어진 삼각형 빈틈을 통해 여유롭게 침상 밖으로 굴러 나가면서, 바닥에 떨어져 있던 이불을 차올려 전북야의 머리에 덮어씌웠다.

내의 차림에 맨발로 지면을 딛고 선 맹부요가 전북야를 한번 쏘아보고 겉옷을 챙겨 나가려던 때였다. 전북야가 말했다.

"잠깐!"

그의 외침을 무시하고 꼿꼿한 자세로 성큼성큼 걸음을 내디디던 맹부요는 뒤쪽에서 이불을 걷어 낸 전북야가 몸을 일으키는 걸 감지했다. 그 즉시 바깥을 향해 몸을 날렸으나, 결국은 전북야가 뻗은 팔에 붙들리고 말았다.

그가 바닥 쪽으로 슬쩍 허리를 굽히자 맹부요가 미간을 찌푸리면서 쏘아붙였다.

"전북야! 내 입에서 험한 소리 나오게 하지 말아요. 진짜 거기까지 가면 수습 안 될 테니까! 알 만한 사람들끼리 뭐 하자는……."

다음 순간 맹부요는 흠칫하고 말았다. 열린 문틈으로 희미하게 비쳐 든 달빛이 이미 자세를 바로 한 전북야를 비추고 있었다. 달빛 아래 그의 손에 들린 것은 신발 두 짝, 그녀의 것이었다.

손에 들린 신발을 가볍게 흔들어 보인 전북야가 한쪽 무릎을 접고 앉았다. 그러고는 앉은 자세에서 맹부요의 발을 살며시 들어 올려 신발을 신겨 주며 말했다.

"도망칠 때는 도망치더라도 이 엄동설한에 맨발이라니, 풍한 들겠다고 작정한 건가? 누구 찔리라고 그런 짓을 해?"

서늘한 달빛이 문간 근처에 그려 낸 반부채꼴 광채의 영역, 그 안에 무릎을 꿇고 앉은 대한 황제는 자신이 아랫사람에게 봉사를 한다든지 파격적인 관용을 베푼다는 생각은 추호도 하지 않고 있었다. 그는 전혀 거리낌 없는 태도로, 단지 사랑하는 여인에게 신발을 신겨 주는 데 온 신경을 쏟고 있을 뿐이었다.

그의 손바닥은 오랜 세월 검을 쥐고 무공을 연마한 데다 사막의 모래바람에 시달린 탓에 다소 거칠었다. 바짝 긴장하고 있는 맹부요의 발등, 그 보드라운 살결에 전북야의 거칠거칠한 손이 닿았다. 무인으로서 극도로 예민한 감각을 가진 그녀에게 발등에 느껴지는 감촉은 너무나 뜨겁고도 선명했다.

반면에 전북야는 다소 서늘한 살결과 정교한 복사뼈를 손안에 쥐고서, 마치 연옥을 감싸 쥐고 있는 듯한 감촉에 가슴 설레고 있었다.

맹부요는 당황한 와중에도 상대의 뜨거운 손가락이 갑자기 파르르 떨리는 걸 느꼈다. 델 것 같은 열기에 화들짝 놀라 황급히 발을 뺀 그녀는 순간 전북야가 나머지 신발 한 짝까지 신겨 주려 들지도 모른다는 불길한 예감에 휩싸였다.

발끝으로 잽싸게 신발을 낚아 올려서 허둥지둥 꿰어 신는 한편, 깨금발로 폴짝거리며 거리를 벌렸다. 대한 황제는 여전히 한쪽 무릎을 꿇은 자세 그대로였다. 살짝 아래로 떨군 얼굴 쪽으로 눈길을 옮기자 귓불이 불그레하게 달아오른 게 보였다.

전북야는 신발을 신겨 주는 동안 단지 그 행위에 집중했을 뿐, 별다른 생각을 하지 않았다. 일국의 황제라는 존귀하기 이를 데 없는 신분을 가졌다 한들, 그것이 맹부요를 자기 아래로 보는 근거가 될 수는 없었다.

그녀는 그가 가장 힘겨웠던 시기에 나타나 고난을 함께해 준 사람이었다. 대한 강산의 절반은 그녀의 것이라 해도 과언이 아니었고, 그녀 덕분에 죽음의 위기를 넘긴 적도 수차례였다.

그런 여인 앞에서 제왕의 존엄이며 천자의 위엄 따위가 다 무엇인가. 그는 정말로 그저, 풍한이라도 들까 걱정이었을 뿐이었다. 매번 그녀의 살결이 손끝에 닿노라면 본인도 모르게 이성이 날아가 버려서 그렇지…….

대한 황제는 한쪽 무릎을 접고 앉은 채 심호흡을 하면서 손바닥을 차디찬 바닥에 가져다 댔다. 피가 뜨겁게 몰려 꿈틀거리는 무언가를 억누르기 위해서였다. 그리고 잠시 후, 천천히 몸을 일으켰다.

허겁지겁 외투를 걸친 맹부요는 무슨 말을 해야 좋을지 몰라 고민하던 끝에 소매로 얼굴을 가리고 한마디를 내뱉었다.

"갈게요."

막 뒤돌아서는데, '벅벅' 뭔가를 긁는 소리가 들렸다. 영 괴상하고, 짐승이 벽을 긁는 듯한 소리였다. 다음 순간 방 맞은편 담벼락 위에 흰색 그림자가 휙 스치더니, 새하얀 털을 휘날리며 나타난 원보 대인이 앞발을 휘저으며 소리쳤다.

"찍찍! 찍찍!"

"저건 왜 또 술주정이야?"

피식 웃으며 말한 맹부요가 돌연 미간을 찌푸렸다. 원보 대인의 하얀 털 사이에서 붉은색 얼룩을 발견한 것이다.

피?

맹부요가 담벼락을 향해 솟구쳐 오르는 찰나, 그림자 둘이 차례로 곁을 스쳐 갔다. 전북야와 장손무극이었다.

장손무극이 팔을 뻗어 원보 대인을 잡아챘다. 그는 바로 옆 원락에서 자다가 침상이 부서지는 소리를 듣고 깬 참이었다.

항상 단정한 옷매무새에, 결코 기품을 잃는 법이 없던 태자 전하께서는 어찌 된 영문인지 오늘따라 정돈되지 않은 모습이셨다. 느슨하게 벌어진 앞섶 사이로 섬세한 일자 쇄골과 매끈한 가슴팍이 살짝 드러나, 나른하면서도 육감적인 매력을 풍기고 있었다. 맹부요는 그 모습을 보자마자 얼굴이 새빨개져 허둥지둥 눈을 돌렸다.

그런 그녀를 쓱 쳐다본 장손무극이 이어서 전북야에게 눈길을 줬다. 그사이에 손안에서 원보 대인이 몇 마디를 더 찍찍거렸다.

담장 꼭대기에 올라선 맹부요가 말했다.

"쥐 새끼 다쳤어? 어? 쥐 새끼 다쳤어!"

그녀의 마지막 말에서는 살기가 풀풀 날렸다.

원보 대인이 장손무극의 손안에서 필사적으로 몸통을 빼내 왕부 바깥쪽을 가리켰다. 그쪽으로 돌아선 세 사람은 골목 몇 개를 사이에 둔 저 멀리에서 알록달록한 사람 하나가 온몸에 피를 뒤집어쓴 채 사력을 다해 싸우고 있는 광경을 목격했다. 그 주위로는 회색 옷을 입은 괴한들이 떼를 지어 포진한 채, 그 사람을 차츰차츰 한왕부 반대 방향으로 몰아가고 있었다. 곡도의 생김새만으로도 그 사람의 정체가 아란주라는 걸 알아보기는 어렵지 않았다.

"저 역적 놈들이!"

버럭 호통을 친 사람은 흉포한 한왕 어르신이셨다.

"정작 이 몸은 가만히 있는데 웬 간이 배 밖에 나온 놈들이 우리 집 토끼를 사냥해?"

그녀의 호통이 미처 끝나기도 전에 전북야가 먼저 토끼를 구하러 달려갔다. 전북야의 시위들과 왕부 경비병들도 수상한 낌새를 채고 집결한 상황. 허리에 손을 얹고 담벼락 위에 버티고 선 맹부요가 골목 쪽을 척 가리키며 말했다.

"저쪽이다! 우두머리는 산 채로 잡아 오고 나머지는 모조리 짓밟아 죽여!"

"예!"

대답 소리가 우렁차게 울렸다. 그와 동시에 왕부 정문, 측문, 후문이 일제히 열리면서 대규모 시위 무리가 새카만 유사 流沙처럼 쏟아져 나와 순식간에 골목 쪽으로 밀려갔다. 다급한 말발굽 소리와 무거운 가죽 장화가 거리를 때리는 소리가 밤의 어둠을 깨뜨리고, 고요에 잠겨 있던 성 전체를 뒤흔들었다.

횃불이 차례로 타오르기 시작해 한왕부 근방을 대낮처럼 밝혔다. 이쯤 되자 회색 옷의 괴한들도 뭔가 잘못됐다는 걸 깨닫고 도망치려 했다.

바로 그때 검은 그림자가 허공을 스치더니, 누군가 성난 용과 같은 기세로 괴한들을 향해 달려들었다. 아란주는 술기운에 체력 소모까지 겹친 까닭에 적들의 포위 공격을 당해 내지 못하고 살짝 부상을 입은 상태였다. 괴한들을 향해 달려든 그림자는 일단 아란주를 한쪽으로 피신시키고, 그 김에 근처에 있던 놈의 목숨 줄을 손아귀 힘만으로 으스러뜨렸다.

그야말로 눈 깜짝할 사이에 벌어진 일이었으나, 고도로 훈련된 한왕군과 시위들은 그 짧은 시간 안에 벌써 근처 골목을 모조리 봉쇄하고 괴한들을 포위한 뒤였다. 활활 타오르는 횃불이 절망에 찬 괴한들의 얼굴을, 그리고 만면이 피 칠갑인 채 골목길 담벼락에 기대어 있는 남자의 눈을 비췄다.

남자는 너덜너덜한 소맷자락을 들어 이마 위를 가린 채로 대한 황제가 찬란하게 반짝이는 불빛을 뚫고 한 마리 용처럼 날아드는 모습을 목도했다. 대한의 철기가 폭풍처럼 몰려오는 광경도, 검푸른 장포를 입은 수려한 외모의 소년이 수많은 병사의 호위를 받으며 큰 걸음으로 걸어오는 광경 역시도 목도했다. 소년의 자태는 대쪽처럼 곧았고, 두 눈에서는 살기가 뿜어져 나오고 있었다.

소년을 발견한 남자가 옷소매에 가려진 눈을 끔뻑이자 가느다란 눈물 두 줄기가 그의 얼굴에 온통 덧칠된 핏자국을 따라 천천히 아래로 흘러내렸다. 남자가 중얼거렸다.

"옥초, 그대의 죽음은 헛되지 않았소……. 내 이렇게…… 살아서 한왕을 만나게 되는구려……."

⁂

맹부요가 성큼성큼 골목에 접어들자마자 제일 먼저 발견한 것은 머리가 엉망으로 헝클어진 채 가쁜 숨을 몰아쉬고 있는 아란주였다. 심지어 왼쪽 팔에서는 피까지 철철 나고 있었다.

분개한 맹부요가 고개를 홱 틀어 회색 옷의 괴한들을 잡아먹을 듯 노려봤다. 놈들은 더 이상 아란주를 공격할 엄두를 내지 못하고 한데 모여서 서로 등을 맞대고 있었다. 잔뜩 겁에 질린 놈들 역시 맹부요를 쳐다봤다.

허약해 보일 만큼 예쁘장하게 생긴 이 소년이 바로 그 흉악하고 파렴치하기로 천하에 이름난 한왕이란 말인가? 주변에 온갖 사달이 끊이지 않는다는?

한왕은 여인의 몸이라 들었거만. 게다가 최근 십대 강자 대열에 들어간 구소와 동일인이라더니?

원보 대인에게 얻어맞아 눈알이 터진 우두머리는 낯빛이 어둡게 가라앉은 채 몹시도 심란한 눈빛을 하고 있었다. 떠나오기 전에 윗분으로부터 귀에 딱지가 앉도록 들은 당부 탓이었다. 반드시 목표물이 한왕부에 당도하기에 앞서 제거해야 하며, 한왕 본인에게 들키는 일은 절대로 없어야 한다는.

방파 내에서도 최정예로 꼽히는 그들이 머리 짜내느라 갖은 애를 쓰고, 국경을 넘는 수고까지 해 가면서 목표물을 추격해 온 것은 순전히 이번 일에 걸린 막대한 보수 때문이었다. 그들 중 누구도 공연히 강적의 비위를 건드리고 싶은 생각은 없었다. 그런데 운이 나빴던 것인지, 이래저래 자꾸 변수가 생기더니 결국은 일이 이 지경까지 오고야 만 것이다. 이제 이 상황을 어찌 수습한단 말인가.

우두머리는 소속 방파 이름을 밝히고 듣기 좋은 말로 살살 협조를 요청하는 게 최선이라는 결론을 내렸다. 한왕이 아무리 막무가내라고 쳐도 타국 방파의 일원을 함부로 죽여서 문제를 만들려 들지는 않을 것이다. 조금 전 싸움으로 인한 피해는 재수가 없었다 생각하고 감수하는 수밖에. 일단 목숨만 부지하면 놈을 없앨 기회야 나중에도 얼마든지 있지 않겠는가.

작전을 정한 우두머리가 마지못해 입꼬리를 끌어 올리며 허리를 굽혔다.

"외람되오나, 한왕 전하이신지요?"

말투 공손한 거 보게. 이 판국에 목숨 부지할 생각을 한다 이거지?

대단히 흥미롭다는 눈으로 상대를 쳐다보던 맹부요가 입만 웃으며 대꾸했다.

"외람까지야. 이 몸이 한왕 되오만."

"존함만 익히 들어오다가 오늘 이리 직접 뵙게 되니 영광스럽기 그지없습니다."

우두머리가 재차 허리를 숙였다.

적을 앞에 두고 고상하게 문자 쓰는 자객이라니.

맹부요는 참으로 재미있는 작자라 생각하며 상대를 빤히 쳐다보고 있었다. 이렇게 협조적이라면 입 여느라 고문을 동원해 가며 힘 뺄 일은 없을 것 같았다.

눈을 가늘게 좁힌 맹부요가 느긋하게 말했다.

"그리 예의 차리실 것 없소. 그보다, 이 밤중에 왕부에 쳐들어와 본 왕의 친우를 공격한 저의가 대체 무엇인지?"

우두머리의 미간에 주름이 잡혔다.

기다렸다는 듯이 덤터기를 씌우시는군. 한왕부 제일 바깥쪽 담장에서부터 쳐도 여기까지는 무려 거리 네 개가 가로놓여 있고, 우리가 쫓던 목표물이 당신한테서 친우 소리 들을 신분은 더더욱 아닐 텐데. 이건 의도가 너무 음험하지 않은가?

우두머리가 얼른 한 걸음 앞으로 나섰다.

"왕야, 오해하지 말아 주십시오. 소생을 비롯한 형제들은 방파를 배반한 죄인을 뒤쫓다가 실수로 이곳 영지에 발을 들이게 된 것뿐입니다. 무례를 범하기는 했으나 같은 무림인으로 부디 너그러운 양해를 부탁드립니다."

눈을 반짝 빛낸 맹부요가 느릿느릿 말했다.

"오? 무림인이라? 하면, 소속을 밝히시겠소?"

우두머리가 가슴을 당당하게 펴더니, 말투는 겸손하되 표정은 자신만만하게 대꾸했다.

"선기국 장천방長天幇 소속입니다!"

그러고는 맹부요를 빤히 주시하며 말을 이었다.

"오늘 저희가 범한 무례를 조용히 묻어 주시고 반역자를 끌고 가도록 허락해 주신다면 장천방 전체가 왕야의 크나큰 은덕에 감읍할 것입니다. 비록 왕야께서 가지고 계신 힘과 지위에는 비할 바가 아니지만, 저희 장천방도 나름 천하에 이름을 알린 집단이니 언젠가는 왕야의 은혜에 보답할 날이 있겠지요."

맹부요가 고개를 갸웃하자 곁에 있던 만물박사 요신이 재빨리 그녀의 귓가에다 대고 속닥거렸다.

"선기국에서 제일 큰 방파이자 녹림 최대 세력입니다."

"음."

맹부요가 고개를 틀어 우두머리를 보며 살갑게 웃음 지었다.

"장천방이라……. 반갑소이다, 반가워!"

그녀의 표정을 본 우두머리는 마침내 마음을 완전히 놓았다.

맹부요가 상대를 쳐다보면서 말했다.

"책임을 묻지 않는 것도 그렇고, 반역자를 넘겨주는 것도 그렇고……. 뭐, 못 할 일도 아니지마는."

표정이 눈에 띄게 밝아진 우두머리가 잽싸게 끼어들었다.

"그렇게만 해 주신다면 방주께서 성의를 다해 보답하실 것입니다!"

"뭘 또 보답까지야. 다 같은 무림인끼리."

손을 휘휘 내저은 맹부요가 시위들의 부축을 받아 몸을 일으켜 세운 남자를 돌아봤다. 그녀의 눈빛이 돌연 예리하게 변했다.

선기국 성안군왕, 화언.

맹부요와는 두 차례 만난 적이 있는 사이였다. 첫 번째는 진무대회에서 운흔의 대전 상대로 나왔을 때였다. 당시 맹부요는 그의 웅혼한 진력에 깊은 인상을 받았다. 두 번째는 불과 얼마 전 헌원국 황후 책립식에서였다. 그때 부인인 선기국 공주 봉옥초와 함께 축하 사절로 참석한 그를 보고, 맹부요는 그들 부부가 황위 각축전에서 밀려난 걸 눈치챘다.

아니 그런데, 아무리 탈락자라고 해도 이런 결말은 너무 가혹하지 않나. 본국에서 쫓겨나 천 리 길을 도망쳐 다니다가 급기야는 국경 너머 이곳까지 흘러온 것인가.

화언은 맹부요의 기억 속에 꽤 괜찮은 사람으로 남아 있었다. 운흔과 맞붙었던 당시, 그는 누구보다도 진지하게 대결에 임했고 마지막에 패배를 인정하는 태도도 더할 나위 없이 깔끔했다. 말 그대로 진짜 사나이. 운흔의 적수로 손색이 없는 인물이었다.

맹부요의 눈이 화언을 쓱 한 번 훑었다. 그녀가 상대방의 눈 안에서 읽어 낸 것은 초조함과 절박함이 전부였고, 어디에도 겁먹은 기색은 없었다.

흡족하게 눈을 빛낸 그녀가 다시 고개를 돌렸다.

"그래도 이대로 그냥 보내 주는 건 부적절하지 싶은데……."

얼굴색이 급변한 우두머리가 다급하게 말했다.

"한왕……."

"장천방의 배신자가 아닐 텐데."

맹부요가 우두머리를 쏘아봤다.

"녹림의 역도들이 전부 군왕급이었으면 장천방은 벌써 나라를 세웠겠지. 본 왕 앞에서 허튼소리를 지껄이시겠다?"

우두머리의 낯빛이 또 한 번 변했다. 얼굴을 타고 흘러내리는 땀을 훔쳐 낸 그가 잠시 주저하다가 입을 열었다.

"무얼 어떻게 해 드리면 저희를 보내 주시겠습니까?"

"뭐 대단한 요구는 아니고."

맹부요가 손을 내저었다.

"내가 또 이 일대 민생과 치안을 책임지고 있는 장한 땅의 주인 아니겠나. 내 영지까지 들어와서 살인을 자행하려던 무리를 납득할 만한 사유조차 못 듣고 그냥 놓아준다면 대한국 한왕의 체면은 뭐가 되겠소?"

우두머리는 땅바닥을 내려다보며 고뇌에 빠졌고, 맹부요는 뒷짐을 지고 하늘을 올려다봤다. 전북야, 장손무극, 아란주는 곁에 있으면서도 아무런 말이 없었다. 무슨 문제든 맹부요 스스로 해결하도록 놔두는 게 습관으로 굳어진 까닭이었다.

어차피 맹부요는 모두의 특징과 장점을 한 몸에 겸비하고 있었다. 전북야의 살벌한 위세도, 장손무극의 의뭉스러움도, 아란주의 깡패 기질도, 무엇 하나 빠지는 것 없이. 그래서 세 사람은 마음 편히 여유를 부릴 수 있었다.

우두머리의 머릿속에서는 재빠르게 계산이 돌아가는 중이었다. 보아하니 제대로 된 사정 설명 없이는 빠져나가기 힘들 것 같았다. 이런 상황에서는 어느 나라 왕공이든 마찬가지 태도일 것이다. 한왕 정도면 이쪽 체면을 꽤 많이 봐준 축이라 할 수 있었다.

소문으로는 그렇게나 제멋대로에 막무가내라더니, 실제로 본 한왕은 상황 파악이 빠릿빠릿 잘되는 부류라는 느낌이었다. 게다가 이 정도 실력가라면 윗선에서도 언젠가는 줄을 대려 할 게 확실한데 미리 점수 좀 따 둔다고 뭐 큰일 나겠나.

제 깐에는 맹부요를 파악했다고 생각했으나 실상은 겉핥기에 그친, 자객으로서도 정객으로서도 얼치기밖에 못 되는 작자가 마침내 고개를 들고 맹부요 쪽으로 다가붙어 작게 소곤거렸다.

"비밀 꼭 지켜 주셔야 합니다. 실은 십일황자께서 저희 방주님께 저자를 붙잡아 달라고 의뢰를 넣으셨거든요. 살려서든 죽여서든 데려오기만 하라면서, 시체 쪽이면 더 반갑겠다고 그러더랍니다."

선기국 십일황자라면 황후의 첫째 아들, 선기국주 봉선이 가장 아끼는 황자라 했던가.

그 즉시 장손무극으로부터 넘겨받은 신상 자료를 떠올린 맹부요가 빙긋 웃으며 말했다.

"오호……, 그런 사정이 있었군! 그런데 십일황자는 왜 저자를 죽이려 하는 거요?"

우두머리가 어처구니없다는 식으로 맹부요를 곁눈질했다.

그토록 짧은 시간 안에 오주대륙 내에서도 손꼽히는 유력인사로 급부상한 유명 정객이 어떻게 저리 유치한 질문을 할 수 있는지 이해 불가였다. 하지만 그는 속내를 감추고 조심스럽게 답을 내놨다.

"제가 얼핏 듣기로는 성안군왕 손에 대단히 중요한 물건이 있는데, 그걸 회수해야 한다고……."

"흐음."

피식 웃고 난 맹부요가 기지개를 켰다.

"이런, 이런, 어쩌다 보니 잠잘 시간을 다 날렸네. 알겠으니 여기까지만 합시다."

그러고는 고개를 끄덕이면서 눈부시도록 환한 웃음을 지었다.

우두머리는 순간 흠칫했다. 그래도 예의는 갖춰야겠기에, 눈알 하나가 비는 데다가 반쪽은 피범벅인 얼굴로 머리털이 쭈뼛 서도록 흉측하게 웃어 보였다.

무척이나 다정하고 배려심 넘치는 웃음을 짓던 맹부요가 이내 뒤로 돌아서면서 뒷짐을 졌다. 그러더니 더 이상 아무런 말 없이 타박타박 걸음을 옮기기 시작했다.

우두머리는 뭐가 어떻게 돌아가는 건지 혼란스러운 상태로 그녀의 뒷모습을 응시하고 있었다. 그때 묵직하고도 살기등등한 구령이 귓전을 때렸다.

"사살하라!"

칼같이 딱 떨어지는 목소리. 그 안에 담긴 살기 또한 칼같이 날이 서 있었다.

우두머리는 등줄기가 선뜩해지는 감각과 동시에 커다란 꽃송이처럼 시야 한가득 피어난 선혈을 목도했다. 그칠 줄 모르고 뿜어져 나온 피가 그의 눈앞에 새빨간 장막을 드리웠다.

그 장막 너머로 뒷짐을 지고 느긋하게 멀어져 가고 있는 여인의 뒷모습이 보였다. 여인은 처음부터 끝까지 뒤쪽에는 눈길도 주지 않았다.

눈을 천천히 내려뜬 우두머리는 자신의 가슴팍에 휑하니 뚫린 구멍을 발견했다. 기묘한 일이지마는, 그 구멍을 통해 형제들이 피를 뿌리며 쓰러지는 모습이 똑똑히 보였다. 흙먼지 위에 쓰러진 형제들의 시체를 병사들이 발로 짓밟는 광경도 눈에 들어왔다.

그의 몸뚱이 역시 스르르 허물어져 내렸다. 생의 마지막 순간에 이르러, 한 가지 통렬한 깨달음이 뇌리를 스쳤다.

애초에 곱게 보내 주겠다는 말은 못 들은 것 같기도…….

✿

맹부요는 뒤편에서 울리는 비명이 아예 귀에 안 들리는 양, 곧장 화언 쪽으로 가서 상태를 확인한 후 수하들에게 그를 왕부 안으로 옮기라고 지시했다. 그러고는 아란주를 향해 돌아서서 물었다.

"주수, 심각한 거 아니야?"

"전혀. 겉에만 살짝 베였어."

곡도를 대충 휘둘러 보이며 대꾸한 아란주가 얼마 지나지 않아 기어들어 가는 목소리로 덧붙였다.

"부요, 나 때문에 또 귀찮게 됐지……."

"무슨 말이 그래?"

맹부요가 웃었다.

"날 때부터 귀찮은 일 수신기로 태어난 걸 어쩌겠어. 다른 짓도 아니고 내 구역에서 내 친구한테 칼질해 놓고 곱게 보내 주길 기대해? 어림없지!"

아란주는 아무 대답도 하지 않았다. 그녀가 아는 맹부요는 천 리 밖에서부터 도움을 구하러 달려온 화언이 왕부 앞에서 죽임을 당하는 꼴을 그냥 두고 볼 성격이 절대로 아니었다. 장천방과 원수를 지는 건 이미 예견된 결과였으리라.

하지만 그 자리에서 상대편 전원을 무자비하게 사살한 배경에는 아란주 자신이 당한 일이 주효하게 작용했을 것이다.

내 사람을 건드린 대가는 몰살이다!

어차피 척지게 될 사이라면 여지를 남겨 둘 필요가 뭐 있겠냐는 게 맹부요의 생각이었다. 그녀는 무슨 일이든 질질 끄는 걸 좋아하지 않았다.

화언을 힐끗 쳐다본 맹부요는 수하들에게 명해 그가 푹 쉴 거처를 마련해 주도록 했다. 이야기는 몸부터 추스른 후 나눠도 무방하리라.

그녀는 아란주에게도 쉬라고 말한 후, 못 잔 잠을 보충하러 느릿느릿 발걸음을 옮겼다. 이번에는 확실히 본인 침실을 향해.

원락에 들어서면서 하늘을 올려다본 그녀가 몹시 유감스럽다는 양 한숨을 내쉬며 중얼거렸다.

"내 황권 탐지기는 어째 수신 기능이 나날이 무섭게 발전하는 것 같냐. 국경도 넘기 전에 일이 터져 주시네."

"그야 타고난 사고뭉치인 탓이겠지."

곁에서 누군가 가볍게 웃음을 흘렸다.

슬쩍 그쪽으로 곁눈질을 했다가 느슨하게 벌어진 앞섶과 그 사이로 드러난 유혹적인 쇄골을 발견한 맹부요는 즉시 자기 코를 틀어잡았다. 그러고는 상대를 벽 모퉁이에 가둔 뒤 손수 앞섶을 단속해 줬다.

"형씨, 애먼 사람 죄짓게 만들지 말라고요!"

"그 죄, 제발 지어 줬으면 좋겠군."

장손무극이 피식 웃었다. 옥 같은 용모가 벽 모퉁이 어둠에 반쯤 잠겨 꿈결처럼 매혹적인 분위기를 자아내고 있었다.

그가 나지막이 말했다.

"침상은 부수지 않겠다 약속하리다."

날랜 손놀림으로 앞섶을 여며 주고 난 맹부요가 그제야 코에서 나머지 한 손을 떼면서 중얼거렸다.

"위험했어."

진짜 위험했다. 본인 앞에서 코피라도 뿜었으면 앞으로 저 얼굴을 어떻게 다시 보겠나.

"어차피 바로 자러 갈 것을, 이리 해 놓으면 번거롭지 않겠소?"

장손무극이 의미심장한 눈빛을 흘리면서 앞섶을 만지작거렸다.

"조금 전에야 알게 된 사실이오만, 앞섶을 풀어 놓으니 바람도 통하고 좋던데……."

"그럼 천천히 바람 쐬든가요. 난 자러 갈 거니까."

장손무극을 떼 놓고 저벅저벅 방으로 들어간 맹부요가 문을 '쾅' 닫고서 투덜거렸다.

"작작 좀 할 것이지!"

잠은 자고 싶은데 옷 벗을 엄두가 안 났다. 밖에 커다란 회색 늑대 한 마리가 떡 버티고 있으니 작고 순결한 토끼는 조심 또 조심할 수밖에.

아니나 다를까, 늑대는 자리를 뜨지 않고 침실 밖 창문가에 비스듬히 기대어 섰다. 달빛이 창호지 위에 그의 고상하고도 여유로운 옆모습을 그려 냈다.

맹부요는 불 꺼진 방 안에서 그 경이로울 만큼 완벽한 윤곽을 쳐다보며 생각했다.

역시 잘생긴 사람은 뭘 해도 잘생겨 보이는구나. 옥으로 깎아 만든 미남이라는 소리가 괜히 있는 게 아니네. 딱 저렇게 인간 세상을 초월한 미모를 두고 나온 말이겠지?

창문에 비친 그림자는 미동도 없는 게, 넋을 잃고 달을 올려다보는 듯한 모양새였다. 잠시 후, 창호지 너머에서 희미한 망설임과 착잡함이 실린 목소리가 흘러들었다.

"부요, 내가 그대를…… 잡아 둘 방도는 정녕 없겠소?"

맹부요는 순간 가슴이 덜컥 내려앉았다. 그녀의 거취 문제를 장손무극이 이렇게 직접적으로, 거의 애원에 가까운 투로 입에 올린 건 처음 있는 일이었다.

지금까지는 양쪽 모두 알면서도 마음속에만 담아 둔 채 입 밖으로 꺼내는 건 가능한 한 피하려 했었다. 서로의 최후 방어선을 건드리지 않기 위해.

그런데 오늘 밤에 그가, 얼핏 간결한 한마디에 불과할지 모르지만 둘 사이에서는 금기였던 말로 그녀 마음속의 방어선을 거세게 때린 것이다.

매사 감정을 쉽게 드러내는 법 없이 말이든 행동이든 빙빙 에둘러서 하던 사람이 갑자기 왜?

짧은 침묵 끝에, 마음을 독하게 다잡은 맹부요가 말했다.

"없어요."

단 세 글자가 마치 만 근도 넘는 바윗돌이라도 되는 양, 그녀의 대답을 들은 창 너머 그림자가 휘청했다. 대답을 한 그녀 역시 왈칵 눈물이 북받쳐 올랐다.

그녀는 두 눈을 꾹 감고 아무 말도 없이 창가에서 물러섰다. 그러고는 더듬더듬 침상으로 가 어둠 한복판에 조용히 앉았다. 창밖에서 다시 한번 장손무극의 나지막한 목소리가 들려왔다.

"……만약, 그대에게 집이 생긴다면?"

맹부요는 일순 멍해졌다. 그녀가 직관적으로 해석한 장손무극의 말뜻은…… 구혼이었다.

대체……. 결론은 거절일 걸 정말 몰라서 묻는 말일까?

장손무극이 길게 한숨을 내쉬더니 말했다.

"부요, 지금껏 그대가 낳아 준 부모님을 찾고 싶다는 말을 하는 걸 들어 본 적이 없소."

맹부요는 침묵했다. 그가 말한 집의 참된 의미를 이제야 알 것 같았다.

그녀의 두 손이 싸늘한 이불을 힘줘 감아쥐었다. 차갑게 미끌거리는 견직물의 감촉이 이 순간의 심정을 닮아 있었다. 침묵을 지키던 그녀가 잠시 후 입을 열었다.

"난…… 남의 인생 어지럽히기 싫으니까, 됐어요."

어차피 현대로 돌아갈 작정인 거, 이번 생의 부모들은 자신을 잊고 살도록 둬도 그만이었다. 지난 14년간 그녀 없이 살아왔듯이 앞으로도 영원히.

지금 가진 힘과 지위면 장손무극을 비롯한 주변인들의 도움 없이도 다섯 살 이전의 기억과 과거를 찾는 일쯤이야 전혀 문제가 안 될 터였다.

하지만 굳이 그럴 필요가 있을까?

다섯 살 이전의 기억은 띄엄띄엄한 편린으로만 남아 있었으나, 그걸 바탕으로 모호한 윤곽을 짜 맞춰 보는 건 가능했다.

그녀는 어렴풋하게나마 자신의 유년이 어둡고, 서럽고, 외로운, 악몽 같은 시절이었음을 알고 있었다. 그런 유년기를 보내게 했다는 건 무슨 고충이 있었는지는 몰라도 부모가 자식을 제대로 돌보지 못했다는 뜻이었다. 그렇다면 뒤늦게 자신들을 찾아온 딸이 부모에게는 오히려 번뇌를 안길 수도 있는 문제였다.

사람이면 누구나 그렇듯 그녀 역시 유리 표면처럼 매끈하게 빛나는 삶을 원했다. 어렵사리 되찾은 과거가 만약 악몽이라면…… 생각만으로도 겁이 났다.

창밖의 장손무극도 침묵에 잠겨 있었다. 그는 입을 열지도 자리를 뜨지도 않고서, 그저 가만히 창가에 기댄 채였다.

한 사람은 창문 밖에서, 다른 한 사람은 창문 안에서. 둘은 얇디얇은 창호지 한 장을 사이에 두고 서로의 착잡하고도 근심 어린 숨소리에 귀를 기울이고 있었다.

밤은 이다지도 짧아 어느덧 하늘 가장자리에 새벽빛이 비치는데, 남은 앞날은 멀고도 아득하기만 했다.

❋

며칠 후, 맹부요는 마침내 선기국을 향해 출발했다. 전북야는 그녀를 국경 지대까지 데려다주고 그곳에서 침울한 표정으로 작별을 고했다. 전북야도 선기국으로부터 초청장을 받기는 했지만, 그렇다고 덥석 따라갈 수는 없는 노릇이었다.

그는 제위에 오른 지 얼마 되지 않아 아직 돌보아야 할 일이 산더미인 신임 황제였다. 억지로 시간을 빼서 헌원국에 갔던 것도 사실은 몹시 부적절한 처사였다.

근래 변경을 한 바퀴 돈 거야 국토 순시였다 치고 넘어갈 수 있겠지만, 이 판국에 선기국까지 다녀오는 건 말이 안 되는 일이었다. 그를 대신해 대한 대표로 가게 된 맹부요가 히죽 웃으며 말했다.

"걱정하지 말아요. 대한국 새 황제 폐하 위엄에 먹칠하는 일은 절대로 없을 거니까."

"내 위엄에 먹칠할 걱정은 안 한다."

전북야가 그녀를 응시하며 시원스럽게 웃어 젖혔다.

"네 위엄이 과해서 선기국을 뒤집어 놓을까 봐 걱정이지."

"에이, 전혀!"

맹부요가 고개를 가로저었다.

"남이 건드리지만 않으면 나도 이번에는 아무도 안 건드릴 거예요. 만약 먼저 건드리는 사람이 있어도 최대한 참을 거고."

"만약 누가 죽자고 덤비면?"

아란주가 궁금하다는 양 묻자 맹부요가 송곳니를 번뜩이며 씩 웃었다.

"그럼 본때를 보여 줘야지!"

아란주가 어깨를 으쓱한 직후, 맹부요가 곁으로 바짝 다가붙어 속닥거렸다.

"주주, 성공의 날이 머지않았는지도 몰라. 그러니까 포기하지 말고 계속 분발해. 그날 밤에 달려가던 속도로 봐서는 너한테 아주 마음이 없지는 않은 거야."

아란주의 눈이 반짝 빛났다.

"그렇단 말이지? 그럼 당분간은 대한에 남아 있어야겠다. 원래는 따라가려고 했는데."

"나 따라오는 것보다야 남자 낚는 게 중요하지, 얼른 가 봐!"

116

아란주의 등을 떠민 맹부요가 히죽이 웃으면서 철성, 기우, 그리고 호위들과 함께 말에 올랐다. 이번 선기행은 대한의 위엄을 보여 주는 것이 목적이었기에 호위만 해도 무려 3천이 따라붙었다. 그것도 대한국 정규군 정예들로만.

한왕군을 따로 훈련시키기에는 시간 여유가 없다고 판단한 전북야가 정규군 중에서도 가장 용맹한 전사들을 차출해 그녀에게 붙여 준 것이다. 화염 같은 붉은색과 강철 같은 검은색이 섞인 갑옷을 입은 호위들은 무수한 실전으로 단련된 살기를 가감 없이 뿜어내고 있었다.

몸을 비스듬히 틀어 시위 대열에 섞여 있는 화언을 쳐다본 맹부요는 어젯밤 그와 나눈 이야기를 떠올렸다. 잠시 멍하니 생각에 빠져 있다가 고개를 들자 앞쪽에서 장손무극이 미소 지으며 자신을 기다리고 있는 모습이 눈에 들어왔다. 곧바로 채찍을 내리친 맹부요는 자욱한 먼지구름을 일으키며 앞을 향해 질주했다.

선기야 기다려라, 대왕님께서 가신다!

등쳐 먹고 두들겨 패기

끝이 보이지 않는 길 위로 새벽 햇살이 엷게 깔렸다. 2월이 가까워짐에 따라 겨우내 만물에 덧씌워진 얼음이 서서히 바스러지고, 봄바람이 종이 오리기를 하듯 산야를 오려 내 초록빛 가지와 잎을 드러냈다. 녹색 깃발처럼 나부끼는 신록 사이로는 연노랑 부리에 짙은 쪽빛 날개깃을 가진 새가 보드라운 구름자락을 물고 날아다녔다.

사람이 다니기에는 아직 이른 시간, 텅 빈 관도 위에서 나란히 말을 모는 한 쌍이 있었다. 다름 아닌 맹부요와 장손무극이었다. 그들 뒤쪽으로는 철성이 혼자 따라오고 있었다. 호위 3천을 꽁무니에 줄줄이 달고 다니기는 너무 거추장스럽다고 판단한 맹부요가 본진은 1리 뒤에서 따라오라 지시를 내린 까닭이었다.

그 때문에 폭풍 같은 질주에 익숙한 대한군 최정예들은 말고 삐를 단단히 죄고 맹부요의 뒷모습만 열심히 바라보고 있었다. 그녀의 말이 앞쪽에서 비틀거리기라도 할라치면 자기들도 똑같은 방향으로 주춤주춤 움직이면서.

장손무극은 언제나 그렇듯 은위를 제외한 인력은 데려오지 않았다. 오주대륙 황족 중에 심복을 단 한 명도 대동하지 않고 다니는 경우는 아마도 장손무극이 유일할 것이다.

물론 맹부요가 보기에 장손무극은 호위 같은 걸 필요로 할 사람이 아니었다. 그러나 한편으로 생각해 보면 그에게는 비밀이 너무 많은 데다가 남을 믿지 못해서인 것 같기도 했다.

앗, 아니지, 아니야. 그러고 보니 항상 데리고 다니는 호위가 하나 있기는 하지. 그 남다른 호위로 말할 것 같으면 지금은 거의 내 경호원 겸 장난감 겸 용돈 벌이 수단이 되어 버리기는 했지만.

새삼 양심의 가책에 휩싸인 맹부요가 어깨 위에서 팔짱을 끼고 경치를 감상 중인 원보 대인을 향해 말했다.

"쥐 새끼, 지난번에 네가 일해서 번 돈은 이율 6할 적용해서 내 소유 전장에 넣어 뒀어. 언제든 돈 필요하면 말만 해. 바로 빼 줄 테니까."

그러자 대번에 눈에서 빛을 뿜기 시작한 원보 대인이 앞다리를 격하게 휘두르면서 침이 튀도록 찍찍거렸다. 맹부요가 장손무극을 쳐다보자 그가 무심히 말했다.

"별다른 이야기는 아니고, 과일 절임이 먹고 싶다는군. 천하에서 제일 유명한 설방재 것으로. 대단히 손이 많이 가는 비법으로 맛을 내서 손바닥 크기 정도 되는 통 하나에 은자 열 냥을 받는, 그런 것이 있소."

"아아."

원금에 이자까지 합치면 한 통은 살 수 있겠군.

"많이도 안 바란다는군. 전각 하나만 가득 채워 주면 족하다는데."

장손무극이 통역을 이어 갔다.

"……."

"너무 큰 전각도 필요 없다고 하오. 헌원 황궁 정전 정도면 되겠다는데."

조건이 다 나온 게 아니었다니.

잠시 후, 맹부요가 한숨을 내쉬었다.

"쥐 새끼, 차라리 날 내다 팔아라. 그런다고 천하에서 제일 큰 전각이 절반이나 채워질는지 모르겠다만."

원보 대인이 몹시 불만스러운 투로 쏘아붙였다.

"찍찍, 찍찍찍찍!"

장손무극이 통역을 제공했다.

"그대보고 제비 주둥이에서 진흙 빼앗고, 바늘 끝에서 쇠 깎아 내고, 모기 배 속에서 비계 긁어 내고, 백로 다리에서 살코기 내어 먹을 천생 수전노라는군. 소갈머리는 멀쩡한데 인간성이 덜 되어서 양갓집 남정네를 핍박한다며, 본인의 순수하고, 어리고, 선량하고, 연약한 영혼에 상처를 줬다고……."

시끄럽게 떠들어 대는 쥐 새끼를 소매 안에 욱여넣으며, 맹부요가 타박을 놨다.

"이거 아주 토크 쇼 진행자감이구먼."

이때 장손무극이 유유히 덧붙였다.

"개인적으로 마지막 말은 몹시 옳다고 보오만."

맹부요는 눈길을 먼 산으로 돌렸다.

난 아무것도 안 들린다, 안 들린다……

웃음 띤 표정으로 고개를 살짝 기울여 그녀를 쳐다보던 장손무극이 이내 작게 한숨을 흘렸다. 그 한숨의 이유는 밝히지 않은 채로 그가 앞쪽을 가리켰다.

"선기국 국경이오."

저 멀리, 대한과 무극 방향으로 나 있는 국경 성문이 열리더니 색이 선명한 갑옷을 입은 군사 두 무리가 의장을 갖춰 달려오는 게 보였다. 무리 정중앙에서는 갈색 비단 장포를 입은 남자가 말을 달리고 있었는데, 옷소매에 장식된 자색 구름무늬가 두드러지게 눈에 띄었다.

순간 눈을 가늘게 좁힌 장손무극이 말했다.

"황자로군."

"어느 황자요?"

"확실하지는 않지만, 나이대로 봐서는 구황자나 십이황자인 것 같소. 우리를 마중 나온 모양이오."

"아."

맹부요가 남자와 인사를 나누기 위해 미소 지으며 말을 멈춰 세웠다. 그런데 웬걸, 남자를 포함한 군사들이 속도를 전혀 늦추지 않는 게 아닌가. 그들은 곁을 지나치면서도 두 사람을 쓱한 번 쏘아본 게 전부였다.

당황한 맹부요가 자기 차림새를 훑어봤다. 이어서 장손무극쪽까지 훑어보고 난 그녀가 본인을 가리키며 물었다.

"나, 그렇게나 왕처럼 안 보여요?"

장손무극이 말을 가볍게 채찍질하면서 대답했다.

"세인 중에 사람은 볼 줄 모르고 차림새만 볼 줄 아는 이들이어디 한둘이겠소."

두 사람이 입고 있는 비단 장포는 오주대륙 귀족들이 평소에 흔히 입는 옷이되, 그마저도 남들 것보다 만듦새가 간결했다. 장손무극의 장포에 쓰인 은금은 최고급 옷감임에도 특징이눈에 잘 띄지 않아서 어지간한 사람은 진가를 알아보기 힘들었다. 그런가 하면 전생을 살면서 절약이 몸에 밴 맹부요는 옷감따위야 아무거나 걸친들 어떻느냐는 주의였다.

그때였다. 두 사람을 그냥 지나치는가 싶던 선기국 황자가갑자기 무슨 생각을 했는지 고삐를 죄어 속도를 늦추더니 긴채찍으로 맹부요의 말을 후려갈겼다.

"어이, 어디서 오는 놈들이길래 건방지게 길 한복판을 막고있는 것이냐? 당장 한쪽으로 비키지 못할까!"

기습적인 채찍질에 놀란 말이 날카롭게 울면서 맹부요를 떨굴 기세로 앞다리를 들어 올렸다.

"흥!"

맹부요는 콧방귀를 뀌고서, 고삐를 강하게 잡아채는 동시에 무지막지한 힘으로 말을 다시 지면을 향해 내리눌렀다. 그녀의 눈동자에 노여움이 스쳤다.

노여움은 고개를 숙여 말의 상태를 살피다가 눈에 띄게 부풀어 오른 채찍 자국을 발견한 찰나 한층 더 짙어졌다. 그녀는 항상 엄선된 명마만을 타고 다녔다. 평소 워낙 말을 아끼는지라 본인도 어지간해서는 채찍을 못 대는데, 저 망나니 새끼가 어디서 다짜고짜 채찍질을!

그녀의 싸늘한 눈빛을 눈치채지 못한 선기국 황자는 그저 말을 제압하는 맹부요의 솜씨를 보고 눈을 빛냈을 따름이었다.

"힘이 장사로구나!"

맹부요의 말을 자세히 뜯어본 그가 놀랍다는 듯 말했다.

"좋은 말이군, 세상에 다시없을 명마야!"

그러고는 장손무극의 말을 보고서도 찬탄을 쏟아 냈다.

"훌륭해! 이쪽도 좋군!"

고개를 돌려 맹부요를 빤히 응시하며, 황자가 물었다.

"어떻게 너희들이 이런 말을 타는 거지?"

동작도 빠르고, 말도 빠르고, 반응이며 거동 하나하나에서 급한 성질이 고스란히 드러나는 자였다. '와다다' 말을 쏟아 내면서 일련의 동작을 순식간에 해치우는 그 모습에 맹부요는 픽 웃어 버렸다. 그녀는 당장이라도 튀어 나가려는 철성을 자제시키고는 웃는 낯으로 말했다.

"혹여 이 말에 어울리는 사람은 제가 아니라 귀하라고 생각하시는 것인지요?"

"바로 그거다!"

참으로 태연자약한 대답이었다.

"이 몸이 쓰실 건 아니고 선물할 생각이지만. 물론 그냥 빼앗는 짓 같은 건 안 한다. 소사小四!"

호위 하나가 대답과 함께 앞으로 나왔다.

"하사금!"

황자가 무성의하게 팔을 내젓자 호위가 그 즉시 자색 구름무늬로 장식된 비단 쌈지를 꺼내 맹부요의 발치에 던졌다.

"그거 안 보이나? 십이황자께서 후한 상을 내리셨는데 인사도 안 드리고 뭐 하는 게냐?"

말 위에서 허리를 살짝 숙여 보인 맹부요가 웃음을 섞어 말했다.

"십이황자셨군요, 실례가 많았습니다. 말이야 당연히 내어 드려야 하겠지만, 그 전에 질문 하나만 드려도 되겠는지요?"

"그리하라!"

십이황자가 다시 한번 팔을 내저었다.

"애정이 각별한 말이기는 하나 황자께서 마음에 드신다면야 단념할 수밖에 없겠지요. 다만, 이 녀석의 새 주인이 누군지는 알고 내어 드렸으면 합니다."

"무극 태자와 대한 한왕에게 선물할 것이니라."

십이황자가 있는 그대로 답했다.

"두 사람이 함께 오고 있다는 소식을 듣고 마중을 나온 참이다. 오주대륙 황족이라면 누구나 무공을 익히기 마련인데, 좋은 말을 구하기란 쉬운 일이 아니지. 그런데 작심하고 찾으려야 찾을 수도 없는 명마를 여기서 두 마리나 보게 될 줄이야. 태자 전하와 한왕도 분명 흡족해할 것이야."

퍽 신이 났는지, 십이황자가 껄껄 웃어 젖혔다.

곧이어 맹부요가 말을 내어 주면서 웃는 낯으로 친절하게 한마디를 덧붙였다.

"그 두 분의 행렬이라면 1리 정도 뒤쪽에 있을 테니 조금만 가면 보일 것입니다."

"눈치가 있는 축이로구나. 보아하니 둘 다 무공도 범상치 않은 듯하고."

두 사람을 흘겨본 십이황자가 말했다.

"언제 도성에 오게 되거든 날 찾아오든지 아니면 십일황자를 찾아뵙든지 하라."

"좋게 봐 주셔서 감사합니다!"

맹부요가 허리를 굽실거리며 길을 비켜 줬다.

"그럼 어서 이쪽으로."

목을 뻣뻣이 세우고 있던 십이황자는 대충 턱을 까딱한 후 무리를 이끌고 기세 좋게 말을 달려 멀어져 갔다. 정작 자신이 모셔야 할 귀빈들은 말을 강탈당한 것만도 모자라 길가에서 흙먼지까지 잔뜩 뒤집어쓰도록 내버려 둔 채……

말에서 내린 철성이 맹부요에게 자기 말을 넘겨주면서 분하다는 투로 말했다.

"주군, 아까 왜 말렸어? 저런 놈은 처맞아 봐야 정신을 차리는데!"

"암, 처맞아 봐야지."

맹부요가 빙글빙글 웃으며 대꾸했다.

"너 한 사람의 주먹으로 성에 차겠어? 그보다야 기우 쪽에 있는 3천 명한테 맡겨서 속 시원하게 손봐 주는 게 낫지."

철성의 입가에 움찔움찔 경련이 일었다. 그러고 보니 십이황자가 두 사람의 말을 끌고 기우를 위시한 한왕군을 맞닥뜨리는 날에는……. 그 3천 명은 앞뒤 사정이고 뭐고 간에 맹부요의 말을 알아보는 순간 주먹부터 나갈 자들이었다.

진정한 악랄함이란 바로 이런 것인가…….

맹부요가 장손무극을 향해 싱긋 웃으며 물었다.

"그쪽 은위들은 어쩌려나 모르겠네요."

장손무극이 차분히 답했다.

"말에 표식을 남겨 두었으니 은위가 저쪽 수하들의 아랫도리 허리끈을 모조리 끊어 놓을 것이오. 본래는 상대가 누가 됐든 허리끈이 아니라 다리를 끊어 놓는 것이 보통이지만."

맹부요는 할 말을 잃었다.

이 사람한테 걸리면 진짜 재수 옴 붙는 거구나…….

그때껏 바닥에 나뒹굴던 돈주머니를 발끝으로 툭 차올려 손에 쥔 그녀가 손바닥 위에서 무게를 대충 가늠해 보고는 피식 웃으며 철성에게 던져 줬다.

"가지고 있다가 간식이나 사 먹어."

그러나 철성은 손바닥을 가차 없이 휘둘러 돈주머니를 저 멀리 쳐 내 버렸다.

"됐어!"

맹부요가 피식 웃으면서 어깨를 으쓱했다.

"애가 뭘 모르네. 그걸 왜 마다해? 돈은 원래 남의 돈 쓰는 게 제맛인 법인데."

손을 뻗어 돈주머니를 회수한 그녀가 다시금 무게를 가늠해 보고는 장손무극 쪽에다 대고 냉소를 흘렸다.

"겨우 이까짓 푼돈으로 당신의 설영霅影이랑 내 섭월躡月을 사겠다고 덤비다니, 하!"

말은 그렇게 하면서도 황실용으로 특별 제작된 비단 주머니의 무늬를 보고 눈을 반짝 빛낸 그녀는 주머니를 품에 잘 간수해 넣었다.

이제 두 사람은 철성이 양보한 말 한 필을 함께 타고 가야 하는 처지였다. 말에 오르기 전, 누가 앞에 앉느냐를 놓고 두 사람 사이에 실랑이가 일었다.

"당신 허리둘레 좀 재 봐야겠어요. 요즘 살 붙었나 확인차."

맹부요는 뒷자리를 사수하겠다는 의지를 꺾지 않았다.

"그대 어깨를 좀 만져 봐야겠소. 요즘 더 마른 건 아닌지 확인차."

장손무극은 한사코 그녀를 앞자리에 앉히려고 했다.

곁에서는 철성이 할 말을 잃고 먼 산을 보고 있었다.

저딴 것도 실랑잇거리가 되나.

대치 국면이 길어지자 장손무극이 절충안을 내놨다.

"하면, 둘 다 타지 않는 것으로 하지."

"그래요."

맹부요는 이때만 해도 퍽 합리적인 해결책이라 생각했다.

"대신 내가 업어 주겠소."

"……."

얌전히 안장에 오른 맹부요가 말했다.

"생각해 보니까 멀쩡한 말을 두고 안 타는 건 바보짓인 것 같네요."

"참으로 옳은 말씀이오."

또 1승을 추가한 태자 전하께서 매우 흡족하게 동의를 표하셨다.

말 위에 오른 두 사람은 언제 실랑이가 있었나 싶을 만큼 급격히 조용해졌다. 맹부요는 다소 나른한 눈빛으로 말의 움직임에 몸을 내맡긴 채 흔들흔들 앉아 있었고, 고삐를 느슨하게 잡은 장손무극은 아주 자연스럽게 그녀의 어깨에 턱을 걸친 자세였다.

일정 시간 간격으로 이쪽 어깨에서 저쪽 어깨로 자꾸만 턱을 옮기는 장손무극 탓에 머리카락이 간질간질 건들려 괴로워하던 맹부요가 웃음 섞인 소리로 쏘아붙였다.

"얌전히 좀 있을 수 없어요?"

"곤란하오."

평소답지 않게 그녀의 요청을 단호히 거절한 태자 전하가 어깨에 턱을 올린 채로 나지막이 중얼거렸다.

"너무 얌전히 있으면 그대가 내 존재를 잊을지도 모르니. 앞으로는 틈나는 대로 그대를 귀찮게 하기로 마음먹었소. 항상 나 때문에 가슴이 두근거리도록."

그 즉시 맹부요의 목덜미에 엷은 분홍빛이 번졌다. 그녀는 노골적인 밀어가 아직 어색하기만 했으나, 등 뒤의 남자가 속삭이는 밀어는 날이 갈수록 남자 본인과 마찬가지로 뻔뻔해져 가고 있었다.

맹부요가 목덜미를 문지르며 말했다.

"두근거리기는 누가요? 하여튼 자기가 뭐나 되는 줄 알아. 닭살이 돋다 못해 우수수 쏟아지는 거 안 보여요?"

"그런가?"

입가에 미소를 머금은 장손무극이 쏟아지는 무언가를 손으로 받는 시늉을 했다.

"내 손에 잡힌 것은 맑은 향기뿐이오만."

소름이다, 소름……!

맹부요가 하늘을 향해 눈을 치떴다. 말싸움용 입심이라면 자신 있어도 사랑놀음 앞에서는 맥을 못 추는 그녀였다.

"사실상."

장손무극 특유의 은은한 향기가 마치 구름처럼 그녀의 귓가를 휘감아 돌고 있었다. 그 사이로 역시나 구름처럼 가볍고 부드러운 목소리가 흘러들었다.

"그대가 닭살이라도 돋는다고 말해 주는 편이 완전한 무관심

보다는 낫겠지."

맹부요의 매끄러운 귓불 근처에 살며시 숨결을 흘린 그가 귀걸이 구멍이 막히지 않도록 대나무 조각을 꽂아 놓은 귓불을 보며 싱긋 웃었다.

"내가 선물한 귀걸이는 어쩌고?"

눈을 한 번 흘겨 준 맹부요가 퉁명스럽게 대꾸했다.

"제발 좀요. 그게 진짜 비취 귀걸이라도 돼서 영원히 안 시들 줄 아는 거예요?"

장손무극이 피식하면서 받아쳤다.

"마음만 써 준다면야 무엇이든 시들지 않을 수 있지."

입을 다물고 있던 맹부요가 이내 몸을 안장 앞쪽으로 붙이면서 작게 말했다.

"다 왔어요."

본래가 얼마 안 되는 거리였으니 이쯤이면 목적지에 당도하는 게 당연했다. 그 짧은 거리마저도 공성전에 활용하는 장손무극의 수완이야말로 진정 대단하다 하겠다. 맹부요가 아무리 성벽을 높이고, 식량을 비축하고, 적국 왕을 막으려 해도, 태자 전하께서는 여유로운 걸음으로 소맷자락을 나부끼며 나타나시어 성벽을 훌쩍 넘어오곤 하는 것이었다.

사람은 셋인데 말은 한 필 뿐인 데다가 온몸에 흙먼지를 뒤집어쓴 일행은 그 초라한 행색으로 말미암아 성문에서 노골적인 업신여김에 직면했다. 측문 옆으로 관서 겸 마련되어 있는 방 안, 의자에 앉아 있던 관원이 일어나지도 않고 손만 내밀면서 외쳤다.

"통행패!"

눈썹을 꿈틀한 맹부요가 이어서 장손무극과 짧게 눈빛을 교환하고는 굼뜨게 대꾸했다.

"없소이다만……."

"없어?"

관원이 손을 휘휘 내저었다.

"통행패 없으면 못 지나가. 비켜, 저리들 꺼지라고! 귀한 손님 오시는데 길 막지 말고."

널찍한 방 안에는 관복을 빼입은 벼슬아치들이 그득했다. 하지만 그들은 찻잔을 받쳐 든 채로 일행을 힐끗 한 번씩 곁눈질한 게 고작이었고, 서로서로 한담을 나누느라 바빴다. 모양새를 보니 손님을 기다리는 중인 듯했다.

맹부요와 장손무극을 밀치고 한쪽으로 쪼르르 달려간 관원이 다른 벼슬아치들과 환담 중이던 남자 하나를 향해 허리를 숙였다.

"전하, 누추한 이곳 말고 성루로 올라가서 편히 계심이 어떠하신지요."

"이제 금방일 듯하니 여기서 기다리도록 하겠네."

무척 온화한 어투의 남자가 빙긋이 웃으며 말을 이었다.

"황자들이 예부 관원들과 함께 국경 관문 곳곳으로 파견된 것은 각국 귀빈을 잘 영접하라는 부황의 명이 있었기 때문 아니겠나. 아까 나간 십이황자가 돌아올 때도 되었네."

얼추 스물을 조금 넘겼을까. 남자는 딱 보기에도 새 옷은 아닌, 소박한 담황색 비단 장포 차림이었다. 옷깃과 소맷부리에는 엷은 갈색으로 구름 문양이 수놓여 있었다. 노란색과 갈색의 조화가 남자 본인만큼이나 온화하고 편안한 느낌을 줬다.

남자는 용모가 특출나지는 않아도 풍기는 분위기만큼은 퍽 근사한 부류였다. 지위로 보나 말투로 보나 아마 황자들 중 하나인 것 같은데, 몇째 황자인지는 짐작할 길이 없었다.

황자 앞에서 연신 허리를 굽실거리던 관원이 원래 자리 쪽으로 오면서 맹부요를 밀쳤다.

"왜 아직껏 여기서 걸리적거리고 있어!"

황자가 웃음 띤 표정으로 관원을 나무랐다.

"통행패가 없거든 돌려보내면 그만이지, 험한 소리는 왜 해. 우리 선기가 예의도 모르는 나라인 것처럼 보이지 않는가."

맹부요가 상대를 힐끔 쳐다봤다. 인상이 좋은 자였다. 기본도 되어 있는 것 같고.

황자를 골려 먹는 건 이쯤에서 그만두기로 한 그녀가 싱긋 웃으며 말했다.

"내가 통행패를 안 가지고 있는 이유로 말할 것 같으면……."

맹부요의 손짓에 눈썹을 곤두세우고 앞으로 나선 철성이 금박을 두른 초청장을 탁자 위에 '쾅' 하고 내려놨다.

맹부요가 미소 지으면서 뒷말을 이었다.

"……내게는 너무 급이 낮은 물건이기 때문이오!"

바람이 금박으로 장식된 초청장을 열어젖히자 찬란하게 반짝이는 비단 속지가 드러났다. 선기국주의 친필 서신이 적힌 속지에는 옥새까지 찍혀 있었다.

"어어어."

관원의 입이 떡 벌어졌다. 달걀도 들어갈 만큼 크게 벌어진 입 속을 빼꼼히 들여다보고 난 맹부요가 말했다.

"편도선염이 있는 듯하군. 인동덩굴의 꽃과 반대해나무 씨앗을 물에 우려내서 마시면 효험을 볼 것이오."

"억!"

급하게 입을 닫다가 혀를 깨물고 만 관원이 비명을 질렀다.

실내 전체가 충격에 빠진 가운데, 가장 빠르게 정신을 차린 사람은 아까 그 황자였다. 맹부요가 내놓은 초청장을 곁눈질로 훑어본 그가 잽싸게 앞으로 나서면서 길게 읍했다.

"관료들이 사리에 어두워 무례를 범했습니다. 부디 언짢게 생각하지 말아 주십시오."

맹부요가 웃는 낯으로 마주 읍하며 말했다.

"언짢다니, 그럴 리가 있겠습니까! 귀국 관원은 점잖고 친절한 데다 기백까지 남다르더군요. 마음속 깊이 탄복했습니다. 허허, 탄복했어요!"

방 안에 있던 벼슬아치들이 서로서로 눈치를 살폈다. 다들 민망한 표정이었다.

다급히 수습에 나서 맹부요를 안쪽으로 모신 황자가 이어서 뒤쪽 어둠 속에 뒷짐을 지고 서 있는 장손무극을 쳐다봤다. 가면으로 얼굴을 가린 채 조용히 미소 짓고 있는 그를 훑어본 황자가 말했다.

"이쪽 두 분은 왕야께서 데려오신 수행원입니까? 함께 안으로 들어⋯⋯."

그 즉시 맹부요가 뒤로 돌아 공손히 허리를 숙였다.

"태자 전하, 먼저 드시지요!"

"⋯⋯."

연속으로 난처한 사태를 맞이한 국경 통제 담당 관원들은 아예 돌이 되어 버렸다. 황자도 일순 멈칫했기는 마찬가지였지만, 상황 적응이 빠른 인물은 역시나 비위 맞추기에도 일가견이 있었다. 재빨리 돌아서서 장손무극을 향해 허리를 굽힌 그가 아까보다 긴 시간 자세를 유지하며 말했다.

"태자께서도 함께 오셨을 줄은 생각지 못하고⋯⋯. 그, 그게, 큰 무례를 범했습니다⋯⋯."

장손무극이 미소 지었다.

"천만의 말씀입니다. 그보다, 말을 두 필 정도 빌릴 수 있을는지요? 동성彤城까지는 아직 수백 리가 남은 것으로 아는데, 본 궁과 한왕은 걸어서 가도 무방하지만 행여나 선기국의 위엄이 상할까 저어됩니다."

"말 두 필이 뭐 어려운 일이라고요."

왕이며 태자씩이나 되는 사람들이 어떻게 변변한 말 한 마리가 없을까.

황자는 내심 이상하다고 생각했지만, 굳이 사정을 캐묻지는 않았다. 수하에게 명해 말을 준비시킨 그가 어색한 분위기를 타파하고자 애써 웃으며 말했다.

"제 아우인 십이황자가 두 분을 맞이하러 나갔는데, 중간에 못 만나셨습니까?"

"호오?"

느긋하게 의자에 앉아 다리를 꼰 맹부요가 대꾸했다.

"그렇습니까? 중간에 강도를 만나기는 했습니다. 놈에게 말을 빼앗겼지요."

"그런 일이 있었단 말입니까?"

흠칫한 황자가 이내 분개한 표정으로 소리쳤다.

"이 백주 대낮에 국경 초소 코앞에서 태자와 한왕을 상대로 노략질이라니. 대체 그놈이 우리 선기국을 얼마나 우습게 봤기에!"

"제 말이요."

분하다는 양 차를 꿀꺽꿀꺽 넘긴 맹부요가 찻잔을 거칠게 내려놨다.

"저희 쪽에서도 분노에 치를 떨었습니다. 선기국 입장에 서서 생각해 보자니 어찌나 치욕스럽던지요. 그렇다고 저희가 남의 나라 관할 구역에서 주제넘게 도적 토벌에 나설 수도 없지 않습니까. 하여, 이렇듯 피해자 신분으로 전하께 그들의 악행을 고하는 것입니다. 부디 이 억울함을 풀어 주십시오."

"당연히 그래야지요!"

들을수록 묘하게 앞뒤가 안 맞는 소리였다. 황자는 순간 눈빛이 흔들렸지만, 지금은 입장 표명이 시급한 상황이었다.

"당장 변경 수비군에 명해 전담 조사 인원을 파견하도록 하겠습니다. 반드시 그 강도 놈을 국법으로 다스려 태자 전하와 한왕의 억울함을 풀…….”

“강도다!”

쩌렁쩌렁한 외침이 대화의 맥을 뚝 잘랐다. 방 안에 있던 사람들 모두가 깜짝 놀라 고개를 들었다.

다음 순간 사람들의 눈에 보인 것은 바깥을 희뿌옇게 메운 흙먼지였다. 먼지구름 속에는 붉게 휘날리는 깃발과 번뜩이는 칼날, 지축을 울리는 말발굽 소리가 한데 뒤섞여 있었다. 절도 있게 지면을 때리는 말굽 소리로 보건대, 고도로 훈련된 대규모 인마가 빠른 속도로 내달려 오고 있는 듯했다.

먼지구름 앞쪽에서는 저마다 눈두덩이며 콧대가 퉁퉁 부어 뭉개진 두 무리의 인원이 바지 끈을 추켜잡고서 헐레벌떡 뛰어 오고 있었다. 갑주가 온데간데없는 것은 물론이요, 개중에는 허벅다리가 훤히 드러나 있거나 바짓가랑이를 절퍼덕절퍼덕 밟으면서 조롱박 뺨치는 꼬락서니로 굴러오는 자들도 보였다.

벗겨진 신발짝, 찢어진 옷가지, 흘러내린 아랫도리가 흙구덩이 여기저기 나돌아 다니는 가운데, 무리에서 뒤처져 거의 기다시피 도망쳐 오는 중인 몇몇은 말 위에서 날아드는 칼을 피하느라 이리 데구루루, 저리 데구루루, 온 땅바닥을 정신없이 굴러다니고 있었다.

벼슬아치 전원이 자리에서 일어나 목을 쭉 빼고서 밖을 내다 봤다.

강도라고? 아까 태자와 한왕의 말을 노략질해 갔다던 그 간덩이 부은 놈이 설마 또 행인한테 마수를 뻗쳤단 말인가?

저거, 저거, 흉악한 것 좀 보게. 칼 휘두를 때마다 집요하게 바짓가랑이만 노리고 있질 않나…….

이때 황자가 신음하듯 외쳤다.

"아우야!"

자리에 있던 사람들이 일제히 소스라쳤다.

저기 맨 앞에 상투는 비뚤어지고, 옷은 너덜너덜하고, 온몸이 핏자국인 저 인사, 이제 보니 존귀한 십이황자가 아니신가!

바로 그 순간 맹부요가 벌떡 일어나더니 바깥을 손가락질하며 소리쳤다.

"강도다, 강도 떼다! 바로 저들입니다! 저놈들이라니까요!"

그녀가 안에서 떠들어 대는 동안 바깥에서는 십이황자가 고래고래 소리를 질러 댔다.

"열한째 형님! 강도를 당했습니다! 강도를 당했다니까요!"

홀연 맹부요가 입을 딱 다물었다.

십일황자!

녹림 방파를 매수해 봉옥초를 살해하고 화언마저 없애려 했던 작자. 배짱 좋게도 그녀의 영지까지 자객을 들여보낸 십일황자와 저기 저 소탈하고 온화한 호인이 동일 인물이라고?

맹부요의 잇새에서 '빠드득' 소리가 울렸다.

오만하고, 기 세고, 악독하고, 질투 심하기로 소문난 선기국 황후가 낳은 자식들은 어떻게 하나같이 타고난 연기자들인 걸까. 저런 가식 덩어리들이야말로 맹부요가 무엇보다 혐오하는 부류였다.

맹부요가 비스듬히 주시하고 있는 동안에도 십일황자는 내내 침착한 모습이었다. 뭔가 이상하게 돌아가고 있다는 걸 분명 눈치챘을 텐데도 표정에 감정을 드러내지 않은 채 아우를 맞아들인 그가 말했다.

"열두째야, 대체 무슨 일이냐?"

안으로 와락 달려 들어와 문설주에 매달린 십이황자가 가쁜 숨을 헐떡거리던 끝에 입을 열었다. 목소리가 잔뜩 갈라져 있었다.

"저자들이……, 저자들이 글쎄 저를 보자마자 다짜고짜 칼을 휘두르질 않겠습니까. 그리고 같이 간 수하들은…… 어찌 된 영문인지 다들 바지 허리끈이 끊어졌습니다. 형님, 저놈들 좀 손봐 주십시오, 본때를 보여 주……!"

짝!

갑자기 따귀를 치는 소리가 울리자 좌중이 화들짝 놀랐다. 뺨을 얻어맞은 십이황자는 얼굴을 감싸 쥐고 멍하니 얼어붙은 모습이었다.

영문도 모르고 강도를 당한 건 그렇다 치자. 그래도 어찌어찌 형님 곁으로 돌아왔으니 이제 분풀이를 할 수 있겠구나 싶었는데, 난데없이 따귀가 웬 말인가.

"형님, 제정신입니까?"

한참 만에야 멍한 상태를 벗어난 십이황자가 소리쳤다.

"제정신이 아닌 건 너겠지!"

십일황자는 화가 많이 난 것 같은데도 안색만은 그대로였다. 그의 손가락이 바깥쪽을 가리켰다. 밖에서는 기골이 장대한 기병들이 말을 세우고 칼자루에 손을 올린 채 안쪽을 둘러보며 냉소를 보내고 있었다.

"눈은 뒀다가 뭐에 쓰게? 저들이 누구인지 안 보이느냐? 뭐, 강도? 딱 보기에도 한왕군이 아니냐!"

맹부요와 장손무극을 맞이하고자 나와 있던 선기국 관원들은 또 한 번 소스라치게 놀라 일제히 문밖의 군대를 내다봤다.

칼 같은 대오, 말끔한 갑옷, 예리하게 벼려진 기백, 압도적인 살기. 특히 군사들의 장포에 장식된 붉은색 봉황은 대한 건국 직후 새 황제가 온 천하에 공표한 한왕의 표식이었다. 그렇다면 저들이 한왕군이라는 사실에는 의심의 여지가 없다.

대체 이게 무슨 상황이란 말인가. 대한군이 한왕의 말을 노략질해? 그게 아니라면……

얼빠진 표정의 좌중이 고개를 틀어 맹부요를 쳐다봤다. 충격에 휩싸인 십이황자를 구경하며 싱글싱글 팔짱을 끼고 있던 그녀가 말했다.

"옳소, 옳소, 강도 맞습니다! 이쪽이 바로 우리 말을 강도질해 간 양반이라니까요!"

"……"

가엾게도, 오늘 파렴치한 한왕 손에 걸려 진정한 의미의 난감함이란 무엇인가를 뼈저리게 체득한 선기국 관원들은 백지장처럼 질린 채 구석진 어둠 속으로 조용히 찌그러졌다.

잠시 후, 복잡한 눈빛으로 제자리에 못 박혀 있던 십일황자가 어색하게 웃어 보였다.

"농담이시겠지요……."

"강도질이라니?"

뒤늦게 맹부요와 장손무극을 발견한 십이황자가 발끈해 소리쳤다.

"이 몸은 분명 값을 치렀거늘!"

그 잠깐 사이 바쁘게 머리를 굴리다가 맹부요 쪽을 다시 한 번 쳐다본 십이황자가 이제야 알겠다는 양 삿대질을 해 댔다.

"오호라, 네놈이 작정하고 이 몸을 대한군에 던져 준 것이로구나! 어디 실컷 얻어터져 보라고! 감히 황족을 상대로 그런 음모를 꾸미다니, 네놈이 죽고 싶어서, 죽고 싶어서……!"

맹부요는 '풉'하고 웃음을 터뜨리고야 말았다.

그 몸, 참 대단한 몸이시네. 이 판국에도 상대의 정체가 감이 안 오시나. 빠릿빠릿한 십일황자랑은 비교 자체가 안 되는구먼.

십이황자의 '죽고 싶어서.'가 계속 이어지자 선기국 관원들은 아예 소맷자락으로 얼굴을 가려 버렸다. 웃는 듯 마는 듯 한 표정으로 서 있는 맹부요와 장손무극을 볼 낯이 도저히 없어서였다.

저런 물건도 황자라고. 이웃 나라 귀빈들 앞에서 이 무슨 개 망신인지…….

지금 그들 앞에 서 있는 귀빈 중 한 사람은 소년 시절부터 대륙에 명성을 떨쳐 온 정상급 정객이요, 다른 한 사람은 무려

3국에 영지를 가진 신진 세력가였다. 오주대륙 정치판 전체를 통틀어서도 비범하기로 손꼽히는 인물들 눈에 저 쪼다 황자 놈이 어떻게 비치겠는가. 자기들 손에 누차 놀아나면서도 반격 한 번 못하는 선기국 관원들과 황자들을 내심 얼마나 하찮게 보고 비웃고 있겠느냐는 말이다.

견식이 좀 있다 하는 관원들은 서로의 눈빛에서 우려를 읽어 냈다.

정권 탈취 전문가로 이름난 두 사람에게 최근 엉망진창인 나라 상황을 들켰다가는 상상 이상의 변고가 닥치는 게 아닐까?

폐하께서는 대체 무슨 생각이신지. 맹부요라 하면 옥좌 근처에 있는 권력자들에게는 저승사자로 소문난 존재가 아니던가.

무극국 덕왕부터 시작해 천살국 전남성을 거쳐 최근 목이 날아간 헌원국 섭정왕까지. 이러다가는 선기국마저 맹부요 손에 결딴날 수도 있는 문제이거늘, 폐하께서는 두렵지도 않으시단 말인가?

십일황자가 끝날 줄 모르는 '죽고 싶어서.'를 듣다못해 아우의 어깨를 때리며 말했다.

"열두째 너, 그 입 다물지 못하겠느냐! 태자 전하와 한왕 앞에서 무슨 실례냐!"

어깨를 한 대 얻어맞은 십이황자는 그 즉시 조용해졌다. 정확히는 목소리가 안 나와서 입만 뻐끔거리는 모양새였다.

슬쩍 눈빛을 교환한 맹부요와 장손무극은 서로의 눈을 스쳐 가는 웃음기를 확인했다.

무공이 꽤 쓸 만하시군.

"이제 보니 십이황자님이셨군요!"

뒤늦게 상대의 신분을 알게 된 맹부요가 앞으로 나서서 십이황자를 위아래로 찬찬히 뜯어봤다. 그녀의 눈길이 금방이라도 훌렁 벗겨질 듯한 바지의 가랑이 부분을 잠깐이지만 집요하게 훑는 걸 느낀 십이황자는 극도의 수치심에 사로잡혀 허겁지겁 사타구니를 가렸다. 그 모습을 본 맹부요가 뒷말을 이었다.

"사람 인연이란 모르는 것이라더니, 같은 편끼리 머리채 잡은 꼴이군요. 전하, 저는 정말이지 알다가도 모르겠습니다. 저희한테 선물하려고 저희의 말을 빼앗는 건 대체 무슨 경우랍니까?"

쿨럭, 십이황자가 기침을 뱉었다. 맹부요는 안타까움을 이기지 못하겠다는 양 탄식을 흘렸다.

"전하, 제 말을 빼앗아서 제 병사들 앞에 들이미시면, 그게 제 얼굴을 흙발로 짓밟는 것과 뭐가 다릅니까? 저야 체면 좀 구겨도 큰 상관은 없습니다만, 충직한 수하들에게는 주군의 안위가 몹시 중요한 문제란 말이죠. 그러니 전하의 부하들을 자근자근 밟아서라도 무슨 일인지 알아내야지, 어쩌겠습니까? 보십시오, 오해란 이렇게 만들어지는 것입니다."

"네놈이……!"

십이황자가 말을 잇지 못하고 씩씩거리는 사이, 곁에 있던 십일황자가 씁쓸하게 웃으며 말했다.

"서로 오해가 있었던 게지요, 오해가……."

"전하, 아까 분명 강도들을 국법으로 다스리겠다 약속하셨을 텐데요……."

맹부요가 말꼬리를 길게 늘리자 선기국 관원들은 단체로 조마조마해졌다.

또 무슨 수작을 부리려고 저러는 걸까.

십일황자가 미간을 찌푸리며 입을 열려는 찰나, 맹부요가 씩 웃으면서 발언권을 가로챘다.

"뭐, 이제 와서 그 이야기를 꺼내 봤자 무슨 소용이 있겠습니까마는."

그 소리에 쓴웃음을 지은 십일황자가 짧게 읍했다.

"두 분의 너그러운 마음 씀씀이에 감사드립니다."

"하온데, 원칙대로라면 황족이라도 죄를 범하면 평민들과 같은 법으로 다스려야 하는 것 아닙니까?"

맹부요의 말투가 진지해졌다.

"선기국은 법제가 촘촘하고 국법이 지엄한 나라라고 들었습니다. 게다가 형부刑部와 종사宗司를 주관하는 십일황자께서는 평소에도 공정하고 엄격한 일 처리로 유명하시다지요. 왕공이 됐든 종친이 됐든 절대 가벼이 죄를 면해 주는 경우가 없어 주변국에서도 존경을 받는다 들었습니다. 그렇다면 십이황자의 약탈 행위도 분명 법으로 다스리시겠군요."

낯빛이 급변한 십일황자를 향해 허리 숙여 읍한 그녀가 상대에게 입을 열 기회를 주지 않고 짐짓 공손하게 말했다.

"부디 지나치게 무거운 벌은 내리지 말아 주십시오. 적당히 성의 표시만 해 주셔도 됩니다. 그리고 말 궁둥이에 남은 채찍 자국과 조금 전 소동으로 망가진 호위들의 도검, 저와 태자 전하가 여기까지 걸어오며 감내해야 했던 고생, 십이황자께 강도질을 당하는 과정에서 제가 입은 사소한 상처에 대해서도……."

손톱을 요리조리 살피던 맹부요가 마침내 자그마한, 사실 손톱이 너무 길어 거추장스럽길래 이로 물어뜯다가 실수로 낸 상처를 찾아내 십일황자와 선기국 관원들 앞에 들이밀었다.

"이거 진짜 아프거든요. 적절한 보상이 있길 바랍니다."

선기국 관원들은 아랫도리가 벗겨진 채 온몸이 피범벅에, 얼굴은 시퍼렇게 부어터진 십이황자 전하와 그 호위들의 처참한 몰골을 훑어봤다. 그러고는 눈길을 돌려 말 위에서 냉소를 머금은 채 칼을 안고 있는 한왕군 시위들을 쳐다봤다.

저 칼이 바로 우리 편 때려잡다가 망가졌다는 그 칼인가…….

관원들의 눈이 성문 밖에 멀쩡히 서 있는 마필로, 존경스러운 한왕 전하께서 떡하니 내보인, 잘 보이지도 않는 손톱 위 진짜 아픈 상처로 향했다. 관원들이 다시 한번 옷소매로 얼굴을 가렸다.

파렴치해도 저렇게 파렴치한 작자가 다 있나…….

피해자가 강도로 둔갑하고, 칼부림 낸 쪽이 도리어 보상을 운운하는 상황. 가련한 십이황자는 '황족이라도 죄를 범하면 평민과 같은 법으로 다스린다'는 명분에 코가 꿰어 많든 적든 죗값을 치러야만 하는 신세가 되어 버렸다.

"두 분께서 억울하실 일 없도록 확실히 처리하겠습니다."

낯빛이 새파래진 십일황자가 아우를 돌아보며 소리쳤다.

"열두째 너는 지금 당장 동성으로 돌아가라. 앞으로 두 달간 바깥출입은 일절 금지이니 집 안에 틀어박혀 반성해!"

"형님!"

십이황자는 많이 섭섭했던지 거의 울먹이는 목소리였다.

"당장 돌아가래도!"

"네놈이 기어이!"

십이황자가 바닥을 걷어차면서 맹부요를 매섭게 노려봤다. 뒤이어 형님에게도 곱지 않은 눈길을 보낸 그는 이내 바지춤을 바짝 추켜잡고서 걸리적거리는 관원들을 들이받으며 밖으로 향했다. 운 나쁘게 들이받힌 관원 몇몇이 '아이고' 소리를 연발하며 단체로 나동그라졌다. 맹부요는 그 와중에도 미소 띤 얼굴로 한가롭게 자기 손톱이나 살피고 있었다.

잠시 후, 그녀가 손짓을 보내자 기우를 비롯한 시위들이 말에서 내려 커다란 상자 하나를 옮겨 왔다. 상자의 크기로 미루어 보건대 부피가 꽤 나가는 물건이 들어 있는 것 같았다. 시위들이 옮겨 오는 동안 안에서 무언가 서로 부딪치는 소리가 났다.

선기국 관원들은 상자를 뚫어져라 응시하며 맹부요가 대체 얼마나 호화로운 선물을 준비했을지 추측해 보느라 바빴다. 한 왕은 무려 오주 3국에서 작위를 받은 인물. 게다가 개인적으로 보유한 재산만도 일국의 황제 안 부러운 규모라고 하지 않나.

"십일황자께서 이렇게까지 면을 세워 주시는데, 오는 정이 있으면 가는 정도 있어야지요."

맹부요가 웃음 지었다.

"선물이라기에는 변변치 못한 물건이지만, 부디 기분 좋게 받아 주십시오!"

그러자 표정이 눈에 띄게 풀린 십일황자도 미소로 화답했다.

"황송할 따름입니다."

태자와 한왕에 대한 존중의 표현으로, 십일황자는 모두가 지켜보는 앞에서 직접 상자를 열었다. 뚜껑이 열리는 동시에 묘하게 메스꺼운 냄새가 훅 풍겨 나왔다. 짙은 피비린내에 석회가 섞인 듯한 냄새였다.

십일황자의 낯빛이 급격히 얼어붙었다. 곁에서는 예부 소속 관원 하나가 비틀거리다가 스르륵 쓰러지기까지 했다. 몇 걸음 뒤쪽에 있던 다른 벼슬아치가 그를 부축해 주러 나서는가 싶더니, 눈길이 엉겁결에 상자 속에 닿자마자 동료고 뭐고 팽개치고 번개처럼 밖으로 뛰쳐나갔다. 곧이어 건물 밖 벽 모퉁이 쪽에서 요란하게 헛구역질을 하는 소리가 들려왔다.

쿵!

부축해 줄 이를 잃은 예부 관원은 가련하게도 뒤통수를 땅바닥에 호되게 처박고 말았다.

새파랗게 질린 얼굴들과 격렬한 헛구역질 소리 속에서, 맹부요가 빙그레 웃으며 말했다.

"십일황자께서 선기국주의 명으로 북부 변경 지대를 돌며 녹림 방파들을 토벌 중이라는 이야기를 미리 들었는데, 마침 오는 길에 이 도적놈들을 만나지 않았겠습니까. 행인들의 재물을 빼앗고 민생을 어지럽히고 있기에 겸사겸사 처치했지요. 그러고 났더니 문득 드는 생각이, 전하께 드릴 선물로 이보다 더 실속 있는 게 또 있을까 싶더군요."

상자 안, 열 개도 넘는 머리통들을 손바닥으로 쓱 어루만진 그녀가 살갑게 덧붙였다.

"얼굴을 구분 가능할 만큼 보존 상태가 완벽합니다. 듣기로 선기국 녹림에서 꽤 이름난 자들이라고 하니 전하께서는 누군지 알아보시겠지요."

십일황자는 상자 가장자리에 손을 짚은 채, 사체 보존용 석회에 파묻힌 머리통들을 뚫어져라 노려보는 중이었다.

사자들의 표정에는 숨이 끊어지던 순간의 충격과 공포가 고스란히 남아 있었다. 커다랗게 부릅떠진 눈은 비록 초점을 잃은 뒤였으나, 여전히 그를 향해 필사적으로 하소연하고 있는 것만 같았다. 그날 밤 예고도 없이 덮쳐 온 학살을, 자신들의 머리통을 선물이랍시고 준비한 자의 음험한 속셈을······.

십일황자는 잠시 손가락을 가늘게 떨었지만, 곧 냉정을 되찾고 조용히 상자 뚜껑을 닫았다. 상자가 닫히면서 울린 '철컥' 소리에 선기국 관원들이 단체로 몸서리를 쳤다. 평소의 소탈하고 온화한 분위기로 돌아온 십일황자가 웃으며 말했다.

"예, 누구인지 알겠군요. 제가 현상금을 걸었던 장천방 두령 중 하나입니다. 워낙 간교한 자인지라 관부에서도 번번이 추포 직전에 놓쳤는데 백성들의 근심을 덜어 주신 점, 진심으로 감사드립니다!"

말을 마친 그가 또 한 번 허리 숙여 읍했다.

"어휴, 별말씀을요."

맹부요 쪽에서도 얼른 허리를 굽혔다.

그리고 잠시 후, 고개를 든 두 사람은 서로를 마주 보며 빙긋
이 웃음을 교환했다.

그날 저녁, 십일황자 봉정예鳳淨睿가 국경으로부터 얼마 떨
어지지 않은 현성縣城 태원현太源縣에서 가장 좋은 주루에 연회
석을 마련했다. 장손무극과 맹부요의 선기국 방문을 환영하는
자리였다.

본디 장손무극은 존귀하고도 차가운 인상을 주는 인물이었
다. 그가 따스함을 내보이는 대상은 오로지 맹부요 하나로, 다
른 이들에게는 칼같이 예를 갖춰 벽을 치는 게 보통이었다. 반
면 맹부요는 화끈함을 넘어 어딜 가든 불을 싸질러야 직성이
풀리는 부류였다.

연회석에 둘러앉은 일동 중 신나게 입을 놀리는 사람은 맹부
요 혼자뿐이었다. 그녀가 이런저런 국가 대사를 논하는 동안에
도 선기국 관원들은 다들 나무토막처럼 뻣뻣하게 굳어 있었다.
낮에 맹부요 대왕께서 선사하신 충격이 아직 생생하거늘 밥이
목구멍으로 넘어가겠는가.

알이 굵은 수정완자가 상에 올라오자 봉정예가 음식 소개에 나섰다.

"나라 안에서 명성이 자자한 요리사가 만든 것입니다. 특색 있는 풍미와 향으로 유명하지요. 태자 전하, 어서 드셔 보십시오. 한왕께서도……."

맹부요가 기분 좋게 젓가락을 잡자 선기국 관원들도 일제히 젓가락을 들었다. 고개를 쭉 빼고 접시 안을 들여다본 그녀가 싱글싱글 웃으며 감탄했다.

"이야, 머리통만 한 게 색깔 시뻘거니 예쁜 것 좀 보소!"

그 즉시 사색이 된 관원들이 젓가락을 내려놨다…….

곧이어 속을 긁어 내고 각종 재료를 넣어 쪄 낸 동과 요리가 나오자 꼬르륵거리며 앉아 있던 관원들이 다시금 젓가락을 들었다. 이때 맹부요가 또 한 번 찬탄을 뱉었다.

"뚜껑을 여니까 속에 허옇고 불그죽죽한 덩어리가 그득하구먼!"

관원들은 헛구역질을 참으며 젓가락을 내려놨다…….

다음으로는 껍질이 한 번에 벗겨지도록 구워 낸 통닭이 먹음직스러운 냄새를 물씬 풍기며 등장했다. 관원들이 젓가락을 들자마자 닭 껍질를 훌떡 벗겨 낸 맹부요가 찬탄했다.

"이야, 깔끔하게도 벗겨지는구먼! 살점 봐라, 뽀얀 것이 석회가 따로 없네!"

관원들은 당장 자리를 박차고 나가고픈 표정으로 젓가락을 내려놨다…….

한 상 가득 정성스럽게 준비된 산해진미는 결국 단 한 점도 줄어들지 않고 고스란히 식탁 위에 남겨졌다. 맹부요 대왕의 막강한 연상 능력 앞에서 1초 이상 젓가락을 들고 버틸 이가 아무도 없었던 탓이었다.

도성에서부터 달려와 음식 준비에 무려 사흘을 쏟아부은 요리사는 젓가락 한 번 닿은 흔적이 없는 진미들을 보며 비통함을 금치 못했다……

연회 도중, 선기국 여황제의 황위 계승식이 4월에나 치러질 것이라는 말을 들은 맹부요가 의아하다는 반응을 보이자, 봉정예가 사정을 설명했다.

"선기국에서는 호국성신 바라婆羅신께서 탄생하신 4월을 한 해 중 가장 상서로운 달로 봅니다. 실제로 길조가 제일 많이 나타나는 시기이기도 해서 중요한 의식은 대부분 4월에 치르는 풍속이 있습니다."

"그나저나 차기 여제라 하면 정확히 누구신지?"

맹부요가 미소 지으며 물었다.

"그것은……"

싱긋 웃음 지은 봉정예가 답했다.

"저희도 알지 못합니다. 양위 조서는 새 여제가 등극하기 직전에야 연희궁 밖에서 낭독하게 되어 있으니까요."

"그럼 새 황제의 성별은 어찌들 아십니까?"

맹부요가 상대를 흘겨봤다.

"폐하의 뜻입니다."

봉정예의 미소에는 흔들림이 없었다.

"아깝습니다, 아까워요!"

맹부요가 탄식했다.

"그 말인즉슨 황자들한테는 희망이 없다는 뜻 아닙니까? 제 눈에는 십일황자께서야말로 풍채로 보나 식견으로 보나 제왕의 자리에 기막히게 어울리는데 말입니다!"

"함부로 하실 말씀이 아닙니다!"

봉정예가 표정을 굳혔다.

"폐하께서는 어둠을 밝히는 빛과 같이 영명하시며, 세상만사를 꿰뚫어 보는 심오한 지혜를 가진 분이십니다. 그런 분께서 친히 선택하신 인물이라면 분명 성군의 재목일 것입니다. 아까처럼 지나친 말씀은 듣기 심히 거북하군요!"

"무얼 그리 심각하게 받아들이십니까?"

맹부요가 의미심장하게 웃었다.

"서로서로 돌아가면서 옥좌에 앉다 보면 내년에는 전하 차례도 오고, 뭐 그러는 게지요."

연회석 여기저기에서 쿨럭거리는 소리가 빗발쳤다. 관원들은 너 나 할 것 없이 새파랗게 질린 얼굴이었다.

간이 배 밖으로 나온 전문 반역꾼이라는 게 과연 틀린 소문이 아니었음이야! 남의 나라에 들어와 있는 주제에 그 나라 황자를 상대로 역적질을 부추기다니!

헛기침을 몇 번 뱉은 봉정예가 화제를 다른 쪽으로 돌렸다.

"태자 전하와 왕야께서 이렇게 일찍 왕림해 주실 줄은 생각지 못했습니다. 저희 모두의 영광입니다!"

"아⋯⋯."

초청장 안팎을 뒤적뒤적 확인해 보고 난 맹부요가 당황스럽다는 양 말했다.

"귀국 황제 폐하께서 날짜를 안 써 보내신 통에 조만간이겠거니, 했지 뭡니까."

"그랬습니까?"

일순 눈을 빛낸 봉정예가 금방 미소를 지었다.

"기왕 오신 거, 선기국 유람이라도 즐기시지요. 내륙에 경치 좋은 현들이 많습니다. 홍대현紅臺縣의 봄빛도 그렇고, 경봉현景峰縣의 저녁노을이나 금강현金江縣 여수麗水도 풍광이 빼어나기로 나라 밖에까지 이름난 곳들입니다. 두 분을 모시고 다니며 시중들 인원은 제가 준비시키겠습니다."

"그렇게 해 주시면야 감사한 일이지요!"

방긋 웃으며 젓가락을 내려놓고 일어선 맹부요가 한쪽에서 미소 띤 표정으로 차를 마시고 있던 장손무극에게 물었다.

"많이 드셨습니까?"

"포식했소."

연회 내내 차 말고는 아무것도 입에 대지 않은 태자 전하의 대답이었다.

두 사람이 일어서자 뱃가죽이 등에 붙은 관원들도 별수 없이 식탁 앞을 벗어나 배웅에 나섰다. 봉정예는 밖으로 사라져 가는 둘의 뒷모습을 응시하며 눈을 번뜩이다가, 잠시 후 특정 방향을 향해 고개를 가볍게 까딱해 보였다.

❋

"많이 드셨습니까?"

맹부요가 창밖에 기대어 장손무극의 창문을 두드렸다.

"허기져서 죽을 지경이오."

창이 열리고, 장손무극이 얼굴을 내밀었다.

"그대 따라다니면서 내 신세가 참으로 딱해졌소. 배곯아야지, 거짓말해야지."

"나와요, 맛있는 거 있으니까!"

맹부요가 눈을 반짝이면서 손짓을 보냈다.

"맛있는 것이 있다?"

못 미더운 눈치인 장손무극이 일단은 창틀을 훌쩍 넘어 나오더니 한숨을 흘렸다.

"한 상 가득 차려진 산해진미보다 더 맛 좋은 것을 뚝딱 만들어 낼 재간이라도 있다는 말이오?"

"당연하죠. 장담하는데, 그 재수 없는 산해진미인지 뭔지 하는 것보다 훨씬 나을걸요."

영악한 웃음을 지은 맹부요가 장손무극을 후원으로 이끌었다. 역관 후원에는 자그마한 텃밭이 있었다. 맹부요는 미리 텃밭 한구석 흙바닥 주위를 깨끗이 치우고 불을 지펴 둔 뒤였다.

밭에 쪼그리고 앉은 그녀가 모닥불을 한참 뒤적거리다가 빙그레 웃으며 눈을 들었다. 새카만 눈동자가 불빛을 반사해 유리구슬처럼 투명하게 빛나고 있었다. 콧잔등에 묻은 검댕이 분위기를 좀 깨서 그렇지.

"또 허풍이었군. 멀쩡한 산해진미 놔두고 이런 데서 얼굴에 검댕이나 칠하고 있고."

장손무극이 피식 웃으며 손을 뻗어 맹부요의 콧잔등을 닦아 줬다. 그때 낯설면서도 달콤한 향기가 그의 코끝을 스쳤다. 소박하지만 무척 유혹적인 단내였다.

가만히 냄새를 맡아 보던 그는 사흘 밤낮을 내리 굶어도 배고픔을 모르던 사람답지 않게, 갑작스러운 식욕을 느꼈다. 정말로 음식 냄새 때문인지, 아니면 불빛 속에서 웃고 있는 맹부요의 얼굴이 잡아먹고 싶게 생겨서인지, 어느 쪽이 원인이라고 정확히 단정 지을 수는 없지만.

"이것이 바로 그대가 말한, 산해진미보다도 나은 음식이오?"

음식에 흥미가 생긴 장손무극이 맹부요 곁에 앉아 그녀가 모닥불을 뒤적이는 걸 지켜보며 물었다.

"대체 무엇이지?"

"시골에서 흔히 먹는 건데, 후원 저장고에서 찾아냈어요. 히힛, 태자 전하께서는 구경도 못 해 봤을걸요."

맹부요가 까매진 손을 장포에 아무렇게나 문질러 닦았다. 그 옆에서는 원보 대인이 가느다란 나뭇가지를 집어다가 불더미를 쿡쿡 찔러 보면서 눈을 반짝반짝 빛내고 있었다. 처음 맡아 보는 냄새, 얼른 먹고 싶었다.

"어디를 갔나 했더니, 여기 숨어서 간식 먹을 궁리 중이었군."

모닥불 돌보는 일을 넘겨받은 장손무극이 웃음을 섞어 말했다.

"봉정예가 자객이라도 보내면 어쩌려고 그러오."

"그럴 깜냥이나 된대요?"

맹부요가 입을 삐죽거렸다.

"화언 내외 정도가 그 자식 최대치일걸요."

"화언과는 그날 밤 무슨 이야기를 나눈 것이오?"

"별건 아니고요."

맹부요는 곰곰이 그날 일을 떠올렸다.

"어떻게 국경까지 넘어서 날 찾아올 생각을 다 했느냐고 물었거든요. 그랬더니 하는 말이 자객들한테 쫓기는 과정에서 봉옥초는 큰 부상을 당해 결국 목숨을 잃었고, 자기는 북부 국경을 넘게 됐는데 국경을 지났더니 곧바로 장한산 영지가 나오더래요. 어쨌든 나랑은 안면이 있는 사이고, 그 주변에 자기를 보호해 줄 만큼 힘 있는 사람이 또 있는 것도 아니고 해서 곧장 교현으로 달려왔다고 하더라고요. 그런데 내 느낌으로는 그게다가 아닌 것 같아요. 자객들이 말했던, 봉정예가 찾는다는 물건만 해도 화언은 일언반구도 없는 거 있죠."

"만나자마자 속내를 전부 털어놓을 수야 없겠지."

장손무극이 말했다.

"부요, 이제 어찌할 생각이오? 동성으로 돌려보내는 것으로 마무리할 건가? 아니면 화언의 원수를 대신 갚아 줄 작정이오?"

"이미 내 생각은 중요하지 않은 상황인걸요."

맹부요가 피식 웃었다.

"알다시피 왕부 앞에서 사살 명령을 내린 순간부터 난 봉정예의 제거 대상 목록에 올랐어요. 화언이 내 집 앞에서 죽든 말든 내버려 뒀으면 몰라도, 그게 아닌 이상 봉정예하고는 적이 될 수밖에 없었던 거죠. 어차피 악연으로 운명지어진 사이라면…… 선수 치는 편이 유리하지 않겠어요?"

"그래서 오늘 경고성 공세를 펼치고 형제 사이의 반목을 부추겼던 것인가."

장손무극이 웃음 지었다.

"과연 정상급 사달 유발자답군."

속없이 웃던 맹부요가 갑자기 환호성을 질렀다.

"다 됐다!"

모닥불을 끈 그녀가 잿더미 속에서 시커먼 덩어리 몇 개를 파낸 뒤 두 손으로 공손히 받쳐 들어 장손무극 앞에 내밀었다.

"절세 무쌍, 천하무적의 풍미, 극강의 달콤함과 진한 여운을 자랑하는…… 군고구마 맛 한번 보시지요, 전하!"

군고구마…….

눈썹을 까딱 움직인 장손무극이 웬 숯덩이처럼 생긴 물체들을 물끄러미 쳐다봤다.

고구마는 일반 백성들이 즐겨 먹는 작물이었다. 그 역시 고구마가 무엇인지야 알고 있었으나 직접 맛볼 기회는 지금껏 한 번도 없었다. 언젠가 재해 지역 시찰을 나갔다가 구경은 해 봤지만, 그때 본 고구마는 얇게 저며져 죽 속에 들어가 있었다.

그 노란색 조각이 어쩌다가 이다지도 흉한 몰골로 둔갑했단 말인가? 이거, 먹을 수는 있는 건가?

고구마를 권하던 손을 도로 거둬들인 맹부요가 그의 표정을 보면서 가소롭다는 양 피식했다.

"하아, 내 이럴 줄 알았지. 고귀하신 태자 전하께서 서민 음식 먹는 법을 아실 턱이 있나."

그녀가 까맣게 탄 겉껍질를 조심스러운 손길로 벗겨 내자 눈부시게 샛노란 속살이 모습을 드러냈다. 그와 동시에 엄청난 살상력을 가진 군고구마 특유의 단내가 무럭무럭 피어올라 사방에 진동했다.

평범한 사람들이 서로 부대끼며 살아가는 세상의 먹을거리에서만 느껴지는 따스한 힘이 있지 않던가. 그 힘이 미각 세포를 강렬하게 자극해 식욕을 돋웠다.

"냄새 끝내주죠?"

"흐음……."

장손무극의 입가에 미소가 맺혔다.

"고구마 냄새라는 것이 이렇게 좋을 줄은 생각지도 못했소."

맹부요가 대단히 귀한 보물이라도 바치듯 군고구마를 내밀자 장손무극은 그걸 손으로 건네받는 대신 피식 웃으며 입을 벌렸다. 그런 그를 보며 주저하길 잠시, 불빛을 받아 얼굴이 발그레하게 달아오른 맹부요가 고구마를 통째로 그의 입에 욱여넣었다.

"배 터져 죽어 버려라!"

고구마 절반을 베어 문 장손무극이 달콤한 속살을 천천히 음미하면서 맹부요를 향해 웃음을 보냈다.

"음⋯⋯. 황홀하구려."

"뭐가 황홀하다는 거예요?"

시커먼 검댕과 노란 고구마 살을 입 주변에 잔뜩 묻힌 맹부요가 우물우물하며 물었다.

"그야⋯⋯, 백성들이 먹는 별미 말이오."

물결처럼 일렁이는 눈빛으로 그녀를 바라보며 미소 짓던 장손무극이 문득 손을 뻗어 그녀의 입술을 스치듯 어루만졌다. 기다란 손가락에 묻어난 것은 샛노란 고구마 살이었다.

그는 손가락을 그대로 든 채, 맹부요의 얼굴이 발그레하게 익을 때까지 그녀를 빤히 쳐다보며 빙긋이 웃었다. 그러고는 붉은 입술의 향기를 머금은 고구마 살을 자기 입가로 가져가 삼켰다.

"이렇게 황홀한 맛을 알게 해 주다니⋯⋯ 고맙소."

느릿느릿 부드럽게 이어지는 음절 하나하나에 옅은 웃음기가 배어 있었다. 소박하고 정 많은 백성들을 닮은 군고구마 맛을 두고 하는 말인지, 아니면 누군가의 요염한 입술이 가진 향긋한 맛을 두고 하는 말인지는 모를 일이었다.

맹부요의 얼굴이 화르르 불타올랐다⋯⋯.

뭐야, 완전 옛날 사람이면서⋯⋯. 간접 키스가 뭔지 아는 건가? 아니면 타고난 작업의 고수라서 본능적으로?

맹부요가 슬금슬금 궁둥이를 뒤쪽으로 옮기기 시작했다. 몹시도 위험하고, 몹시도 유혹적이고, 몹시도 색기가 흐르고, 몹시도 아리따운, 군고구마 하나를 먹어도 끈적하게 먹어 주시는 태자 전하로부터 멀찍이 떨어지고자……

그런데 막 몸을 움직이자마자 하늘 저편에서 정체불명의 소리가 날아드는가 싶더니, 다음 순간 머리 위가 번쩍하고 밝아지면서 요란한 파공음이 울렸다. 고개를 든 맹부요는 수도 없이 많은 화살이 이글거리는 화염에 휩싸인 채 하늘을 붉게 물들이며 쏘아져 오는 광경을 목격했다.

소음을 내도록 특수 제작된 화살대가 허공을 예리하게 가르고 다다른 곳은 역관 2층, 그녀와 장손무극의 거처였다!

즐거운 여행길

마치 진홍빛 유성우가 쏟아지듯, 밤하늘을 가르고 날아온 불화살들은 '쐐액' 소리를 토하며 정확히 맹부요와 장손무극의 거처로 돌진했다. 삽시간에 건물이 화염에 휩싸이면서 2층 객실은 불바다가 됐다.

"시작이에요, 시작!"

벌떡 일어난 맹부요가 발을 구르면서 불끈 주먹을 쥐었다. 겁을 먹었다기보다는 흥분한 모양새였다.

"생각지도 못했네, 설마하니 진짜 움직일 줄이야!"

"호들갑 떨 것 없소."

장손무극은 머리 위에서 활활 타고 있는 불길이 아예 눈에도 안 들어오는 양, 여전히 아까 그 자리에서 꿈쩍도 안 하고 있었다. 원보 대인과 마주 앉아 손수 껍질을 깐 고구마를 나눠 먹으며 그 맛을 여유롭게 음미 중이던 그가 말했다.

"어차피 봉정예 짓은 아니오. 내 장담하는데, 오늘 밤 그자는 분명 출타 중일 게요. 살인과 방화를 자행한 자들은 죽은 동료의 복수를 하러 몰려온 녹림객 장천방일 테고."

"봉정예가 우리를 처리하고 장천방에 뒤집어씌우리란 건 예상했어요."

맹부요가 히죽이 웃었다.

"어차피 선기국은 지금 나라 꼴이 수세미죠. 녹림하고 황자가 한편을 먹고, 황자하고 관원이 한통속이 되고, 도성에 있던 자는 쫓겨나고, 도성 밖에 있는 자는 여전히 호시탐탐이고. 봉정예 입장에서야 황위는 이미 물 건너간 거, 여기서 더 혼란을 조장하지 못할 이유가 없잖아요? 우리가 죽어서 대한하고 무극이 선기를 치겠다고 나서면 그 자식한테는 이득 아니겠어요? 혼란 와중에 어부지리로 옥좌에 앉을 수 있을지 누가 알아요."

"맞소, 봉정예가 선뜻 우리를 죽이겠다고 나선 것은 뒷일이 자기 책임이 아니기 때문이오."

장손무극이 껍질을 벗긴 군고구마를 맹부요의 입에 밀어 넣었다.

"부요."

"우움."

맹부요는 볼 안에 빵빵하게 들어찬 고구마를 씹어 삼기느라 사력을 다해야 했다.

"지금 당장 봉정예를 제거할 생각은 없소?"

"그건 안 되죠!"

맹부요가 말했다.

"그 자식 모가지 따는 거야 일도 아니지만, 괜히 벌집 건드려놔 봤자 귀찮아진다고요. 남의 나라에서 너무 보란 듯이 설칠 수야 없는 거고……."

장손무극이 오늘따라 겸손한 맹부요의 태도에 의아함을 느낀 찰나, 뒷말이 이어졌다.

"차라리 눈에 안 띄게 도성에 입성부터 한 다음에 뒤 구린 놈들, 우리한테 칼 겨눈 놈들, 몽땅 싸잡아서 한꺼번에 목을 치는 게 어때요?"

……과연 맹부요 대왕다운 풍모로다.

"그렇다면……."

장손무극이 싱긋 웃었다.

"이제부터는 도망자 신세로군."

어떠한 변수가 도사리고 있을지 모르는 고생길을 앞두고도 그의 말투는 담담하기만 했고, 듣고 있는 맹부요 역시 태연자약하기는 마찬가지였다.

"그러게요."

그녀는 손으로 턱을 괴고서 진지하게 도주 계획을 짜기 시작했다.

"어쩌죠, 도망자라는 사람들이 일행 3천 명을 우르르 끌고 다니는 건 선기국을 너무 무시하는 처사 아니에요?"

"개인적으로는."

장손무극이 미소 지었다.

"오늘 밤 연회 자리에서 봉정예가 말했던 홍대현의 봄빛이며 경봉현의 저녁노을, 금강현 여수, 전부 괜찮은 제안 같더군."

맹부요가 눈을 반짝이면서 맞장구를 쳤다.

"아아, 그리고 보니 여행 다녀 본 지 진짜 오래됐네요."

입가를 쓱 닦으며 일어나 2층을 올려다본 그녀가 이어서 바깥 소리에 귀를 기울였다. 밖은 보복을 다짐하는 외침으로 떠들썩했다.

"실종될 때는 되더라도, 일단 그 전에 한판 떠야겠는데요."

소매를 걷어붙이고 머리를 질끈 묶은 그녀가 눈을 빛내며 말했다.

"손이 근질근질해서!"

"잠깐."

장손무극이 돌연 그녀의 손을 붙잡아 자기 쪽으로 끌어당기더니 손끝을 세세히 살폈다.

"손톱 한번 빨리 자라는군. 미리 손질해 두지 않으면 싸우다가 부러져서 손가락에까지 상처가 나겠소."

맹부요를 끌어다가 도로 앉힌 그가 앞섶에 지니고 있던 비단 주머니에서 자그마한 황금 가위를 꺼내 손톱을 잘라 주기 시작했다.

머리 위쪽에서는 화염이 세차게 타오르고, 주변은 시끌벅적한 소음으로 가득한 상황. 역관 밖에서는 장천방 패거리가 활과 칼을 꼬나들고서 살기등등하게 포위망을 좁혀 오고 있었다.

그러나 이 위기의 순간에도 두 사람은 머리 위의 불꽃을 조명 삼아 차분히 손톱을 손질하는 중이었다.

장손무극은 아주 꼼꼼하게, 맹부요의 손가락을 하나하나 바꿔 가며 가위를 놀렸다. 맹부요의 각도에서는 그의 옥석같이 매끈한 이마와 살짝 다물린 얇은 입술, 산봉우리처럼 솟은 콧대가 한눈에 들어왔다.

불빛이 그의 뺨을 찬란하리만치 아름다운 다홍색으로 물들이고 있었다. 그는 어느 때보다도 집중하는 표정이었다. 밖에서야 누가 포위 공격을 개시하건 말건, 둘의 목숨을 노리는 자들이 쫓아오건 말건, 그보다는 지금 눈앞에 있는 손톱을 최대한 가지런하게 다듬는 것이 훨씬 중요하다는 듯이.

주변은 정신없이 시끌벅적했지만, 두 사람이 함께 있는 곳은 비할 데 없이 평온했다. 오로지 서로의 느릿한 숨소리와 손톱이 또각또각 잘려 나가는 소리만이 존재할 뿐.

가만히 귀를 기울이고 있자니 그 미세하고도 또렷한 또각거림이 어느덧 경쾌한 음악처럼 느껴졌다. 생의 가장 아름다운 시절을 한 찰나에 그러모아 담는다면 그것이 바로 지금일까.

장손무극 앞에 책상다리를 하고 앉은 맹부요 곁으로는 모닥불 자리에 남은 불기운이 은은한 훈기를 발하고 있었고, 공기 중 아직 남은 군고구마 냄새가 달콤했다. 두 사람 사이에는 원보 대인이 동산처럼 볼록해진 배를 끌어안고 잠들어 있었다.

앞길은 예측 불허, 주변 곳곳에는 죽음의 위기가 도사리고 있는 이 순간, 맹부요는 도리어 편안하고 포근한 기분에 잠겼다.

아주 오래전, 이전 생을 살고 있을 적에 엄마를 병원에서 데리고 나오다가 길가에서 마주쳤던 군고구마 가판대가 떠올랐다. 1위안에 한 개를 사서 모녀 둘이 서로 마주 웃으며 나눠 먹었던 그 군고구마. 그때 나눈 것은 달콤한 고구마만이 아니라 추운 겨울날의 온기, 기쁨과 슬픔을 함께해 온 끈끈함, 일생 떨어지지 말자는 약속이기도 했다.

그로부터 열아홉 해가 지난 오늘, 그녀는 다른 세상에서 또 한 번 누군가와 군고구마를 나누었다. 주변 정경도, 처한 형편도, 대상도 완전히 달라졌으나 이 순간의 마음만은 그때와 크게 다르지 않았다.

또각, 또각, 가위질 소리가 느긋하게 이어졌다. 맹부요는 금방 또 옛 기억에 잠겼다.

어렸을 때는 엄마가 손톱을 잘라 줬지만, 엄마가 아프고부터는 자신의 몫이었다. 그때는 상상조차 못 했다. 오랜 세월이 지난 후 어느 낯선 세상에서, 이런 자질구레한 일이라고는 한 번도 해 본 적 없는 존귀한 남자가 불빛 눈부신 밤을 배경으로 이토록 차분하고도 다정하게 자신의 손톱을 다듬어 줄 날이 오리라고는.

홀연 상대의 느릿느릿하고 차분한 말이 들려왔다.

"부요, 해마다 겨울이면 그대와 함께 고구마를 굽고 싶소. 그리고 나서는 길어진 그대의 손톱을 잘라 주고."

맹부요는 조용히 한숨지으며 그의 손등을 토닥여 주고는 몸을 일으켰다.

"지금은 같이 싸워 주는 쪽이 차라리 현실적일 것 같네요. 가죠!"

둘이 함께 담장 꼭대기로 뛰어올라 아래를 내려다보자 일렁이는 불빛 너머로 제일 먼저 호위들의 모습이 눈에 들어왔다. 봉정예가 역관이 작다는 이유로 성안 곳곳에 분산시켜 놓은 호위 3천이 말을 타고 다급히 역관 쪽으로 달려오는 중이었다.

이어서 위급 사태에 심각한 우려를 느낀 현지 군졸들이 횃불을 높이 쳐든 채 대단히 일사불란하게 관아를 빠져나와 역관으로 통하는 길목마다 포진하는 게 보였다. 맹부요의 호위들과 같은 방향으로 열심히 이동해 오는 것 같기도 한 모습이었지만, 그들의 실질적 역할은 기병대의 진로를 방해하는 것이었다.

변경 소도시에서 탁 트인 대로를 기대할 수야 없는 일. 기병들은 인파가 어수선하게 뒤엉킨 골목 안에 꼼짝없이 갇혀 버리고 말았다.

팔짱을 끼고 냉소하던 맹부요가 막 역관에 당도한 철성을 내려다보며 말했다.

"기우한테 전해. 예전에 흑풍기가 쓰던 방법대로 각기 흩어져서 다른 노선을 타고 동성으로 향하라고. 4월 초에 동성에서 보자고 해."

철성을 보내고 난 맹부요는 물샐틈없이 포위당한 역관 주변을 돌아봤다. 사방을 붉게 물들인 불빛 속에서 날붙이들이 섬뜩한 반사광을 발하고 있었다.

"형제들의 원수를 갚자!"

파도처럼 밀려드는 소리를 듣고 있던 그녀가 픽 코웃음을 쳤다.

"녹림 도적놈들 손에 정규군용 궁노가 들려 있어? 나라가 이 정도로 썩었으면 이미 수습 불가능 아닌가?"

장손무극이 말했다.

"장천방 방주는 과거 십대 강자 명단에 이름을 올리기 직전까지 간 인물이라 들었소. 만만한 자가 아니니 조심해야 하오."

역관 정문 쪽으로 눈을 돌린 맹부요는 인파 사이에서 붉은 장포를 입은 대머리 노인네 하나를 발견했다. 불뚝거리는 관자놀이와 형형한 안광을 발하는 두 눈. 노인은 딱 보기에도 원기왕성한 모습으로 공격을 진두지휘 중이었다. 그 모습에 흥미가 동한 맹부요가 당장 정문 쪽으로 내달려 갔다.

땅을 박차고 튀어 나간 그녀가 검푸른 일직선을 그리며 어둠을 갈랐다. 순간적으로 거센 돌풍이 일었다. 사방에서 타오르던 화염이 맹렬한 강기에 밀려나면서 '화르륵' 하고 정문 근처 담장에 바싹 다가붙었다.

그녀를 노리고 날아온 화살들은 옷자락을 스치는 동시에 방향이 급격하게 꺾여 모조리 역관 정문에 '파바밧' 꽂혔다. 안 그래도 불길에 그을려 약해져 있던 문짝은 화염과 화살의 공세에 얼마 버티지 못하고 꿍음을 내며 쓰러졌다. 자욱한 먼지와 함께 무수히 많은 나뭇조각이 주변으로 쏟아져 나가 일선에서 정문을 공략 중이던 장천방 졸개들의 머리통을 깨부쉈다.

조금 전까지만 해도 목청껏 함성을 내지르던 장천방 놈들이 그 경악스러운 기세에 단체로 움찔했다. 때를 놓치지 않고 주변의 화염을 뒤쪽으로 밀어내면서 돌진해 온 맹부요가 진청색 옷을 입고 모여 있는 무리 사이를 날카롭게 꿰뚫고 지나갔다. 검푸른 칼날이 진청색 뱀의 등을 길게 가르는 듯한 광경이었다. 그녀가 지나는 궤적을 따라 도적들의 몸뚱이가 날아다니고, 피가 튀고, 복수의 외침을 압도하는 비명이 터져 나왔다.

맹부요가 돌진해 가는 방향의 끝에는 장천방 방주가 있었다. 그녀가 내뿜는 엄청난 기세에 눈썹을 꿈틀한 노인이 한 걸음 뒤로 물러서면서 팔을 휘둘렀다.

노인의 앞쪽에서 연속적으로 금속 마찰음이 울리면서 도광이 번뜩이는가 싶더니, 눈 깜짝할 새에 긴 칼을 들고 등장한 수하 열여덟 명이 막강한 진법을 펼쳤다.

그들이 가진 칼은 유난히도 강렬한 빛을 뿜었다. 열여덟 명이 만든 진 안에서 열여덟 줄의 섬광이 기묘한 박자에 따라 빠르게 떨며 움직였다. 칼날처럼 예리한 도광이 방향을 가리지 않고 무차별적으로 발출되는 한편, 도신에 반사된 불빛까지 가세해 눈을 어지럽게 자극했다. 주변에 있던 사람들은 시야가 제한되는 걸 감수하고 다들 소맷자락으로 눈을 가렸다.

대머리 노인이 열여덟 자루의 칼로 이루어진 진 뒤에서 소매를 걷어 올렸다. 그의 두툼한 손은 양쪽 모두 피처럼 붉었다. 독장을 연마했음이 분명한 손이었다.

노인은 맹부요를 향해 냉소를 보내면서, 그녀가 칼날의 강렬한 빛을 이기지 못하고 눈을 감을 순간만을 기다리고 있었다.

빛을 이용한 진은 술법에 능한 어느 기인으로부터 전수받은 것으로, 거기에 귀신같은 그의 독장이 더해지면 발군의 파괴력이 발휘됐다. 이름깨나 날린다는 정상급 고수 중에도 이 수법에 걸려 죽어 나간 자들이 수두룩했다. 고작 열여덟 나이에 벌써 십대 강자 반열에 끼었다는 계집도 그래 봤자 별수 없으리라.

돌연 맹부요가 허공에서 급속히 방향을 틀었다. 그 엄청난 돌진 속도에 뒤따르는 관성을 설마 극복할 수 있으리라고는 누구도 생각지 못했건만, 맹부요는 마치 물고기가 수중에서 방향을 전환하듯 너무나도 쉽게 몸을 틀었다. 그녀는 자신에게 달려든 장천방 졸개 하나를 걷어차 칼날 쪽으로 날려 버렸다.

"끄아악!"

칼날이 번뜩이는 동시에 비명이 울렸다. 졸개는 이미 칼끝에 푹 꿰여 있었다.

진을 이루고 있는 자들이 일제히 흠칫했다. 그래도 고도로 훈련된 집단답게 곧 칼을 격렬히 진동시켜 시체를 떨궈 냈다.

그러나 맹부요는 거기서 멈추지 않고 눈 깜짝할 사이에 열 차례 이상의 발길질을 연달아 퍼부었다. 흡사 고무공을 걷어차는 듯한 발차기가 진청색 옷을 맞춰 입은 장천방 졸개들을 번개 같은 속도로 칼날을 향해 날려 보냈다.

도망치려야 도망칠 수도, 피하려야 피할 수도 없는 공격. 한 놈 한 놈의 몸뚱이가 연이어 칼날에 꿰뚫렸다.

시체를 털어 낼 시간적 여유가 사라지자 진법은 금방 피를 뒤집어쓴 메뚜기 꼬치 꼴이 났다. 그 틈에 몸을 날린 맹부요가 칼끝에 꿰인 시체를 발판 삼아 진을 뛰어넘은 뒤 곧장 장천방 방주를 덮쳤다. 콧방귀를 뀐 노인이 지금껏 진력을 축적해 둔 손바닥을 단숨에 뻗으면서 일갈했다.

"네 자리는 오늘부로 내 차지다!"

어마어마한 진력이 응축된 일 장이 그 웅혼한 위력으로 허공을 쪼개자 피비린내 섞인 바람이 사방 수 장 범위를 휩쓸었다.

그러나 맹부요는 거기 없었다. 그녀는 장천방 방주의 머리 위를 사뿐하게 넘어 뒤편으로 이동한 후였다.

방주는 적을 눈앞에서 놓치고도 당황하지 않고 그 즉시 뒤쪽을 향해 독장을 내질렀다. 아까와 마찬가지로 무시무시한 위력을 가진 일 장이 피비린내 나는 돌풍을 일으켰다. 놀랍게도 그는 양쪽 손에 동일한 수준의 공력을 보유하고 있었고, 전후방 어느 쪽을 겨냥한 공격이 됐든 일관된 민첩성을 발휘했다.

그런데 그가 뒤편의 맹부요를 향해 손을 뻗는 찰나, 앞쪽으로 사람 그림자 비슷한 것이 훌쩍 날아드는 느낌이 들었다. 시야 가장자리에 걸린 형체가 그에게 불러일으킨 것은 기묘한 비현실감이었다.

그는 순간적으로 불빛 때문에 초점이 번져서 보이는 헛것이 아닐까 생각했다. 계집은 이미 뒤편으로 이동했고 앞쪽에서는 진법이 방패가 되어 주고 있었다. 지금 앞쪽에 사람이 보인다는 건 이치에 안 맞는 일이었다.

그럼에도 방주는 일단 나머지 한쪽 손을 들어 올렸다. 뒤로 내질렀던 손도 앞으로 가져오려고 했다. 지난 수십 년간 선기국을 누비며 수없이 많은 싸움을 치러 온 고수로서 자신의 직감을 따른 것이다.

그러나 애석하게도 한발 늦고 말았다. 홀연히 다가온 누군가의 손이 허공을 가벼이 그러잡는 시늉을 하자, 사방에 휘몰아치던 바람이 밀도 높게 응결되면서 그가 내지른 혈장을 붙들고 늘어졌다. 이로 인해 장천방 방주의 공세가 일순 중단됐을 때였다.

그를 등지고 있던 맹부요가 돌아보지도 않고 뒤쪽으로 주먹을 날렸다. 오장육부를 으스러뜨릴 기세로, 마치 말뚝을 박아 넣듯이!

콰직!

온갖 소음이 난무하는 싸움터 한복판에서 그 둔탁하고도 절망적인 파열음을 들은 사람은 방주 혼자뿐이었다. 하늘이 무너지는 듯, 혹은 땅이 꺼지는 듯한 소리였다.

피와 살, 그리고 내장 전부가 의식과 함께 산산이 부서져 세상에서 사라져 갔다. 온몸의 혈액이 콸콸 범람하는 소리가 들렸다.

오장육부, 경맥, 심장이 모조리 박살 나자 더 이상 아무런 제약도 받지 않게 된 피가 전례 없는 기세로 신나게 솟구치고 있었다. 그것은 광기와 사치에 가까운, 생의 마지막 환희였다. 성대한 연회의 끝을 앞두고 마지막으로 추는 춤과도 같은. 춤이 끝나면 어둠이 내려 자잘한 불씨들을 완전히 꺼뜨릴 것이다.

그는 비명을 지르지도, 피를 토해 보지도 못하고서 그저 그렇게, 무겁고도 절망적으로 허물어져 내렸다. 삶의 막바지에 떠오른 생각은 '그렇다면 앞쪽에 스친 그림자는 대체 누구인가?'였다.

형체의 주인공은 장손무극이었다. 대단히 게으르고 싸움을 좋아하지 않는 태자 전하께서는 아까부터 맹부요의 등 뒤에 나른하게 붙어 솜털처럼 폴랑이고 계셨다. 나른한 솜털은 맹부요 대왕이 방주의 머리 위를 뛰어넘는 찰나 밑으로 떨어졌고, 그 위치가 하필 너무하게도 장천방 방주의 면전이었던 것이다.

기왕 거기 서게 된 거, 아무 짓도 안 할 수야 없지 않은가.

사실 장천방 방주는 아무리 대단한 진법이 있다 한들 맹부요의 적수가 아니었다. 그런 자가 속이 시키면 두 고수의 파렴치한 협공을 무슨 수로 당해 낼까. 어차피 죽을 거 조금 빨리 죽었을 뿐이었다.

방주를 단 한 수에 죽여 버리다니!

장천방 일동은 충격에 휩싸였다.

가공할 기세로 돌진해 간 맹부요가 눈 깜짝할 사이에 동료 수십 명을 걷어차 칼에 꽂더니 방주의 코앞에서 갑자기 공중제비를 돌았고, 이어서 연보라색 그림자 비슷한 게 나풀거렸고, 그 직후 맹부요가 날린 주먹에 방주가 죽어 나갔다. 그게 장천방 일동이 본 전부였다.

그간 단 한 차례의 패배도 허용하지 하고 선기국 무림을 주름잡았던, 십대 강자와 맞붙었을 때도 겨우 한 끗 차이로 아슬아슬하게 밀렸던 방주가 이리 쉽게 죽을 수도 있는 인물이었나?

하늘처럼 떠받들던 우상이 처참하게 망가지는 모습보다 더 사람을 정신적으로 흔들어 놓을 수 있는 게 또 있을까.

질겁한 장천방 일동 대부분은 공격을 멈추고 주춤주춤 뒷걸음질을 쳤다. 그 와중에 몇몇 부방주와 두령들이 날듯이 맹부요 쪽으로 접근했지만, 일정 범위 안으로는 발을 들이지 못하고 머뭇거리면서 서로 눈치만 살폈다.

그들이 서로의 눈 안에서 읽어 낸 것은 '기회'였다. 방주가 죽었으니 이제 곧 권력 투쟁이 벌어질 것이다. 지금은 각자 자기 휘하의 세력을 온전히 보존하는 일이 무엇보다 중요했다.

"후퇴다!"

부방주 하나가 낮게 잠긴 목소리로 외쳤다. 장천방 일동은 즉각 칼을 거두고 뒤로 빠지기 시작했다.

이렇게 되자 이번에는 맹부요 쪽이 다급해졌다.

젠장! 네놈들이 도망가 버리면 아무도 모르게 실종되기로 한 우리 계획은 뭐가 되냐? 이대로 망하라는 거야?

장천방은 방주님 복수고 뭐고 다 팽개치고 일사불란하게 철수 중이었고, 저 멀리서는 현지 병졸들이 마침내 당도한 참이었다.

허탈하게 서 있길 잠시, 맹부요가 돌연 양팔을 휘저으면서 장천방 일동 사이로 뛰어들었다.

"으아……. 죽여 줘, 나 좀 죽여 달라니까! 으아아! 나 무기도 없다고…….”

아무리 외쳐 봐도 상대해 주는 사람이 없자 맹부요는 얼른 옆에 있는 놈 하나를 '퍽'하고 고꾸라뜨려 모자를 빼앗고, 또 한 놈을 '턱' 붙잡아 겉옷을 벗겨 냈다. 그리고는 허겁지겁 후퇴 중인 수천 명 사이에 끼어 역관으로부터 겅중겅중 멀어져 갔다…….

선기 천성天成 30년 1월 26일.

변경 태원현 역관에서 무극 태자와 대한 한왕이 장천방의 포위 공격에 휘말렸다. 앞서 장천방 두령 하나를 사살한 일로 보복을 당한 것이다.

혼전 중에 장천방 방주가 목숨을 잃었고, 태자와 한왕은 실종되었다.

⁂

금강 땅에 흐르는 여수는 그 물결이 여인의 그윽한 눈빛과 같더라.

여수는 영토 남북을 관통하는 선기국 최대의 강으로, 이 나라 백성들을 키워 낸 젖줄이기도 했다. '고울 려麗' 자를 쓰는 여수는 이름처럼 수려하고 투명한 물빛과 빼어난 주변 풍광을 자랑했다.

미인도 속 우아한 가인을 닮은 그 자태 중에서도 특히 금강현 옥봉을 지나는 구간은 아름답기로 천하에 정평이 나 있었다. 산수가 수려한 옥봉 근방에는 미인계, 망월애, 옥순선대, 수잠봉을 비롯한 18경이 자리하고 있었다. 깨끗한 옥색 물빛이 굽이굽이 끝없이 이어진 풍경은 선기국에 흐르는 모든 강줄기를 통틀어 으뜸으로 불렸다.

때는 봄빛 일렁이는 새벽녘이었다. 엷은 물안개가 수면을 감싸고 있는 가운데, 강가 절벽 뒤편에서 조각배 한 척이 살랑살랑 모습을 드러냈다. 연홍빛 아침노을을 한가득 실은 조각배 위에서는 뱃사공 여인이 숙련된 솜씨로 안개를 뚫고서 노를 저어 오고 있었다. 날렵하게 생긴 뱃머리가 투명한 수면을 가르고, 삐걱삐걱 노 젓는 소리가 평온한 새벽빛 한복판을 유유히 맴돌았다.

"여보시오, 거기 사공 양반!"

강기슭에서 낭랑한 외침이 들려왔다.

기슭 쪽으로 눈길을 돌린 뱃사공은 연녹색 옷을 입은 소녀가 자신을 향해 활짝 웃으며 손을 흔들고 있는 모습을 발견했다. 소녀의 자태는 금강현에서 제일 수려한 경치로 손꼽히는 망월애보다도 훨씬 맵시 있었고, 눈동자는 또 어찌나 영롱하게 빛나는지 주변에 깔린 새벽안개가 유독 그쪽만 성긴 느낌이었다.

소녀의 옆쪽으로는 훤칠한 키에 가벼운 옷차림을 한 남자가 뒷짐을 지고 있는 게 보였다. 가면으로 얼굴 반쪽을 가린 남자는 물결 반짝이는 수면을 바라보며 미소 짓고 있었다. 바람이 그의 옷자락을 말아 올리는 순간 남자의 그윽한 눈길이 조각배 쪽으로 옮겨 오자 뱃사공 여인은 어째서인지 숨이 가빠졌다.

뱃사공은 넋을 잃고 두 남녀를 쳐다보았다. 무척 잘 어울리는 쌍을 형용하는 '봉린지란'이라든지 '천작지합' 같은 고상하고 우아한 말을 쓰고 싶어도 어디 가서 들어 본 적이 없는 터라 직관적으로 한마디를 내뱉었다.

"무지하게 근사한 한 쌍이네!"

소녀는 멍하니 서 있는 뱃사공의 모습에도 노여워하지 않고 은자 하나를 날려 보내며 싱긋 웃었다.

"강을 건너려는데, 부탁 좀 합시다!"

순도 높은 진짜배기 은자. 족히 댓 냥은 나가 보이는 게 반년 치 뱃삯 정도는 될 것 같았다.

싱글벙글 은자를 낚아챈 사공이 배를 기슭 쪽으로 가까이 댔다. 이때 소녀가 히죽 웃으며 말했다.

"내릴 때 다섯 냥 더 보태 드리리다."

사공의 얼굴에 화색이 도는 것을 본 소녀가 냉큼 덧붙였다.

"단, 조건이 있소."

그러더니 손가락을 하나하나 꼽으며 조건을 다다다 읊었다.

"첫째, 너무 쳐다보지 말 것. 둘째, 불필요한 질문은 하지 말 것. 셋째, 밥은 무조건 맛있게 해 줄 것. 한 번 쳐다볼 때마다 한 냥 차감, 쓸데없는 질문 하나 할 때마다 두 냥 차감, 밥이 맛없으면 세 냥 차감. 뱃삯이 하나도 안 남을 때까지 이렇게 계산할 거요."

뱃사공이 잽싸게 입을 다물었다. 본래는 어여쁜 한 쌍에게 몇 마디 넌지시 건네 볼 생각이었으나, 소녀의 말을 듣고 나니 그럴 생각이 깨끗이 사라졌다. 사공은 그저 묵묵히 배를 기슭에 더 가까이 붙었다.

소녀가 듬직하게 생긴 소년 하나를 향해 손짓을 보냈다.

"철성, 빨리 못 오냐! 내가 언제 너한테 보지 말라디? 눈은 왜 돌려?"

잠시 후, 소녀는 안 그래도 비좁은 갑판을 거의 다 차지하다시피 하고 배 안에 벌렁 드러누웠다. 팔자 좋게 늘어져서 뒤통수 밑에 팔을 댄 소녀가 제 기분에 한껏 취한 투로 말했다.

"하아! 이게 바로 사는 맛이지!"

똘똘해 보이기는 하는데 어딘지 좀 요상한 소녀를 힐끔 쳐다보고서 쥐 죽은 듯이 있던 뱃사공이 벼르다 벼르다 결국에는 입을 열었다.

"그래도 한 가지는 물어봐야 할 것 같아서요."

그러자 남자 쪽이 싱긋 웃으며 말을 받았다.

"저쪽은 신경 쓰지 말고 이야기해 보시오."

"두 분은 그럼, 남매인 건가요? 아니면 부부?"

"남매요!"

"부부지!"

각기 다른 목소리가 각기 다른 답을 외쳤다. 갑판에서 일어나 앉은 소녀가 남자를 한 대 걷어찼다.

"쓸데없이 말만 많아!"

그러고는 뱃사공 쪽으로 눈길을 돌렸다.

"그건 왜 물어보시오? 확 진짜로 은자 깎아 버릴라!"

"맛있는 밥을 드시고 싶다 하시길래요. 남매는 남매대로, 부부는 부부대로 준비된 게 다르거든요."

뱃사공이 눈을 반달 모양으로 접으며 웃었다.

"남매라면 제가 직접 밥을 지어 드릴 테고, 금슬 좋은 부부라면 저기 앞쪽 열여덟 굽이를 돌면 오 씨네 선상 식당이 나오는데, 근래 도성에서 온 요리사가 음식을 기가 막히게 한답니다. 그런데 사람이 퍽 까탈스러운 데다가 요리도 하루에 세 가지 이상은 안 만든다네요. 게다가 소문을 듣자 하니 서로 진짜 정이 깊은 부부한테만 음식을 내어 준다고 하더라고요. 만약 두 분이 부부가 아니라면 저도 굳이 힘들여서 거기까지 갈 필요는 없겠지요."

"맛난 밥……."

소녀가 군침을 흘리면서 눈을 굴렸다. 거대한 유혹 앞에서 애써 저항하는 모습이었다.

그 모습을 쳐다보면서 방실방실 웃던 뱃사공이 다음 순간 눈을 커다랗게 부릅떴다. 소녀의 소매 안에서 무언가가 꿈틀거리는가 싶더니 순식간에 팔을 타고 어깨 부근까지 올라가서 불룩하게 자리를 잡은 탓이었다. 목둘레 옷깃 속에서 자그마한 앞발이 쑥 뻗어 나와 소녀의 귓불을 붙들고는, 죽자 사자 그것을 아래로 당기고, 당기고, 또 당겼다.

으잉……. 저게 뭐람?

뭐긴 뭐겠는가. 잠 많고 식탐 많기로 천하 제일가는 원보 대인과 의뭉스럽고 약아빠졌기로 천하 제일가는 그 주인, 그리고 그 주인의 동반자이자 흉악하고 파렴치하기로 천하 제일가는 한왕 되시겠다.

세 사람 더하기 쥐 한 마리에게 이번 여행은 팍팍한 인생, 그리고 쥐생에서 어렵사리 얻어 낸 여유였다. 선기국은 풍광이 빼어나고 분야별로 솜씨 좋은 장인들이 많아 자연 경관이 됐든, 시장판이 됐든, 건축물이 됐든, 일용품이 됐든, 어딜 가나 볼거리가 넘쳐났다. 그런 것들을 하나하나 구경하며 느긋하게 이동한 결과 일행은 여태껏 태원현에서 100리 정도밖에 벗어나지 못한 상황이었다.

맹부요가 아까 그 자리에 그대로 앉아 부부라는 이름과 맛있는 밥 사이에서 고된 내적 갈등을 이어 가고 있는 사이, 장손무극이 선수를 쳤다.

"본래 부부가 맞소. 앙탈을 부리느라 저러는 것뿐이니 번거롭더라도 선상 식당까지 부탁드리오."

"그럽지요!"

뱃사공이 상앗대로 강바닥을 밀자 조각배가 느릿느릿 움직이기 시작했다. 책상다리를 하고 앉은 맹부요가 까맣게 빛나는 눈동자를 굴리며 말했다.

"우리를 찾느라고 난리 났다면서요?"

"그렇소."

장손무극이 그녀의 흐트러진 소맷자락을 여며 주며 답했다.

"당연한 일이지. 무극과 대한 양쪽이 연극을 벌이고 있으니 선기로서는 피가 마를 것이오. 두 나라 중신들이 적지 않은 인마를 거느리고 동성에 눌러앉았다더군. 우리를 찾아낼 때까지 거기서 기다리겠다면서."

"십일황자는…… 어쩌고 있고요?"

"도적 토벌 임무를 제대로 수행하지 못한 자신의 불찰이라며 처분을 받겠다고 나섰소만, 그날 밤 자리를 비운 상태였기에 현령만 면직당하고 십일황자에게는 실책을 공으로 만회하라는 지시가 내려졌소. 북부 녹림 토벌은 여전히 그의 소관이고, 듣자 하니 벌써 장천방 두령 여럿의 목을 뺐다더군. 과연 그들이 진짜 장천방일지야 모르는 일이지. 만약 진짜라고 쳐도 십중팔구는 십일황자 본인과 친분이 있는 자를 방주 자리에 올리기 위해 반대파를 제거한 것에 지나지 않을 테고."

"자고로 경찰이랑 조폭은 한솥밥 먹는 사이라더니."

맹부요가 한탄했다.

"조폭이 그리 좋을까."

"번잡한 세상살이 잠시 쉬어 간다 생각하고."

장손무극이 말했다.

"이 시간을 즐기도록 합시다. 동성에 당도하면 또 난장판이 기다리고 있을 테니."

"그 작자들이 뭘 하든 관심 없어요. 나만 안 건드린다면야."

다음 순간, 콧잔등을 찡긋거린 맹부요가 툭 한마디 던졌다.

"무슨 냄새지?"

냄새에 집중하는 사이, 그녀의 눈빛이 점점 환해졌다.

뱃사공이 두 사람을 돌아보면서 앞쪽에 정박해 있는 커다란 배를 가리켰다. 배에는 붉은 바탕에 검은 글씨로 '선상 식당'이라고 적힌 깃발이 드높이 걸려 있었다.

"저기랍니다! 오 씨네 배, 금강에서 제일로 몸집이 큰 놈이지요. 마침 밥때에 딱 맞춰 도착했네요. 도성에서 온 요리사가 곧 음식을 만들기 시작하겠어요."

맹부요가 무슨 소리냐는 투로 물었다.

"아침 댓바람부터 밥때라니?"

"요리사 성미가 워낙 괴벽해서요. 아침 일찍 음식을 만들기 시작하는데, 밥 얻어먹으려면 주방 일 시작 전에 정치 이야기 늘어놓는 걸 한참 들어 줘야 해요. 거, 뭐라더라…… '집안일, 나랏일, 세상일 할 것 없이 관심을 가져라. 그러면 볶은 요리, 끓인 요리, 삶은 요리 할 것 없이 다 맛볼 것이다.'라나요."

"하!"

하고 웃어 버린 맹부요가 재미있다는 듯 말했다.

"고거 아주 물건이시구먼!"

그러고는 훌쩍 몸을 날려 상대편 배 위로 올라섰다. 오 씨네 배는 선체가 크고 튼실할 뿐만 아니라 퍽 운치 있게 꾸며져 있었다. 갑판은 오가는 이 없이 조용했고, 손님이 왔다고 해서 나와 보는 점소이가 있는 것도 아니었다. 다만, 선실 안쪽에서 누군가 목청 높여 떠드는 소리가 들려왔다. 맹부요는 소리가 나는 쪽으로 걸음을 옮겼다.

"……오늘의 최신 소식을 읊어 보자면……."

종잇장을 사각사각 넘기는 소리가 났다.

"……무극 태자와 대한 한왕이 태원현에서 실종되었다는데……. 우리 선기국이 근래 다사다난하기는 해. 뭐 하나 일이 터졌다 하면 불난 데다 기름 붓는 식으로 다른 게 또 터지고 그러거든. 사실상 나라 다스리는 건 음식 만드는 거랑 다를 바가 없단 말이지. 양념이 너무 많이 들어가도 안 되고, 적게 들어가도 안 되고, 불이 너무 세도 안 되고, 약해도 안 되고. 십일황자가 도적 때려잡는다고 난리 치고 다니는 꼴을 봐, 화력이 과해! 불 조절 이야기가 나와서 말인데, 예전에 요릿집에서 주방장 뽑을 때 보던 게 뭐 대단한 요리가 아니라 딱 두 가지, 달걀 볶음이랑 콩나물 볶음이거든! 달걀은 노랗고 야들야들하게 볶아 내되, 한 알만 가지고도 접시를 그득 채울 줄 알아야 돼. 콩나물은 한 가닥 한 가닥 색이랑 모양이 고대로 살아 있어야……. 그럼 안 익은 거 아니냐고? 예끼, 먹어 보면 알지! 씹자마자 '아삭' 소리가 나고 기름, 소금, 간장, 식초, 대파, 맛술의 풍미가 뭐 하나 빠지는 거 없이 완벽하거든. 진짜 실력은 집에서 먹는 간단한 음식에서 나오는 법이야. 자, 음식 이야기는 여기까지. 누구든 또 음식 이야기 꺼내면 밥은 없는 줄 알아! 그나저나 한왕은 말이지……."

이번에는 걸상 옮기는 소리가 났다.

"……다들 한왕 보고 흉악하다, 파렴치하다, 그저 운이 좋았다, 위기가 많았는데 팔자 잘 타고나서 전화위복이 가능했다, 뭐 그렇게 이야기하지. 아무 기반도 없었던 평범한 사람이 무슨 수로 지금 위치까지 올랐을까? 내가 보기에는 그 과정이 절대 쉽지만은 않았을 거거든. 해삼 불리기만큼이나 어려운 일이었을 거란 말이야. 용삼이고, 매화삼이고, 사삼이고, 불리기 전에는 그냥 장작개비처럼 생겼어. 볼품없이 말라비틀어져서는 불에 구워지지도 않아, 전분에 끓여지지도 않아, 기름에 볶이지도 않아, 그런 걸 무슨 수로 먹나? 불려야지! 그럼 어떻게 불릴까? 자네 할 줄 아나? 자네는? 거기, 거기는? 아이고! 배 위에 있는 사람들이 해삼 하나 불릴 줄을 모르고! 내가 알려 주지. 일단 뜨거운 물에 담가 났다가 내장 부위 힘줄부터 깨끗하게 긁어 내야 돼. 안 그러면 속까지 불어나지를 않아요. 그러고서 뜨거운 물을 채운 단지에 넣고 뚜껑을 꽉 닫아서 하룻밤 더 뜸을 들였다가 다음 날 꺼내 보면 통통하니 튼실하게 불어 있거든! 한왕이 지금 저렇게 튼실해 보이는 것도 필시 뜨거운 물에 데어 봤기 때문일 거야. 뜨거운 맛을 보지 않고서는 불어날 수가 없는 게 해삼이니까! 그건 그렇고 요즘 시국이 뒤숭숭하기는 해. 얼마 전에는 헌원국 섭정왕이 죽지 않았나.”

걸상 끄는 소리가 요란했다.

“지난해 헌원이 어땠는지 좀 보라고. 나라 밖이나 조정 안이나, 궁중이나 관료 사회나, 안팎으로 위아래로 아주 그냥 발칵 뒤집혔어요. 통이 컸지, 통이 컸어! 전채 요리부터 시작해 볶음이 나오고, 탕으로 마무리한 다음에 달달한 후식의 여유를 선사하는 연회 상차림처럼 말이야! 전채 요리는 일단 예뻐야 하는데, 그렇다고 과하게 튀는 건 또 곤란해. 너무 난잡하게 모양을 내면 보기 심란하거든. 부담 없이 집어 먹을 수 있어야지. 한왕이 헌원 내궁을 맥락 없이 들쑤시고 다녔듯이. 볶음 요리는 강력한 한 방이 있어야 돼. 먹음직스러운 냄새가 가슴속까지 화끈하게 훅 끼쳐서, 젓가락을 들기도 전에 그 강렬함에 먼저 가슴이 철렁해 줘야지. 한왕이 토끼 사냥을 벌이고 무극 태자가 배후에서 상연을 끌어들였을 때 헌원국이 철렁했던 것처럼 말이야! 요리의 마지막으로 상에 올라가는 탕은 알차게 한 사발을 그득 채워야 돼. 물고기하고 육지 고기 어느 한쪽도 놓치지 말아야지. 단호하게 칼을 휘둘러 망할 것들을 한 놈도 안 놓치고 해치우듯이! 경위지휘사가 난동을 피우고 서평왕이 반란을 일으킨 그날 밤을 보라고. 헌원 조정과 황궁에서 죽어 나간 목숨이 대체 몇인가? 그러고 나서는 아기자기하게 모양을 낸 과일 화채로 화룡점정을 찍어 줘야 돼. 말하자면 연회의 절정이랄까. 누각에 걸린 섭정왕의 불탄 시체랑 같은 거지. 자, 먹을 거 이야기는 여기까지. 이 이야기 계속하다가는 밥맛 떨어져서 아무것도 못 먹겠네. 어쨌든 말이 나와서 말인데, 한왕이 제일 처음 일을 친 데는 무극국이었거든."

또 종잇장 뒤적거리는 소리가 났다.

"당시 고라국의 도발로 무극국이 동시에 두 군데 전선에서 적을 맞을 상황에 처하자 덕왕은 기회가 왔다고 생각했지. 결과적으로는 오히려 자기가 당했지만. 고라국은 바다를 끼고 있는 나라거든. 언젠가 한 번 다녀온 적이 있는데, 해변에서 생굴을 대접받질 않았겠나. 다들 굴 먹어 본 적은? 없어? 에헤이! 하얗고, 노랗고, 까맣고, 빨갛고, 생으로 먹는, 그런 게 있어. 식탁에 둘러앉은 수행원들이 저런 날것을 어떻게 먹느냐며 다들 외면하길래 내가 한마디 했지. 너희들이 뭘 아느냐, 해산물은 원래 신선도 떨어지게 지지고 볶고 삶아 찜 쪄 먹는 게 아니라 이렇게 간장이랑 식초랑 후춧가루 정도만 쳐서 먹는 거다. 후춧가루도 다들 모를 것 같은데, 그게 성질이 뜨겁거든. 찬 성질인 굴하고 같이 먹으면 반대되는 성질이 서로 어우러져서 혈액 순환을 돕고 울혈을 풀어 준단 말이지. 어음, 다시 무극국이 국토 양쪽에서 전쟁을 치르게 생긴 부분으로 돌아가서. 사실 그런 일은 일어날 리가 없는 거였거든. 장손무극이 어떤 자인데 자기가 그 지경에 몰릴 때까지 두 손 놓고 있었겠나? 혼자 헛꿈에 들뜬 덕왕만 불쌍하게 됐지. 큰 고기를 잡으려면 낚싯줄을 길게 풀어야 한다고, 장손무극이 자기를 낚으려고 한참 전부터 준비에 들어간 줄도 모르고. 마침 물고기 이야기가 나왔으니 말인데…….”

맹부요가 말없이 웃음을 흘렸다. 장손무극도 조용히 웃음 지었다. 저 정도면 감히 음식의 신이라 부를 만했다.

음식에 빗대 정치를 논하고, 예리한 식견으로 읽어 낸 정세를 연회 상차림이며 달걀, 콩나물에 버무려 볶아 내는 저 비범함이라니!

맹부요의 지난 행보와 장손무극의 정치적 수단을 환히 꿰고서 그걸 또 음식에 비유해 알아듣기 쉬우면서도 재치 있게 설명할 만큼 정치판에 정통한 인물…… 어째서일까. 어째서 이런 시골 강가, 평범해 빠진 어선 위에서 무지한 맨발의 어부들과 평민 출신 유람객들을 상대로 알아듣는 이 없는 ‘정치식경政治食經’을 읊고 있는 걸까.

인생을 놀이 삼아 즐기는 것일까, 아니면 약빠르게 몸을 사리는 중일까. 조금 전 그 장광설은 무심코 튀어나온 속내일까,

아니면 의도적으로 흘린 말일까.

맹부요가 고개를 쭉 빼고 선실 안을 들여다봤다. 허름한 선실 여기저기에 대충 자리를 잡고서 군침을 흘리고 있는 손님들이 눈에 들어왔다. 이야기를 듣는다기보다는 음식 냄새에 취해 정신이 없는 모양새였다.

탁자 위에 걸상을 쌓아 놓고 그 꼭대기에 올라앉아 있는 남자가 보였다. 비쩍 마른 남자는 수수한 평상복 차림이었는데, 곳곳에 기름 자국이 눈에 띄는 데다가 옷깃에는 반쪽짜리 채소 이파리까지 붙어 있었다. 그는 소맷단을 걷어붙인 채, 어지러운 글씨로 무언가가 잔뜩 적힌 종이를 들여다보며 연설에 열을 올리는 중이었다.

맹부요가 안으로 성큼 들어서면서 손뼉을 울렸다.

"대단하시구먼! 언변이 아주 절묘해! 청산유수가 따로 없네!"

남자가 얼굴에 바짝 대고 있던 종이 뭉치를 내려놨다. 나이는 서른 안팎, 다소 파리한 인상이었다. 시력이 좋지 않은지 눈을 가늘게 뜨고서 맹부요를 훑어본 그가 뒤이어 들어온 장손무극까지 쳐다보고 나더니 대뜸 물었다.

"부부인가?"

이에 맹부요가 빙글빙글 웃으며 반문했다.

"아니라면?"

"그럼 썩 나가!"

남자가 가차 없이 손을 내저었다.

"여기 규칙 모르나?"

"알다마다."

맹부요가 옷자락을 펄럭 젖히면서 당당하게 의자에 앉았다.

"여기까지 왔는데 당연히 알고 오지 않았겠소이까."

그녀를 빤히 응시하던 남자가 곧 의자 아래로 꾸물꾸물 내려서더니 탁자를 거쳐 바닥을 딛고는 말했다.

"오늘 이야기는 여기까지만 하지."

그러자 고통에서 해방된 손님들이 단체로 안도의 한숨을 내쉬었다.

"나는 원칙적으로 부부만 받으니까 아니거든 얼른 나가."

남자가 뒤편 주방을 향해 굼뜬 걸음을 옮기며 덧붙였다.

"버티다가 걸리면…… 먹은 거 다 게워 낼 각오하고!"

푸흡, 맹부요가 차를 마시다가 말고 고스란히 뿜어냈다. 장손무극이 빙긋이 웃으며 등을 두드려 주자 맹부요가 눈물이 그렁그렁한 눈으로 그를 돌아봤다.

장손무극이 말했다.

"어찌 이리 가여운 모양새인고……."

비록 맹부요는 날벼락을 맞아 만신창이였지만, 불행 중 다행으로 음식은 세상에서 제일 근사한 냄새를 풍기면서 준비됐다. 주방에서 선실로 흘러드는 유혹적인 냄새에 코를 킁킁거리던 맹부요가 황홀한 양 감탄사를 뱉었다.

"끝내준다!"

그러자 옆자리 손님이 심드렁하게 한마디 했다.

"불에 솥만 올렸을 뿐이외다."

잠시 후, 맹부요의 눈에 불이 반짝 켜졌다.

"다 됐네, 다 됐어!"

그러자 다른 손님이 설렁설렁 말했다.

"겨우 양념 만들기 시작했소."

시간이 조금 더 지나, 맹부요가 의자 위에 올라가 고개를 빼고 주방 쪽을 넘어다보자 나머지 손님들이 이구동성으로 핀잔을 줬다.

"차분히 좀 있을 것이지. 생선은 이제야 막 들어갔구먼!"

안절부절못하고 애를 태우던 맹부요가 급기야는 호위병 3천을 모조리 불러들여 주방장 보조로 투입해야 하나 고민하기 시작했을 때, 앞뒤 선실을 가르는 발이 걷히더니 어여쁜 갯마을 처녀가 쟁반을 받쳐 들고 나왔다. 손님들 식탁마다 음식을 내려놓은 처녀가 낭랑하게 말했다.

"첫 번째 요리, 원앙어입니다!"

음식 이름을 들은 맹부요가 대번에 입을 삐죽거렸다.

"진부하게!"

그러나 요리의 색, 향, 맛은 어느 것 하나 진부하지 않았다. 식탁에 올라온 것은 몸통이 넓고 주둥이가 길쭉한 생선이었는데, 육질이 옥석처럼 하얗고 투명했다. 그 육질 위로 연한 노란빛 껍질이 덮여 있는 모습은 흡사 하얀 옥판 위에 노랑 유리를 얹어 놓은 것처럼 보였다. 생선을 둘러싸고 있는 국물은 옅은 우윳빛이었지만, 담백해 보이는 색깔과 달리 풍기는 냄새는 당장 접시로 달려들고 싶어질 정도로 농후했다.

냉큼 식탁에 붙어 젓가락을 집어 든 맹부요가 등 부위를 따라서 생선을 한 치의 오차도 없이 절반으로 갈랐다.

"반씩이에요!"

그러자 아까 그 처녀가 살랑살랑 다가와 웃음 띤 얼굴로 말했다.

"그렇게 나누시면 안 돼요. 같이 드세요."

그 말에 맹부요가 주위를 둘러봤다. 그리고 보니 남들은 다 이마를 맞대고 사이좋게 식사 중이었다.

으, 저렇게 딱 달라붙어서 먹어야 된다고? 어쩐지, 부부 아니면 안 받는다는 게 이래서였군.

"부위별로 맛이 다르니까. 머리와 꼬리 부분은 담백하고 몸통 중간은 풍미가 짙지."

뒤집개를 들고 선실 입구에 나타난 요리사가 설명했다.

"그 요리는 반드시 부부가 마주 앉아서 먹어야 돼. 처음에는 둘 다 특별한 맛을 못 느껴도 차츰차츰 몸통 중간으로 가서 젓가락 끝이 서로 닿을 정도가 되면 최고의 맛을 볼 수 있거든. 본래 남남이었던 남녀가 하루아침에 부부라는 인연으로 맺어져 같은 목표를 향해 나아가자면, 처음에는 둘 다 힘들겠지만 훗날에는 함께 행복한 결실을 보리라는 의미지."

요리사가 삐딱한 눈길을 보냈다.

"내가 정한 규칙을 납득 못 하겠다면 아예 먹지를 마! 그건 음식에 담긴 심오한 뜻을 모욕하는 짓이니까."

맹부요가 투덜거렸다.

"뭔 놈의 규칙 한번 더럽게도 많네."

그사이에 접시 양 끝이 각각 두 사람 앞에 오도록 방향을 돌려놓은 장손무극이 웃으며 말했다.

"좋은 규칙이오. 훌륭해, 훌륭해."

이렇게 되면 별수 있나. 맛난 음식의 유혹을 이기지 못한 맹부요가 접시에 코를 박고 생선을 발라 먹기 시작했다. 정말 몸통 중간으로 갈수록 점점 더 맛있어지는 게, 단계적으로 변하는 풍미가 혀끝에서 여운 깊은 감칠맛을 자아냈다. 그냥 생선 한 마리일 뿐인데, 어쩜 수묵화를 그리듯 이렇게 맛의 농담을 층층이 쌓아 올릴 수 있었을까.

몸통 중간만을 남겨 두고 서로의 코끝이 맞닿기 직전까지 갔을 때였다. '틱' 하고 젓가락이 맞부딪치는 동시에 젓가락 끝에서 뭔지 모를 이물감이 느껴졌다.

맹부요의 젓가락에 집혀 올라온 것은 생선 완자였다. 진주처럼 하얗고 반투명한 빛깔과 야들야들해 보이는 질감이 무척 유혹적인.

"오! 쌍희완자다!"

주변 여기저기서 들뜬 외침이 터져 나왔다. 요리사가 말했다.

"먼저 집은 사람이 절반을 베어 물고 나머지 반은 배우자한테 줘."

그 즉시 맹부요의 얼굴이 화르르 불타올랐다.

에라, 내가 관두고 말지.

젓가락을 '탁' 하고 내려놓은 그녀가 불만을 토로했다.

"치사하게! 그까짓 어묵이 뭐라고 두 개를 못 내놓냐."

"어묵?"

요리사가 가소롭다는 식으로 그녀를 한 번 째려보더니 상대도 하기 싫은 양 팔짱을 끼고 눈길을 천장으로 돌렸다.

맹부요가 그런 그를 괘씸하게 노려보고 있는데, 옆자리 여자 손님이 웃으면서 말했다.

"소저, 이건 보통 완자가 아니랍니다. 홍수기 때 부풍 내해에서 금강으로 올라오는 칠보어로 만든 거예요. 먼 거리를 헤엄쳐 오는 어종인 만큼 육질이 탱탱해서 완자를 빚기에는 최고지만, 대부분은 긴 여정을 완주하지 못하기 때문에 여기까지 올라온 고기들은 아주 귀한 취급을 받지요. 한 자리당 완자 하나씩이 나온 것만도 대단한 일이에요. 한 알에 값어치가 은자 백 냥은 나갈걸요."

콧잔등을 긁적이는 맹부요의 귀에 사람을 우습게 보는 게 분명한 요리사의 말이 꽂혔다.

"촌뜨기 같으니!"

촌뜨기 맹부요는 아쉬움을 뒤로하고 완자를 장손무극 쪽으로 밀어 줬다. 그러고는 군침을 꿀꺽 삼키면서 말했다.

"먹어요."

눈물겨운 희생이었건만, 그 모습을 본 요리사가 인정머리 없이 소리를 빽 질렀다.

"나눠 먹으라고, 나눠 먹어! 둘이 가짜 부부 행세한 거였나?"

"가짜면 뭐?"

맹부요가 벌떡 일어나 소매를 걷어붙였다.

"가짜면 뭐 어쩔 건데!"

요리사는 대답 대신 선실 입구에 걸린 팻말을 척 가리켰다. 맹부요가 그제야 발견한 팻말에는 다음과 같은 문구가 적혀 있었다.

거짓 부부 행세를 했을 경우 손님들이 보는 앞에서 홀딱 벗고 강기슭까지 헤엄쳐 가야 함.

"어음……, 저거 왜 나한테는 안 알려 줬어요?"

맹부요가 장손무극을 쿡쿡 찔렀다. 선상 식당은 강 한복판에 있었고, 이 부근은 강폭도 장난이 아니었다.

기슭까지 생으로 헤엄쳐 가라고? 지독하구먼!

"문제 있소?"

장손무극이 미소 지었다.

"어느 쪽이든 내 입장에서는 손해가 아니오만."

그러더니 젓가락으로 완자를 집어 들면서 그가 말했다.

"먹으라면 먹으면 그만이지, 저자와 입씨름할 필요 있나."

완자 절반을 살며시 베어 문 그가 한바탕 쏘아붙이려고 준비 중이던 맹부요의 입 안에 나머지를 쏙 집어넣었다.

"……."

장손무극이 완자 맛을 음미하며 고개를 끄덕였다.

"음, 맛이 좋군."

곧이어 차를 한 모금 넘긴 그가 손을 쓱 뻗어 맹부요의 뒷덜미를 토닥여 주며 가엾다는 양 말했다.

"목이 메어서 그러오?"

계속해서 등을 쓸어 주는 한편, 다음 말이 이어졌다.

"너무 감격할 것까지는 없건만."

맹부요의 눈에는 눈물이 그렁그렁했다.

"……"

맹부요는 두 번째 요리가 나올 즈음이 되어서야 가까스로 반송장 상태에서 헤어났다. 불안하게 흔들리는 눈빛이 행여나 장손무극 쪽으로 갈까, 그녀는 음식에 눈을 고정하려 안간힘을 다했다.

두 번째 요리의 이름은 '도원경'이었다. 이름만큼이나 음식 자체도 어여쁘기 그지없었다. 맑은 탕국 위에 연분홍색 고둥 알맹이가 동동 떠 있는 모습이 깨끗한 시냇물 위에 내려앉은 복사꽃을 연상케 했다. 그릇에서 풍기는 냄새는 진하면서도 자극적이지 않은 것이, 도원경의 풍광에 묻혀 유유자적 세월을 보내는 신선의 삶처럼 그윽한 정취가 있었다.

요리사가 말했다.

"이번 요리부터는 부부 사이가 어떤지를 고찰해 보는 시간을 갖도록 하겠어. 지금 접시 위에 보이는 것은 금강현 특산물 도화고둥인데, 대단히 다루기 까다로운 식재료지. 잘만 요리하면 환상적인 맛을 낼 수 있지만, 자칫 잘못 다루면 도저히 못 먹을 정도로 비리고 텁텁해지거든. 부부 중에도 서로를 지극히 아끼고 존중하는 이들이 있는가 하면 평생 원수처럼 살아가는 이들도 있듯이. 지금 이 자리에 앉아 있는 게 금슬 좋은 한 쌍인지 아니면 원수지간인지, 어디 한번 고둥을 통해 확인해 보도록 할까."

대체 부부 금슬과 고둥 사이에 무슨 관계가 있다는 걸까. 한창 궁리 중이던 맹부요의 귀에 요리사의 목소리가 들려왔다.

"남편들한테 묻지. 사람의 지문은 고둥 껍데기를 닮아 둥근 것과 키 모양을 닮아 이지러진 것이 있는데, 아내 손에 두 가지 지문이 각각 몇 개씩인지 알고들 있나?"

맹부요는 다시 한번 얼굴이 시뻘게졌다. 이 무슨 해괴망측한 질문이란 말인가. 대체 어느 집 남편이 부인 열 손가락 지문 생김새까지 꿰고 있을 만큼 한가하다고. 본인조차도 신경 안 쓰고 사는 걸 남편이 부인 상대로 잘도 확인하고 앉아 있겠다.

아니나 다를까, 손님 대부분이 답을 내놓지 못했다. 요리사는 가차 없이 밥값을 청구한 후 남편들을 모조리 발가벗겨 아직 얼음장 같은 초봄 강물로 몰아넣고, 그나마 여자들한테는 작은 배를 내어 줬다.

입꼬리를 불만스럽게 씰룩이고 있던 맹부요에게 그 배의 존재는 희소식이 아닐 수 없었다. 이렇게 되면 가엾은 장손무극만 고생 좀 하게 생겼구나, 하던 그녀가 다음 순간 두 눈을 음흉하게 빛냈다.

오오, 태자께서 옷을 벗는다는 거잖아? 크으, 태자께서 홀딱 벗고 수영을 한다고! 이보다 나은 안구 복지가 세상에 또 있을까! 어느 분의 환상적인 몸태를 공짜로 감상할 기회라니…….

풍덩, 풍덩, 손님들이 물로 뛰어드는 소리가 계속해서 이어졌다. 문제가 워낙 해괴해 대답할 수 있는 사람이 거의 없었던 것이다.

한쪽에서는 동네 처녀가 새초롬히 웃으며 장손무극을 위아래로 힐끔거리고 있었다. 그 눈빛을 감지한 맹부요가 즉각 발끈했다.

부끄러움도 모르는 것 같으니! 사내 알몸이 그리도 보고 싶더냐!

탁자와 의자를 층층이 쌓아 만든 옥좌 위에서, 요리사가 장손무극을 비스듬히 내려다봤다.

"그쪽은?"

장손무극은 긴 속눈썹을 살짝 내리깔고서 태평하게 차를 마시는 중이었다. 감정을 전혀 밖으로 드러내지 않으니 무슨 생각인지 알 길이 없었다.

"모르겠으면 바깥으로 열 발자국 걸어 나가서 아래로 크게 한 걸음만 더 내디디면 돼."

잠시 시간을 줬음에도 대답이 없자, 실망한 표정으로 옥좌에서 내려온 요리사가 터벅터벅 뒤편 선실로 향하면서 늘어지게 하품을 했다.

"보아하니 오늘도 세 번째 음식은 만들 필요 없겠군."

"고등 모양이 일곱, 키 모양이 셋이오."

담담한 음성, 여유로운 표정.

불쑥 한마디를 뱉고 난 장손무극이 금방 또 느긋하게 차를 홀짝이기 시작했다. 경악한 맹부요가 얼른 손을 들어 지문을 확인하더니, 얼마 안 가 손을 툭 떨궜다. 여전히 경악스러운 표정인 채로.

그런 그녀를 힐긋 쳐다본 장손무극이 귓가로 다가붙어 부드럽게 속삭였다.

"어디 손가락뿐일까. 처음 만나서부터 지금까지 그대의 속옷 치수가 어떻게 변해 왔는지도 얼추 꿰고 있는 것을."

"……."

퍽!

1각이 지나고서야 상대방이 자기 몸을 낱낱이 봤음을 인지한 맹부요 대왕이 악에 받쳐 주먹질을 하는 소리였다…….

"세 번째 요리는."

요리사가 손바닥을 '짝짝' 치면서 목청 높여 말했다. 유일하게 시험을 통과한 금슬 좋은 한 쌍이 열받아 김을 뿜으며, 물론 아내 쪽이, 추격전을 벌이는 건 눈에 안 들어오는 모양이었다.

"귀빈 한정으로 내 전용 선실에서 대접하도록 하지."

그가 먼저 안쪽으로 들어가자 맹부요와 장손무극도 서로 눈빛을 교환한 후 뒤따랐다.

요리사는 모퉁이를 몇 개나 돌고 또 돌아서야 어느 방문 앞에 멈춰 섰다. 선체 안은 비좁았고 복도는 으슥했다. 열린 문 안쪽의 어둠 속에서 어렴풋이 무언가가 번뜩이는 것 같더니 물비린내가 훅 끼쳐 왔다. 돌연, 요리사가 뒤돌아 두 사람을 향해 뛰어들었다.

한 베개를 벤 인연

급작스럽게 돌아서면서 몸을 날린 남자가 대단히 민첩한 동작으로 두 사람의 발치에 엎드렸다. 맹부요와 장손무극은 상대가 몸을 던지는 걸 보면서도 가만히 그 자리에 서 있었다.

기습적인 돌진의 목적이 반드시 살인은 아니며, 살인이 목적이라고 해서 반드시 목표물을 덮치는 동작이 선행되지는 않는다. 두 사람 정도 되는 절정 고수가 그걸 모를 리가. 상대의 목적을 파악하는 데 있어 가장 중요한 근거가 되는 것은 살기의 유무였다. 남자는 살기를 품고 있지 않았다. 게다가 무공도 보잘것없고.

바닥에 엎드린 남자에게서 조금 전까지의, 그 제멋대로에 무례하기까지 하던 태도는 더 이상 찾아볼 수 없었다. 남자가 위를 올려다보며 깍듯이 말했다.

"태자 전하와 한왕 앞에서 예를 갖추지 못한 점, 부디 용서하여 주십시오!"

맹부요가 꿍얼거렸다.

"앞 다르고 뒤 다른 거 봐라, 애쓴다."

장손무극은 일단 한 걸음 물러섰다.

"신분도 알지 못하는 귀하의 인사를 받을 수는 없습니다."

맹부요가 재차 꿍얼거렸다.

"이유 없이 알랑거리는 것들은 백이면 백 사기꾼 아니면 도둑놈이랬는데."

몸을 일으킨 남자가 가볍게 허리를 숙였다.

"선기국 오황자가 태자 전하와 한왕을 뵙습니다."

맹부요가 또 꿍얼거렸다.

"오황자? 지가 오황자면 나도 오공자쯤은 되겠네."

장손무극이 그녀를 슬며시 꼬집자 그녀도 질세라 장손무극을 꼬집었다. 그렇게 뒤로는 서로 꼬집고 꼬집히면서, 두 사람은 각자 입꼬리에 웃음을 내걸었다.

"아아……, 오황자 되신다고요. 이렇게 뵙게 되어 반갑습니다, 반가워요!"

둘 다 닳고 닳은 능구렁이들답게 황자씩이나 되는 사람이 왜 이런 데서 밥이나 하고 있느냐, 지금껏 잘 숨기고 살던 신분은 왜 갑자기 밝히느냐 따위의 질문은 하지 않았다. 반갑다는 소리를 두 번이나 읊고 난 맹부요가 배를 두드리면서 말했다.

"하아……, 오늘 진짜 포식했네."

그러자 장손무극이 말을 받았다.

"이만 돌아가도록 합시다. 철성과 뱃사공이 기다리고 있을 터이니."

두 사람은 자기들끼리 두런두런 이야기를 나누며 돌아섰고, 오황자는 그 모습을 보며 그저 쓴웃음만 짓고 있었다. 그러던 어느 순간, 두 사람을 그냥 보내려는가 싶던 오황자가 불쑥 입을 열었다.

"앞길이 험난하실 것입니다. 범과 이리들이 호시탐탐 두 분을 노리고 있으니까요. 지금 나라 전체가 태자 전하와 한왕을 잡겠다고 그물을 치고 기다리는 중인데, 정말 모르시는지요?"

맹부요가 반쯤 몸을 틀다가 복도 벽면을 짚고 기대더니 픽 웃었다.

"그걸 몰랐으면 실종극은 뭐 하러 꾸몄으며 여기 와서 귀하를 만날 일은 뭐가 있었겠습니까?"

"태자와 한왕께서야 가진 능력만큼 그릇도 크신 분들이니 한낱 선기국쯤은 하찮으시겠지만……."

오황자가 말했다.

"우연히 듣기로 당대 최정상급 고수에게 두 분을 처치해 달라 의뢰한 자가 있다고 합니다. 장천방은 전채 요리에 불과했던 게지요. 앞길에 도사린 위협들이야말로 화끈하게 갓 볶여 나온 주요리라 하겠습니다."

그러더니 손가락을 꼽으면서 막힘없이 말을 이어 갔다.

"현재 도적 토벌 임무를 맡고 있는 십일황자 같은 경우는 직무를 가림막 삼아 북부 육상 녹림 세력 전체를 규합, 두 분을 살해할 계획이라고 합니다. 계획만 성공하면 재물을 원하는 자에게는 거액의 상금을 지급하고, 관직을 원하는 자는 조정에서 받아 주마 약속했다는군요. 그런가 하면 영 귀비의 장녀인 대황녀는 최근 중부에서 순찰사 일을 보고 있는데 대황녀의 손안에는 자피풍紫披風이라고 해서, 어느 나라에나 존재하는 암살 및 감찰 기관 비슷한 조직이 있습니다. 국가 조직 소속으로서만이 아니라 강호에서도 힘깨나 쓰는 자들이에요. 북부를 벗어나 중부로 넘어가면 그 순간 자피풍의 세력권에 들어가게 되는 것입니다. 중부 밑으로 더 내려가면 녕비 소생 삼황자가 근래 형부에 계류 중인 굵직한 사건들을 싹 정리하는 일을 맡아 배도에서 조사를 벌이고 있습니다. 남부 전체의 군법 집행권을 한 손에 틀어쥐고서요. 삼황자 휘하에서 앞잡이 노릇을 하는 자들도 사람 목숨 우습게 알기로는 자피풍 못지않게 악명이 자자합니다. 그자들한테 걸리면 죽는 것이 문제가 아니라 얼마나 참혹하게 죽느냐가 문제가 되지요. 지금까지 말씀드린 것은 황실 안에서도 특히 막강한 힘을 보유하고 있는 동시에 이미 황위에 대한 야망을 노골화하고 흙탕물에 뛰어든 인물들만입니다. 궁중에는 또…… 어휴, 잡탕이 따로 없는지라 하나하나 꼽기도 어려워요.”

맹부요가 말끝마다 꼭 음식을 붙이는 오황자를 쳐다보며 쌀쌀하게 말했다.

“그게 뭐라고 그립니까. 정 안 되겠으면 체면 불고하고 내 나라로 돌아가면 될 일을."

"올 때는 마음대로 왔어도 갈 때는 마음대로 안 될 것 같으니 문제이지요."

괜한 으름장으로밖에 안 들리는 오황자의 말에 피식 웃어 버린 맹부요가 자기 얼굴을 가렸다.

"우리가요? 우리가 마음대로 못 간다?"

장손무극이 끼어들었다.

"오황자께서 우리 앞에 나타난 이유가 무엇인지, 확실히 말씀하시지요."

"저로서는 다른 방도가 없었습니다."

오황자의 눈에 기대감이 스쳤다. 그가 허리를 굽히고서는 말했다.

"선실로 들어가서 말씀 나누시지요."

"됐습니다!"

맹부요가 눈썹을 찌푸렸다. 그녀가 상대의 제안을 단칼에 거절한 건 본능적으로 비좁은 공간에 불편함을 느끼기 때문이었다.

"십대 강자 서열 5위 이내가 아니고서야 우리한테 안 들키고 대화를 엿들을 자는 이 세상에 아직 안 태어났으니, 할 말이 있거든 마음 놓고 하시지요."

"알겠습니다."

잠시 생각을 정리하고 난 오황자가 천천히 운을 뗐다.

"요섬만 말씀드리겠습니다. 주변국에도 이미 잘 알려져 있다시피 선기국에서는 대대로 오주 그 어느 나라보다도 치열한 황위 쟁탈전이 벌어져 왔습니다. 발단은 부황께서 갑작스러운 괴질을 얻으신 지난해 여름이었습니다. 부황의 병세가 나날이 위중해지자 그때부터 조정과 육궁, 양쪽에서 모두 양위 문제가 가장 시급한 현안으로 떠올랐습니다. 황후는 정실 소생을, 영귀비는 나이순으로 장녀를, 녕비는 가장 유능한 인재를 새 국주로 세워야 한다고 주장했지요. 그 문제로 각자 뒷배들을 동원해 거의 반년가량을 싸웠는데, 그사이에 의문의 죽음을 당한 황자와 황녀가 수두룩합니다. 그러다가 부황의 병세가 최악으로 치닫던 작년 겨울에 새 국주를 이미 정했노라는 조서가 내려왔습니다. 하지만 황녀라는 것만 발표됐을 뿐, 정확히 그게 누구인지는 언급이 없었지요. 처음에는 신료들 사이에서 우려의 목소리가 꽤 컸던 것으로 압니다만, 폐하께서 언급을 꺼리시는 것은 아마도 새 국주를 보호하기 위함이 아니겠냐는 추측이 나오면서 소란이 많이 가라앉았습니다. 시국은 이미 험해질대로 험해졌는데 새 국주가 관례에 따라 즉위식을 치를 4월까지는 수개월이 더 남은 상황이었으니까요. 그러던 어느 날이었습니다. 궐에 다녀온 제 처가 저더러 당장 귀중품만 챙겨서 동성을 떠나라고 하더군요. 영문을 모를 일이었지만, 처의 말투며 표정이 너무나 다급하기에 떠나려거든 꼭 같이 떠나야겠다고 했습니다. 하지만 제 처는 다음 날 또 궁에 들어가 황후의 시중을 들어야 한다고 그러더군요. 하여, 그다음 날 밤 궁문이 폐쇄되기 전에 성문 밖 정자에서 만나 함께 도망치기로 약조를 나누었습니다."

여기까지 말하고 난 오황자의 얼굴에 고통이 드러났다.

맹부요와 장손무극은 서로 눈빛을 교환했다. 아마 오황자의 아내는 약속 장소에 나오지 못했으리라. 예상대로 뒷이야기가 이어졌다.

"달이 중천에 뜰 때까지 기다렸습니다. 그 뒤로 아침 햇살이 비칠 때까지도 계속 기다리고 있었지요. 하지만 그녀는 나타날 기미가 없었습니다. 더 기다리고 싶었지만, 충심 어린 수하들이 뭔가 잘못됐다는 걸 직감하고 저를 기절시켜 도성을 떠나왔습니다. 이후에 도성에 남아 있는 옛 친우들에게 은밀히 연통을 넣어 처의 근황을 알아봐 달라 부탁했으나, 죽었는지 살았는지 확인할 길이 없더군요."

오황자가 말을 끊고 고개를 반대편으로 틀더니 물기 젖은 눈가를 슬그머니 훔쳐 냈다. 이어서 조용히 한숨을 내쉰 그가 이내 고개를 원위치하면서 어설프게 웃어 보였다.

"부끄러운 꼴을 보이고 말았습니다. 저와…… 제 처는 정이 각별했습니다. 오황자 부부가 얼마나 서로 공경하고 아끼는지야 온 동성 사람들이 다 알 정도였으니까요. 제 처는 그리 좋은 집안 출신이 아니었습니다. 말단 관리의 여식이었지요. 본디 황족과 3품 이하 관원 집안과의 통혼은 금기였기에, 혼인이 성사되기까지 우여곡절이 많았습니다. 그야말로 죽기 살기로 조르고 매달렸지요. 어머니 쪽 집안이라도 힘이 있었다면 도움을 받았겠지만, 5품 채림采林에 불과한 제 어머니는 아들을 위해 나서 줄 수 있는 위치가 아니었어요. 저는 혼인 건으로 인해 부황의 눈 밖에 났습니다. 그나마 당시 저희 두 사람 처지를 가엾게 여긴 정국공靖國公 당씨 가문에서 처를 수양딸로 받아 주어 다행이었지요. 그녀는 당씨 집안의 명의를 빌려 마침내 황가 문턱을 넘을 수 있었습니다. 하지만 제 처는 복 많은 팔자가 아니었나 봅니다. 황가로 시집은 왔어도 부귀영화 같은 것은 단 하루도 누려 보지 못했거든요. 도리어 명문세가 출신 동서들에게 비웃음당할 일만 많았고, 황후와 귀비의 홀대는 말할 것도 없었지요. 한 달에 겨우 두 번 황후에게 문안을 올리는 다른 황자비들은 입궁해서도 한담이나 하다가 오는 것이 보통인데, 제 처는 시도 때도 없이 궁에 불려 들어가 궁녀나 태감을 시키면 그만일 잔심부름을 도맡아 했습니다. 문안차 입궁한 동서들이 다 같이 모여 해바라기 씨나 까먹으며 잡다한 이야기를 나눌 때도 처에게는 앉을 자리조차 준비되지 않았지요. 서 있으면서 남들에게 차를 따라 주고 시중을 들고……."

차근차근 이야기를 풀어놓는 사이 오황자의 수척한 얼굴이 고통으로 일그러졌다. 그가 울먹이는 목소리로 말했다.

"제가 한심한 놈입니다……. 제가 모자라서 행복하게 해 주지 못했어요! 처는 궐에 다녀오면 항상 황후께서 맛있는 것을 주셨다느니 재미있는 물건을 주셨다느니 하면서 생글생글 웃었습니다. 저는 진짜인 줄로만 알았어요. 언젠가 우연히……, 우연히 그 광경을 보게 되기 전까지는……."

맹부요가 조용히 한숨을 내쉬었다. 선기국 황궁에 점점 더 혐오감이 들었다. 이 나라 황후는 그녀와 마주칠 일이 없기만을 바라야 할 것이다. 마주치는 순간 귀싸대기가 날아갈 테니까.

"제 처는 대단히 현명한 여인이었습니다."

잠시 마음을 진정시키고 난 오황자가 억눌린 목소리로 다시 이야기를 시작했다.

"시집온 직후부터 그러더군요. 황자와 황녀 어느 쪽이든 황위 계승이 가능한 관습은 사실상 형제들 목에 소리 없이 겨눠진 칼날이라고. 처가 저한테 누누이 하던 당부가 있었습니다. 황위 경쟁에는 절대로 끼지 말아라, 지금처럼 유유자적 사는 것이 최고다, 부귀도 좋고 영화도 좋지만 그것도 목숨이 붙어 있어야 누릴 것이 아니냐. 저는 하루에 한 번 관아에 얼굴을 비치는 것 외에는 처가 시키는 대로 집에서 둘이 시를 읊고 음식을 만들며 시간을 보냈습니다. 부엌일에 취미가 있는 저는 예전부터 형제들한테서 많은 조롱을 당했습니다. 황자씩이나 되어서는 천한 잡일이 웬 말이냐며, 제가 황족 전체의 체면을 깎아 먹는다고요. 하지만 제 처는 죽어서 남의 공경을 받느니 살아서 멸시당하는 쪽이 훨씬 낫다고 했습니다. 참으로 옳은 소리였지요. 과거 저를 비웃던 형제 대부분이 이미 죽고 없는 것을 보면 말입니다……."

맹부요는 묵묵히 생각했다. 아닌 게 아니라 정말로 통찰력 있는 여인이었다고. 살다 보면 제삼자의 눈에는 끊어 내면 그만인 욕심인데 막상 당사자들은 분별력을 잃고 헤어지지 못하는 경우가 꼭 있지 않은가.

주변의 모욕에 초연했던 모습 또한 대단하다. 다른 여인이었다면 자기 자존심을 회복하기 위해서라도 십중팔구는 남편을 황위 경쟁 한복판으로 떠밀었을 것이다.

한때의 영욕에 일희일비하지 않는 도량과 침착함을 갖춘 여인. 오황자가 사람 보는 눈 하나는 제대로였다. 그가 요리 한 접시를 내놓으면서도 굳이 부부 금슬을 확인하러 드는 것은 남들의 모습을 통해서나마 아내와의 좋았던 지난날을 추억하고 싶어서가 아닐는지.

"그럼 황자비께서는 대체 무엇을 알게 되었길래 화를 당하신 겁니까?"

맹부요가 머뭇머뭇 물었다.

"모르겠습니다. 몹시 다급한 표정으로 도성을 떠나라고 재촉하던 그날 밤 저도 몇 번이고 이유를 물었습니다만, 모르는 편이 나은 일도 있다고 그러더군요. 저를 밖으로 내보내면서 한마디를 하기는 했는데……."

"무슨 말을요?"

"어떻게 그런 짓을 저지를 수 있었는지 모르겠다고……."

"누가요? '그'라든지 '그녀'라든지 성별이라도 가늠해 볼 단서는 없었습니까?"

계속된 물음에 고개를 가로저은 오황자가 천천히 손을 들어 얼굴을 가렸다. 곧이어 그의 손가락 틈새로 눈물과 말소리가 한데 섞여 흘러나왔다.

"그날 함께 도망쳐 나왔어야 했습니다. 저는 바보같이 몰랐어요. 다음 날도 궁에 들어가 봐야 한다는 말이, 호랑이굴인 줄

뻔히 알면서도 거기 가겠다고 한 것이, 저한테 도성을 빠져나갈 시간을 벌어 주기 위해서였음을……."

선창은 어두컴컴했고 복도는 비좁았다. 파리한 모습으로 벽에 기대어 선 남자는 소리 없이 눈물을 쏟고 있었다. 이 순간 공기 중에 떠도는 소금기 섞인 물비린내는 아마 그리움과 고통의 눈물에서 나는 냄새이리라.

"그래서 이곳 강가에서 정치식경을 낚싯대 삼아 우리를 낚으려고 기다리고 있었다는 겁니까?"

맹부요가 느릿느릿 말했다.

"우리가 올 줄은 어찌 알고?"

"처음부터 그럴 생각이었던 것은 아닙니다."

'흥' 하고 코를 푼 오황자가 그다지 깨끗해 보이지 않는 손수건으로 코를 닦았다. 맹부요는 그 꼴을 차마 볼 수가 없어 고개를 반대편으로 돌린 채 이야기를 들었다.

"죽고 싶도록 괴로운 마음을 추스르지 못하고 물가로, 촌마을로, 산야로, 발길 닿는 데로 떠돌아다녔습니다. 가는 곳마다 음식을 만들기는 했지만, 답답한 속을 조금이라도 뚫어 보기 위한 수단일 뿐이었어요. 그러다가 최근에야 당씨 가문으로부터 기별을 받았습니다. 정국공 댁 말이에요. 충신 집안이지요. 재덕을 겸비한 자제를 두기도 했고요. 황위 다툼이 가열되면서 다른 조정 신료들은 제각기 황자 황녀들 밑으로 줄을 섰으나 당씨 가문만은 줄곧 중립을 지켜 왔습니다. 여하튼, 제가 전해 들은 소식은 그날 밤 제 처가 집에 돌아오기 전에 국공부에 들러 모종의 대화를 나누었다는 것이었습니다. 정확히 무슨 이야기가 오갔는지는 언급이 없더군요. 그저 어떻게든 태자 전하와 한왕을 만나서 앞길에 위험이 도사리고 있음을 알리고 대비시키라고만 했습니다. 십일황자의 세력권인 북부에서는 물길을 따라 움직이는 것이 최선입니다. 물론 육로에 비해 불편함은 따르겠지요. 가능하다면 수상 방파의 힘을 빌리도록 하십시오. 육지 녹림 방파와 달리 그들에게는 아직 십일황자의 입김이 미치지 않으니 그들과 손을 잡으면 적어도 위험의 절반은 피해 갈 수 있을 것입니다. 이후 중부에 접어들면 그때부터는 산길을 타십시오. 자피풍은 기병으로 이루어져 있어서 산지 진입이 어려우니까요. 이 이야기를 전해 드리고자 식당에서 정치 장광설을 읊는 방도를 궁리해 냈던 것입니다. 소문을 듣고 찾아와 주시길 기대하면서…….”

“그다음은요?”

맹부요가 눈을 빛내면서 미소 지었다.

“실질적인 알맹이는 별로 없는 정보를 전달해 준 대가로 황자비를 찾아 달라고 하거나, 아니면 복수라도 부탁할 생각이셨습니까?”

낯가죽이 두껍지 못한 오황자가 민망한 듯 고개를 떨구고 침묵으로 답을 대신했다.

오황자를 쳐다보면서 한숨을 내쉰 맹부요가 장손무극 쪽을 돌아봤다. 그러고는 묵묵히 웃고만 있는 장손무극에게 말했다.

“이거 보라고요, 다들 나를 봉으로 안다니까! 이쪽은 그나마 막연한 정보라도 줬지, 화언 그자는 아주 그냥 날로 먹겠다고 다짜고짜 남의 집에 쳐들어오질 않나!"

장손무극이 강아지 쓰다듬듯 그녀의 머리를 쓰다듬어 주며 대답했다.

"그러게 왜 황족들 일에 참견하기 좋아하기로 이름이 나서는."

"내가 좋아서 그랬다고요? 좋아서?"

맹부요가 본인 얼굴을 가리키며 되물었다. 정말이지 울고 싶었다.

사람을 자기들 마음대로 몰아가도 유분수지! 내가 언제부터 오지랖 떨고 다니는 걸 좋아했다고! 하필 장손무극, 전북야, 종월하고 얽혀서 그렇게 된 거 아니겠나. 도움만 받고 그냥 입 닦을 수가 없어서.

희망에 부푼 오황자의 얼굴을 한 번 쳐다보고 난 그녀가 장손무극에게 의견을 구하는 눈빛을 보냈다. 그러자 피식 웃은 장손무극이 그녀의 귓가에 나지막이 속삭였다.

"소인은 무조건 대왕의 뜻에 따를 것입니다."

은근한 숨결을 섞어서 내뱉는 장손무극의 귓속말은 번번이 거의 희롱에 가까웠다. 덕분에 온몸이 간질간질 나른해진 맹부요가 펄쩍 뛰어 한쪽으로 비켜나면서 그를 향해 눈을 부라렸다. 그러고 다시 오황자의 얼굴을 보자니 짠한 생각이 들었다.

사랑하는 아내의 행방도 모르는 채 홀로 객지를 떠도는 신세. 가슴 가득 무거운 근심을 안고 고깃배에 숨어 살며 아궁이에 불을 때고, 음식을 팔고, 일장 연설을 준비하느라 고심했을 사내.

그 모든 것은 오로지 두 사람에게 도움을 청하기 위해서였다. 한 나라의 황자가 이 지경으로 살고 있다니, 참담한 일이 아닐 수 없었다. 아니, 어쩌면 선기국에서 황자 황녀로 태어난 그 운명 자체가 참담하다 해야 옳을까…….

잠시 후, 맹부요가 꿍얼거렸다.

"기왕 이렇게 된 거……."

그녀의 고개가 오황자 쪽을 향했다.

"방금 들은 이야기는 기억해 두겠습니다. 그러니 전하, 여기서 주방 일 하는 건 그만두고 다른 신분으로 위장해서 제 수하들을 따라 도성으로 돌아가세요. 화언과는 이미 아는 사이일 것 같은데, 중간에 만나게 되거든 돈독하게 지내시고요. 화씨 집안은 그래도 힘이 좀 있을 테니까."

그녀가 상자 하나를 건네며 덧붙였다.

"인피면구입니다. 이걸로 얼굴을 바꾸고 영화현 성벽 아래에 가 계시면 제가 보낸 사람들이 도성까지 모셔다드릴 겁니다."

연거푸 고맙다고 인사를 하며 상자를 건네받은 오황자가 뒤늦게 품 안에서 자그마한 죽관을 꺼내 놨다.

"당씨 가문 자제가 한왕께 전해 달라고 한 물건입니다."

맹부요는 웃는 듯 마는 듯 한 표정으로 오황자를 힐긋 흘겨보며 생각했다. 이자가 샌님이라는 건 다 헛소리다. 돕겠다고 나서지 않았으면 저 물건은 그냥 꿀꺽했으렷다.

죽관을 받아 든 그녀가 내용물을 확인하는 대신 오황자에게 물었다.

"그래서 세 번째 요리는요?"

오황자의 표정이 떨떠름하게 굳었다.

이 상황에 먹을 거나 챙기고 앉았다니. 저리 산만한 머리로 지금껏 어떻게 그 많은 권모술수를 행했을까?

그렇다고 싫다 할 수야 있나.

오황자가 손을 씻고 음식을 만들기 시작했다. 이번에는 첫째, 둘째, 셋째 찾으며 분위기 조성할 것 없이 한꺼번에 한 상을 가득 차려 냈다. 채소와 고기가 고루 섞인 이번 상차림은 앞선 두 가지 요리에 깊은 앙심을 품고 있었던 채식주의자 원보 대인에게 큰 위로가 되었다.

원보 대인과 맹부요가 식탁에 달려들어 신나게 음식을 흡입하는 동안, 장손무극은 한 입씩 간 정도만 보고 금방 젓가락을 내려놓더니 탄식했다.

"앞선 요리 두 가지가 훨씬 좋았건만……."

맹부요가 아니꼬운 눈길을 보냈다.

맛이 좋은 게 아니라 먹는 방법이 본인 취향이었겠지.

대충 배를 채우고 입을 한 번 쓱 닦은 맹부요가 마지막으로 남은 알록달록한 채소 볶음을 가리키며 웃었다.

"선기국 황자랑 황녀들을 보는 것 같네요. 삼실처럼 서로 얽히고설켜서도 각자 입장은 또 선명하게 갈리고. 이런 경우, 해결 방법은 하나죠."

그녀는 채소 볶음을 접시째 들고 원보 대인과 반씩 나눠서 뚝딱 해치웠다. 오황자로부터 대체 해결책이 무엇이냐는 질문이 나오기에 앞서 시원하게 웃어 젖히며 말했다.

"한 솥에 때려 넣고 뜨거운 맛을 보여 주기!"

식사를 마친 맹부요가 밥그릇을 내려놓자마자 장손무극을 끌고 밖으로 향했다. 오황자가 퍼뜩 생각난 게 있는 양 물었다.

"이제부터는 어느 쪽으로 길을 잡으실 생각입니까?"

그를 돌아보며 씩 미소 지은 두 사람이 이구동성으로 답했다.

"계속 유람이나 하렵니다!"

"유람을 왜 포기해?"

맹부요는 배에 나른하게 드러누워 연신 트림을 하고 있었다.

"배에서 음식이나 팔면서 지내면 정말 다른 형제들 눈을 피할 수 있을 줄 알았나? 우리 행적이 알려지지는 않더라도, 오황자랑 접촉했다는 사실은 선상 식당이 갑자기 비는 순간 다른 황자 황녀들한테 곧바로 들킬 텐데. 그자들은 우리가 당연히 외진 쪽으로 노선을 바꿔 타리라 생각하겠지? 그렇다면 대왕께서는 그냥 가던 길 가시겠다는 거야, 안 바꾼다고!"

"예, 예, 안 바꾸시겠지요. 선기국 황자 황녀들이 어찌 알겠사옵니까. 우리 맹부요 대왕께서는 천성이 괴팍스러운지라 벽에 박아 머리가 깨져 봐야 돌아설 줄 아시는 것을요."

잠깐 눈을 붙인다고 누워 있는 상대 쪽으로 고개를 돌린 맹부요가 생긋 웃었다.

"형제님, 저한테 불만이 많으신 것 같습니다만?"

"불만이라니요, 제가 어찌 감히."

장손무극이 미소 지었다.

"귀하께 불만이 있던 자들은 전부 이 세상 사람이 아니라 들었사옵니다만."

맹부요가 웃음을 터뜨렸다.

갑판 위에 큰대자로 누워서 새파란 하늘과 하얀 구름을 올려다보며 강물이 유유히 흘러가는 소리에 귀를 기울이던 그녀가 말했다.

"이렇게나 아름다운 순간에 누가 죽었네 말았네 하는 소리는 왜 꺼내요. 분위기 깨지게……."

"당씨 가문 자제가 보냈다는 죽관 안에는 무슨 내용이 들어 있었소?"

"되게 이상야릇한 소리였어요. 몇 글자 안 됐는데."

맹부요가 대꾸했다.

"염라대왕을 만나는 일은 쉽지만, 잡귀는 상대하기 힘들다."

장손무극이 피식 웃었다.

"세상에 첩보를 그런 식으로 전하는 사람도 있나."

"직접적으로 표현하기는 곤란한 사정이 있겠죠."

맹부요가 말했다.

"다른 황자 황녀들이 심어 놓은 끄나풀이 워낙 많아서가 아닐까요. 경쟁에서 밀려난 자들만 우리를 죽여서 분란을 일으킨 다음 은근슬쩍 황위를 주울 계산인 게 아니라, 어쩌면 새 국주랑 현임 국주도 우리를 노리고 있을지 모른다는 생각이 들어요. 아무래도 선기국 황족 전체의 표적이 된 듯한 기분이란 말이죠. 이놈 저놈 돌아가면서 우리를 한칼씩 찌르고 싶은 것 같은데, 아아……, 생각만 해도 피곤하네."

"비록 우리 뜻은 아니었으나 이미 싸움에 휘말리고 말았으니 후퇴도 전진만큼 험난할 것이오. 이렇게 된 이상 앞만 보고 나아갈 수밖에."

장손무극의 말투는 담담했다.

"정치 투쟁이란 모순적이게도 피하려 할수록 상대의 수에 더 깊게 말려드는 싸움이지. 가만히 있다가는 어디까지 휩쓸려 갈지 모르는 일. 적극적으로 치고 나갈 필요가 있소."

"뭐 하나만 물어볼게요."

맹부요가 가까이 다가붙어 장손무극 위에 엎드렸다.

"지난번에 당신 사매가 불련을 구해 줬다고 했었잖아요. 그거 진짜예요?"

그제야 눈을 뜬 장손무극이 눈앞에 다가와 있는 꽃 같은 입술과 뽀얀 이마를 응시하며 빙긋이 웃었다. 그가 맹부요를 붙잡아 자기 가슴께까지 끌어 올리면서 장난스럽게 말했다.

"입 한 번 맞춰 주면 알려 주리다."

맹부요가 쏘아붙였다.

"늑대 같으니, 맨날 머릿속에 그 생각밖에 없지!"

그녀가 바둥거리며 몸을 일으키려던 때였다. 어찌 된 영문인지 배가 갑자기 기우뚱했다.

물 한복판에 체중을 받쳐 줄 물건이 어디 있겠나. 맹부요가 금방 도로 고꾸라졌다. 장손무극이 싱긋 웃으며 그녀를 품 안 깊숙이 껴안더니 뱃사공 쪽으로 무언가를 튕겨 보냈다.

사공의 발치에 소리 없이 떨어진 것은 금엽자 한 장이었다. 희색이 만면한 뱃사공 여인이 재빨리 금엽자를 옷 속에 챙겨 넣었다.

고것 참 짭짤한 장사로다!

장손무극은 피식하며 맹부요의 이마에 입술을 한 번 누르고는, 그 정도만으로도 대단히 흡족한 기색으로 그녀를 놓아줬다.

"내 화를 돌우려고 한 말에 불과하오. 얼마 전 사문에 들렀을 때 태연에게 재차 물었더니, 그 자리에 있기는 했지만 자기가 불련을 구한 것은 아니라더군."

"그럼 죽었다는 말이에요?"

"바로 그것이 문제요."

장손무극이 말했다.

"당시 태연은 앞뒤 정황을 전혀 모르는 상태였소. 도적 떼가 불련을 위협하는 광경을 우연히 맞닥뜨리게 되자 그저 내친김에 도와주려던 것이지. 그런데 도적으로 위장한 시위들의 기억을 봉인하고 나서 봤더니 불련은 그사이에 사라지고 없었다고 하오."

"사라졌다고요?"

맹부요가 아연실색해 되물었다.

"태연이 두 눈을 시퍼렇게 뜨고 있는데, 그 앞에서 멀쩡한 사람 하나가 그냥 사라져 버릴 수도 있어요?"

"태연 본인도 꽤 약이 올랐던 모양이오. 그래서 어떻게 된 일인지 알아본 후에 날 찾아와서 시비를 걸었던 것이고."

미간을 가볍게 찌푸린 장손무극이 착잡하게 웃음 지었다.

"하아."

맹부요는 다른 말 없이 한숨만 길게 내쉬었다.

그 직후, 느닷없이 발밑이 '쿵' 하고 울렸다. 인상을 찌푸리면서 허리를 세운 맹부요는 선체가 조금씩 기울기 시작하는 것을 눈치챘다. 배가 천천히 침몰해 가고 있었다. 누군가 물속에서 선체 밑바닥에 구멍을 뚫은 것이다.

허겁지겁 달려온 사공이 뱃전에 붙어서 구멍을 확인하더니, 허벅지를 치며 울고불고 욕을 해 댔다.

"벼락 맞을 놈들! 돈도 찔러 주기로 했구먼, 왜!"

조금 전까지만 해도 맹부요는 자신과 장손무극을 쫓아온 무리가 저지른 짓인 줄로만 알았다. 무슨 재주로 이렇게 빨리 행방을 파악한 건지 이상하게 생각하고 있었는데, 뱃사공 말을 들어 보니 그게 아닌 것 같았다.

배에서 제일 높은 지점을 찾아 얼른 장손무극을 붙들고 뛰어 올라간 그녀가 사공에게 물었다.

"이게 대체 무슨?"

"손님들, 헤엄은 칠 줄 아세요? 당장 도망쳐요, 지금 이러고 있을 때가 아니에요!"

눈물을 머금고 노를 내버린 뱃사공이 배 안에 있던 돈을 싹다 긁어모아 허리춤에 질끈 동여맸다.

맹부요가 한숨을 쉬며 말했다.

"결국은 홀딱 젖게 생겼네……."

다음 순간, 저만치 앞쪽에서 배 여러 척이 동시에 접근해 오는 모습이 보였다. 하나같이 새카만 선체에 붉은 깃발을 내달았고, 뱃머리에 무리 지어 서 있는 자들의 등 뒤에서는 칼날이 번뜩이고 있었다. 그들의 배에서는 북소리가 '둥둥' 울리고 있었는데, 수면을 따라 수십 리 밖까지 전달될 만큼 그 위세가 묵직했다.

맹부요의 얼굴에 화색이 돌았다.

"사공 양반, 우리 일단 저 배로 건너갑시다. 초봄이라 아직 강물이 얼음장이오. 덥석 뛰어들었다가는 큰일 난다고."

"안 됩니다, 안 돼요."

고개를 돌려 상대편 배를 쳐다본 뱃사공이 귀신이라도 본 양 입술을 부들부들 떨었다.

"저건 여수 청방靑幫의 배라고요. 깃발을 올린 걸 보니 물의 신께 희생제를 드리는 중인 모양입니다. 그래서 우리 배에 구멍을 낸 거였어요, 우리가 물의 신을 노하게 할까 봐. 미리 알았으면 오늘은 일 안 나오는 거였는데. 저쪽으로는 절대로 가시면 안 돼요. 청방이 봄철에 제일 중요하게 생각하는 제사를 망쳤다가는 손님들을 대신 제물로 쓰겠다고 할 거예요!"

뱃사공이 다 주절거리고 났을 즈음에는 선체 대부분이 침몰

하고 수면 위로 나와 있는 것은 선실 대용으로 배에 씌워 둔 거적의 꼭대기 부분뿐이었다.

　사공은 발을 동동 구르다가 냅다 물로 뛰어들었다. 어깨를 한 번 으쓱한 맹부요는 일단 거적을 걷어차 선체에서 떼어 냈다. 그다음 장손무극, 절성과 함께 수면에 뜬 거적 위에 올라선 채로 팔을 뻗어 갑판에 있던 밧줄을 끌어왔다. 그러고는 밧줄을 맞은편에 보이는 큰 배를 향해 던졌다. 일직선을 그리며 뻗어 나간 밧줄은 뱃전에 단단히 휘감겼다.

　맹부요가 줄을 팽팽하게 당기면서 반발력을 이용해 상대편 배 쪽으로 몸을 날리려던 때였다. 상대편 배에서 칼날이 번뜩했다. 누군가 단칼에 밧줄을 끊어 버린 것이다.

　눈썹을 꿈틀한 맹부요가 밧줄을 도로 회수했다. 밧줄 끄트머리가 수면 아래로 길게 늘어져 물을 먹고 있는 사이, 그녀는 발밑에 거적을 깐 채로 얼음을 지치듯 강물 표면을 지치면서 상대편과의 거리를 단번에 수 장 가까이 좁혔다. 그러고는 허리를 축으로 상체를 크게 돌리면서 밧줄을 휘두르다가 가공할 힘을 실어 상대편을 향해 던졌다.

　좌앗!

　물을 잔뜩 먹어 강철 채찍 못지않게 무거워진 밧줄이 강 표면을 훑고 지나면서 돌풍을 일으키자, 잔잔한 수면 위로 수정 벽 같은 물의 장막이 치솟았다. 사람 키 두 배는 될 법한 물보라를 몰고 달음질쳐 간 밧줄이 상대편 선체를 거세게 후려쳤다.

　콰직!

무언가 쪼개지는 소리가 수 장 거리 밖까지 똑똑히 전달됐다. 기름칠된 오동나무 선체가 족히 수 자에 달하는 두께에도 맹부요의 위력적인 일격을 이기지 못해 갈라 터지는 소리였다. 곧이어 배가 기우뚱하면서 파손 부위로 강물이 쏟아져 들어가자 거대한 선체가 서서히 가라앉기 시작했다.

북소리가 뚝 끊기고, 선상의 무리는 고함을 지르면서 사태를 수습해 보려 우왕좌왕 뛰어다녔다. 갑판을 어지러이 때리는 발소리 사이로 어렴풋한 외침이 들려왔다.

"저쪽 배로 건너가!"

그러자 다른 누군가가 소리쳤다.

"벌써 물의 신께 치성을 올렸는데 제사를 중간에 그만둘 수는 없어!"

"밀어 버려!"

풍덩, 무언가 무거운 물체가 물에 빠지는 소리가 났다. 맹부요의 위치에서는 그들이 강에 빠뜨린 물체가 무엇인지 보이지 않았다.

그녀는 굳이 물체를 건지려 들지 않았다. 그저 거적 위에 사뿐히 올라서서 싸늘하게 웃고 있었을 뿐.

눈앞에서 배가 차츰차츰 물속으로 기울어져 갔다. 침몰선에 타고 있던 자들이 다른 배에 갈고리를 걸고 허겁지겁 그쪽으로 넘어가는 모습을 지켜보며 시간을 흘려보내던 그녀가 마침내 미간을 살짝 찌푸린 순간, 곁에서 '첨벙' 소리가 났다. 그새를 못 참고 물에 뛰어든 철성이 조금 전에 물체가 빠진 쪽으로 죽자 사자 헤엄쳐 가고 있었다.

맹부요가 고개를 틀어 장손무극을 쳐다보며 말했다.

"쟤는 또 성질이 왜 저렇게 급해."

두 사람 사이에 '피식' 하고 웃음이 오갔다. 배에 준비된 제물이 사람이라는 사실은 셋 다 알고 있었다. 선체가 갈라지는 순간 놈들이 사람을 밑으로 떠미는 걸 보고서도 구하러 가지 않은 건 혹시 노림수일까 싶어서였다. 확인을 위해 일부러 시간을 끌었는데, 내내 떠오를 기미가 없는 걸 보면 함정은 아닌 모양이었다.

철성이 제물을 건져 올려 배 쪽으로 향하는 게 보였다. 일제히 훌쩍 몸을 날린 맹부요와 장손무극은 일단 첫 번째 배 위에 잠시 내려섰다. 그러고는 철성과 그가 구해 낸 인물을 챙겨서 두 번째 배로 건너갔다.

이번에는 그 누구도 일행 앞을 막아서지 못했다. 밧줄 한 번 휘두른 것만으로 배를 침몰시켜 버린 괴물 앞에서 감히 까불 수가 있겠나.

갑판에 척 올라선 맹부요가 배 한가득 번뜩이는 칼날들을 보며 씨익 웃었다.

"거, 안녕들 하신가!"

"웬 놈이냐! 겁도 없이 청방의 제사를 망치다니!"

무리 제일 앞쪽에서 황색 도포의 사내가 일갈했다. 사자 같은 코에 메기 입을 가진 자였다.

"미개한 식인종들 같으니. 요즘이 어떤 세상인데 아직도 산 제물을 바쳐?"

미간에 주름을 잡은 맹부요가 제물 쪽을 돌아봤다. 흠뻑 젖어 철성의 품에 안겨 있는 제물은 의식이 없는 모습이었다. 창백한 이마에 엉겨 붙은 머리카락 탓에 안 그래도 조막만 한 얼굴이 더 빼빼 말라 보였다. 체격을 보니 아직 애인 것 같은데, 그 앙상한 몸에 칭칭 동여매진 밧줄을 철성이 열심히 풀어내는 중이었다.

"네놈이 상관할 일이 아니다!"

황색 도포의 사내가 소리쳤다.

"외지인이 주제넘게 참견은, 죽고 싶은 게냐?"

배 안에 빽빽하게 서 있던 일당이 서로 칼을 맞부딪쳐 쨍한 울림을 만들어 냈다. 방파 전체가 합심해 적을 상대하겠다는 신호였다.

맹부요는 그저 심드렁하게 입꼬리를 당겨 올리면서 손을 앞으로 뻗었다. 그러자 순식간에 맹부요 쪽으로 끌려온 황색 도포 사내의 목줄기가 그녀의 손아귀에 단단히 틀어 잡혔다.

배 안에 울려 퍼지던 금속의 마찰음이 뚝 그쳤다. 청방 일동은 경악한 표정으로 슬그머니 뒷걸음질을 쳤다.

황색 도포의 사내는 얼굴이 시뻘게진 채 안간힘을 다해 버둥대고 있었지만, 아무리 기를 써 봐도 입 밖으로는 한마디도 더 뱉을 수 없었다. 맹부요가 눈을 가늘게 뜨고 느긋하게 상대방의 목을 조르면서, 동작만큼이나 느긋한 어투로 말했다.

"마님께서 네놈들 배가 마음에 드시는구나. 이 배로 여수 유람을 하셔야겠다. 배 세 척에 있는 놈들 전부 다 이쪽으로 옮겨 타라. 제일 위층 선실 다섯 개는 우리 몫인 줄 알고. 조타수와 요리사를 제외한 나머지는 아래쪽 선실에 처박혀 있으면서 뒷 간 갈 때랑 밥 먹을 때마다 꼬박꼬박 보고 올려. 매일 인원 점 검해서 한 놈이라도 비면 전원 몰살이다!"

'살며시'를 넘어 '상냥히'에 가까운 동작으로 닻을 집어 든 그 녀가 백 근은 나갈 법한 쇠닻을 무슨 고무찰흙처럼 힘도 안 들 이고 둥그렇게 구부리더니 황색 도포 사내의 목에 덜렁 씌웠 다. 그러고는 미소 띤 얼굴로 점잖게 한마디를 덧붙였다.

"지금 당장 한 놈 죽어 나가야 농담이 아닌 줄 알려나?"

갑판에 있던 모두가 육중한 쇠닻이 진흙처럼 구부러져 형 구로 변신하는 광경을 똑똑히 목격했다. 그들의 부방주는 목 을 조르고 있던 손이 풀리는 동시에 머리 쪽 무게를 이기지 못 하고 우당탕탕 고꾸라졌다. 자기 딴에는 고리를 빼겠다고 무진 애를 쓰는 것 같은데 고리는 꿈쩍도 안 하는 모양새였다. 당장 은 목숨을 보전했어도 저 무거운 걸 계속 목에 걸고는 오래 못 살 것이다.

청방 일동은 공포에 질려 서로서로 눈치를 살폈다. 조금 전 까지만 해도 상욕을 퍼부으려던 자들도 찔끔 고개를 움츠렸다.

손바닥을 탁탁 턴 맹부요가 갑자기 다른 쇠닻 하나를 잡더 니 막 줄행랑을 놓으려던 세 번째 배를 향해 집어 던졌다. 바람 을 찢으며 날아간 닻이 '콰앙' 하고 선체에 처박히자 강물이 배 안으로 콸콸 쏟아져 들어갔다. 눈 깜짝할 사이에 배 한 척이 또

작살난 것이다.

위풍도 당당하게 배 위에 자리를 잡고 앉은 맹부요가 맞은편 배를 향해 손짓을 보냈다.

"이리로 와. 와서 회의하게."

양쪽 선체 사이에 발판이 걸쳐지고, 맞은편 배에 있던 자들이 하는 수 없이 맹부요 쪽으로 건너왔다. 배 세 척에 나누어 타고 있던 인원을 한군데 몰아넣은 결과, 갑판은 금세 발 디딜 틈이 없어졌다.

잠시 후 맹부요의 지시를 받은 철성이 사내들을 아래쪽 선실로 끌고 가 비좁은 방 하나당 대여섯 명씩을 구겨 넣었다. 흡사 정어리 통조림을 만들듯이.

맹부요는 옆에서 고개를 삐딱하게 기울이고 선실 구조를 살피고 있었다. 복도 양쪽으로 작은 방 여러 개가 다닥다닥 붙어 있고, 출입문 하나씩을 제외하고는 완전히 밀폐된 공간.

피식 웃고 난 그녀가 말했다.

"창문 좀 내 줘 볼까."

그러면서 장창을 집어 들고는 제일 끝쪽 선실 판벽 앞에 서서 쏘듯이 던졌다. 긴 창신이 번개처럼 뻗어 나가는 동시에 와지끈거리는 소리가 연속적으로 울렸다. 소리가 그쳤을 즈음, 맨 앞부터 맨 뒤까지 모든 선실의 판벽 상단부에는 사발만 한 구멍이 뚫려 있었다. 이제 누구든 그 구멍을 통해 다른 방을 감시할 수 있을 터였다.

"내가 말했지. 한 놈만 비어도 다 죽는다고."

맹부요가 환하게 웃으며 구멍을 가리켰다.

"불법 탈주자 제보를 환영합니다."

그러고는 느긋하게 밖으로 걸음을 옮기더니 문간 즈음에서 다시 한번 싱글거리며 덧붙였다.

"도망만 가라, 기다리고 있을 테니까."

찍소리도 못 하고 통조림 캔 안에 찌그러진 정어리들이 그녀를 보는 눈빛은 더도 덜도 말고 딱 살인마를 보는 눈빛이었다.

맹부요로서는 대단히 만족스러운 성과였다. 피 한 방울 안 보고도 인간 백정 이미지를 구축한 것이다. 이렇게 해 두지 않으면 몸소 저놈들을 감시해야 하는데, 그 얼마나 피곤한 짓인가. 철성을 시킨다고 쳐도 우리 편 노동력이 아깝다. 저들끼리 서로 감시하게 만드는 것이야말로 제일 품이 적게 드는 방법이리라.

그녀는 슬렁슬렁 위층으로 향했으나, 철성은 아무래도 마음이 안 놓이는지 선실 입구에 걸상을 끌어다 놓고 그 위에 버티고 앉았다. 맹부요가 곁을 지나치면서 한숨을 푹 내쉬었다.

"답답하기는, 신물이 나게 시달려 봐야 후회를 하지?"

손가락을 하나하나 꼽으면서 숫자를 세던 철성이 아리송하다는 듯 말했다.

"태자, 너, 나, 그리고 아까 물에서 건진 애. 방 네 개면 되는데?"

이에 맹부요가 의뭉스럽게 웃으며 철성을 그냥 지나쳤다. 그때 그녀의 품 안에서 기어 나와 어깨에 붙은 원보 대인이 앞발로 본인을 가리켰다.

나머지 하나는 대인 몫이니라!

철성은 한숨을 내쉬며 통조림 속 정어리들을 쳐다봤다. 그의 눈에 동정의 빛이 어렸다.

한편, 맹부요는 아까 구조한 소년의 선실 앞을 지나다가 고개를 쭉 빼고 안을 들여다봤다. 소년은 아직 잠들어 있었다.

맹부요가 안으로 들어가 아이의 맥을 잡아 봤다. 허하고 불규칙한 맥상이었지만, 큰 문제가 있어서라기보다는 많이 놀란 탓인 듯했다. 아이의 앙상한 몸과 노랗게 뜬 얼굴, 거친 손발이 눈에 들어왔다. 손바닥에는 그물이며 밧줄에 쓸려 만들어진 굳은살이 두껍게 자리 잡고 있었다. 어부의 아들인 것 같은데, 어쩌다가 산 제물 신세가 되었는지 모를 일이었다. 본인이 애들한테 약하다는 걸 잘 아는 맹부요는 소년의 상태만 확인하고 서둘러 방을 나와 자기 선실로 향했다.

아니나 다를까, 문을 열자마자 어느 태자께서 침상에 비스듬히 누워 계시는 게 보였다. 마치 거기가 원래 자기 침상이라도 되는 양 편안하기 그지없는 모습으로.

그녀를 발견한 태자 전하가 손짓을 보냈다.

"이리로."

이거 어째 날이 갈수록 막 나가는 느낌인데? 남의 자리 무단 점거해 놓고 주인 행세에, 틈만 나면 위아래로 더듬어 대서 사람을 초 단위로 바짝바짝 긴장시키고 말이야. 이는 분명 윤리적으로 엄중히 지탄받아 마땅한 행각일지어다!

하여, 그녀는 상대를 엄중히 지탄해 보았다.

"저기요, 왜 남의 침상에 누워 있는데요?"

"이게 그대의 침상이라고?"

장손무극이 도무지 영문을 모르겠다는 양 눈을 깜빡거리며 되물었다.

"당연하죠."

맹부요가 준엄히 답했다.

"내가 듣기로 어느 분께서는 번번이 방을 잘못 찾아 들어가는 습관이 있다던데."

태자께서 지난 실수를 들먹이시자 맹부요는 대번에 벌레 씹은 표정이 됐다.

"오늘은 절대 아니거든요? 첫째, 술 안 먹었고, 둘째, 철성한테 내 방은 따로 표시해 두라고 시켜 났다고요."

배 안에 있는 방들은 생긴 게 다 거기서 거기였다. 그걸 핑계로 어느 분께서 무심코 방을 잘못 찾아오시는 상황이 몹시 우려스러웠던 맹부요는 미리 철성에게 방마다 표시를 해 놓으라고 일러 두었다.

아까 철성한테 듣기로 그녀의 방은 복도에서 맨 첫 번째, 말린 생선이 걸려 있는 선실이라고 했다. 장손무극의 방 앞에는 생선 뼈를 걸어 뒀다는 귀띔도 받았다.

"그렇단 말이지?"

장손무극이 빙긋이 웃으면서 방문을 가리켰다.

"과연 표시가 있군."

고개를 든 맹부요는 보고야 말았다. 문에 걸려 있는 생선 뼈다귀를…….

"양심도 없이 바꿔치기해 놨어!"

분개한 맹부요의 지탄을 앞에 두고, 장손무극이 싱긋 웃으면서 어디론가 손짓을 했다. '냐옹' 소리와 함께 침상 밑에서 고양이 한 마리가 고개를 내밀었다.

장손무극이 녀석의 머리를 부드럽게 토닥여 주면서 말했다.

"옳지, 빨리도 먹어 치웠구나."

"찌익."

비극적인 울부짖음을 토한 원보 대인이 죽기 살기로 맹부요의 옷 속 깊숙이 파고들었다…….

장손무극이 몸을 일으키면서 맹부요를 침상 쪽으로 끌어당겼다.

"내 방이면 어떻고 네 방이면 또 어떻소. 자, 같이 경치 감상이나 합시다."

선실은 몸을 돌리는 것조차 수월치 않을 만큼 비좁았다. 맹부요는 한숨을 폭 내쉰 뒤 장손무극을 한쪽 구석으로 밀면서 침상 위로 올라갔다.

나란히 이불에 기대어 자그마한 창문 너머에서 넘실거리는 물결과 수면 위에 고요히 자리한 달을 바라봤다. 희미하게 비린내가 묻어나는 공기 속의 평온에 함께 젖어 있긴 잠시, 맹부요가 입을 열었다.

"이럴 정신 있으면 동성까지 조금이라도 더 수월하게 갈 방법이나 고민해 보지 그래요."

"지금도 좋지 않소?"

장손무극이 미소 지었다.

"현재는 물길이 가장 안전하지. 앞서 청방이 제사를 올리면서 주변 선박들을 한 척도 안 남기고 쫓아 버린 상태였으니 우리의 행적과 현 위치를 알 사람은 아무도 없소."

"당신 은위들이랑 내 호위들도 모르잖아요."

맹부요가 한탄했다.

"일장일단이 있다고요."

"아까 갑판에서 요리사와 몇 마디 나누어 보았는데."

장손무극이 화제를 돌렸다.

"오늘 나온 배 세 척에는 청방 내에서도 지위가 높은 자들만 탔다고 하오. 원래는 제사를 마치고 나면 다음 항구에 배를 정박시켜 두고 광성현廣成縣에서 있을 녹림총맹회의에 참가할 예정이었다는군. 녹림에 압박을 가하면서 한편으로는 매수를 꾀하는 십일황자의 정책으로 인해 북부 녹림만이 아니라 선기국 무림 전체의 균형이 흔들리고 있다 하오. 당장의 사리사욕에 눈이 멀어 봉정예에게 넘어간 방파는 일부일 뿐, 나머지는 사실 관부와 관계를 맺을 마음이 없다는군. '나를 따르는 자 흥하겠고, 거스르는 자 망하리라'는 봉정예의 정책에 순응해 구차하게 명맥을 이어 가고 싶지도 않고. 이번 총회의 목적은 녹림의 맹주를 선출하고, 봉정예와 끝까지 맞서겠다는 결의를 다지는 것이라 들었소."

이야기를 듣는 동안 맹부요의 눈에 서서히 광채가 돌았다. 그녀는 이내 약아빠진 눈빛으로 눈동자를 요리조리 굴리며 주판을 튕기기 시작했다.

그런 맹부요를 보면서 입꼬리를 슬며시 말아 올린 장손무극이 그녀의 뺨에 가볍게 입술을 누르더니 미처 화를 낼 틈도 없이 손을 뗐다.

"이만 자러 가야겠군."

도둑 입맞춤에 대한 죄를 물으려던 맹부요는 상대가 너무 미련 없이 손을 떼 버리자 도리어 당황해서 순간적으로 자기가 뭘 하려 했는지 깜빡하고 말았다. 장손무극이 나간 후, 늘어지게 하품을 한 번 하고 침상에 대자로 드러눕자 철성이 지키고 있는 아래쪽 선실에서 사내들의 외침이 꼬리에 꼬리를 물고 들려왔다.

"보고드립니다! 오줌 싸러 갑니다!"

"보고드립니다! 큰일 보러 갑니다!"

깔깔거리며 웃고 난 맹부요는 곧 눈을 감고 잠을 청했다. 그런데 좁은 침상 위에서 이리 뒹굴, 저리 뒹굴, 하다 보니 뭔가 묘한 느낌이 들었다. 문제는 정확히 뭐가 묘한지를 모르겠다는 것이었다.

침상을 눌러도 보고 일어나 앉아 주변도 둘러봤지만, 수상한 점은 발견되지 않았다. 하는 수 없이 도로 잠자리에 든 맹부요는 누워서도 계속 생각했다.

뭐였지. 무슨 느낌이었지……?

한밤중, 누운 자리 옆쪽 널빤지 벽이 있던 자리가 갑자기 휑해지면서 침상이 덜컹거리나 싶더니, 긴 팔이 뻗어와 그녀를 따스한 품 안으로 와락 끌어당겼다. 어둠 속에서 상대의 눈이 반짝이고 있었다. 온 산천을 밝히는 광명의 구슬처럼.

그가 차분하되 거부할 수 없는 힘이 실린 목소리로, 그녀의 귓가에 웃음기 섞인 목소리를 흘렸다.

"아까 말하지 않았소. 내 방이면 어떻고 네 방이면 또 어떠하냐고. 어차피 중간 판벽이 고정되어 있지 않았거든."

"⋯⋯."

"게다가."

빌어먹을 작자가 말을 이었다.

"벽을 사이에 두고 맞붙어 있는 그대의 침상과 나의 침상은 본디 하나였소. 중간을 갈라놓은 칸막이를 빼자 원상 복귀된 것이지. 우리는 처음부터 같은 침상에서 자고 있었다는 말이오."

맹부요는 눈물이 쏙 빠질 지경이었다.

"⋯⋯."

"부요, 이 상황을 보오."

봄바람 같은 숨결이 그녀의 관자놀이를, 코끝을, 뺨을 휘감아 돌았다. 장손무극이 나지막이 웃었다.

"우리는 역시 인연인 것이오. 아무 배나 골라잡아 때려 부숴도 이렇게 한 침상에 누울 기회가 생기고."

인연이 다 얼어 죽었냐!

맹부요는 오열했다.

야, 이 호로자식아! 그렇게나 인연이 있으면 남의 혈도는 왜 찍은 건데!

"이 시점에 분위기 망치는 일이 발생하게 둘 수야 없는지라."

장손무극이 귓속말을 속삭이면서 그녀의 머리카락을 잇새에 가볍게 물었다. 아프지는 않으나 찌릿찌릿 전기가 흘러 몸을 움찔거리게 되는 강도로.

낮게 깔린 웃음소리가 어딘지 낯설었다. 귓가에서 너무 가까운 탓일까.

"부요, '한배를 타려면 십 년의 인연을 쌓아야 하고, 한 베개를 베려면 백 년의 인연을 쌓아야 한다.'라고 했소. 우리가 전생에 쌓은 인연이 수백 수천 년에 달할진대 정취라고는 손톱만큼도 모르는 그대는 번번이 나를 밀어내기만 하니, 이것이 가당키나 한 일이오?"

맹부요가 상대를 죽일 듯이 노려봤다.

내가 가당하다면 가당한 거다!

장손무극은 그 눈빛을 무시한 채, 무적의 미소를 매개 삼아 선언했다.

"내가 가당치 않다면 가당치 않은 것이오!"

그런 다음 손을 뻗어 분위기 망치는 눈빛을 가리고서, 빙긋이 웃으며 맹부요와의 거리를 좁혔다.

허를 틈타다

침상을 그득 채우고도 넘치도록 풍성한 달빛 속에서, 장손무극이 맹부요의 뺨 옆쪽으로 살며시 다가왔다. 그의 숨결이 귀밑머리를 간지럽혔다.

항상 서늘하던 사람이었건만, 이 순간의 그에게서는 열기가 느껴졌다. 핏속에서부터 솟구쳐 올라온 열기가 화염이 되어 삽시간에 그녀의 온몸을 휘감았다.

맹부요는 후끈거리는 열기 한복판에서 실오라기처럼 희미한 한기를 느꼈다. 모닥불 위를 건너가면서 손에는 선뜩한 옥석을 쥐고 있는 듯한 감각. 완전히 상반되는 두 개의 감각을 경험하며, 맹부요는 흐리멍덩한 머릿속으로 생각했다.

오늘 밤, 오늘 밤에는…… 기어코 이성을 놓아 버린 걸까?

장손무극의 손가락이 한 줄기 미풍처럼, 달빛을 걷어 내고 그녀의 목에 내려앉았다. 거기서 위로 조금만 올라가면 요염한 입술, 아래로 조금만 내려가면 새하얀 목줄기였다. 위쪽으로 간다면 그저 낭만일 것이요, 아래쪽으로 간다면 실질적인 진전일 것이다.

맹부요는 한기인지 열기인지 통증인지 모를 느낌 속에서 가슴을 졸이고 있었다. 손가락의 향방에 매인 심장이 연신 파르르 떨려 왔다. 그녀의 가슴이 물속에 잠겨 있는 달이라면, 그의 손길은 수면 위를 참방참방 튀겨 와서 달을 속절없이 일렁이게 만드는 돌멩이였다.

그때 선체가 크게 흔들렸다. 누군가 고함을 치는 소리가 어렴풋이 들려왔다. 철성의 목소리 같았다.

맹부요의 눈이 커다래지자 장손무극이 조용히 한숨을 내쉬면서 몸을 일으키더니 읊조렸다.

"호사다마라 하더니……."

자세를 틀어 훌쩍 밖으로 향하던 그가 문간 즈음에서 웃음기 섞인 소리로 말했다.

"정말 혈도를 제압해 놓고 억지로 어찌해 볼 작정인 줄 안 것은 아니겠지?"

손끝에서 바람을 내쏘아 혈도를 풀어 준 뒤 덧붙였다.

"쉬고 있으면 내 가서 살펴보고 오겠소."

어둠 속으로 사라져 가는 그의 뒷모습을 보며 천천히 일어나 앉은 맹부요는 무릎을 끌어안고 생각에 잠겼다. 손등과 맞닿은 뺨에서 화끈거림이 느껴졌다. 이대로 밖에 나가서 새빨갛게 달아오른 얼굴을 모두에게 보여 줄 수는 없었다.

소리 없이 한숨을 내쉬면서 꾸물꾸물 몸을 눕히는데, 가슴 쪽에서 불쑥 통증이 올라왔다. 전에 없이 격렬한 아픔이었다. 오장육부를 가닥가닥 찢고, 뜯고, 잡아당기는 느낌. 시커먼 불길이 혈관과 경맥을 인두질하고 있었다.

숨 막히는 열감 때문에 정신이 혼미했다. 입술을 질끈 깨문 맹부요가 진기를 동원해 통증을 억눌러 보려 사력을 다했다. 식은땀이 한 번, 또 한 번 온몸을 흥건히 적셨다. 그녀는 속으로 파렴치한 장손무극을 저주했다.

그 작자 탓에 대왕님만 또 무슨 생고생인가.

정신이 하나도 없는 와중에 선실 문이 열리면서 누군가 스르르 안으로 들어오는 기척이 났다. 가까스로 눈을 떠 장손무극의 얼굴을 확인한 맹부요가 콧방귀를 뀌고는 물었다.

"무슨 일 났대요?"

장손무극이 말했다.

"별일 아니었소. 굽이를 돌다가 선원의 실수로 절벽을 들이받을 뻔한 모양이오."

"아."

짧게 답한 맹부요는 어서 통증이 가라앉기만을 바라며 몸을 둥글게 움츠렸다. 곧이어 옆자리로 와서 누운 장손무극이 지극히 자연스럽게 그녀를 끌어당겨 품에 안더니 가만가만 등을 쓸어 줬다. 그의 손길은 언제나처럼 다정다감했고, 숨소리는 차분했으며, 어깨를 감싼 자세는 조심스러웠다.

흩날리는 꽃솜처럼 어슴푸레한 달빛이 장손무극을 비추고 있었다. 달빛에 잠긴 그의 모습이 실제인지 허상인지 잘 구분이 가지 않았다. 손에 잡힐 듯 잡히지 않는 가느다란 빛살을 보는 기분이었다.

또렷한 정신은 아니었지만, 직감적으로 뭔가 이상하다는 느낌이 왔다. 그러나 맹부요에게는 그를 밀어낼 기운이 없었다. 몽롱한 머리로 뭐가 이상한지 궁리하는 사이, 장손무극의 손가락이 앞섶에 와 닿았다. 이쯤 되자 발끈한 맹부요가 없는 힘을 쥐어짜 그의 손을 밀쳐 내며 말했다.

"진짜 나 죽이려고 이래요?"

"죽이다니?"

장손무극이 피식했다.

"음기를 보하고 기력을 돋우는 일이오. 특히 여인에게는 더할 나위 없이 이롭지. 그대를 아껴서 이러는 것 아니겠소?"

그 말을 듣는 동안 맹부요의 마음이 싸늘하게 식어 갔다. 글자마다 숨겨진 날카로운 얼음 조각이 그녀의 가슴을 그어 피를 냈다.

이런 말을, 이런 짓을, 어떻게 아무렇지 않게 지껄이고 서슴없이 행할 수가 있을까?

눈을 뜨자 흐릿한 시야에 역광을 받고 있는 그림자가 잡혔다. 이토록 고아하고 아름다운 남자가 지난 여정 내내 보여 주었던 다정함이, 애착의 그물이, 은근하고도 치밀하게 그녀를 그물 안으로 몰아넣었던 과정들이, 단지 순결을 탐할 순간을 위해서였단 말인가?

그녀 위에 올라탄 남자가 거부를 허용하지 않는 손놀림으로 옷가지를 한 겹 한 겹 빠르게 헤쳤다. 차디찬 강바람이 살갗을 쓸고 지나자 냉기가 가슴 밑바닥까지 스며들었다. 맹부요의 눈동자에 핑그르르, 영롱한 물기가 돌았다. 한평생 이보다 더 수치스러웠던 적은 없었다.

반면, 그녀 위쪽의 남자는 감탄 섞인 웃음소리를 흘렸다. 눈앞에 있는 여체의 티 없는 아름다움을 칭찬하듯이. 침상이 삐걱거리는 동시에 남자의 몸이 그녀를 무겁게 짓눌렀다.

안 그래도 가슴이 찢기는 통증에 시달리던 맹부요는 이제 숨조차 쉴 수가 없었다. 숨이 막혀서 폐가 터져 나갈 것만 같았다. 더는 순결이 문제가 아니었다. 목숨이 경각에 달려 있었다.

사태가 여기까지 이르자 맹부요는 도리어 침착해졌다. 몽롱하던 의식이 차츰차츰 또렷해져 갔다. 이 상황에 허둥거리는 건 아무런 도움이 안 된다.

그녀는 자신의 몸에 일어나고 있는 일에 관여하지 않기로 했다. 대신 눈을 감고 심호흡을 하면서 독에 의해 산산이 흩어진 체내의 진기를 조금씩 조금씩 그러모으기 시작했다. 곧이어 숨을 깊게 들이마시는 순간, 머릿속에 벼락이 쳤다.

체향!

이제야 알 것 같았다!

침상 위의 남자는 어느 모로 보나 장손무극이었지만…… 딱하나, 향기가 없었다!

장손무극은 그녀가 누구에게서도 맡아 본 적 없는 특별한 체향을 가지고 있었다.

이자는 무극이 아니다!

머릿속이 '콰르릉' 하고 울렸다. 순식간에 셀 수 없이 많은 생각이 뇌리를 스쳤다.

그렇다면 진짜 무극은 어딜 갔지? 대체 무슨 수로 그 짧은 시간 안에 이토록 완벽한 위장이 가능했을까? 아까 배에 무슨 일이 있었고 이자는 대체 어디서 불쑥 나타난 거지?

최악의 경우를 떠올린 그녀는 흡사 얼음 동굴에 떨어진 양 온몸이 차갑게 얼어붙는 걸 느꼈다.

장손무극이 코앞에서 버젓이 자기 흉내를 내고 다니는 가짜를 어디 그냥 둘 사람이던가. 그렇다면…… 혹시 무슨 변고를 당했다든지?

급격히 빨라진 심장 박동과 정반대로 몸은 딱딱하게 굳어졌다.

어디까지나 순간적인 현상이었다. 맹부요가 놀라 소리를 지른 것도 아니고 몸의 경직 또한 찰나에 불과했다. 그러나 상대는 즉시 낌새를 채고서 키득거렸다.

"예민한 계집이로군."

상대는 어느덧 본인 목소리를 드러낸 뒤였다. 앳되고 가느다란 게 언뜻 여성의 음색처럼 들렸지만, 맹부요는 상대가 절대로 여자가 아니라는 것을 알고 있었다. 그녀가 확인한 모든 신체적 특징이 남성의 것이었으므로.

맹부요는 눈길을 위쪽으로 옮겨 장손무극과 똑같이 생긴 눈을 들여다봤다. 그 눈에는 낯선 눈빛이 담겨 있었다. 짓궂고 방탕한, 그러면서도 놀라움과 짜증이 묻어나는 눈빛.

남자에게 놀라움을 안긴 것은 맹부요의 눈동자였다. 궁지에 몰린 상황에서도 그녀의 눈동자는 투명하고 고요했으며, 태양처럼 눈부시게 빛나고 있었다. 남자는 그 찬란한 눈빛이 자신을 향할 때마다 예리하게 갈린 칼이 날아드는 듯한 느낌을 받았다.

남자가 잠시 멍해진 찰나, 맹부요가 으르렁거리듯 일갈했다.

"꺼져!"

그녀는 외침을 토하는 동시에 독이 섞인 더운 피도 함께 토해 냈다. 얼굴에 피를 시뻘겋게 뒤집어쓴 상대방이 시야를 확보하지 못하는 사이, 무릎을 구부려 상대의 무릎을 쳐 올렸다.

남자가 피식 웃으며 물러나자 이번에는 몸을 옆으로 틀면서 팔꿈치를 휘둘렀다. 교묘하고도 매서운 각도로 들어간 공격. 상대는 또 한 번 뒤로 물러날 수밖에 없었다.

남자와의 거리가 상당히 벌어진 틈에 펄쩍 뛰어오른 맹부요는 재빨리 널빤지 벽을 잡아당겨 양쪽 선실 사이를 차단했다. 판벽이 맞물리기 직전, 가느다란 틈새를 통해 경이와 찬탄이 섞인 남자의 눈빛이 보였다.

맹부요는 손으로 판벽을 단단히 고정한 후, 다른 손으로는 흐트러진 의복을 더듬더듬 여몄다. 판벽에 의지해 숨을 몇 번 몰아쉬고 나자 쇄정 독이 급격히 가라앉는 게 느껴졌다.

비틀거리며 몸을 일으킨 그녀는 시천을 뽑아 들고 다시금 판벽을 치울 준비를 했다. 그런데 벽을 움직이기에 앞서 건너편 선실에서 바람 소리가 들려왔다. 옷자락이 펄럭이는 소리가 갑자기 격해지더니, '파앙' 하고 손바닥과 손바닥이 맞부딪치는 듯한 타격음이 울렸다.

타격음 자체는 크지 않았지만 배 전체가 기우뚱했다. 여인처럼 가늘고 앳된 웃음소리가 훌쩍 멀어져 갔고, 판벽이 치워지면서 누군가가 기습적으로 손을 뻗어 맹부요를 붙들었다.

다소 서늘한 손의 온도, 절박하고 당황스러운 표정.

맹부요는 상대의 얼굴이 눈에 들어오자마자 앞뒤 잴 것 없이 시천을 세워 들었다. 칼날이 쇄도해 가는 찰나 상대가 다급히 외쳤다.

"부요, 나요!"

상대의 몸 바로 앞에서 칼에 급제동이 걸리면서 거센 바람이 일었다. 바람이 맹부요의 긴 머리카락을 양쪽으로 갈라 강렬하게 번뜩이는 눈빛을 드러냈다.

지금 그녀의 눈앞에 있는 이는 평소처럼 침착한 표정이 아니었다. 황급한 눈빛 속에서 분노가 엿보였다. 미처 완벽하게 추스르지 못한 옷매무새와 옷에 묻어 있는 주인 모를 핏자국을 발견한 순간, 그의 눈 안에 사나운 불길이 일었다.

불같은 안광이 폭발하자 일순 선실 전체가 밝아지는 듯했다. 지금껏 장손무극이 한 번도 보여 준 적 없는, 화염에 휩싸인 칼날처럼 날카로우면서도 고통스러운 눈빛이었다. 맹부요는 칼을 든 채로 멍하니 굳어 버리고 말았다.

더 이상 가까이 오지 않고 맞은편 침상 위에 무릎을 꿇은 장손무극이 그녀를 천천히 놓아주더니 두 주먹을 쥐었다. 주먹으로 이부자리를 짓누르며 눈을 딸군 그가 나지막이 입을 연 것은 잠시 시간이 흐르고 나서였다.

"부요, 미안하오……."

맹부요가 흠칫 손을 떨었다. 저런 표정을 짓고 있는 장손무극은 본 적이 없었다. 미안하다는 말을 듣는 것도 낯설었다. 장손무극은 사과 따위를 입 밖에 낼 필요가 없는 사람이었다. 애초에 사과할 일을 만들지 않으니까.

그런 사람이 오늘 밤에는 한순간 이성을 놓는 실수를, 아니, 어쩌면 실수라는 딱지가 붙을 만한 일도 아니었으리라, 지금껏 그래 왔듯이 그저 조금 지분거리다가 혈도를 점해 그녀를 재워 놓고 혈맥을 뚫어 주려 했을 뿐인지도 모른다.

그런데 상황이 예기치 못한 방향으로 틀어져 버렸다. 그녀의 몸속에서 쇄정 독이 날뛰기 시작했고, 그는 자리를 비워야 할 일이 생겼다.

만약 아까 그녀가 목숨을 걸고 대항하지 않았다면 정말로 돌이킬 수 없는 일이 벌어지고야 말았을 것이다.

과연 이걸 둘 중 누구 한 사람의 잘못이라고 할 수 있을까?

남녀가 서로 끌리는 것은 당연한 일이다. 무슨 대단한 성인군자가 아니고서야 장손무극도 마음에 둔 여인 곁에서는 그 마음을 행동으로 옮기고 싶어질 수밖에 없다. 다만 쇄정의 존재를

240

인지하고 있기에 그녀를 위험으로 모는 행위를 자제해 왔을 뿐.

그녀 역시 끊임없이 자신을 다잡아 왔다. 지금까지 단 한 번도 맑은 정신을 놓친 적이 없었다. 그런데 오늘 밤에는 부주의했고, 마음이 흐트러졌다.

어쩌면 잘못한 쪽은 내가 아닐까?

경박하게, 자제력 없이, 순간의 달콤함에 넘어가 버린 나. 오주대륙을 잠시 스쳐 지나는 나그네로서 이곳 인간사에 휩쓸리지 않겠다 하면서도 제 의지 하나 가누지 못해 타인의 함정에 빠져 버린 나.

마음의 나이는 어리지 않을지 몰라도 이 몸은 열여덟, 열아홉인 소녀의 몸이었다. 한창 이성이 그립고 혈기 왕성한 나이에 상대가 주는 온기와 부드러움을 탐하는 것은 본능이리라.

청춘기의 육체를 가지고서 장손무극의 부단한 유혹을 계속 뿌리치기란 결코 쉬운 일이 아니었다. 언제가 됐든 조금이라도 의지가 흔들리는 순간 혼돈의 심연으로 빠져들 것은 이미 예정된 운명이었다 할까.

맹부요는 입술을 잘근잘근 짓씹으면서 아까 그 망나니 놈이 진도를 어디까지 나갔었는지 떠올려 보려 애썼다. 하지만 잡념 없이 진기를 끌어올리는 데 집중하기 위해 오감을 모두 차단했던 탓에 쉽지가 않았다.

게다가 그녀는 지난 생이고 이번 생이고 남자 경험이 없었다. 개념은 알아도 실제 느낌이 어떤지는 모른다는 이야기였다. 통증을 근거로 삼아 보려 해도 아까는 쇄정으로 인한 발작 상태였다. 온몸 어디 한 군데 안 아픈 구석이 있었겠나. 일단 피는 안 비쳤지만……, 그게 접촉이 없었다는 증거가 되지는 않는다.

생각이 여기까지 미친 맹부요는 공황 상태에 내몰렸다.

첫 경험도 아직인 몸이 엉뚱한 놈의 놀잇감이 되다니!

'쾅' 하고 판벽을 도로 닫은 그녀가 시천을 휘둘러 침상을 썩둑 반으로 썰어 버렸다. 그러고는 자기 쪽 절반을 쿵쾅거리며 끌어다가 판벽에서 멀찍이 떨어진 반대편 벽 쪽에 붙였다. 일련의 과정을 마치는 동안 옆방의 장손무극은 기척을 내지도, 판벽을 다시 열려고 들지도 않았다.

맹부요의 기분은 최악이었다.

이 배도 싫고, 아까 그 정체 모를 자식도 싫고, 오주대륙도 싫었다. 눈앞에 보이는 모든 것이 싫었지만, 그중에서도 제일 싫은 건 말할 필요도 없이 자기 자신이었다.

자신이 단호하지 못해서, 애먼 데 홀딱 넘어가서, 이런 빌어먹을 사태가 터진 것이다. 이제부터 나는 그냥 바윗덩이요, 하고 살리라는 게 맹부요의 결심이었다.

어정어정 침상 위로 올라간 그녀는 이불을 머리끝까지 뒤집어써서 본인을 진짜 바윗덩이 모양새로 만들어 놨다. 자그마한 창문으로 비쳐 드는 달빛 속에서, 바윗덩이는 태곳적부터 그 자리에 붙박여 있었던 양 미동조차 없었다.

달빛이 느릿느릿 자리를 옮겨 옆방 창문 안으로 쏟아져 들어갔다. 동강 난 침상 위에 조용히 앉아 판벽에 등을 기댄 장손무극 역시 쓰라린 상처를 안에 감춘 화석이 되어 있었다.

❀

'가짜 장손무극 사건'을 기점으로 맹부요와 진짜 장손무극 사이에는 다소 껄끄러운 분위기가 만들어졌다. 사건 당일 밤 현실 도피 중인 맹부요의 방문을 박박 긁어 여는 데 성공한 원보 대인은 그녀가 돌연 문짝을 '꽝' 닫는 통에 하마터면 콧잔등이 주저앉을 뻔했다.

그날 이후로 맹부요 주변에는 찬바람이 쌩쌩 휘몰아쳤다. 다들 그녀를 마주치면 찍소리 못 하고 슬금슬금 피하기 바빴고, 정어리들은 그 어떠한 위협 없이도 알아서 통조림 캔 안으로 뛰어들 정도가 되었다. 철성 입장에서는 덕분에 큰 수고를 덜었다 하겠다.

정작 맹부요 본인은 딱히 남들한테 화풀이할 의도가 있는 건 아니었다. 그저 한심한 자기 자신에 대한 분노와 그에 따른 번민, 그리고 그날 밤 일이 남긴 메스꺼운 거부감으로 인해 저기압 상태였을 뿐.

그러나 장손무극은 자책하지 않을 수가 없었다. 세상만사를 손금 들여다보듯 꿰뚫고 있는 그였지만, 이번만큼은 평생 후회로 남을 실수를 저지를 뻔한 것이다.

입 밖으로 말은 안 했어도 분노가 끓어올랐다. 가슴이 찢기는 듯한 그 분노는 26년 만에 처음으로 느껴 보는 생경한 감정이었다. 지금껏 안정적으로 유지되던 감정의 균형이 깨지면서, 장손무극은 과거의 여유로운 미소를 잃었다.

무척 당연하게도 두 사람은 그 빌어먹을 놈의 행방을 집요하게 추적했다. 당시 선상에 있었던 인원은 통조림 신세인 청방 일동을 제외하면 무공을 할 줄 모른다는 요리사와 선원들이 전부였다. 인원수만 쓸데없이 많지, 콕 집어 의심 가는 사람은 없는 상황이었다.

그렇다고 하나하나 직접 무공 수준을 확인해 보자니 공연한 수고라는 생각이 들었다. 그날 밤 싸움 중에 실감한 상대의 실력은 그야말로 무지막지했다. 맹부요보다도 한 수 위일 정도의 인물이 작정하고 무공을 숨기려 든다면 무슨 수로 알아내겠나.

이즈음 두 사람은 이미 범인의 진짜 정체를 얼추 짐작하고 있었다. 그자는 무려 30년간 천하를 누비면서 수많은 사람과 접촉했으나 아직껏 성별조차 제대로 알려진 바가 없었다. 이는 곧 타의 추종을 불허하는 위장술을 보유하고 있으며, 그 행태가 지극히 비밀스럽다는 의미일 터였다.

그렇다면 대체 누구로 위장해 배에 잠입했는지, 혹은 아직껏 배에 머물고 있는지를 굳이 확인하겠답시고 힘을 빼느니 차라리 다음 행동을 기다리는 편이 현명할 것이다.

산 제물이 되려다가 구조된 아이도 조사 대상에서 예외는 아니었다. 철성이 제일 먼저 달려간 곳이 바로 그 소년의 선실이었다. 하지만 소년은 그때껏 미동도 없이 잠들어 있었고, 다음 날이 되어서야 눈을 떴다.

소년은 자신을 여강 하류 창현昌縣에 사는 어부의 아들이라고 소개했다. 상납금을 마련하지 못한 부모가 죽이든 살리든 상관 않기로 하고 자신을 청방 방주에게 잡역부로 팔아 치웠다는 게 소년의 말이었다.

마침 올해 들어 여러 가지로 일이 안 풀리는 데다가 조정의 탄압까지 겹쳐 고뇌가 많던 청방 내에서 수십 년 전 폐지된 인신 공양을 부활시키자는 이야기가 나오고 있었는데, 노비들을 놓고 제비뽑기를 한 결과 하필이면 자기가 걸렸다는 것이었다.

한창 변성기인 소년은 말이 워낙 어눌하고 굼뜬 탓에 한참을 주절거리고서야 겨우 여기까지 설명을 마쳤다. 이야기를 듣는 동안 딱히 부자연스러운 부분을 발견하지 못한 맹부요는 아이를 곧장 집으로 돌려보냈다.

배가 광성현에 당도하기까지는 하루 밤낮이 더 걸렸다. 맹부요는 부글부글 끓는 속 안에 선기국 황족들에 대한 증오를 가득 담고서 육지를 밟았다. 청방 부방주를 끌고 앞만 보며 전진하는 그녀의 뒤쪽에서는 장손무극이 말없이 따르고 있었다.

철성은 영문을 알 수가 없었다. 그렇게나 좋아 뵈던 둘 사이가 어쩌다가 하룻밤 사이에 홀랑 뒤집힌 걸까. 여하튼 신바람 나는 광경이기는 했기에 철성의 발걸음은 가벼웠다.

맹부요가 부방주를 끌고 위풍도 당당하게 향한 곳은 성 밖 구령산九嶺山, 녹림 방파들의 집결지였다. 오늘 그녀가 이곳에 온 목적은 맹주 자리를 접수하는 것. 도발을 해 온 자의 정체가 봉정예라는 확증은 없지만, 일단 그 자식은 발 뻗고 자게 안 놔

둘 작정이었다.

집결 장소는 산 중턱에 숨겨진 공터였다. 목적지를 앞두고 한창 산길을 오르고 있는데 위쪽이 어째 시끌벅적하다 싶더니, 험악한 말소리들이 연이어 귀에 꽂혔다.

"뭐 하는 새끼길래 이렇게 끈덕져!"

"썩 꺼지지 못할까!"

"조정에서 보낸 첩자 아니야?"

"몸수색해!"

우당탕탕 소리가 이어지길 잠시, 누군가 '아이고야, 아이고야.' 하다가 빽 소리쳤다.

"사내끼리 어딜 더듬습니까!"

조금 뒤에 다시 소리치는 게 들려왔다.

"유람 나왔다가 길을 잘못 들었을 뿐이라니까요! 심기를 거스른 건 사죄드린다잖아요! 무슨 사람들이…… 이렇게 무례해!"

그러더니 또 소리를 질렀다.

"저 화났거든요!"

잠시 후 한 번 더 외침이 터져 나왔다.

"진짜 화났다고요!"

옷을 찢어발기는 소리가 점점 격해졌다. 박장대소하는 군중 속에서 누군가 같잖다는 투로 말했다.

"책벌레 주제에!"

"밖으로 던져 버려!"

'퍽' 소리와 함께 저 멀리 허공에 흐릿한 잔영이 그어지더니,

하얀 형체가 뱅그르르 돌면서 일행 선두의 맹부요와 철성을 향해 날아왔다.

철성은 그냥 보고만 있었다. 나서기 좋아하는 주군이 알아서 받아주겠지, 하며. 그러나 맹부요는 흰 형체를 냅다 후려쳐 저만치 앞쪽으로 날려 버렸다.

남자! 속옷만 입은 남자! 하얀 피부에 속옷만 입은 남자!

맹부요 대왕의 삼대 금기를 모조리 범한 대가였다. 혐오스러운 물건을 날려 버린 맹부요는 계속해서 앞만 보고 걸음을 내디뎠다.

아이고, 아이고, 곡을 하는 놈을 인정사정없이 짓밟으면서.

장손무극의 품 안에서 기어 나와 그 광경을 본 원보 대인은 앞발로 주둥이를 틀어막고 파들파들 떨었다. 그날 당장 본진을 이쪽으로 옮기게 한 주인님의 판단이 옳았구나 싶었다.

지금 맹부요 대왕은 '수컷 과민증'이었다. 맹부요의 발밑에 깔린 남자가 소리쳤다.

"뼈 부러졌다고요!"

그러자 맹부요가 발밑을 향해 금화를 하나 집어 던졌다.

"치료비."

치료비가 갈비뼈 부근에 꽂히자 '빠각' 소리가 났다. 이번에야말로 진짜로 부러진 것 같았…….

많이 아팠던지 '쓰읍' 하고 숨을 들이켠 남자가 이내 금화를 내던지며 소리쳤다.

"저 진짜……, 진짜 화났거든요!"

철성이 남자를 내려다봤다. 상대는 아직 소년티를 다 벗지 못한, 예쁘장한 얼굴이었다.

"생긴 것만 번지르르하군."

눈썹을 찌푸리며 툭 내뱉은 철성이 가소롭다는 표정으로 남자 위를 성큼 넘어갔다. 장손무극은 아예 아래쪽에 눈길도 주지 않았다. 사람 취급을 한 번도 제대로 못 받아 본 채, 남자는 그렇게 산길 한복판에 버려졌다…….

산길 한 굽이를 돌자 공터가 나왔다. 공터에서는 형형색색의 옷차림을 한 사내들이 잔뜩 모여 저들끼리 시끌벅적하게 떠들어 대고 있었다.

맹부요 일행이 공터 안으로 들어서자 사내들이 하던 이야기를 멈추고 어리둥절한 눈빛을 보냈다. 그중 한 명이 인상을 쓰면서 말했다.

"저것들은 또 뭐길래 기어들어 와? 몰아내!"

그 즉시 누군가가 딴지를 걸었다.

"흑살黑煞 우 두령이 언제부터 우리 맹주 자리에 계셨나? 누구 마음대로 명령질이야?"

그러자 우 두령이 소눈깔 같은 눈을 희번덕 떴다.

"진 놈이 어디서 말이 많아?"

얼굴이 시뻘게진 상대가 목에 핏대를 세우고 되받아쳤다.

"그러는 네놈도 백산타白山舵 총타주한테 졌으면서, 무슨 낯짝으로 나서는데!"

또다시 우르르 말싸움이 붙었다.

누가 누구한테 졌는지부터 시작된 이야기는 누구네 엄마, 누나, 이모, 할머니가 누구랑 모종의 정답고도 진한 관계를 맺었다는 데까지 진척됐다. 그러다가 끝에 가서는 정다운 관계를 맺었던 엄마, 누나, 이모, 할머니의 신체 기관을 놓고 민속 예술의 풍부한 정취와 기발한 의인화가 결합된 묘사가 이어졌으니…….

"주둥이 못 닥치냐!"

귀청을 때리는 호통에 놀란 사내들이 일제히 한 방향으로 고개를 돌렸다. 그러고 보니 아까 침입자가 있었던 것 같은데, 자리다툼에 정신이 팔려 홀랑 까먹어 버린 것이다.

무리 중 하나가 버럭 소리쳤다.

"뭐 하는 놈이길래 주제넘게 떠들어?"

"나?"

본인 얼굴을 가리키며 되물은 맹부요가 청방 부방주를 땅바닥에 내팽개쳤다.

"네놈들의 새 맹주 되시겠다!"

공터 전체에 일순 정적이 흐르더니 곧 쩌렁쩌렁한 웃음소리가 터져 나왔다. 평생 칼에 피를 묻히고 살아온 거친 사내들은 성을 낼 가치조차 느끼지 못한 채, 무슨 신기한 물건을 구경하듯 눈앞의 가냘픈 소년을, 사람 많은 곳에서 절대 진짜 얼굴을 내놓고 다니지 않는 맹부요는 지금도 가면을 쓰고 있었다, 훑어봤다.

"단결력이라고는 눈곱만치도 없는 너희 오합지졸들에게 어떤 식으로 조정에 대항해야 하는지, 조정의 압제 속에서 살아

남으려면 무슨 수를 써야 하는지 가르쳐 주마."

맹부요는 사내들의 웃음소리가 아예 들리지도 않는 양 바위 위에 당당하게 걸터앉았다.

"그 전에, 맹주님 앞에서 갖춰야 할 예절부터 교육할 필요가 있겠군."

그러고는 백산타 총타주와 우 두령을 향해 손짓을 보냈다.

"이리로 와, 좀 맞자."

백산타 총타주는 퍽 점잖아 뵈는 중년 사내였다. 무식꾼들의 수준 떨어지는 욕지거리에 끼지 않고 멀찍이 한쪽에 앉아 한심하다는 표정을 짓고 있던 그가 맹부요의 말에 조용히 웃더니 입을 열었다.

"애송이 녀석이 방자하다만, 목숨을 잠시는 연장해 주마. 우 방주, 자네가 버릇을 고쳐 주게."

우 두령도 백산타 총타주에게는 고분고분했다. 걸걸한 목소리로 알겠다고 답한 우 두령이 묵직하게 특수 제작된 박도 두 자루를 꼬나쥐고 앞으로 나섰다. 걸음을 내디딜 때마다 짧고 굵은 다리통에서 힘줄이 불끈거리고, 지면에는 발자국이 움푹 움푹 파였다. 보아하니 강력한 외가공을 익힌 모양이었다. 기본공도 쓸 만한 것 같고.

다음 순간, 칼날이 새하얗게 번뜩였다. 앞니를 드러내고 씩 웃은 우 두령이 이내 우레와 같이 일갈했다.

"네 이놈, 좀 맞자!"

빠악!

'맞자!' 소리가 미처 끝나기도 전에 하얀 앞니가 땅바닥으로 우수수 쏟아졌다. 진주알 같은 앞니들이 까만 돌바닥 위를 통통 튀어 다니며 불러온 것은 경악에 찬 눈빛과 갑작스러운 침묵이었다. 방금 막 장손무극의 품 안에서 고개를 내민 원보 대인이 후다닥 주둥이를 틀어막았다.

어우, 내 앞니…….

"내 말 한 글자 따라 할 때마다 이 하나씩이다."

맹부요는 마치 손가락 하나 까딱한 적이 없는 양, 아까 그 모습 그대로 바위에 앉아 싸늘하게 웃고 있었다.

"앞니 세 개! 똑똑히 기억해 두도록!"

이때 문득 맹부요의 귓가에 누군가 깊게 숨을 들이마시는 소리가 들려왔다. 고개를 돌린 그녀는 무리 중 발언권이 가장 큰 백산타 총타주가 천천히 자리에서 일어나는 걸 발견했다. 깔끔하기 이를 데 없는 청삼 자락을 툭툭 털고 난 그가 한 걸음 한 걸음 맹부요 쪽으로 다가왔다.

그 모습을 잠시 지켜본 맹부요의 눈에 감탄의 빛이 어렸다.

백산타 총타주는 제대로 된 고수였다. 보법만 봐도 물 흐르듯 자연스러우면서도 빈틈이 전혀 없는 것이, 몸 쓰는 훈련만 열심히 했지, 내공은 영 부실한 우 두령과는 차원이 달랐다. 그래 봤자 그녀 앞에서는 명함도 못 내밀 수준이기는 했지만.

맹부요를 우습게 보던 백산타 총타주가 새삼 경계심을 느낀 것은 조금 전 그녀가 우 두령의 따귀를 친 시점부터였다. 그러면서도 한편으로는 가까이 붙을 기회만 허용하지 않는다면 별

일은 없으리라 생각하고 있었다. 아까는 날렵한 신법이 특기인 자를 상대로 우 두령이 방심해서 일어난 일 아니었겠는가.

백산타 총타주가 허리춤에서 뭔가를 당겨 뽑자 기다란 회색 그림자가 소리 없이 뻗어 나왔다. 그의 무기는 채찍으로, 그것도 보통 길이를 훌쩍 뛰어넘는 채찍이었다.

두 사람 사이에는 상당한 거리가 있었으나, 채찍은 순식간에 맹부요의 코앞까지 들이닥쳤다. 주위에 세찬 바람이 몰아쳤음에도 채찍 끄트머리는 마치 고요한 수면처럼 일직선을 유지한 채 예리하게 맹부요의 두 눈을 노리고 달려들었다.

맹부요가 손을 뻗었다. 언뜻 봐서는 느릿한 동작이었지만, 옥으로 빚은 듯한 그 손끝은 진력을 주입받아 강철처럼 단단해진 채찍 끄트머리를 단번에 틀어쥐었다.

그녀가 팔목을 한 번 꺾었다가 튕기자 기묘한 진폭을 가진 파동이 번져 나가면서 채찍을 물결 형태로 굽이치게 했다. 해일처럼 몰려오는 진동을 감당해 내지 못한 백산타 총타주는 손가락에 힘이 풀려 채찍 손잡이를 놓치고 말았다.

맹부요가 흐느적거리는 채찍 끄트머리를 붙잡은 상태에서 손을 힘 있게 털자 한 장 길이에 달하는 채찍이 막대기처럼 꼿꼿해져 백산타 총타주의 가슴팍을 정통으로 가격했다. 피를 토하면서 뒤쪽으로 튕겨 나간 백산타 총타주는 허겁지겁 달려오던 군중 한복판에 처박혔다.

채찍을 내던진 맹부요가 건조하게 말했다.

"시간 아까우니까 한꺼번에 덤벼."

하여, 한꺼번에 덤빈 사내들은 둔탁한 타격음 몇 번 만에 무더기로 땅바닥에 널브러졌다. 그로부터 1각 후, 맹부요가 바위에서 일어나면서 기지개를 켰다.

"전반적으로 하찮구먼. 일대일 대결에서는 힘을 못 쓰니 인해 전술에 기댈 수밖에 없겠어."

그녀가 패자들을 향해 손을 척 내밀었다.

"영패."

사내들이 일제히 고개를 돌려 백산타 총타주를 쳐다보자 그가 군소리 없이 영패를 건넸다.

정치판의 간교한 여우들과 달리 녹림객들은 패배를 깨끗이 인정할 줄 알았다. 이 바닥에서는 주먹이 센 사람이 곧 왕이었다. 강호의 기풍이 강한 곳일수록 오히려 단속이 쉬운 법이다.

맹부요는 철성을 시켜 오늘 모인 방파 우두머리들이 총 몇 명인지 알아보게 했다. 결과는 예상보다 훨씬 많은 열여덟. 각각이 거느린 방파의 규모는 수천 명에서 수백 명까지 다양했고, 활동 무대도 북부 전역에 걸쳐 저마다 달랐다.

장천방에 비하면야 다들 구멍가게에 불과하지만, 개미 떼가 코끼리를 물어 죽인다는 말도 있지 않나. 무엇보다 맹부요를 기쁘게 한 것은 열여덟 개 방파 중에 교류회敎流會가 끼어 있다는 사실이었다.

교류회의 '교류'란 삼교구류三敎九流에서 따온 말이지만 실질적으로는 그중에서도 하구류下九流를 가리킨다. 즉, 온갖 잡다한 직업 중에서도 제일 비천한 일에 종사하는 사람들로 이루어진 방파라는 뜻이다. 예컨대 떠돌이 광대, 악사, 창기, 곡마단, 이발사, 때밀이, 잡화상, 가축 교배사 등등. 이런 직군은 남들 한테 수모를 당하는 게 일상이기 때문에 보통 사람들보다 훨씬 간절하게 의지할 곳을 필요로 한다.

다들 현금이 도는 일을 하다 보니 아무래도 회비 납부가 깔끔하게 이루어지는지라, 교류회는 여타 방파들과 비교해 자금 사정이 넉넉한 축에 속했다. 물론 오늘 같은 모임에서는 한구석에 초라하게 찌그러져서 지나가는 사람들한테 가래침 세례나 받는 신세였지만.

맹부요가 중재에 나섰다.

"에이, 하층 노동자라고 무시하면 쓰나!"

그러자 누군가 가시 돋친 투로 말했다.

"박화자拍花子까지 받아 주는 놈들이라고요! 양심이라곤 털끝만치도 없어서는!"

욕을 얻어먹은 사내는 머리통을 가랑이 깊숙이 처박았다. 맹부요가 사내의 머리통을 가랑이 사이에서 끄집어내며 물었다.

"박화자?"

박화자란 인신매매범 중에서도 비약을 쓰는 자들을 말한다. 미리 약을 발라 둔 손바닥으로 목표물의 어깨나 얼굴을 쳐서 판단력이 흐려진 상태로 만든 뒤, 원하는 장소로 꾀어 가는 게 박화자의 수법이다.

삼교구류 안에도 못 들 만큼 천하고 후안무치한 직업. 같은 자리에 앉기만 해도 궁둥이가 더러워진다고 여기는 녹림객들은 저마다 도끼눈을 뜨고 박화자를 노려보고 있었다.

하지만 어디서 훔쳤는지 모를 명첩을 들고 나타나 기어이 집회에 낀 박화자들은 가래침을 맞으면서도 명첩을 끌어안고 한쪽 구석에서 꿋꿋하게 버티는 중이었다.

잠시 머리를 굴리던 맹부요가 얼굴에 털 세 가닥이 난 점이 있는 교류회 회주에게 가까이 와 보라는 손짓을 했다. 반색을 하며 달려온 회주에게 몇 가지 질문을 한 결과, 미처 생각지 못했던 사실을 알 수 있었다.

바로 도적 소탕에 열을 올리는 중인 십일황자가 그간 잡아들인 자들의 정체였다. 녹림과 애매하게 얽혀 있는 그가 자기편을 잡아다가 바쳤을 리가!

자기한테 상납금을 내지 않는 방파와 기반 없고 기댈 곳 없는 하층 계급 떠돌이들이 희생양이었던 것이다. 이들이야말로 진짜 벼랑 끝에 몰린 처지였다. 그래도 살아 보겠답시고 어디라도 의지할 곳을 찾아 여기까지 온 모양이었다.

바닥에 쭈그리고 앉은 맹부요가 한숨을 쉬었다.

"이쪽도 딱한 신세구먼……."

그 말을 듣고 눈물을 쏟기 시작한 회주가 죽기 살기로 돈을 찔러 주며 애원했다.

"맹주님, 저희도 어떻게 좀 끼워 주십시오!"

맹부요는 대번에 기분이 좋아졌다. 처음으로 맹주 소리를 하는 놈이 나오지 않았나. 그것도 아주 시원시원하게!

"으흐흐."

웃음을 흘린 그녀가 두 손뼉을 소리 나게 마주 치면서 일어섰다.

"기왕 맹주님 소리 듣는 거, 호칭에 걸맞은 능력을 보여 주도록 하지. 지금부터 세 가지 임무를 내리겠다. 이 세 가지를 완수하면 앞으로 아무 걱정 없이 살 수 있을 것이야."

군중 사이에서 무슨 뜬금없는 소리냐는 식의 웅성거림이 터져 나왔지만, 그녀는 아랑곳 않고 큰 소리로 말을 이어 갔다.

"첫째, 교류회는 제일 쓸 만한 박화자, 창기, 이발사, 때밀이, 좀도둑…… 아, 뭐 하는 자들이 됐든지 간에 뽑아서 가능한 모든 수단을 동원해 십일황자 수행원들한테 붙여. 수행원들을 통해서 십일황자 휘하의 누가 정확히 어떤 방파랑 손을 잡았는지 알아내는 거다. 각 방파의 파벌이 어떻게 되는지까지 확실히 털어. 둘째, 관계도가 나오면 백산타 총타주한테 넘기고, 방파별로 무공이 가장 뛰어난 자들을 선별해서 암살조로 투입해. 십일황자 밑에 수행원이 몇 명이 있든 다 죽여야 할 거야. 암살은 반드시 목표물이 혼자 있을 때를 노리고, 그 자리에 놈들과 얽힌 방파의 표식을 남겨. 여기서 중요한 건 '교차'야. 수행원 갑은 방파 을과 엮여 있고, 수행원 병은 방파 정이랑 사이가 좋고, 수행원 무는 방파 기랑 죽고 못 산다고 치자. 그러면 갑을 죽이고 나서는 병의 표식을 남기고, 병을 죽이고 나서는 기의 표식을 남기는 거다. 어이, 알아들어?"

물음을 받은 백산타 총타주는 깨달은 바가 있는 기색으로 무언가 중얼거리며 고개를 끄덕거리더니, 이내 맹부요에게 되물었다.

"한 방파 내에서 파벌이 갈리는 경우도 이용할 수 있지 않겠습니까?"

맹부요가 감탄한 눈빛으로 그를 한 번 쳐다보고는 말했다.

"가르칠 맛이 나네."

새파랗게 어린 상대한테 가르침을 당하고 쓴웃음을 지은 백산타 총타주가 물었다.

"그런데 왜 수행원들이 목표물입니까? 도적 토벌의 총책임자는 십일황자일 텐데요?"

"그래서 뭐, 십일황자를 암살하겠다고?"

맹부요가 웃었다.

"때가 때이니만큼 본인은 방비를 단단히 하고 있을걸. 그에 반해 밑에서 일하는 서기며 수행원들은 호위고 시위고 달고 다닐 급이 안 되지. 십일황자를 죽이는 건 어려워도 수행원 몇 명쯤은 쓱싹 해치울 수 있지 않겠냐는 거야. 그자들을 없애는 게 무슨 효용이 있는가를 따지자면……."

맹부요가 어깨를 으쓱했다.

"왕야가 뭐 한가한 직업인 줄 알아? 윗분들이 무슨 일이든 친히 처리할 것 같아? 아무리 북부 녹림 토벌대의 수장이라지만 십일황자가 그 고귀한 신분으로 녹림 방파 우두머리들이랑 직접 만나서 투항 권유하고 물밑 협상 벌이고 그럴 것 같냐고. 이거 하나만 알아 둬, 윗사람은 서류에 동그라미나 치라고 있는 거고, 일은 그 밑에 애들이 다 한다는 거. 수행원들도 자기 잇속을 챙겨야 할 테니 조정에 잘 보여서 출세하고 싶은 방파들이랑 거래가 오가는 건 정해진 수순이지. 수행원들끼리도 겉으로는 잘 지내는 것처럼 보여도 실상은 경쟁적으로 자기 몫 챙기느라 삐걱거리는 사이일 테고. 이 시점에 갑이랑 친한 쪽을 내세워서 병을 처치하고, 병이랑 친한 쪽을 내세워서 을을 처치한다 치자. 나중에 알아보면 개중에는 오랜 앙숙도 있을 테고 막역한 친우 사이도 있을 수 있지만, 생각해 봐. 어떤 난장판이 벌어질까?"

다들 침묵 속에서 이야기에 귀를 기울이고 있었다. 이곳에 모인 우락부락한 사내들은 비록 먹물이라고는 먹어 본 적 없는 무식쟁이들이었지만, 느리긴 해도 차츰차츰 말뜻을 헤아려 가면서 눈을 빛내기 시작한 참이었다.

"십일황자와 북부 녹림이 지금은 서로 균형이 맞는 우호 관계여도, 영문 모르게 죽어 나가는 자들의 숫자가 늘어나다 보면 결국은 사이에 금이 가게 되어 있어. 십일황자의 수행원 쪽이 됐든, 누명을 뒤집어쓸 북부 녹림 쪽이 됐든, 서로 의심과 지레짐작이 난무할걸. 십일황자 쪽은 북부 녹림이 딴 꿍꿍이속을 품었나 할 거고, 북부 녹림은 십일황자가 따로 주판을 튕기고 있나 하겠지. 사람 사이라는 건 말이야, 한번 껄끄러워지기 시작하면 그때부터는 악화 일로인 법이거든……."

청산유수로 이어지던 말이 여기서 문득 주춤했다. 어쩐지 마음이 무거워진 탓이었다.

무의식적으로 눈을 든 맹부요는 맞은편에 말없이 서 있다가 그녀와 마찬가지로 천천히 눈을 들어 올린 장손무극과 시선이 마주쳤다. 바다처럼 깊은 눈빛이 그녀를 묵직하게 뒤덮어 왔다. 순간 가슴이 철렁한 맹부요는 부자연스럽게 눈길을 피하고 말았다.

그러고 나자 흥이 폭삭 식어 버렸다. 이야기를 길게 끌고 싶지 않아져 간단히 마무리를 지었다.

"암살당하는 수행원들의 숫자가 늘다 보면 선기국 조정에서도 뭔가 움직임이 있겠지. 거기까지는 들을 필요 없는 이야기고."

"귀하는 대체 누구십니까?"

조용히 맹부요를 응시하며 눈을 빛내고 있던 백산타 총타주가 물었다.

"훌륭한 계책이기는 하나, 저희가 무얼 근거로 귀하를 믿습니까?"

"날 어떻게 믿느냐고?"

맹부요가 피식했다.

"나 정도 되는 고수가 굳이 이런 수고까지 해 가면서 너희를 속여 넘길 필요가 있을까?"

침묵이 흐르길 잠시, 맹부요가 무언가 새하얀 물건을 백산타 총타주에게 휙 던져 주며 말했다.

"진행하다 보면 자금과 인력이 필요할 때가 있을 거야. 그럴 때는 그걸 가지고 '광덕'이라는 이름을 쓰는 약방을 찾아가. 알다시피 '광덕약방'은 천하 어디에나 있으니까. 그걸 내밀면 돈이 됐든, 인력이 됐든, 먹을 것이 됐든, 마실 것이 됐든, 달라는 대로 주겠지만, 너무 마구잡이로 뜯어내지는 말고. 일이 끝나거든 동성 성벽 밑에 묻어 둬. 수하를 시켜서 회수해 갈 테니.”

알겠다고 답한 백산타 총타주가 옥석이 박힌 허리띠를 조심스럽게 챙겨 넣으려는데, 맹부요가 짧게 덧붙였다.

“망가뜨리거나 잃어버렸다가는 온 집안이 멸문을 당할 줄 알고.”

이에 백산타 총타주가 조금 전보다 훨씬 더 신중해진 손놀림으로 허리띠를 갈무리해 넣었다. 그 모습을 보면서 아까운 티를 팍팍 내던 맹부요가 피식 웃더니 한마디를 툭 던졌다.

“실은 내가 십일황자 쪽에 사람을 심어 놨는데 말이지…….”

“오오!”

놀랄 만한 희소식에 감탄을 터뜨린 녹림객들이 눈에서 형형한 안광을 뿜어냈다. 맹부요가 말했다.

“최근에 십일황자가 그런 약속을 했다더라고. 녹림 총회 내용을 입수해서 보고하는 자에게는 6품 무관직을 주겠다는…….”

“에엑?”

군중들 사이에서 또 한 번 놀라는 소리가 터져 나왔다. 그 소리가 미처 잦아들기도 전, 맹부요가 갑자기 크게 웃어 젖히면서 손아귀를 번개처럼 앞으로 내뻗었다.

“바로 너다!”

그녀의 웃음소리 사이로 비명이 섞여 드는가 싶더니 웬 검은색 물체가 허공으로 날아올랐다. 누군가 던져 올린 물건인 모양인데 정확히 무엇인지는 분간이 가질 않았다.

공중에서 빙그르르 돈 물체가 추락만을 남겨 둔 시점에 장손무극이 돌연 눈을 날카롭게 빛내면서 팔을 떨쳤다. 그러자 명주실로 짠 그물만큼이나 보드라운 소맷자락이 넓게 펼쳐져 물체를 감싸 안았다.

흐느적거리는 소맷자락 위에 얹힌 물체가 중심을 잡지 못하고 이리저리 데굴데굴 구르길 몇 차례, 장손무극이 무심하지만 절제된 동작으로 소매를 털어 물체를 공터 옆쪽 깊숙한 골짜기 밑으로 떨어뜨렸다.

곧이어 '콰앙' 하는 굉음이 지면을 뒤흔들더니 골짜기 밑에서부터 새카만 연기가 뭉텅이로 솟구쳐 올라 공터 위쪽에 검붉은 구름을 만들어 냈다. 매캐한 화약 냄새가 공기 중으로 빠르게 번져 나갔고, 그 냄새와 검은 운무가 한데 뒤섞여 공터에 비치는 햇빛마저 가려 버렸다.

초대형 뇌탄!

녹림객 일동은 다시 한번 소란에 휩싸였다. 어느 모로 봐도 저 물건은 자신들을 노리고 준비된 것이었다.

공터의 공간은 한정적이었다. 이 안에서 군중을 향해 뇌탄을 투척했다면 몇 명이 됐든지 간에 자리에 있던 사람 전원이 몰살당했을 것이다. 대라금선을 데려다 놨어도 목숨을 부지하기 어려웠으리라.

연무가 서서히 흩어지면서 맹부요의 모습이 사람들의 눈에 들어왔다. 그녀의 손아귀에는 비쩍 마른 사내의 목줄기가 단단히 붙들려 있었다. 누군가 분노에 찬 목소리로 외쳤다.

"저거 비홍회飛鴻會 부회주 아니야?"

"저놈이 끄나풀이었다니!"

분개한 군중이 다시금 가족들 안부를 묻기 시작했고, 그 수위는 금세 엄마, 누나, 여동생, 이모님의 주요 부위까지 도달했다. 이번에는 집중포화의 좌표가 명확했기 때문에, 비홍회 부회주는 급기야 증조할머니까지 못자리에서 끌려 나와 주변 사내들과 N회에 달하는 농밀한 육체적 접촉을 나누는 이야기를 들어야 했다.

부회주는 그 와중에도 살아 보겠다고 앙상한 몸뚱이를 버르적거리며 소리쳤다.

"아니에요, 아닙니다! 억울해요, 억울하다고요!"

그러자 맹부요가 빙글빙글 웃으면서 부회주의 손을 붙잡아 들어 올렸다. 그의 손가락 사이에는 아직껏 뇌탄이 남긴 검은색 가루가 묻어 있었다. 이 시대의 화기 제작 수준이란 칭찬받을 만한 것이 아니었다. 화승총은 사실 새총에 대롱 하나 달아 놓은 것에 지나지 않았고, 뇌탄은 표면이 조악해서 손에 화약이 묻어날 수밖에 없었다.

"끄나풀이 아니면, 십일황자 쪽에 사람 심어 놨다는 말 듣고 움찔할 건 뭐지? 정말 결백해서 6품 무관직 소리에 그렇게나 흥분하셨나?"

맹부요가 놈을 백산타 총타주에게 던져 줬다.

"이게 바로 내가 지시하려던 세 번째 임무야. 사람이 많으면 개중에 쭉정이도 꼭 섞이기 마련이니 오늘 총회에도 분명 첩자가 있겠구나 했지. 오늘은 내가 잡아냈지만, 앞으로는 매사 주의하도록. 알겠나?"

묵묵히 고개를 끄덕인 백산타 총타주는 한 걸음 뒤로 물러서 마음에서 우러난 공경심을 표했다.

맹부요가 손뼉을 짝짝 치면서 말했다.

"할 말은 얼추 끝난 것 같고, 이제 다들 가서 일 봐. 나 찾아낼 생각일랑 말고. 시간 여유가 나거나 지시 사항이 생기면 수하들 통해서 연락 줄 테니까."

맹부요는 인파 사이를 성큼성큼 가로질러 공터 밖으로 향했다. 등장만큼이나 시원스럽기 그지없는 퇴장이었다.

녹림객들은 조용히 길을 비켜 주며, 하늘에서 뚝 떨어진 맹주 대인을 향해 혼란이 약간, 경탄이 가득 담긴 눈빛을 보냈다.

극강의 무공과 노련한 책략을 겸비하신 맹주 대인.

자신들은 죽었다 깨어나도 짜내지 못할 작전을 아무렇지도 않게 줄줄이 쏟아 내고, 대수롭지 않은 일인 양 자신들의 목숨을 척척 구해 주시는.

그나저나 저런 분이 왜 불쑥 자기들 일에 끼어들었는지는 아무리 생각해도 오리무중이었다. 무식한 사내들이 확실히 아는 게 있다면, 그건 바로 세상에는 저 높이 까마득한 곳에서 천하만사를 발밑에 두고 굽어보며 풍운을 가지고 노는 인물들이 존재한다는 사실이었다. 그러한 인물들은 한낱 녹림객 따위가 범접할 수 있는 존재가 아니었다. 자신들의 본분은 그저 시키는 일을 고분고분 수행하는 데까지였다.

선기국 북부 녹림객들의 존경 어린 눈빛 속에서 무심히 공터를 빠져나온 맹부요는 이내 하늘을 올려다보며 눈썹을 찌푸렸다. 구름이 소용돌이치는 황혼 녘 하늘 위로 어둠이 덧씌워지고 있었다. 보아하니 오늘은 노숙을 면하기 힘들 것 같았다.

그녀가 장손무극을 돌아봤다. 원래는 말을 건네려 돌아본 것이었지만, 막상 그의 얼굴이 눈에 들어오자 무슨 말을 해야 좋을지 막막해지고 말았다.

결국 한숨만 푹 내쉬고 입을 다문 그녀는 일행 맨 앞에서 다시금 걸음을 옮기기 시작했다. 얼마 안 가 원보 대인이 살랑거리며 달려와 맹부요의 어깨 위에 날름 올라앉았다. 맹부요가 손으로 휙 쳐 냈지만, 녀석은 다시 기어 올라왔다. 맹부요가 또 쳐 냈는데도 녀석은 집요하게 계속 덤벼들었다.

부아가 치민 맹부요는 길가 옆 절벽에서 달래를 몇 뿌리 뽑아 그새 또다시 어깨 위로 올라온 원보 대인에게 떠안겼다. 원보 대인은 다소 당황했지만, 그래도 착하게 달래를 품에 안았다.

맹부요가 또 주변을 두리번거리더니, 이번에는 뿌리에서 생강 맛이 나는 날강화를 캐서 원보 대인에게 안겨 줬다.

원보 대인은 생각했다.

착하게 굴자, 저 황소고집을 원래 자리로 데려다 놓으려면 착하게 구는 수밖에 없느니라.

하여, 원보 대인은 이번에도 얌전히 날강화 뿌리를 품에 안았다.

이어서 주머니를 뒤적거린 맹부요가 소금 한 줌을 찾아내 원보 대인에게 넘겼다. 하지만 원보 대인은 안을 수가 없었다. 볼록 나온 배 때문에 짐을 더 드는 건 한계였다. 원보 대인은 어쩔 수 없이 소금을 입에 물었다.

그렇게 짐을 잔뜩 들고 힘겹게 걷다 보니 산길 옆쪽으로 숲이 나왔다. 맹부요가 말했다.

"밑으로 내려가 봐야 묵을 데 구하기 힘들 것 같은데, 차라리 오늘 밤은 여기서 보내는 게 낫겠어."

철성이 부지런히 나뭇가지를 주워다가 불을 피우는 사이에도 원보 대인은 달래, 생강, 소금을 그대로 안고 있었다.

모닥불이 타오르자 맹부요가 철성의 짐 보따리를 뒤져 밀가루 떡 두 개를 꺼내더니 원보 대인을 가까이 불렀다. 원보 대인은 밥을 주려나 보다, 하고 쪼르르 달려갔다.

그런 원보 대인을 덥석 움켜잡은 맹부요가 중얼거렸다.

"KFC 닭 다리 사이즈 정도는 나오려나……."

그러더니 달래와 생강을 끌어안고 있는 원보 대인을 밀가루 떡 중간에 끼우고 풀잎으로 꽉 묶어 고정한 후 나뭇가지를 꽂아서 모닥불 위에 올렸다.

"……."

짐 보따리를 들고 있던 철성의 손에서 힘이 풀리면서 보따리가 땅바닥으로 툭 떨어졌다. 철성이 맹부요를 멍하니 쳐다보며 물었다.

"주군, 뭐 하는 거야?"

"햄버거 만드는데."

나뭇가지를 빙글빙글 돌리고 있던 맹부요가 건조하게 답했다. 뒤늦게 사태 파악이 된 원보 대인이 찢어지는 소리로 구조 요청을 보내자 장손무극이 손을 뻗어 '원보 버거'를 불 위에서 구출해 줬다.

사실 불길에서 멀찍이 떨어져 있기도 했고 두툼한 밀가루 떡 방패까지 더해져서 원보 대인은 털끝 하나 그슬리지 않았다. 하지만 사건의 성격 자체가 워낙 악질적이었기에 혼이 쏙 빠지게 충격을 받았다.

저 망할 것이 달래 안고 있으라고 한 게 햄버거 만들어 먹을 작정으로 시킨 일이었을 줄이야!

원보 대인은 장손무극을 부여안고 눈물을 주룩주룩 쏟으면서 창자가 끊어지게 오열했다.

아아……, 주인님. 원보는 이제 더는 못 도와 드리겠어요. 다음번에는 햄버거가 아니라 핫도그가 되고도 남게 생겼다고요. 앞으로는 알아서 자력갱생하시길…….

장손무극이 말없이 모닥불을 응시하며 녀석을 토닥여 주었다. 주인과 애완동물은 그렇게 서로 얼싸안은 채, 빙산처럼 요지부동인 어느 분을 앞에 두고 동그마니 앉아 있었다.

잠시 후, 어느 빙산께서 엉덩이를 씰룩이며 일어섰다.

"땔감 좀 주워 와야겠다. 불이 영 시원찮아."

철성이 말릴 틈도 없이 모닥불 곁을 벗어난 그녀는 얼마 걸어가지 않아 무언가 물컹한 덩어리를 밟았다. 하필 길바닥 한복판에 떡하니 퍼져 있던 덩어리가 맹부요의 발밑에서 '꾁' 하고 소리를 지르더니 불만을 토로했다.

"또 밟네! 저 진짜, 진짜, 진짜, 진짜 화났거든요!"

그 소리에 허리를 굽힌 맹부요가 상대의 앳되고 어여쁜 얼굴에다가 신발 밑창을 느릿느릿 문질러 닦으면서 말했다.

"더 화내도 돼."

개꼴을 한 상대를 싸늘한 눈으로 훑어보던 맹부요는 상대가 무공을 할 줄 알며, 게다가 상당한 실력자라는 사실을 단번에 알아챘다. 다만 부상을 당한 것인지 진기가 봉인되어 있고 얼굴빛도 창백했다.

그나저나 참으로 예쁘장하게 생긴 얼굴이었다. 그려 놓은 듯한 이목구비, 풋풋하다 못해 애티가 나는 인상, 그 앳된 분위기 속에서 배어나는 맑고 산뜻한 미감. 더럽히고 싶은 소년미가 있다랄까.

현재 수컷에 대한 혐오감이 극에 달한 맹부요조차도 은근히 호감을 느낄 정도의 미모였다. 물론 호감과는 별개로 왼발 밑창을 다 닦은 후에는 오른발 밑창까지 닦음으로써 상대의 그림 같은 이목구비를 진흙 떡칠된 이목구비로 만들어 놓기는 했지만.

신발을 다 닦고 만족한 맹부요가 상대를 넘어가려는데, 순간 역한 비린내가 코끝을 스쳤다. 이어서 주변 나무들이 흔들리더니 나무 뒤편에서 검은색 그림자가 떼거리로 나타났다.

주위의 비린내가 한층 더 짙어지고, 사방에서 콧김을 뿜는 소리가 들려왔다. 허리춤 높이의 어둠 속에서는 무수한 녹색

인광이 점점이 번뜩이기 시작했다.

이때 장손무극이 다급히 달려오는 소리가 들렸다.

"부요, 조심하오! 이리 떼요!"

"털 달린 짐승!"

날카로운 비명이 밤하늘을 뒤흔들었나. 어찌나 째지는 소리였던지, 맹부요만 솜털이 쭈뼛 선 게 아니라 이리 떼도 화들짝 놀라 뒤로 물러섰다.

그와 동시에 바닥에 퍼져 있던 덩어리가 벌떡 일어나 맹부요의 품으로 뛰어들었다. 얼굴은 진흙투성이인 채로 잔뜩 겁에 질려 눈물을 흩뿌리며 달려온 덩어리가 품 안 깊숙이 파고들어 몸을 찰싹 붙이더니 말했다.

"무섭단 말이에요……."

두 마음을 갈라놓다

겁도 없는 서생 자식이 맹부요의 품속으로 파고들었다. 장손
무극이 재깍 맹부요 쪽을 돌아보면서 눈썹꼬리를 꿈틀했다. 언
뜻 손가락을 움직이려는 것처럼 보였으나, 무슨 이유에서인지
그는 도중에 동작을 멈췄다.

"무섭기는 개뿔!"

맹부요는 즉각 놈을 후려쳐 늑대 떼 쪽으로 날려 보냈다. 덤
으로 발차기도 한 방 보태 줄까 하는데, 뒤쪽에 있던 원보 대인
이 기습적으로 뛰어 나가 서생의 어깨에 올라앉았다.

서생의 비명이 아까보다 월등히 격해진 와중에 원보 대인이
맹부요가 자기한테 안겨 준 달래와 생강을 서생의 몸에 탈탈
쏟아부었다.

이러고 늑대 떼에 뛰어들면 파 송송 들어간 고기 전병이 따

로 없을 것이니라! 털 달린 짐승이 뭐가 어째? 어쩌고 어째?

정확히 이리 떼 한복판에 내동댕이쳐진 고기 전병은 사방에서 콧김을 씩씩 뿜고 있는 늑대들을 보자마자 '꽥' 하면서 얼굴을 흙바닥에 처박고 뒤통수를 감싸 안았다. 엎어진 자세에서 엉덩이만 뾰족하게 쳐든 그는 그대로 얼음이 되어 버렸다.

놈을 버려 두고 자리를 뜨려다가 영 마음이 안 놓여 뒤를 돌아본 맹부요는 눈알이 튀어나올 뻔했다. 고기 전병의 남다른 모양새에 당황한 늑대들이 선뜻 달려들지 못하고 주춤거리길 잠시, 개중 몹시 굶주린 한 마리가 간이라도 볼 요량으로 드높이 쳐들린 엉덩이를 향해 입질을 했다가 너절너절 늘어진 옷자락이 이빨에 걸리자 고개를 홱 젖혔고, 그 여파로 옷감이 '촤앗' 하고 찢어지면서 허여멀건 속살이 만천하에 공개된 것이다.

"으아아! 내 엉덩이⋯⋯!"

비명 소리가 한층 쩌렁쩌렁해졌다. 황급히 고개를 반대편으로 돌린 맹부요가 어쩔 수 없이 철성에게 지시를 내렸다.

"뒷일은 네가 맡아서 해결해."

벌레 씹은 표정으로 저벅저벅 앞으로 나선 철성이 칼을 뽑아 내리치기 시작하자 주변은 금세 늑대들의 울부짖음과 붉은 피로 난장판이 됐다. 그사이에 허둥지둥 일어나 철성 뒤쪽으로 달려온 서생이 늑대들을 베어 넘기는 기세를 보며 찬탄했다.

"잘한다! 각 잡힌 위력이 돋보이는 역벽화산力劈華山이네요. 초식 자체는 평범할지 몰라도 힘쓰는 법 하나는 대단한 고수한테 가르침받은 것 같군요, 깔끔합니다! 그 초식은 누대망월樓臺

望月인가요? 아! 아니다, 살짝 고쳤구나. 이야, 절묘하게 바꿨네요. 대가의 품격이 느껴집니다!"

칭찬이 계속 이어졌다.

"훌륭해요! 그 두 가지 초식을 연결해서 쓰다니! 무지막지하게 위력적이네요! 와아, 비범한 무공의 소유자셨군요. 명문 유파 세 곳의 풍모를 한 몸에 갖췄어요! 딱 하나 아쉬운 점을 꼽자면 공력이네요. 공력만 채우면 되겠습니다!"

맹부요의 발걸음이 멈칫 굳었다.

실로 예리한 안목이 아닌가!

사실 철성이 원래 가지고 있던 기초는 평범한 수준이었다. 그러다가 충심을 인정받아 맹부요의 호위로 발탁되면서 장손무극, 전북야, 종월의 지도를 받았다. 장손무극은 물 흐르는 듯한 무공을 구사했고, 종월은 기민하고 깔끔하게 힘을 쓸 줄 알았으며, 전북야의 초식은 웅혼한 기세를 자랑했다.

세 사람의 특징을 고루 전수받은 철성은 이미 일류 고수 반열이었으나, 공력만은 아직 아쉬운 게 사실이었다. 그런 철성의 내력을 고작 몇 초식 옆에서 지켜봤다고 토씨 하나 안 틀리고 줄줄이 읊어 내다니. 서생같이 꾸며 놓은 겉모습과 달리 일단 보는 눈 하나는 탁월한 자였다.

그나저나 자신이 무공을 할 줄 안다는 사실을 굳이 숨길 생각은 없다는 건가?

공기 중의 피비린내가 점점 더 짙어지고 있었다. 눈길은 여전히 앞쪽에 둔 맹부요가 철성을 불러서 말했다.

"원래 있던 놈들만 대충 처리했으면 됐어. 배고픈 늑대들이 계속해서 몰려들 텐데, 너무 힘 빼지 말자고. 오늘 밤에 여기서 자기는 그른 것 같으니까 이대로 하산하자."

명에 따라 칼을 거두어들인 철성이 서생의 찢어진 옷 조각을 집어 칼날에 묻은 늑대 피를 쓱쓱 문질러 닦았다. 철성으로부터 옷 조각을 돌려받은 서생은 늑대 피와 진흙으로 엉망진창이 된 천 쪼가리를 잠시 멍하니 들고 있다가 떨떠름하게 그걸로 엉덩이를 가렸다.

맹부요는 서생에게 눈길 한 번 주지 않고 곧장 산 아래로 향했다. 그러자 손으로 엉덩이를 가린 서생이 필사적으로 뒤를 따라오며 외쳤다.

"아휴, 잠깐만요! 혼자 두고 가지 말아요! 내 호위대로 고용할게요! 은자를 주겠다고요, 아주 많이!"

맹부요는 거들떠보지조차 않았다.

"남의 수발드는 짓 안 해!"

"호화 저택도 드릴 수 있고 미인도 안겨 드릴 수 있어요. 동성까지만 데려다주면요!"

"관심 없어!"

"제가……, 제가 나라 사정에 얼마나 빠삭한데요. 도로망도 그렇고 민생도 그렇고 핵심 인사들도 그렇고, 모르는 게 없다니까요!"

우뚝 멈춰 선 맹부요가 팔짱을 끼고서 상대를 흘겨봤다.

"호오? 그러면 선기국 차기 여제가 누구인지도 아시나?"

이 질문 정도면 말문이 막혀 제풀에 떨어져 나가겠거니 했던 맹부요의 예상과 달리, 서생은 어여쁜 얼굴에 미소를 피워 냈다. 그것도 꽤 영악한 미소를.

"알다마다요."

"누군데?"

"복잡한 이야기라서 한마디로는 정리가 안 되고."

서생이 과장되게 고개를 저으며 한숨지었다.

"동성에 당도하면 알려 드릴게요."

그런 그를 잠시 쏘아보던 맹부요가 이내 입가에 냉소를 머금고 말했다.

"따라오고 싶댔지? 좋아! 대신 본인 입으로 말한 것처럼 길잡이 겸 심부름꾼 겸 호위병으로 따라오는 거야. 길이 끊기면 길을 찾아내고, 식량이 떨어지면 동냥해 오고, 잘 데가 없으면 그 손으로 잠자리를 꾸미고. 동성에 당도해서 나한테 줄 보수는 은화 만 냥, 호화 저택 한 채, 미인 열 쌍이면 돼."

철성의 입꼬리가 씰룩씰룩 경련을 일으켰다. 머저리가 아니고서야 저 파렴치한 조건을 덥석 물 리가 있나.

"그럴게요!"

냉큼 대답한 머저리가 좋아 죽겠다고 뛰어왔다. 볼기짝 부근 옷 자락을 펄렁펄렁 날리면서.

"아유, 같이 데려가 주시기만 한다면 다 좋아요. 혼자 있는 게 제일 무섭거든요. 세상 돌아다니면서 좀 단단해져서 오라는 아버지 등쌀에 떠밀려 나오기는 했는데, 혼자 있으면 얼마나 겁이 난다고요. 어둠도 무섭고, 바람도 무섭고, 비도 무섭고, 천둥도 무섭고, 인적 없는 길도 무섭고, 너무 붐비는 길도 무섭고, 무엇보다 무서운 건 털 달린……, 끼아악!"

원보 대인이 그의 발치에 스윽 모습을 드러냈다.

"사람 살려!"

서생은 그 즉시 폴짝 뛰어올라 철성의 등판에 거머리처럼 달라붙었다.

"털이다! 으아아……."

서생을 덥석 붙잡아 내팽개친 철성이 성을 냈다.

"비실이 자식! 들러붙지 마!"

"진짜 교양 없으시네."

서생이 고개를 절레절레 저으면서 한숨을 내쉬었다.

"제대로 된 이름으로 불러 주세요. '종과 북' 할 때 종, '용이하다' 할 때 이, 종이鐘易입니다."

"그래, 종이 사환."

맹부요가 음침한 눈빛으로 그를 쏘아봤다.

기어이 붙어 다녀야겠다? 오냐! 단, 뭐 하는 놈이 됐든지 간에 여기 붙으려거든 맹부요 대왕을 조심해야 할 거다. 갱년기가 수십 년 앞당겨서 온 참이니까!

"오늘 잘 데가 없어. 그 뒤는 네가 해결해야 할 일이겠지? 누울 수 있는 자리를 만들어 내."

"……."

반 시진 후, 쉴 장소를 찾아내라는 명을 받고 먼저 움직였던 종이가 환하게 웃는 얼굴로 일행을 맞이한 곳은 산기슭 버려진 사당 앞이었다.

"누울 자리 만들어 놨습니다!"

미심쩍은 표정으로 사당 안에 들어선 맹부요는 활활 타고 있는 모닥불과 먼지를 싹 쓸어 내고 깨끗한 볏짚을 깔아 둔 지면을 발견했다. 심지어 모닥불 위에는 어디서 주워 왔는지 모를 주전자가 말끔하게 닦여 올라앉아 있었다. 보글보글 소리가 나는 게 벌써 물이 끓는 모양이었다.

바보 흉내나 낼 줄 알지 융통성이라고는 전혀 없을 줄 알았더니, 일 처리가 이렇게 완벽 깔끔할 줄이야. 손 많이 가는 섬세한 일에는 영 소질이 없는 싸움닭 철성과는 하늘과 땅 차이였다.

"흐음."

흡족한 반응을 내보인 맹부요의 눈에 문득 종이의 얼굴이 들어왔다. 기온이 쌀쌀한 봄밤이건만, 지금껏 바쁘게 움직인 그의 이마에는 땀방울이 송골송골 맺혀 있었다.

눈썹을 까딱한 맹부요가 철성에게 분부했다.

"땔감이 부족하겠어. 나가서 더 주워 오고, 가는 길에 말한테 풀도 먹여."

철성이 알겠다고 답하고 밖으로 사라진 후, 배시시 웃으면서 다가온 종이가 짐 보따리에서 잔을 꺼내 차를 따르더니 공손하게 두 손으로 받쳐서 맹부요에게 내밀었다.

"차 한잔하세요."

누가 시중들어 주는 게 습관이 된 맹부요는 별다른 생각 없이 잔을 받아 들었다. 뒤편에서 장손무극이 자기 쪽으로 고개를 돌리는 것도 알지 못한 채.

그녀가 종이를 보며 눈살을 찌푸렸다.

"보따리에서 철성 옷이라도 찾아서 좀 갈아입어. 지금 그게 보기 좋은 꼴이라고 생각하는 건 아니지?"

"네."

고분고분 대답한 종이가 엉덩이를 붙들고 갈아입을 옷을 찾으러 갔다.

맹부요는 차를 한 모금씩 천천히 음미했다. 산뜻하면서도 무언가 달콤한 맛이 느껴지기에 찻잔 안을 자세히 들여다봤더니 찻물에 벌꿀이 녹아 있었다.

순간 눈썹을 꿈틀한 맹부요는 곧 싱겁게 웃어 버렸다. 문득 지난 생에서의 추억들이 아련히 떠오르기도 하고, 비굴하기까지 한 종이의 배려가 우습기도 해서였다.

하지만 그녀의 웃음은 중간에 맥이 뚝 끊기고 말았다. 등에 느껴지는, 가슴이 저릴 정도로 눅진한 눈길 탓이었다. 그 눈길은 그녀를 탐색하려 들지도, 괴롭히려 들지도, 무엇을 묻거나 추궁하려 들지도 않았다. 그저 묵묵히 그녀의 뒷모습을 바라보고 있을 뿐.

맹부요는 뒤돌아 앉은 채로도 상대의 눈빛과 표정을 직접 보는 것처럼 생생히 그려 낼 수 있었다. 언뜻 아무것도 담겨 있지 않은 듯 보이나 실상은 모든 것을 담고 있는 눈빛.

처음에는 모른 척 무시할 생각이었지만, 막상 해 보니 그편이 오히려 더 힘겨웠다. 그녀는 눈길을 내려뜨려 찻잔 속 맑은 수면을 응시했다. 뒤쪽에 차분히 정좌해 있는 이의 그림자가 찰랑거리는 물결 위에 비쳐 보였다. 오늘 그는 유독 말이 없었다. 그토록 수선스러운 종이를 일행에 합류시킬 때조차도 침묵했다. 예전 같았으면 십중팔구는 반대했을 텐데. 맹부요는 지나치게 조용한 그의 모습에 속이 상했다.

지금 가슴에 번지는 이 떫은맛을 지워 줄 만한 달콤함을, 과연 삶 속에서 찾을 수 있을까.

한 치 앞을 예측할 수 없는 혼란의 땅, 이곳 오주대륙에서 살아가는 이들에게 달콤함이란 순간의 사치에 지나지 않았다. 다음 모퉁이를 돌면 또 어떠한 변수가 기다리고 있을지 누가 알겠는가.

그들은 천자요, 시대의 행운아였으나 그렇다고 해서 다디단 벌꿀 속에 사는 것은 아니었다. 그들을 따르는 사람이 많은 만큼 적대시하는 사람 또한 많았다. 평생 말과 행동을 조심하고, 한시도 경계를 늦춰서는 안 됐다. 방종은 재난으로, 해이는 절멸로 이어질 것이므로.

그들이 무언가를 마음 가는 대로 행한다면 그것은 곧 통제를 벗어나 날뛰는 권력을 의미했다. 가끔이나마 마음을 옥죄는 고삐를 벗어던지고 한바탕 내달릴라치면 적의의 절벽에 부닥뜨려 발을 접질리기 일쑤였다.

눈을 떨군 채로 자리에서 일어선 맹부요는 꿀이 들어간 찻물을 쏟아 버리고 사당 밖 개울에서 주전자에 새로 물을 채운 뒤, 안에 들어와 불 위에 올려놨다.

철성의 도포를 걸친 종이가 저만치에서 '룰루랄라' 하며 걸어왔다. 그에게는 옷이 조금 헐렁해 보였다.

소맷자락을 펄럭이면서 다가온 종이가 이번에도 꿀을 탈 생각으로 주전자를 향해 팔을 뻗었을 때였다.

"됐어."

쌀쌀맞게 말한 맹부요가 심술궂게 한마디를 더 덧붙였다.

"그게 벌꿀인지 독약인지 알게 뭐람."

종이는 발끈하는 대신 눈을 가늘게 접으면서 고양이처럼 웃었다.

"두 분 앞에서 독약 따위로 장난질 치는 건 바보짓 아닌가요?"

"우리 앞에서 바보 흉내 내는 거야말로 바보짓이겠지."

맹부요는 그를 거들떠보지도 않고 모닥불에 장작을 던져 넣었다. 옆에 와서 앉은 종이가 턱을 괴고 호기심 어린 눈빛을 보내다가 말했다.

"가면 쓴 거죠? 벗어 보면 안 돼요? 우리 누나랑 닮았을 것 같은데."

맹부요가 고개를 돌려 종이를 보며 싱긋 미소 지었다.

"넌 우리 집 아삼 닮은 것 같아."

"아삼이 누군데요? 남동생?"

종이가 반색하며 물었다.

"우리 집 고양이."

자리에서 일어나 주전자를 집어 든 맹부요가 짐 보따리에서 찾아낸 장손무극의 전용 찻잔에 뜨거운 물을 찰랑찰랑하게 채웠다. 그러고는 원보 대인에게 얼른 가져가라는 눈치를 줬다.

원보 대인은 자신과 키가 똑같은 찻잔을 보며 몹시 한스러운 표정을 지었다. 아무리 생각해도 이건 실현 불가능한 임무였다. 깊은 자괴감이 그를 덮쳐 왔다.

드디어 주인님을 위로해 드릴 기회가 왔는데 신장과 체형의 한계에 지고 말다니.

비통함에 빠진 대인은 벽 모퉁이로 가서 찌그러졌다.

맹부요는 입술을 앙다물고 찻잔을 자신과 장손무극의 중간 지점에 내려놨다. 그리고 잠시 후, 손가락 하나를 쏙 내밀어서 잔을 은근슬쩍 장손무극 쪽으로 밀었다. 시간 간격을 두고 다시 한 번, 조금 이따가 또 한 번, 그녀는 계속해서 잔을 살짝살짝 밀어 옮겼다.

찻잔을 보지도, 그렇다고 장손무극을 보지도 않았다. 그녀의 눈은 초점이 흐리멍덩한 채로 줄곧 앞쪽 모닥불에 고정되어 있었다. 모닥불이 만들어 낸 그림자 속에서, 찻잔이 소리 없이, 아주 조금씩, 자리를 옮겼다. 50센티미터 거리가 10만 리 장정 같았다.

찻잔 밀기 6차 시기에 즈음하여 맹부요의 손끝에 문득 따뜻한 손가락이 닿았다. 잔을 잡고 있던 손가락이 그녀의 손끝과 맞닿는 순간 움찔하면서 물러나는 게 느껴졌다. 다른 의도 없이 찻잔만 가져가려고 뻗었던 손인 듯했다. 하지만 그 바로 직후, 다시금 다가온 손가락이 찻잔과 그녀의 손을 한꺼번에 감아쥐었다.

손등을 살며시 감싼 장손무극의 손, 그리고 마치 훈훈한 불기운을 쥐고 있는 양 손바닥을 따끈따끈하게 덥히는 찻잔. 앞뒤에서 전해져 온 열기가 맹부요의 심장 깊숙이 스며들었다.

그녀는 모닥불 곁에 앉은 그대로 침묵을 지켰다. 그녀의 맑은 눈동자는 깊디깊은 물이었다. 모든 흐름을 수면 아래 심처에 소리 없이 감춘.

장손무극 역시 아무 말이 없기는 마찬가지였다. 그는 다만 손에서 힘을 풀지 않고 맹부요의 손을 지그시 감아쥐고 있을 뿐이었다.

두 사람의 체온이 겹쳐진 덕분인지 물이 식는 속도가 사뭇 더디어졌다. 찻잔을 통해 전해지는 온도가 조금씩 조금씩 떨어질 때마다 가슴속은 그만큼씩 촉촉해지고 충만해져 갔다.

이 순간, 시간 또한 물처럼 잔잔히 흐르고 있었다. 철성이 봄밤의 싸늘한 공기를 몰고 문안으로 들어서기 직전까지는.

문간 밖에서 비쳐 드는 달빛에 드러난 철성의 윤곽은 다소 모호했다. 풀 냄새와 시든 꽃 내음이 훅 끼쳐 오는 것을 보니 방금 말들에게 먹이를 주고 온 모양이었다.

철성의 큰 보폭이 일으킨 바람이 모닥불 불길을 휩쓸어 맹부요와 장손무극 쪽으로 밀어 보냈다. 얼른 손을 놓은 두 사람이 옆으로 비켜나는 와중에 맹부요가 농담조로 쏘아붙였다.

"우악스러운 자식, 걷는 것도 똑바로 못 하냐!"

철성은 씩 웃으며 보따리 쪽으로 가서 건량을 꺼냈다.

이때, 구석에 조용히 앉아 있던 종이가 갑자기 벌떡 일어나더니 소맷자락을 펄럭이며 신나게 달려와 철성 앞에 섰다.

"이 도포 저한테 잘 어울리나요?"

철성이 귀찮다는 듯 그를 밀쳐 내며 말했다.

"넌 뭘 입어도 꼴사나워!"

모닥불에서 멀찍이 비켜나 있던 맹부요가 퍼뜩 고개를 들었다.

자기 옷을 못 알아봐? 철성? 철성!

순간, 보랏빛 그림자가 허공을 가르면서 '훅' 하고 일으킨 바람에 불길이 거세게 치솟았다. 곁에 있던 장손무극이 몸을 날린 것이었다.

조용히 있다가도 한 번씩 폭발적인 민첩성을 발휘하는 광경은 평소에도 봐 왔지만, 오늘은 특히나 인간 한계의 최고치를 찍은 속도였다. 얼마나 빨랐던지, 날카롭기 이를 데 없는 맹부요의 눈으로도 그 궤적을 따라잡지 못했을 정도였다.

맹부요가 흠칫하고, 곁에서는 모닥불이 일시적으로 환한 빛을 뿜는 사이, 이미 '철성' 앞에 당도한 장손무극의 소맷자락에서는 정교한 옥여의가 미끄러져 나오고 있었다. 그의 손에 잡힌 여의가 상대의 미간을 향해 돌진해 갔다!

맹부요 역시 같은 지점에 당도했다. 칼을 뽑는 동작조차 없이, 시천이 해일과도 같은 검은빛을 몰고 상대의 정수리를 덮쳐 갔다.

맹부요는 철성과 똑같이 생긴 적의 얼굴을 보지 않기 위해 두 눈을 질끈 감았다. 마음이 약해져서는 안 된다. 지금 그녀가 내리꽂은 것은 상대의 정수리를 쪼개고 뇌수를 후벼팔 필살의 일격이었다. 세상 모두를 용서해도 이자만은 절대 용서할 수가 없었다.

자신을 모욕하고 장손무극을 모욕한 쓰레기!

백설처럼 흰 여의의 광채와 해일 같은 시천의 검은 호광이 선명한 대비를 이루면서 가닥가닥 서로 얽혔다. 빙빙 돌면서 거대한 흑백의 그물로 화한 광채는 흡사 성난 파도인 양, 혹은 소리 없는 이슬비인 양, 상대의 전신을 덮쳐 갔다.

맹부요와 장손무극은 서로 판이하면서도 완벽하게 상호 보완적인 무공을 가지고 있었다. 그녀의 맹렬한 공세에 필연적으로 따르는 불안정성을 섬세하면서도 포용력 있는 장손무극의 진력이 보충하고 덮어 주었다.

그 상황에서도 상대는 웃고 있었다. 놀라움이 3할, 의기양양함이 7할 섞인, 앳되고 가느다란 목소리로.

그러고는, 뒤로 물러났다. 몹시도 기묘한 형태의 후퇴였다. 흡사 곤충의 탈피처럼, 그가 뒤로 빠지고 난 자리에는 철성의 도포가 그대로 남아 있었다. 도포는 속이 텅 비어서도 스스로 움직였다. 팔을 들어 둘의 공격을 막아 내는 모양새가 진짜 사람이나 다를 바 없었다.

상대는 연속해서 몸을 뒤로 물리면서 쌈지, 허리띠, 가발 등 자질구레한 물건들을 하나하나 떨궜다. 울긋불긋한 잡동사니

들이 사방을 어지럽게 날아다니고, 상대의 몸에는 어느덧 속옷만이 남았다. 속옷 차림으로 기묘하게 흐느적거리면서 물건들 틈을 지나던 그는 다음 순간 감쪽같이 모습을 감추어 버렸다.

그야말로 눈 깜짝할 사이에 일어난 일이었다. 그도 그럴 것이, 본디 절정 고수 간의 대결이란 으쌰으쌰 수백 초식을 겨루는 하수들과는 차원이 다른 법이었다.

세찬 바람 소리가 그치고 공중에 휘날리던 연보라색 의복과 검푸른 장포가 제자리를 찾았을 즈음, 바닥에는 잡다한 옷가지들만이 널브러져 있었다.

맹부요는 다시 옷자락을 떨치며 밖으로 뛰쳐나갔다. 그러나 바깥의 밤안개 속에는 어스름한 달빛만이 떠돌고 있을 뿐, 휑뎅그렁한 들판 어디에도 사람 그림자 같은 것은 보이지 않았다.

황망하게 서서 놈이 사라져 간 방향을 노려보고 있자니 울컥 분노가 치밀었다. 맹부요는 쩌렁쩌렁한 기합 소리와 함께 일장을 내질러 사당 대문을 박살 냈다.

곧 철성을 떠올린 그녀는 다급히 주변을 돌아보다가 개울가에서 속옷만 입은 그를 발견했다. 철성은 혈도를 제압당한 채 땅바닥에 아무렇게나 버려져 있었는데, 얼마나 무성의하게 내팽개쳐졌는지 얼굴이 밑으로 가도록 엎어져서 개울 옆 진흙탕에 코를 박은 모습이었다. 질식사 직전에 발견된 철성이 그나마 목숨을 부지할 수 있었던 것은 장손무극이 직접 숨을 불어넣어 준 덕분이었다.

안색이 새파랗게 질리도록 화난 맹부요가 이를 갈며 말했다.

"적에게 빈틈을 내어 주지 않으려면 이제부터는 절대 본진에서 혼자 이탈하지 말아야⋯⋯."

여기까지 말하다 보니 홀연 싸한 느낌이 들었다. 그 망할 자식의 의도가 뭔지 알 것 같았다.

번번이 그녀와 가장 가깝고 그녀가 가장 신뢰하는 사람들만 골라서 틈을 파고드는 데는 다 이유가 있었다. 그녀와 주변인들이 서로 경계하고, 의심하고, 그러다가 아예 갈라서기를 바라는 것이다. 그래야 그녀가 덩그러니 홀로 남겨질 테니.

맹부요는 선뜩한 한기를 느꼈다. 그 어떠한 고난도, 그 얼마나 강력한 적이라도 두렵지 않은 그녀에게 겁나는 것이 있다면 그건 바로 소외와 무관심, 그리고 불신이었다.

이토록 음험하고 악랄한, 그러면서 강대하기까지 한 적이 앞길에 도사리고 있다니. 과연 앞으로 어떠한 위기들이 닥칠지 상상조차 힘들었다.

그녀는 어렴풋하게나마 상대방의 진짜 목표물이 자기 하나임을 직감하고 있었다. 주변인들을 겨냥한 공격은 자신을 고립시키기 위한 과정이었다.

그걸 알고도 주변인들을 계속 이 진흙탕 안에 둘 이유가 있을까?

"따로따로 움직여야겠어."

맹부요가 피로한 투로 말했다.

"철성, 넌 장한산 영지에 가 있든지 아니면 요성으로 돌아가. 무극, 당신은 어디든 가고 싶은 데로 가고요. 내 옆만 아니

284

면 되니까.”

“함께 있겠소.”

그 즉시 장손무극이 차분하게 답했다.

“그대가 가는 곳이 곧 내가 가고 싶은 곳이오.”

선상에서의 사건 이후로 두 사람 사이에 처음 오가는 대화였다. 양쪽 모두 차분한 말투였으나 그 안에 담긴 뜻은 정반대 방향을 가리키고 있었다.

맹부요는 시선을 내려뜨리고 생각에 잠겼다. 이제부터는 단한순간도 경계심을 내려놓을 수 없을 것이다. 가장 가까운 사람에게조차도 매 순간 의심의 눈길을 보내야 할 나날들을 상상하니 맥이 탁 풀렸다.

의기소침해진 그녀가 작은 소리로 대꾸했다.

“밤낮으로 서로 경계하고 감시하면서 보내야 할 날들이 얼마나 길어질지 모르는데…… 너무 끔찍하잖아요.”

“부요.”

장손무극이 부드럽게 말했다.

“적은 그대가 강건한 기개와 과단성을 잃어버리길 바라오. 무른 칼로 살점을 조금씩 저며 내듯 그대만이 가진 의지, 믿음, 자부심을 서서히 무너뜨리려 하겠지. 놈의 목적은 그대를 죽이는 것이 아니라 망가뜨리는 것이오. 나는 절대로 용납할 수 없소. 그대는 더더욱 용납 못 할 테고.”

맹부요가 조용히 그렇노라 답하자 천천히 곁으로 다가온 장손무극이 손을 뻗어 그녀의 어깨를 조심스럽게 감싸 쥐었다.

예전에는 곁에 붙어서 지분거릴 틈만 찾던 그였지만, 그날 밤 사건 이후로 많은 것이 달라졌다. 이제 그는 자기 몸이 그녀에게 닿을 때마다 다소 불안하고 망설여지는 듯한 기색을 비쳤다. 알아채지 못하고 그냥 넘길 수도 있을 만큼 미세한 망설임이었으나, 그걸 민감하게 느끼는 맹부요는 가슴이 아렸다.

장손무극이 말했다.

"방법이 있겠지. 진정한 의미의 교감과 신뢰란 낯선 방관자가 깨뜨릴 수 있는 것이 절대 아니오."

왜인지는 몰라도 그 말을 듣는 동안 맹부요의 신경은 온통 장손무극에게 붙잡힌 어깨에 쏠려 있었다.

순간 뇌리를 스쳐 간 것은 그날 밤 생선 비린내 나는 선실 안에서 자신의 몸을 더듬던 남자의 손과 탐욕에 가깝도록 노골적인 눈빛이었다. 거북한 기억이 너무나 선명하게 떠오르자 그때 느꼈던 혐오감이 다시금 치미는 통에 그녀는 자기도 모르게 몸을 살짝 뒤로 물렸다.

움직였다고 말하기도 민망할 만큼 미세하게 물러났을 뿐이건만, 장손무극의 손이 즉각 경직되는 게 느껴졌다. 가슴이 뜨끔한 맹부요가 서둘러 수습에 나섰으나, 이미 늦어 버린 뒤였다.

장손무극은 가볍고도 느릿하게 손을 거두어들였다. 무심한 듯 자연스러운 동작이었다. 그녀를 난처하게 만들고 싶지 않은 것 같았다. 하지만 장손무극이 감추려 한다고 해서 그녀가 어찌 그걸 모르겠는가.

천천히 물러나는 손이 마치 실을 잡아당기고 있는 것만 같았다. 그녀의 심장과 연결된 실을. 실이 팽팽히 당겨지자 심장만이 아니라 오장육부가 다 미어지듯 아팠다.

어쩌면 그 실의 다른 쪽 끝은 장손무극의 심장에 묶여 있어서 그도 그녀 못지않게 아플는지도⋯⋯.

잠시간 할 말을 찾지 못한 두 사람은 일단 안정이 필요한 철성을 부축해서 사당 안으로 들어갔다.

바닥에 앉아 옷소매를 만지작거리고 있던 종이가 문간에 나타난 셋을 발견하고 환하게 웃었다. 맹부요는 그 웃음을 보며 조금 전 일을 떠올렸다.

자신과 장손무극은 둘 다 모닥불 불빛 탓에 시야 확보가 안 되던 상황, 의도적이었는지 우연이었는지는 몰라도 종이가 달려와 가짜 철성을 저지했다. 따지고 보면 두 사람 모두 종이에게 목숨을 빚진 셈이었다. 그대로 가짜 철성에게 곁을 내어 줬다면 무슨 일이 벌어졌을지 누가 알겠는가.

이성적으로 생각하자면 지금 같은 환경에서는 곁에 사람을 적게 둘수록 적에게 빈틈을 노출할 확률이 줄어든다. 하지만 어째서인지 종이에게는 경계심이 생기지 않았다. 마냥 잘해 주고 싶은 게, 꼭 옆집 동생을 보는 것 같은 기분이었다.

대체 왜 이런 기분이 드는 걸까.

맹부요는 고민에 빠졌다. 낯선 세계에 뚝 떨어져 19년이라는 세월 동안 온갖 시련을 겪으면서 진작에 쇳덩이처럼 단련된 그녀였다. 전생에나 느껴 봤던 평온한 일상적 정감은 까맣게 잊은 지 오래가 아니던가.

지난 생을 떠올리다가 문득 스치는 생각이 있었다. 그러고 보니 종이는 연구소에서 같이 일하던 이 군과 닮은꼴이었다. 이 군이야 조금 동안일 뿐이지 종이처럼 예쁘장한 얼굴은 아니었지만, 웃을 때 반달처럼 휘어서 친근감을 주는 눈매가 비슷했다.

기억 속의 이 군은 정이 참 많은 성격이었다. 그녀가 일에 치여서 먹지도 자지도 못하고 눈 벌건 좀비 꼴이 되어 있을라치면 호흡기와 신경 안정에 좋다는 회화나무꽃 꿀물을 타서 슬며시 건네곤 했다. 마음을 푸근하게 해 주던 그 산뜻한 달콤함. 이곳 사당에 막 들어와서 종이가 건넨 차를 한 모금 넘겼을 때도 딱 그런 달콤함이 느껴졌다. 지난 생의 모든 것들이 너무나 그립다 보니 이 군과 닮은 종이가 괜히 더 어여뻐 보이는 걸까.

맹부요는 피식 웃으면서 짚자리에 앉았다. 장손무극의 눈길이 그녀에게로, 이어서 종이에게로 옮겨 갔다. 그가 아는 맹부요는 당장 종이를 내치고도 남을 사람이건만, 지금은 전혀 그럴 마음이 없어 보였다.

장손무극은 말없이 생각에 잠겼다. 짐 보따리를 정리하기 시작한 맹부요가 건량을 모조리 내버리며 말했다.

"그 망할 놈이 손댄 걸 어떻게 먹어."

그러다가 원보 대인을 향해 착잡하게 웃어 보였다.

"배고플 텐데 미안. 종이, 주변에 나무 열매라도 없는지 돌아보고 와."

원보 대인한테서 최대한 멀찍이 떨어져 있던 종이가 알겠다며 도망치듯 밖으로 나갔다. 원보 대인은 한쪽 구석에 쪼그리고 앉아 눈물이 그렁그렁한 눈으로 맹부요를 쳐다보고 있었다.

아아, 대왕이여. 이런 극심한 온도 차는 제발 자제 좀……. 덕분에 생긴 정신적 외상이 쉽사리 극복될 것 같지가 않다…….

장손무극이 품 안에서 밀가루 떡 두 개를 꺼내 놨다. 딱딱한 바깥 껍질을 벗겨 내고 모닥불에 구워 떡을 말랑하게 만든 그가 둘 중 한 개를 맹부요에게 내밀며 말했다.

"원보 녀석이 누웠던 자리지만, 불쾌해하지 않았으면 좋겠소."

다른 한 개는 원보 대인에게 절반을 쪼개 주고, 나머지 절반은 아직 멍한 상태인 철성을 위해 남겨 뒀다.

맹부요의 손에 들린 밀가루 떡은 그녀가 '원보 버거'를 만들 때 썼던 것이었다. 원보를 구해 주고 나서 버리지 않고 챙겨 둔 모양이었다. 장손무극은 극도로 호화로운 환경에서 살아왔음에도 물건 귀한 줄을 아는 사람이었다.

따끈따끈한 밀가루 떡에 아직 그의 체온이 남아 있는 것만 같아 한참을 그대로 손에 쥐고 있던 맹부요가 잠시 후 떡을 조심스럽게 반으로 갈랐다.

"내가 큰 거 먹을 테니까 작은 거 가져가요."

정확히 똑같은 크기로 갈린 두 조각을 내려다보며 피식 웃은 장손무극이 떡을 건네받다가 불쑥 말했다.

"종씨 성을 쓰는 그치는?"

밀가루 떡을 우물거리다가 말고 종이의 보따리를 곁눈질한 맹부요가 머뭇머뭇 대꾸했다.

"자기 먹을 건 가지고 다니지 않겠어요? 아까 찻물에 꿀도 탔던데, 뭐."

"아."

눈을 반짝 빛낸 장손무극은 더 이상 아무 말도 하지 않았다.

잠시 후, 종이가 닭발처럼 생긴 까만색 열매 몇 개를 들고 사당 안으로 들어왔다.

"생긴 모양은 이래도 달고 상큼해요. 맛 보세요들."

돌연 맹부요가 종이를 덥석 붙잡아 얼굴 가죽을 마구 잡아당겼다. 종이는 연신 '아이고, 아이고.'를 외치면서 낄낄거렸는데, 놀라서 지르는 소리라기보다는 간지러워서인 것 같았다.

원숭이처럼 방정맞게 팔딱거리는 종이와 한참 실랑이를 벌인 맹부요는 역용한 얼굴이 아님을 확신하고 나서야 씨근거리며 물러났다.

그녀의 눈이 종이의 뽀얀 얼굴을 세세히 훑었다. 딱 보기에도 부잣집 도련님 티가 나는 인상. 얼굴만 봐서는 손에 물 한 방울 안 묻혀 봤을 것 같고 세상 물정이라고는 전혀 모르지 싶은데 어쩜 저렇게 생존력 강하고, 세심하고, 못하는 게 없는지.

그녀가 종이를 밀치며 말했다.

"우리 옆에 너무 붙지 마. 가짜로 오해받아서 목 날아가기 싫으면."

하지만 종이는 밀려나기는커녕 눈웃음을 치며 더 찰싹 엉겨 붙었다.

"좋은 누님, 가짜 아니라니까요. 마음껏 만져 봐도 돼요."

"쳇, 무슨 가보옥[5]이라도 되냐?"

'좋은 누님' 소리에 소름이 오스스 돋은 맹부요가 엿가락처럼 달라붙는 상대를 밀쳐 내려 팔을 뻗는데, 장손무극이 손끝을 툭 튕기는 모습이 눈에 들어왔다. 종이가 '아이고!' 하면서 머리통을 감싸 쥐더니 득달같이 뒤를 돌아봤다.

"누구야! 방금 친 거!"

"나다."

장손무극이 고개도 돌리지 않고 답했다. 모닥불이 만들어 낸 음영 탓에 표정은 확인할 수 없었지만, 차고 건조한 말투였다.

"한밤중에 왜 잠도 안 자고 다른 사람까지 못 쉬게 하지?"

맹부요의 눈이 휘둥그레졌다.

언제나 과할 정도로 예의를 갖추던 사람 아니었나? 명문세가 도련님이 문제가 아니라 한낱 행상이며 심부름꾼들 앞에서도 절대 미소 띤 가면을 벗는 법이 없더니, 웬일로 말투가 저렇게 까칠하지? 화난 건가? 멀쩡히 잘 있다가 화를 왜 내?

"잠자리 준비해 드릴게요."

천성이 무던한 종이가 머리를 쓱쓱 문지르고 나더니 아무 일도 없었던 양 뒤로 돌아서 맹부요의 짚자리를 다독이기 시작했다. 그런데 손이 막 지푸라기 위를 스친 찰나, 어느 대인께서 두 앞발을 허리에 짚은 자세로 그의 코밑까지 폴짝 뛰어올랐다.

---

5 賈寶玉. 청나라 소설 〈홍루몽〉의 남자 주인공. 여성들에게 쓰는 특유의 말투가 있다.

"틸……!"

날카로운 비명을 내지른 종이가 빛의 속도로 저만치 튕겨 나가자 장손무극의 입가에 미소가 번졌다. 그는 칭찬의 의미로 애완동물의 머리를 쓰다듬어 줬다.

맹부요는 빌어먹을 짝퉁 자식을 상대할 방법을 궁리하느라 바빠 장손무극과 종이 사이의 신경전을 전혀 눈치채지 못하고 있었다. 바닥에 자리를 잡고 앉아 눈을 감은 그녀가 말했다.

"보초는 내가 섭니다. 오늘부터 잠 안 자고 수련에 집중할 거니까."

그녀의 입술 사이로 소리 없는 한숨이 새어 나왔다. 십대 강자 서열 상위권과 하위권 사이에는 엄청난 격차가 존재한다고 들었다. 게다가 5위권 이내에서는 개개인의 실력 차 자체도 어마어마하다더니, 틀린 말이 아닌 듯했다. 이미 오주대륙 최강자 반열에 오른 자신이 제대로 된 반격 한 번을 못하고 남의 손에 놀아나고 있지 않은가.

"무공이요?"

바퀴벌레 뺨치게 끈질긴 종이가 또 배시시 웃으면서 다가오더니 무슨 비밀 이야기라도 하는 투로 말했다.

"신묘한 보물이 많이 나는 나라라고 하면 세상 사람들은 부풍국만 떠올리지만, 사실 부풍이랑 가까운 우리 선기국에도 좋은 게 많거든요. 전부 황궁이랑 명문 귀족들 손아귀에 들어가 있어서 그렇지. 오주대륙은 무를 숭상하는 땅이잖아요? 좋은 건 대부분 공력을 높여 주는 것들이란 말이죠."

이야기를 듣던 맹부요는 종월이 준 하얀색 환약을 떠올렸다.

쇄정을 해독하는 데 필요한 마지막 재료로, 장청 신전에만 난다는 약초를 다른 약재로 대체해 보려 무수히 많은 시도를 하는 과정에서 얻은 환약이라 했던가. 우여곡절 끝에 얻은 완성품을 재차 개량한 결과, 쇄정에는 큰 효과가 없을지언정 그 대신 공력을 대폭 향상시켜 주는 효험이 생겼다고 들었다. 다만 약효가 워낙 강력하기에 복용 후에는 일정 기간 요양에 들어가거나 특별한 기연을 얻어야만 몸에 완벽히 흡수된다는 게 종월의 설명이었다.

그런 약을 지금처럼 심란한 와중에 먹어도 되는 걸까?

미간을 찌푸리고 생각에 잠겨 있자니 장손무극이 무슨 일이냐는 눈빛을 보내 왔다. 맹부요가 간략하게 사정을 설명해 주자 장손무극이 말했다.

"이리 주오."

환약을 건네받은 그는 대신에 사리처럼 생긴 작은 구슬 반쪽을 꺼내 놨다. 반드르르하게 빛나는 것이, 꼭 회색 진주알 같은 모양새였다.

구슬의 색깔을 달빛에 꼼꼼히 비춰 본 장손무극이 '후' 하고 길게 숨을 내쉬었다.

"당장 써도 되겠소."

맹부요는 그 구슬이 월백에게서 받은 진기의 정수임을 일아차렸다. 종월이 훗날 충분한 공력이 쌓이거든 복용하라며 남겨 뒀던 절반. 장손무극에게 넘겨 준 이후로 까맣게 잊고 지낸 물건이었다.

다시 그녀의 손으로 돌아온 구슬은 앞서 복용했던 절반과는 딴판인 모습이었다. 훨씬 반들반들하고 투명해졌으며, 밖으로 뿜어 나오던 광채가 안으로 갈무리된 느낌이랄까.

손끝으로 조심스럽게 구슬을 집어 들자 달빛과도 같이 매끈하고 서늘한 감각이 가슴속까지 스며들었다. 잠시 후, 맹부요가 나지막이 말했다.

"그동안 당신 진력을 먹어서 이렇게 변한 거죠?"

장손무극은 웃음으로 답을 대신했다. 그때부터 곰곰이 생각에 잠겼던 맹부요는 한참이 지나서야 구슬을 도로 그에게 내밀었다.

"나 만나고 나서부터 무공이 계속 제자리잖아요. 처음에는 영문을 몰랐는데, 이제 뭐가 뭔지 확실히 알겠어요. 그 오랜 시간 동안 진기를 엉뚱한 데다 쏟아붓고도 멀쩡할 사람이 어디 있어요? 다 알아 버린 이상 이제부터는 절대 사절이에요. 그리고 이건 이미 월백이 나한테 줬을 때의 그 물건이 아니에요. 안에 담긴 진기의 최소 절반은 당신 거니까 도로 가져가요."

빙긋이 웃던 장손무극이 갑자기 화제를 돌렸다.

"내가 세상에서 가장 겁나는 것이 무엇인지 알고 있소?"

맹부요가 어리둥절한 눈빛을 보냈다.

"그대가 위험에 처했을 때 구해 주지 못하는 것이오."

장손무극이 모닥불을 뒤적이며 담담히 말했다.

"사고 치는 데는 선수고, 게다가 뭐든 혼자 힘으로만 감당해 내려는 여인이니까. 언젠가 그대 스스로 해결할 수 없는 사태가 닥쳤을 때 내가 곁에 없을까 봐 두렵소. 이 상황에서 최선은 그대에게 힘을 길러 주는 것이겠지. 그대가 강해지는 것이 내가 강해지는 것보다 중요하오."

그가 소맷자락을 휘둘러 바람을 일으켰다. 순간적으로 불어닥친 기류에 숨이 턱 막힌 맹부요가 반사적으로 입을 벌리는 순간, 진주알 같은 무언가가 입 속으로 날아들었다. 구슬을 도로 뱉어 내지 못하도록 장손무극이 목 부분의 혈을 살짝 점하는 통에 그녀는 입 안에 든 것을 자동으로 꿀꺽 삼키고 말았다.

싱긋 웃으며 팔을 내린 장손무극은 그녀의 머리를 몇 번 쓰다듬어 준 후 더 이상 아무 말도 없이 자리에 누워 잠을 청했다. 맹부요는 한숨을 폭 내쉰 다음 짚자리를 더듬어 가며 앉은 자세를 바로잡았다.

모닥불이 점차 사그라드는 가운데, 공기 중에는 초봄부터 만개한 복사꽃 향기가 가득했다. 한쪽은 누운 채, 다른 한쪽은 앉은 채로 어둠 속에 잠긴 두 사람은 뜬눈으로 그 밤을 지새웠다.

✿

이튿날부터 약속대로 종이가 일행의 충실한 길잡이 겸 심부름꾼 역할을 맡았다. 종이는 길을 안내하고, 요기할 곳을 찾고, 객잔에서는 맹부요 앞에 놓인 젓가락이 열탕 소독을 거쳤는지, 맹부요의 말은 밥을 배불리 먹었는지까지 일일이 챙겼다.

물론 맹부요를 제외한 이들은 일체 종이의 안중 밖이었다. 그는 한 떨기 꽃이되, 온종일 오로지 맹부요 곁에서만 화사하게 웃고 있는 꽃이었다. 그에 대한 맹부요의 태도는 경계심이 3할, 부려 먹기가 7할이었다. 하지만 맹부요 대왕으로 말할 것 같으면 원래가 본인한테 잘하는 사람에게는 모질지를 못한 분이신지라, 몇 차례 검증을 거친 후에는 차츰차츰 종이와 농담도 섞게 되었다.

장손무극은 줄곧 말이 없었다. 특히 맹부요가 종이와 이야기를 나눌 때면 유독 더 조용해졌다. 말수와 별개로 근래 들어 그는 부쩍 진기를 회복하는 데 주력하는 모습이었다. 그가 연마하는 무공은 실로 기묘했다. 아침에 일어나서 보면 얼굴빛이 거의 투명에 가까울 때가 종종 있었는데, 그러다가도 저녁이 되면 질감이 느껴지는 옥색으로 변하곤 했다.

주인이고 애완동물이고 매사 가타부타 의견 개진이 없는 가운데 원보 대인이 딱 하나 열심히 하는 일이 있다면 밥상 앞에서는 무슨 일이 있어도 맹부요와 장손무극 사이에 앉는 것이었다. 그 때문에 종이는 번번이 맹부요 옆자리를 차지하는 데 실패해, 찍소리도 못 하고 맞은편으로 밀려나는 수밖에 없었다.

종이는 일행을 굳이 인적 없는 산속으로 인도하지도, 그렇다고 버젓한 큰길로 데리고 다니지도 않았다. 그는 소름 끼치도록 주변 지리에 빠삭했는데, 딱 봐도 길이라고는 한 줄밖에 없는 소읍을 지나다가도 어느 집 후원 담장 아래 수풀을 헤치고 외부로 곧장 통하는 오솔길을 찾아낸다든지 하는 식이었다. 주변 풀숲에 사람이 지나다닌 흔적이 전혀 없는 것만 봐도 현지 주민 대부분은 그런 길의 존재를 모르는 게 분명했다.

부잣집 도련님께서 어떻게 낯선 소읍에 숨겨진 오솔길까지 환히 꿰고 있는 걸까. 의문스러운 일이었으나 맹부요는 연유를 캐묻지 않았다. 종이는 내력도 불명이요, 적인지 아군인지도 확실치 않은 인물이었지만, 정체가 뭐가 됐든지 간에 까발려지기 전까지는 쓸모가 쏠쏠했다. 그렇다면 써먹을 수 있을 때 최대한 써먹는 게 좋지 않겠는가?

이날 일행은 관원현官沅縣 동란진東蘭鎭에 당도했다. 이쯤이면 이미 선기국 중부 지역으로, 예상보다 훨씬 일찍 봉정예의 세력권을 벗어난 셈이었다.

인구 2천가량의 동란진은 작은 도시였지만, 내륙에서도 손꼽히는 규모의 현인 관원현을 끼고 있는 덕에 꽤 번화한 모습이었다. 반듯하게 잘 닦인 길을 따라가다 보니 어느 집에 잔치가 있는지 저 멀리서부터 음식 냄새와 날라리, 징, 북소리가 전해져 왔다.

어느덧 황혼 녘, 하늘의 색이 심상치 않았다. 마을 입구에 말을 세운 맹부요가 손으로 눈썹 위에 차양을 만들고서 석양을 올려다보며 중얼거렸다.

"빌어먹을 날씨 같으니, 한바탕 쏟아붓게 생겼는데."

"제 생각에는 마을 뒤편 산을 넘어가는 쪽이 좋을 것 같아요."

종이가 말했다.

"대황녀 휘하의 자피풍이 근방에서 활동 중이라고 합니다.

무서워서 피하자는 건 아니지만, 괜히 그 잡놈들하고 부딪칠 필요는 없잖아요. 혹여라도 싸움이 커지면 이후 여정에도 지장이 있을 거고요. 문제는 마을 뒷산에 딱히 비바람을 피할 만한 장소가 없다는 거예요. 폭우 속에서 노숙하는 건 꽤 괴로운 일인데 말이죠."

맹부요는 장손무극 쪽부터 쳐다봤다. 그녀가 알기로 장손무극은 배에서 내린 직후부터 은위들과 연락이 닿아 그들을 대동하고 다니는 중이었다. 산길을 탈 경우 일행이야 어찌어찌 비를 피할 수 있을지 몰라도 줄곧 밖에서 대기해야 하는 은위들은 고생이 이만저만이 아닐 것이다.

그녀의 의중을 모를 리가 없는 장손무극이 말했다.

"안전이 먼저요."

그러자 맹부요가 눈썹을 꿈틀했다.

"뭐 얼마나 대단한 놈들이라고 내가 이리저리 숨어 다니나! 비 오는데 노숙까지 하고 말이야! 아, 관둬!"

그녀가 마을 안 하얀 벽에 까만 기와를 올린 집을 가리켰다. 초롱과 오색 천이 너울너울 걸린 집 안에서는 악기 소리가 떠들썩하게 흘러나오고 있었다.

"혼례 치르는 것 같은데? 자피풍 놈들이 아무리 방자해도 애먼 집 혼사에 깽판은 못 놓겠지. 술 한잔 얻어먹으러 갈까나!"

말을 채찍질해 선두에서 달려 나간 맹부요가 잠시 후 대문 앞에 당도해 말에서 내렸다. 그러고는 허허 웃으며 손님들을 맞이하고 있는 붉은 도포의 노인에게 다가가 대뜸 읍을 했다.

"축하드립니다!"

"덕분입니다, 덕분이에요."

기계적으로 허리를 굽혔던 노인은 낯선 얼굴이 눈에 들어오자 일순 멈칫했다. 이 손바닥만 한 마을에 그가 모르는 얼굴이 있을 리가. 상대가 외부인들임을 확인한 노인이 얼른 다시 허리를 숙였다.

"실례지만 누구신지……."

"지나던 길에 경사가 있는 것 같기에 들러 보았습니다."

맹부요가 뒤를 돌아보자 철성이 금화를 주머니째 건넸다. 맹부요가 그런 철성을 못마땅하게 흘겨봤다.

멍청한 자식아, 이런 거액은 오히려 화가 되는 거 모르냐?

그녀가 주머니 안에서 금엽자 한 장을 꺼내 노인장에게 건네며 빙긋이 웃었다.

"약소합니다만, 축하의 의미입니다."

"어휴, 아닙니다!"

맹부요의 예상과 달리 노인은 금엽자를 보자마자 그녀의 손을 곧바로 밀어냈다.

"이 누추한 시골까지 왕림하셔서 아들놈 혼례에 참석해 주신 것 자체만으로도 기쁘기 그지없는 일이거늘, 어찌 이런 것을 받겠습니까? 그럴 수야 없지요, 당치 않습니다!"

맹부요는 당황했다. 금엽자 한 장이면 일반 농가에서는 3년 치 생활비인데, 그걸 미련 없이 거절할 사람이 세상에 얼마나 되겠는가. 노인장에게 급격히 호감을 느낀 맹부요가 금엽자를 도로 집어넣고는 말했다.

"하면, 신세 좀 지겠습니다."

"그나저나 객잔을 지나쳐 오신 게 아닙니까?"

노인이 배려 깊게 물었다.

"저녁에 술도 한잔하실 텐데 오늘 밤은 여기서 묵어가시지요. 집이 좋지는 않아도 깨끗한 방 몇 칸은 준비되어 있습니다."

맹부요가 다시금 감사를 표했다.

곧 눈이 부리부리하고 눈썹이 짙은 소년 하나가 노인에게 불려 나와 일행을 대문 안으로 안내했다. 옷차림으로 보나 안색이며 분위기로 보나 촌마을 사람들과는 확연히 차이가 나는 맹부요 일행이 마당을 가로질러 들어가자 나름 한껏 치장하고 모여 있던 하객들의 눈이 일제히 일행에게로 쏠렸다. 특히 혼기가 찬 처녀들은 장손무극과 종이를 연신 힐끔거리면서 의미심장한 웃음을 흘렸다.

맹부요가 꿍얼거렸다.

"얼굴 밝히는 것들!"

"저 보면서 저렇게 한번 웃어 주셨으면 좋겠네요."

눈웃음을 살살 치며 다가붙었던 종이는 맹부요가 휘두른 손바닥 한 방에 나가떨어졌다.

노인이 붙여 준 소년과 몇 마디 이야기를 나누어 본 결과, 이씨 성을 쓰는 이 집 주인은 근방에서 소문난 재산가이고 집안 자체는 대대로 학자 가문이라는 것을 알 수 있었다. 윗대 때는 벼슬도 했었는데, 혼란한 국정에 불만을 품고 고향에 돌아온 뒤 모아 둔 푼돈으로 밭 몇 마지기를 산 것이 대대손손 착실히 불어나면서 오늘날의 재산을 이루었다고 했다. 다만, 안타까운 점이 있다면 대대로 자손이 귀한 집안이라던가.

오늘은 그런 집안의 외아들이 새색시를 맞이하는 날이었다. 근방에 사는 사람이란 사람은 모조리 초대했으며, 애초에 초대 목적이 북적거리는 잔치 분위기를 돋우는 데 있기에 선물은 마른국수 한 주먹만 붉은 종이에 싸 들고 와도 그만이라고 했다.

소년은 중문을 두 개 더 지나 일행을 본채 대청으로 안내했다. 상이 딱 세 개뿐인 대청에는 얼굴에 살이 투덕투덕하고 귓불이 큼지막한 사내가 먼저 와서 자리를 차지하고 있었다. 소년가 그를 이곳 현령 나리라고 소개했다. 현령 양쪽으로는 향정과 이장 등 나름 동네에서 끗발 좀 날린다는 인물들이 앉아 있었다. 한 명 한 명 소개를 마친 소년은 맹부요 일행에게 현령과 같은 상에 앉을 것을 권했다.

맹부요는 아무렇지도 않게 장손무극을 끌고 가서 의자에 앉았다. 상석을 안내받는 게 이미 습관이 된 그녀에게는 지극히 자연스러운 일이었다. 평소에는 최고 상석을 권하면서도 그녀의 눈치를 살피며 쩔쩔매야 하는 것이 집주인네들의 운명이었다.

그녀가 자리에 앉는 즉시 사방에서 웅성거림이 일었다.

허우대 멀쩡한 것 말고는 뭐 하나 잘난 구석이 없어 보이는 나그네들이 연회장에서 제일 좋은 상으로 안내받다니!

이씨 집안이야 워낙 가풍이 훌륭하고 예를 따지니 그럴 수 있다지만, 그러면 권유받은 입장에서 눈치껏 사양해야지, 거기를 넙죽 가서 앉으면 어쩌자는 건가!

맹부요는 남들이 뭐라고 떠들어 대든 음식을 와구와구 흡입하며 종이와 술잔을 주고받느라 여념이 없었다. 반면 장손무극은 술을 한 모금도 입에 대지 않았다. 그의 얼굴에서 피로한 기색을 읽어 낸 맹부요가 염려스러운 눈빛을 보냈다. 언공을 너무 무리하게 한 건 아닌지 걱정이었다.

잔이 몇 바퀴 돌고 나자 신부가 하객들에게 술을 대접하러 나왔다. 신부는 바람에 낭창거리는 버들가지처럼 가냘픈 여인이었다. 맹부요가 눈을 가늘게 뜨고 빙긋이 웃으면서 신부의 자태에 찬탄을 보냈다. 그런데 여인이 여인을 보는 그 눈빛이 아까부터 그녀에게 불만이 많던 자들의 눈에는 몹시도 무엄하게 비칠 줄이야.

저런 천박한 놈을 보았나!

본인 신분에 대단한 자부심을 가진 현령 나리가 턱을 치켜들고 이장을 쓱 쳐다봤다. 그러자 눈치 빠른 이장이 술을 한 잔 따라서 맹부요 쪽으로 다가가 내밀었다.

"귀한 손님이신데, 한 잔 받으시지요."

맹부요가 팔을 뻗는 순간, 이장의 손에 들린 술잔이 급격히 기울어졌다. 이대로라면 안에 든 액체가 맹부요의 얼굴에 정통으로 끼얹힐 판국이었다. 술이 쏟아지는 광경을 본 모두가 눈꺼풀을 움찔했다. 그러나 맹부요는 냉소했을 따름이었다.

그녀가 잔 밖으로 넘쳐 나온 술에 젓가락 끄트머리를 톡 갖다 대자 술이 쏟아지던 모양 그대로 딱딱하게 굳었다.

좌중의 눈이 왕방울만 해졌다. 그들이 충격과 공포에 질린 채 목도한 것은 술이 잔 가장자리를 넘는 동시에 '쩌적' 소리를 내면서 반투명한 얼음으로 변하는 광경이었다.

아까까지만 해도 평범한 대나무 재질에 불과하던 맹부요의 젓가락은 그녀가 손을 뻗자마자 성에로 뒤덮인 얼음 젓가락으로 둔갑한 뒤였다. 그 젓가락이 술에 닿자 새하얀 서리가 액체 속으로 급속히 퍼져 나갔는데, 서리는 술을 얼리는 데서 그치지 않고 잔까지 집어삼키더니 급기야는 이장의 경직된 손을 타고 올라가기 시작했다. 모두가 지켜보는 앞에서 이장의 손이 얼음덩어리로 화하기까지는 긴 시간이 걸리지 않았다.

이미 한참 전부터 넋이 나가 있는 이장이 뒤늦게 비명을 질렀다. 맹부요가 이장의 손을 젓가락으로 툭 치면서 빙그레 미소 지었다.

"제 술법이 마음에 드십니까?"

"요물이다! 요물이야!"

상에 둘러앉아 있던 사람 모두가 질겁을 해 악을 썼다. 자리를 박차고 일어나 의자를 마구잡이로 넘어뜨리며 도망치는 사람들 속에서 그래도 현령은 고을 최고 웃어른이랍시고 안간힘을 다해 체면을 지키고 있었다.

바들바들 떨면서 일어선 현령이 무처럼 퉁퉁한 손가락으로 맹부요를 향해 삿대질을 해 댔다.

"어……, 어……, 어……, 어……, 어디서 굴러먹다 온 요물이 이 많은 사람 앞에서 감히 수작질이냐!"

"저로 말할 것 같으면······."

빙긋이 웃으며 술잔을 비운 맹부요가 한 다리를 걸상 위에 척 올려놓더니 '고을 최고 어르신'을 덥석 붙잡아 자기 쪽으로 끌어당겼다.

"허무경虛無境에서 태어나 표묘봉縹緲峰에서 수련하다가 열다섯에 겁을 겪고자 인세에 내려온 몸입니다. 조정의 술을 마시고, 비선검飛仙劍을 익히고, 왕좌에 올라앉고, 황제의 목을 치는 동안 '인두고人頭蠱'라는 것을 갈고 닦았는데 말이지요. 지금껏 목을 벤 사람의 수가 1만 9천 9백 하고도 99명으로 로딩 99퍼센트를 달성한바, 이제 한 놈만 더 목을 치면 로딩이 완료되어 선계로 돌아갈 수가 있겠습니다. 자, 그럼 어느 분께서 제소원을 성취시켜 주시겠습니까?"

쾅당.

끝내주는 자기소개를 듣고 난 현령 나리가 눈을 허옇게 까뒤집으며 졸도하는 소리였다.

우당탕탕!

이번에는 대청 안에 있던 하객들이 단체로 줄행랑을 놓는 소리였다.

그 모습을 보고 시원하게 웃어 젖힌 맹부요가 아까 철성에게서 받아 둔 금화 주머니를 꺼내 들었다. 시끄러운 소리를 듣고 급하게 달려온 집주인 노인의 손에 주머니를 던져 준 그녀가 미안한 투로 말했다.

"소란을 피우고 싶지는 않았으나 타고난 사고뭉치는 어쩔 수가 없는 모양입니다. 그 돈으로 어르신 댁 방 네 칸을 사서 하루 묵어갔으면 합니다만."

노인은 사리에 밝은 사람이었다. 그때껏 술잔을 엎는 자세 그대로 굳어 있는 이장을 보고 앞뒤 정황을 단번에 짐작해 낸 노인이 황급히 대답했다.

"물론 괜찮지요, 그리하십시오."

그러고는 본인이 직접 맹부요 일행을 후원으로 안내했다.

맹부요가 막 방에 들어서려는데 하늘 한구석이 번쩍하면서 번개가 내리꽂혔다. 짙은 비구름이 저들끼리 부대끼며 몸살을 하나 싶더니 이내 큼지막한 빗방울이 우수수 쏟아지기 시작했다. 빗줄기는 순식간에 앞도 안 보일 정도로 굵어졌다.

"무섭게도 퍼붓네."

피식 웃은 맹부요가 맞은편 방으로 들어가는 장손무극을 향해 소리쳤다.

"푹 쉬어요, 안색도 안 좋던데!"

장손무극이 대답 대신 고개를 끄덕였다.

본인 방 안 침상에 누운 맹부요는 영문 모를 불안감이 엄습해 오는 것을 느꼈다. 떠들썩한 잔칫집, 비 내리는 밤. 겉보기는 평화롭지만 보이는 게 다가 아닐 거라는 생각이 자꾸만 들었다. 무언가 좋지 못한 일이 일어날 것만 같았다.

외출복을 그대로 입은 채 잠을 청하던 맹부요는 얼마 못 가 벌떡 일어나 앉았다가 또 금방 몸을 눕혔다. 그러기를 몇 번이나 반복했을까, 창문 쪽에서 '쾅' 하는 소리가 났다.

일어나서 살펴보니 창문짝이 돌풍에 밀려 벽에 부닥치면서 난 소리라는 것을 알 수 있었다. 바람이 어찌나 거센지, 문짝이 박살 나지 않은 것만도 다행이었다.

열린 창문을 통해 들이닥친 빗줄기가 맹부요의 얼굴에까지 튀었다. 황급히 일어나서 창문을 닫는 찰나, 번뜩이는 칼날처럼 허공을 가르고 떨어진 번개가 정원 전체를 환하게 밝혔다. 그 강렬한 섬광 속에서 활짝 열려 있는 맞은편 방 창문이 눈에 들어왔다. 아마도 바람이 밀어젖혔을 창문, 그 안쪽에서는 장손무극이 침상에 앉아 운기조식 중이었다.

그런데 바로 다음 순간, 그의 몸이 뒤쪽으로 맥없이 기우는 게 보였다. 번개가 치는 그 잠깐 사이에 목격한 일이었다. 어둠과 폭풍우가 금방 다시 주위 풍경을 집어삼켰다.

화들짝 놀란 맹부요는 즉시 창문 너머로 몸을 날렸다. 맹부요가 빗속으로 뛰어듦과 동시에 또 한 번 번개가 작렬해 그녀의 몸을 선명하게 비췄다.

급하게 달려들어 간 장손무극의 방은 벌써 물바다였다. 안으로 들어서자마자 하얀 물체가 냅다 돌진해 오는 것을 본 맹부요가 소리쳤다.

"쥐 새끼, 나야! 어떻게 된 거야?"

어둠 속에서 원보 대인이 황급하게 찍찍거리는 소리가 들려왔다. 맹부요는 녀석이 울먹이고 있다는 느낌을 받았다.

한달음에 침상으로 달려가 장손무극에게 손을 댄 순간, 그녀의 가슴이 철렁 내려앉았다. 그의 살갗은 얼음장처럼 차가웠고 손목을 잡아 봐도 맥박이 없었다.

너무 놀라 눈앞이 캄캄해졌다. 맹부요는 얼른 제 뺨을 한 대 때렸다. 화끈거리는 통증 덕에 정신이 좀 돌아오는 것 같았다.

놀란 가슴을 애써 가라앉힌 그녀는 다시 한번 신중하게 장손무극의 맥을 짚어 봤다. 이번에는 손끝에 느껴지는 게 있었다. 아무래도 연공을 지나치게 서두르다가 주화입마 증세가 온 모양이었다. 그래도 역시 보통 사람은 아닌지라 주화입마에 빠지기 직전 귀식대법을 써서 모든 신체 기능을 정지시킨 듯했다. 그리하여 신체와 내공에 화가 미치는 것은 막았지만, 대신 의식 불명 상태가 된 것이다.

진력을 이용해 그의 몸속을 한 바퀴 훑어본 결과 왜 주화입마가 닥쳤는지 알 것 같았다. 그동안 그녀의 기초를 탄탄히 다져 주는 데 온 힘을 쏟느라 정작 본인은 진력을 키우지도, 수련을 쌓지도 못하고 있다가 갑자기 다시 연공을 시작하려니 몸에 무리가 간 게 분명했다.

그가 쓰는 무공은 얼핏 물 흐르듯 유해 보이지만 실은 무섭도록 파괴적인 공력을 품고 있었다. 그걸 버텨 낼 재간이 없으면서도 둘의 가슴속에 응어리를 남긴 적의 존재 때문에 그는 연공을 중단하지 못했고, 급기야는 이 지경까지 온 것이다.

따지고 보면 이 상황을 불러온 원흉은 내가 아닐까?

입술을 질끈 깨물고서 장손무극을 일으켜 앉힌 맹부요가 그의 등에 손바닥을 붙이고 말했다.

"쥐 새끼, 경계 서 줄 사람이 필요하니까 가서 철성 불러와.

지금부터는 아무한테도 방해받으면 안 돼.”

　원보 대인이 무척 애가 타는 모양새로 방방 뛰면서 숨도 안 쉬고 찍찍거렸지만, 온 신경이 장손무극에게 쏠려 있는 맹부요는 다른 데 정신을 팔 틈이 없었다. 팔을 휘둘러 멀찍이 떨어진 창문을 닫은 그녀가 흠뻑 젖은 채로 침상에 올라앉았다. 방 안은 이제 바깥의 비바람과 천둥 번개로부터 완전히 격리된 상태였다.

　바로 그때, 시끄러운 말발굽 소리가 빗물에 잠긴 마을 거리를 때리며 빠르게 접근해 왔다. 말들이 질풍처럼 내달리면서 일으킨 물보라가 짙은 보라색 바람막이 자락에 흩뿌려졌다. 빗물을 먹은 바람막이는 더 이상 보라색이 아닌 흑야와도 같은 검은색으로 보였다.

　바람을 휘몰고, 폭우를 휘몰고, 번개를 휘몰고, 살기를 휘몰고 질주해 온 인마가 붉은 등롱이 걸린 이씨 가문 저택 대문을 부수고 안으로 뛰어들었다.

　“으아악!”

　날카로운 비명이 비 내리는 밤하늘을 찢어발겼다. 하지만 그 소리가 울린 건 아주 잠깐뿐이었다. 다음 순간, 비명은 흡사 번개를 맞기라도 양 허리가 썩둑 잘렸다.

　세차게 쏟아져 내린 폭우가 섬돌 위를 거쳐, 처마 아래를 거쳐, 땅바닥을 흘러 흘러 수많은 물줄기를 만들고, 그 물줄기들이 모여 수로를 이루었다. 새빨간, 수로를.

광기로 물든 심장

핏빛 도랑이 평평하게 다듬어진 바닥을 따라 느릿느릿 번져 나갔다. 피의 양이 워낙 많아 폭우로 씻어 내기도 역부족이었다. 시작은 실처럼 가느다랬던 핏줄기가 하나둘 서로 합쳐지면서 점차 굵기를 불려 가더니, 물웅덩이를 철벅거리며 밟고 다니는 자색 우천용 장화 밑으로 흘러들었다.

핏물 위를 성큼성큼 지나는 자피풍 병사들의 바람막이 자락 아래에서는 새빨갛게 얼룩진 칼끝이 섬뜩한 빛을 발하고 있었다. 그들은 지면에 무수히 많은 진홍색 발자국을 찍으면서 대청으로, 중정으로, 후원으로, 온 저택을 헤집고 다녔다.

피비린내와 폭풍우를 몰고 들이닥친 자색 바람막이 그림자는 대대로 학자 집안이었던 이씨 가문에 드리운 악몽이었다.

절퍽, 절퍽.

피가 잔뜩 엉겨 붙은 장화 밑창이 바닥재와 만나 음침한 소리를 냈다. 폭우 한가운데서는 항아리 안에 억지로 눌러 담겨 있는 듯, 또는 목구멍에 꽉 막혀 있는 듯 모든 소리가 불분명하게 들렸다.

"끼아악!"

여인의 새된 울부짖음과 함께 옷이 찢겨 나가는 소리가 났다. 그와 동시에 번개가 번쩍하면서 하늘 역시 여인의 옷처럼 찢겨 나갔다.

시끄러운 빗소리 사이로 누군가 음흉하게 웃는 소리가 섞여 드는가 싶더니, 방탕한 말소리가 이어졌다.

"듣던 대로 미인이로군……. 여기까지 온 보람이 있어!"

비바람이 회초리처럼 창문을 때리고 있었다. 그 회초리는 속세의 더러움은 때려 부술 수 있을지언정 인간 본성의 더러움 앞에서는 힘을 쓰지 못했다.

"끄악!"

돌연, 고통에 찬 사내의 비명이 울렸다. 곧이어 '짝' 하고 무언가를 치는 소리가 났다. 하늘마저 움찔했을 정도로 쩅한 타격음이었다.

누군가 몹시 화가 난 투로 소리쳤다.

"이 쌍것이 어디서 감히 이빨을 세워!"

뒤이어 몸부림을 치는 소리와 고함이 난무하더니 갑자기 '쾅' 하고 방문이 열리면서 여인 하나가 빗속으로 뛰쳐나왔다. 너덜너덜하게 찢긴 진홍색 혼례복은 피인지 물기인지 모를 자국으로 잔뜩 얼룩져 있었고 헝클어진 머리카락은 비에 젖어 백옥 같은 이마에 덕지덕지 들러붙어 있었다.

비틀거리며 밖으로 뛰쳐나온 여인이 문 앞에 있던 시신에 걸려 구르다시피 나동그라지더니, 이내 안간힘을 다해 몸을 일으켰다.

"서방님······."

여인은 날카로운 울부짖음을 토하며 신랑의 시체를 껴안으려 했다. 그녀의 낭군이······, 낭군이······. 1각 전까지만 해도 그가 황금 저울대[6]로 붉은 면사를 걷어 올릴 순간만을 기다리며 촛불 앞에서 설레고 있었건만, 1각 후에는 신방 입구에 아직 식지도 않은 채로 널브러져 있는 그의 시체에 발이 걸려 넘어진 것이다.

이때 등 뒤에서 누군가 쫓아 나오는 기척이 났다. 낭군을 향해 뻗었던 팔을 급히 거두어들인 여인이 이를 악물고 계단 아래로 몸을 던졌다.

그녀는 마당으로 떨어지자마자 또 무언가에 걸려 나동그라지고 말았다. 눈앞이 빙빙 도는 와중에 가까스로 바닥을 짚고 일어나 장애물의 정체를 확인한 여인이 다시 한 번 가슴이 찢기는 비명을 토해 냈다.

"아버지!"

---

6 저울대는 전통적으로 용을 상징하고 신부의 혼례복 장식은 봉황을 상징하기에 신혼 초야에 사용한다.

신행길에 따라나섰다가 폭우 때문에 돌아가지 못한 아버지가 영원히 감지 못할 눈을 부릅뜬 채 그녀를 쳐다보고 있었다.

여인은 빗속에 꿇어앉아 온몸을 파들파들 떨었다. 굵직한 빗방울이 그 주체할 수 없는 떨림에 털려 나가 뜰 앞에 붉게 흩뿌려졌다.

그녀를 뒤쫓아 나오다가 멈춘 사내들이 비바람이 들이치지 않는 처마 아래에 서서 팔짱을 끼고 여유롭게 껄껄거렸다.

"이년이 어딜 도망을, 그런다고 도와줄 사람이 있을 것 같으냐?"

이때 누군가가 허리를 구부정하게 숙이고 스리슬쩍 다가와 계단 위쪽 사내에게 우산을 내밀며 말했다.

"대장님, 빗속에서 하는 것도 나름의 묘미가……."

대장이라는 자가 눈을 반짝 빛내더니 껄껄거리면서 상대의 어깨를 두드렸다.

"하여튼 알아줘야겠군!"

우산을 가져온 자가 비굴하게 웃으며 상체를 더 깊게 숙이는 순간 등롱 불빛이 그의 얼굴을 비췄다. 불빛에 드러난 얼굴은 앞서 연회석에서 맹부요에게 술을 끼얹으려다가 거꾸로 한 방 먹은 이장의 것이었다.

그가 허리를 땅바닥에 닿도록 굽히고서 이마에 흐르는 식은 땀을 훔쳐 냈다. 적국 수배범을 잡는다는 명목으로 근방에 주둔하기 시작한 자피풍은 실상 하는 일도 없는 주제에 매일같이 욕구를 풀 숫처녀를 대령하라며 그를 닦달해 댔다. 그러다가 급기야는 그의 열세 살 난 둘째 딸에게까지 눈독을 들이기에 이르렀다.

그 상황에서 뭘 어찌하겠는가. 이씨 집안 며느리라도 갖다 바치는 수밖에.

물론…… 설마하니 이렇게까지 잔인하게 굴 줄이야 몰랐지만. 불쌍한 이씨네…….

이장은 고개를 푹 수그리고 계단 아래쪽을 보지 않으려 눈길을 부단히 단속했다. 빗물에 잠겨 눈을 부릅뜨고 있는 시신과 행여나 눈이 마주칠까 봐.

조금 전의 제안에 흥이 동한 자피풍 대장이 성큼성큼 계단을 내려가기 시작했다. 이장도 서둘러 우산을 받쳐 들고 뒤를 따라붙었다.

다리가 완전히 풀려 버린 여인은 시체에서 흘러나온 핏물로 흥건한 땅바닥을 바르작대며 기어가고 있었다. 어렴풋이 기억하기로, 비 때문에 길을 나서지 못한 현령 나리가 아직 후원 객방에 계신다는 것 같았다.

온 현을 통틀어 가장 높으신 분, 민초들의 부모와도 같은 존재, 관원현 수만 백성의 보호자. 그분이라면 사방에 시체가 널린 이 광경을 보고 절대로 가만히 계시지 않을 것이다.

내 반드시 이씨 집안의 원한을 갚고야 말리라!

그녀는 최후의 희망 한 오라기에 기대, 성치 못한 몸을 끌고서 빗속을 기어갔다. 평소였다면 고작 몇 발짝 거리였을 테지만 지금은 험한 요새를 넘는 것만큼이나 다다르기 힘든 후원을 향하여.

✿

　후원 객방 안, 가부좌를 틀고 앉은 맹부요가 다급히 달려온 철성에게 분부했다.

　"방 밖으로 한 발짝도 나가지 말고 아무도 방해 못 하게 잘 지켜. 지금 우리 둘이 믿을 건 너밖에 없어."

　기척을 듣고 건너온 종이를 힐긋 한 번 곁눈질하며, 맹부요가 나지막한 소리로 덧붙였다.

　"네 어깨가 무겁다는 거 잊지 마."

　말뜻을 알아챈 철성이 고개를 힘줘 끄덕였다.

　철성이 곧장 창문을 향해 돌아서서 검을 뽑았다. 그렇게 맹부요를 등진 채, 그는 눈꺼풀 한 번 깜빡이지 않고 경계 태세에 돌입했다.

　바깥에서는 세찬 빗줄기가 모든 외침과 부르짖음을 휩쓸어 가고 있었다. 그 우레와도 같은 빗소리 속에서 다른 소리를 분간해 내기란 쉬운 일이 아니었으나, 잠시 후 철성의 미간에 돌연 주름이 잡혔다. 목이 찢어지도록 아버지를 부르는 소리를 어렴풋이 들은 것 같아서였다.

　철성은 망망한 비의 장막 너머에서 소리의 출처를 찾아내고자 눈을 크게 부릅떴다. 후원 입구 쪽에서 무언가가 느릿느릿 바닥을 기어 오고 있는 모습이 눈에 잡혔다.

여인이 바닥을 기고 있었다. 장대비 속에서, 진흙탕 위를, 온 몸이 혈흔과 진흙으로 칠갑이 된 채, 팔꿈치와 무릎으로 땅바닥을 밀면서, 일생에 가장 처참하고 고된 길을 재촉하고 있었다.

뒤에서는 냉소를 머금은 자피풍 대장이 여인의 속도에 맞춰 천천히 걸음을 옮기고 있었다. 여인이 바둥거리며 한 걸음 거리를 나아가면 대장은 여유롭게 한 발짝을 내디뎠다. 곁에서는 이장이 우산을 들고서 세심하게 비바람을 막아 주고 있었다.

후원이 바로 눈앞이었다. 후원 입구를 마주 보고 있는 사랑채 셋 중 하나에 백성들의 어버이, 존귀하고 엄숙하신 현령 나리가 계실 것이다. 그분이야말로 이씨 댁 며느리의 마지막 희망이었다.

그 시각, 현령은 깨어 있었다. 그는 본래가 깊은 잠을 못 자는 사람이었다. 특히 최근 몇 해 들어 손에 쥔 은자가 늘어나면 서부터는 걱정도 눈덩이처럼 불어난지라, 자기 집에서 자다가도 오밤중에 부스스 일어나 침상 아래 은자를 세어 보고 있기 일쑤였다. 그런 사람이 남의 집에서는 오죽할까.

현령은 창문 뒤에 웅크린 채 창호지에 뚫어 놓은 구멍을 통해 바깥을 내다보며 벌벌 떨고 있었다. 바깥에서는 귀신 같은 몰골을 한 여인이 폭우를 뚫고 후원을 향해 꿈틀꿈틀 기어 오는 중이었다. 곁에서는 향관과 방장이 그와 마찬가지로 겁에 질려 사시나무 떨듯 떨고 있었다. 그사이에도 귀신 몰골을 한 이씨 댁 며느리는 계속해서 팔꿈치로 땅바닥을 밀며 기어 오고, 뒤에서는 섬뜩한 웃음을 띤 사내가 그녀를 바짝 쫓아오는 중이었다.

방 안에 있는 자들의 입장에서는 보면 볼수록 당황스럽고 원망스러운 광경이었다. 사람 목숨을 파리 목숨으로 아는 자피풍 놈들을 기어코 후원으로 끌어들여 애먼 어르신들까지 위험에 빠뜨리다니.

보다 못한 누군가가 작게 혀를 찼다.

"허어, 저 여인이! 저 여인이!"

현령이 몹시 착잡한 듯 손으로 눈두덩이를 덮고 탄식했다.

"사리 판단이 저렇게 안 되나, 사리 판단이!"

누구를 비난하는 건지 모를 소리였다.

귀빈들 사이에 무슨 대화가 오가는지 알 리 없는 이씨 댁 며느리는 핏물, 눈물, 빗물로 엉망이 된 얼굴을 들어 굳게 닫힌 방문을 향해 간절한 눈빛을 보내고 있었다.

현령 나리께서 문을 열고 의젓한 걸음으로 걸어 나와 저 짐승 같은 놈들에게 불호령을 내리시는 모습이 벌써부터 눈앞에 보이는 듯했다. 나리께서 그 커다란 손을 휘두르시면 관병들이 우르르 몰려와 자신을 구해 주고 이씨 일가의 원한을 갚아 줄 것이다.

그러나 한참이 지나도록 빗줄기만 세차게 쏟아질 뿐, 문은 열릴 기미가 없었다.

"대인……."

바르작거리며 계단 위로 올라간 여인이 문고리에 매달렸다. 자피풍 대장은 딱히 저지하려는 움직임 없이, 그저 싸늘하게 웃으며 여인이 하는 양을 구경하고 있었다.

"문 두드린다, 문 두드린다! 나 없다고 해, 없다고 해……."

"대인, 당황하실 것 없습니다, 괜찮다니까요! 그냥 자는 척하면 됩니다."

"대인!"

걸상으로 단단히 고정된 문은 아무리 밀어 봤자 열리지 않았다. 계단에 엎드린 여인, 그녀의 상반신은 그나마 처마 아래에 들어가 있었지만, 하반신은 장대비를 고스란히 맞고 있었다.

여인은 그대로 엎드려 쿵, 쿵, 소리가 나도록 바닥에 머리를 조아렸다.

"대인……, 제발 도와주세요……."

"망할 계집! 저 망할 계집 같으니!"

대인은 방문을 등지고 이불을 머리끝까지 뒤집어썼다. 이로써 여인의 숨넘어갈 듯 애끊는 외침도, 억수같이 퍼붓는 빗소리도 모두 여인의 집에서 내어 준 두껍고 따스한 이불에 가로막혀 더는 현령 대인의 귀에 다다르지 못했다.

비바람이 미치지 않는 문안의 누군가는 두꺼운 이불에 둘둘 감싸여 있고, 선혈이 강처럼 흐르는 문밖의 누군가는 찬비를 맞으며 오열하고 있는 현실. 저열한 심성을 밭으로 삼아서는 절대로 피 끓는 정의감의 불꽃이 피어날 수 없는 법이니.

여인이 다시금 고개를 들었을 때, 시퍼렇게 멍든 그녀의 이마에서는 피가 줄줄 흘러내리고 있었다. 하지만 그녀는 아픔을 느끼지 못하는 듯했다. 그저 갑자기 조용해져서 눈앞의 문을,

그녀의 집에 속하여 있으나 그녀를 위해서는 영영 열리지 않을 문을 가만히 바라보았을 뿐.

그녀는 비로소 명료하게 깨달았다. 이 세상이 얼마나 더럽고 몰염치한 곳인지, 사람의 본성이란 또 얼마나 비겁하고 이기적인지.

일그러진 웃음을 짓던 자피풍 대장이 마침내 인내심이 다한 양 성큼성큼 걸어와 여인의 머리채를 붙잡고 반대편으로 끌고 가기 시작했다.

"대인!"

후다닥 우산을 받쳐 들고 쫓아온 이장이 현령의 숙소 뒤편을 가리키며 말했다.

"강호인 몇 명이 오늘 밤 이 집에서 묵어간다는 것 같았습니다. 무공이 대단하던데, 그냥 둘 생각이신지…….”

이장은 아직껏 욱신거리는 팔뚝을 쓸어내리며 맹부요 일행의 방 쪽을 매섭게 노려봤다.

"강호인?"

순간 움찔한 자피풍 대장이 이내 배를 잡고 웃어 젖혔다.

"강호인이 뭐나 된다고, 그래 봤자 찍소리도 못 할걸? 감히 끼어들면 그놈들도 잡아 죽이면 그만이지! 두고 보라고, 내가 자기들 방문 앞에서 이 계집이랑 재미를 봐도 끝날 때까지 찍소리 한 번 못 낼 테니까!"

이씨 댁 며느리의 머리채를 잡고 미친 듯이 웃어 젖히던 대장이 여인을 몇 걸음 끌고 가서 맹부요의 방문 앞에다 내던졌다.

"아아악!"

　　　　　　　　✿

　이씨 댁 며느리가 후원 문턱을 기어서 넘었을 때 맹부요는 이미 좌선에 든 뒤였다. 장손무극에게 한시라도 빨리 진력을 보충해 줘야 하는 상황이므로, 그녀는 자기 몸 안의 진력을 그에게 되돌려 주고자 했다.

　외줄 타기만큼이나 아슬아슬한 일이었다. 잠시만 집중이 흐트러져도 앞서 쏟아부은 모든 노력이 물거품으로 돌아갈 뿐만 아니라, 잘못하면 두 사람 모두 위험해질 수 있었다.

　한편, 철성은 부릅뜬 눈꺼풀 밖으로 눈알이 튀어나오기 직전이었다. 뜰에서 나는 울음소리와 참혹한 비명을 뻔히 들으면서도 밖으로 한 발짝도 나갈 수 없는 자신의 처지가 그에게는 세상에서 제일 잔인한 고문으로 느껴졌다.

　철성은 몇 번이고 창문 앞에서 발을 돋우고 밖을 내다보았다. 제 손바닥에 연신 주먹을 먹이면서 같은 자리를 빙빙 맴돌았다. 맹부요가 어서 깨어나 자신에게 자유를 주기를 바라며 그녀의 상태를 살피기도 했다.

　밖에 있는 여인이 애끊는 목소리로 현령 나리를 부를 때는 철성 역시 제발 현령이 여인을 위해 나서 주기를 간절히 염원했다. 결국 문이 열리지 않았을 때는 철성 역시 눈에서 불을 뿜으며 분노했다.

가쁘고, 불규칙하고, 통제를 벗어난 그의 숨소리가 실내를 가득 채우고 있었다. 창문 밖으로 몸을 날릴 생각으로 지면을 박차고 오른 게 벌써 몇 번인지 몰랐다. 하지만 번번이 허공에서 동작을 멈추고 무너지듯 바닥에 내려설 수밖에 없었다.

그는 혼자가 아니었다. 등 뒤에는 그가 지켜 줘야 할 사람이 있었다. 그녀의 뒤를 따르면서 그녀를 보호하는 것이야말로 그의 평생소원이었다. 설령 그녀가 자신을 필요로 하는 순간이 그리 많지는 않더라도.

그런데 이번에는 다른 때와 달랐다. 그녀가 분명히 말하지 않았던가, 어깨가 무겁다는 걸 잊지 말라고. 그에게 있어 그녀의 말이 가지는 무게가 어찌 중하지 않을까. 철성은 약속의 벽을 넘어설 수가 없었다.

안 돼, 안 돼!

천신이 내리꽂은 투명한 장벽 같은 비의 장막이 철성의 눈앞을 가로막고, 나아가서는 그의 가슴속을 틀어막았다.

일순, 철성이 시린 눈을 한층 커다랗게 떴다. 처마 끄트머리에서 폭포수처럼 쏟아지는 물줄기 너머로 사람 몇이 큰 걸음으로 접근해 오는 걸 본 까닭이었다.

빗물을 철벅철벅 밟으며 다가오는 사람의 손아귀에는 무언가가 축 늘어진 채 붙들려 있었다. 그 맥없이 늘어진 물체는 곧 물웅덩이에 아무렇게나 내던져졌다. 곧이어 그자가 거칠게 손을 놀리자 옷이 찢겨 나가고, 울부짖음이 터져 나왔다.

번갯불이 온 천지를 새하얗게 밝힌 와중에도 철성의 눈은 시뻘건 색이었다. 더 이상 그의 것이 아닌 양 통제를 벗어나 혈관 밖으로 솟구쳐 나온 온몸의 피가 폭우 내리는 이 밤을 향해, 이 밤을 틈탄 파렴치한 살육의 현장을 향해 돌진해 갔다.

철성이 앞뒤 가릴 것 없이 지면을 박차고 몸을 날린 찰나, 누군가가 그를 덥석 붙잡았다. 뒤를 돌아보니 종이였다.

철성이 소리쳤다.

"이거 놔!"

종이는 눈에 핏발이 벌겋게 서도록 광분한 철성을 조용히 쳐다보다가 잠시 후 정말로 손을 풀었다. 철성이 서둘러 밖으로 뛰쳐나가려는데, 등 뒤에서 종이가 차갑게 내뱉는 소리가 들렸다.

"가 보시죠, 얼른 가 보십시오. 가서 적들을 불러와 당신 주군이 죽는 꼴을 보도록 하세요."

철성은 한 발은 바깥, 다른 발은 아직 방 안인 채로 얼어붙었다.

"어쩌다가 그쪽 같은 사람을 호위로 쓰게 됐는지, 참."

종이가 빈정거렸다. 그간의 다소곳하고 고분고분하던 태도는 온데간데없었다. 지금 그의 말은 듣는 이의 가슴을 후벼 파는 칼날이었다.

"무릇 호위 무사 된 자라면 주군을 지키는 게 평생의 유일한 사명 아닌가. 괴롭힘당하는 사람 구해 주고 정의 구현하는 건 호위가 아니라 협객이 할 일일 텐데. 뭐, 원한다면 가서 협객 노릇 열심히 하시죠. 어차피 호위로서는 자격 미달인 것 같으니."

철성은 창살을 움켜쥔 채 굳어 있었다. 나무 가시에 찔린 손끝에서 피가 나는데도 그 자세 그대로였다.

잠시 후, 그가 아주아주 느리게 몸을 돌렸다. 뒤로 돌아서는 동작이 그렇게나 힘겹고 고되어 보일 수가 없었다. 심지어 철성의 뼈마디가 억지로 뒤틀리면서 우두둑대는 소리를 종이가 들었을 정도였다.

그토록 힘이 드는 일이었음에도, 철성이 결국 돌아섰다. 종이를 마주하고 선 그는 양쪽 눈자위 전체가 피처럼 검붉게 변한 모습이었다.

다소 놀란 눈으로 그를 쳐다보던 종이가 나지막이 말했다.

"참아요, 이 순간만 참아 넘기세요. 지금 참는 게 주군을 위해 다른 일을 천 가지 하는 것보다 가치 있으니까."

"내 혈도를 찍어라!"

철성이 빠드득 소리가 나도록 이를 악물고 부탁했다.

"혈도를 찍어!"

"제가 굉장히 미더우신가 보죠?"

종이의 냉소에 움찔한 철성이 이내 야수처럼 으르렁거리면서 자기 머리통을 붙잡고 웅크려 앉았다. 바닥에는 이미 자그마한 흰색 털 뭉치가 먼저 웅크려 앉아 있었다. 진작에 쥐구멍을 찾은 원보 대인이 더럽든 말든 친척 집 안에 머리를 처박고 있었던 것이다.

실내에 정적이 깔렸다. 모두가 숨죽인 채 어둠 속에서 눈동자만 형형하게 빛내고 있었다. 핏빛 고통으로 가득 찬 그 안광은 가닿는 곳마다 상처를 남겼다.

그러한 정적을 배경으로, 비바람이 몰아치는 소리와 참혹한 비명은 점점 더 격렬하고 또렷해져 갔다. 그것은 피 끓는 사나이의 가슴을 후려치는 채찍이었다. 하지만 맹부요를 위해서는 참아야 했다. 모두가 안간힘을 다해 자기 자신을 억누르고 있었다.

이때 침상 위의 맹부요가 움직였다. 그녀는 이제 막 몸속에서 일 주천을 마친 진력을 장손무극의 경맥에 주입하기에 앞서 잠시 멈춘 참이었다. 워낙 위험한 단계인지라 본격적인 진행 전에 장손무극의 진기가 어느 방향으로 흐르고 있는지 확인이 필요했다.

바로 그 순간, 창을 넘어 들어온 비명이 귀에 꽂혔다. 세찬 빗소리에 묻혀 존재감을 거의 잃다시피 한 그 외침이 그녀의 귀에는 천둥소리처럼 들렸다.

자기 방 밖에서, 창문 아래서, 바로 코앞에서, 한 여인이 세상에서 가장 참혹한 방식으로 짓밟히고 있었다.

절대로 용인할 수 없는 일이었다!

머릿속에 벼락이 치는 동시에 손에서 힘이 풀렸다. 제일 먼저 든 생각은 당장 뛰쳐나가 저 짐승 같은 놈들을 결딴내고야 말겠다는 것이었다. 하지만 손가락이 장손무극의 등에서 떨어지는 찰나 그의 진기가 파도처럼 역류하면서 내식이 흐트러지는 게 느껴졌다. 그녀의 불안정한 기가 장손무극의 몸속 균형까지 뒤흔들어 놓은 것이었다.

맹부요는 그대로 돌이 되어 버렸다. 움직일 수 없었다. 움직일 수가…… 없었다. 자신의 진력이 이미 장손무극의 경맥 안에서 흐름을 인도하고 있는 상황이었다. 지금 손을 떼는 건 장손무극을 죽이는 짓이었다. 하지만 지금 손을 떼지 않으면 창문 밖의 여인은 자신의 코앞에서 저대로 윤간당하다가 죽음을 맞게 될 것이다.

온몸이 부들부들 떨려 왔다. 지금 그녀는 일생에서 가장 어려운 선택에 직면해 있었다. 손을 뗀다면 장손무극을 잃을 것이요, 손을 떼지 않는다면 인간으로서의 존엄과 존재의 이유를 잃게 되리라.

언제나 과감하고 용감한, 한평생 주저라는 것을 모르고 살아온 그녀지만, 폭풍우가 몰아치는 밤 이국의 작은 마을에서 맞닥뜨린 선택은 그녀를 전례 없는 고뇌에 빠뜨렸다.

여기서 어찌 손을 떼란 말인가. 그랬다가는 숱한 역경 속에서도 일편단심 자신의 곁을 지키며 마음을 나누다가, 결국은 자신으로 인하여 이 지경까지 와 버린 사람을 죽음으로 몰아넣게 될 텐데.

그렇다고 어찌 이대로 있으란 말인가. 여자라면 누구도 용인하지 못할 일이 바로 코앞에서 벌어지고 있건만, 그 소리를 두 귀로 생생히 들으면서도 꿈쩍 않는다는 게 과연 가능할까?

그 순간 맹부요는 자신의 가슴속에서 흡사 늑대의 포효와도 같은 울부짖음을 들었다. 피가 뚝뚝 떨어지는 그 포효에 일생 지켜 온 용기와 의협심이 갈려 나가고 있었다.

그러길 잠시, 가슴 깊숙이에 강철 심처럼 자리하고 있던 고집이 결국에는 핏빛 마찰을 견디지 못하고 뚝, 끊어졌다.

어찌하여 하늘은 이다지도 비정한가!

이 순간, 창밖에서는 한 여인의 몸이 처참히 유린당하고, 이 순간, 창 안에서는 모두의 가슴이 갈기갈기 찢겨 나가고 있었다. 누가 누구보다 더 아픈지 잘라 말할 수 없는 상황.

종이는 움직이지 않았지만, 창을 등지고 천장을 올려다보는 사이 그의 낯빛은 점차 핏기를 잃어 가고 있었다. 철성도 움직이지 않았지만, 머리통을 감싼 그의 팔에 짓눌린 목뼈에서는 연신 우두둑거리는 소리가 나고 있었다.

맹부요 역시…… 움직이지 않았다. 그녀는 꼿꼿한 자세로 앉아 장손무극의 등에 손바닥을 단단히 붙이고 있었다. 그렇게 손가락 한 번 떨지 않고서 기를 인도하고, 막힌 흐름을 트고, 자신의 진기를 상대에게 주입했다. 한 단계, 한 단계, 조금의 실수도 없이.

다만, 그녀의 입가에서는 피가 스며 나오고 있었다. 혀끝과 입술이 치아에 짓이겨지면서 배어난 선혈, 그리고 오장육부 안에서 날뛰다가 목구멍을 치고 올라온 핏물이 합쳐진 것이었다.

처음에는 방울져 스며 나오던 피가 곧 구슬 꾸러미처럼 줄줄이 이어지더니 이내 하나의 물줄기가 되어 점점 양이 불고 흐름이 빨라졌다. 아래턱에서 옷깃으로, 옷깃에서 앞섶으로, 앞섶에서 다시 더 아래로 흘러내린 피는 급기야 이부자리를 흥건하게 적셨다.

빗물이 반, 핏물이 반인 이부자리 위에 가부좌를 틀고 앉은 맹부요의 눈에서는 불꽃이 이글거리고 있었다.

입가에서 피가 흐르는 와중에도 그녀는 표정 변화나 손가락의 흔들림 없이 장손무극의 상태를 살피는 데 모든 집중력을 쏟아붓는 중이었다.

지금 그녀의 눈 안에는 장손무극 말고 아무것도 없었다. 그녀는 그의 여윈 뒷모습을, 명주실 같은 흑발을, 깎아놓은 듯 날렵하되 투명하리만치 창백한 옆얼굴을, 아래를 향해 조용히 드리운 기다란 속눈썹을 응시하고 있었다.

이대로 그녀의 기억 속에 새겨져 영원토록 지워지지 않을 모습. 그 모습을 소유하고 싶다는 욕심은 버릴 수 있어도 덧없이 사라지게 놔둘 수는 없었다.

그녀는 장손무극이 부디 무탈하게 살아 주길 바랐다. 자신을 만나기 이전에 그랬듯이 존귀하게, 초연하게, 자유롭게, 강대하게, 세상 꼭대기에서 풍운을 지배하고 굽어보며, 미소 한 자락에 창상지변을 불러오며.

본디 그의 것이었던 수식어들을 되찾아 주기 위해서라면 그녀는 신화 속에서 태양을 뒤쫓던 거인 과보[7]처럼 운명과 기꺼이 경주를 벌여 운명을 제칠 자신이 있었다. 그를 생채기 없이 온전한 상태로 되돌려 놓고 싶었다. 설령 그 대가로 일생의 존엄을 바치는 한이 있어도.

이번 생에 딱 한 번만…… 이기적이기로 하자. 비록 남은 인

---

7 중국 신화에 등장하는 거인.

생을 죄인으로 살아가야 할지라도.

❋

　누군가는 소리 높여 웃고, 누군가는 소리 없이 울었다.

　비명은 점차 가늘어졌지만, 지면을 흥건히 적신 빗물 위로는 담홍빛 색채가 계속해서 번져 나가고 있었다.

　사내들이 목청껏 웃어 젖히면서 서로 어깨를 두드렸다. 조롱 섞인 웃음소리가 뜰 전체에 메아리치다가 적막한 실내로까지 흘러들었다.

　"……이 몸이 그랬지, 겁나서 방귀 한 번 못 뀔 거라고!"

　"제까짓 것들이 뭐라고 감히 우리 앞에서 까불겠어?"

　방자한 웃음소리 사이로 여인이 마지막 남은 힘을 모조리 쥐어짜 토해 낸 듯한 절규가 가시처럼 치솟았다.

　"하늘이 무심하다! 죄 없는 사람을 이렇게 버리는가!"

　콰르릉!

　쩌렁쩌렁한 뇌성에 집채가 통째로 흔들렸다. 하늘 곳곳에서 줄번개가 연달아 명멸하며 층층 먹구름을 섬광으로 물들이고, 비늘 갑옷 같은 구름층이 지면을 무겁게 짓눌러 왔다.

　하늘이 노하셨음이라!

　천둥소리에 놀란 사내들이 웃음을 뚝 그쳤다. 그 거대한 울림은 실내에 꿇어앉아 있던 철성마저 휘청하면서 침상을 들이받도록 만들었다.

장손무극과 맹부요의 몸이 일시적으로 균형을 잃은 찰나, 장손무극의 옷섶 안에서 자그마한 상자가 굴러 나왔다. 상자 뚜껑이 벌어지면서 모습을 드러낸 것은 앞서 맹부요가 맡겼던 흰색 환약이었다. 환약이 발하는 청량한 향이 코끝을 스치자 눈을 반짝 뜬 맹부요가 눈동자를 번개처럼 옮겨 약을 쳐다봤다.

　공력을 높여 주는 약. 공력이 상승하면 지금 하는 일이 빨리 끝날 테고, 그러면 창밖의 여인을 살릴 수 있을지도 모른다!

　약성이 독한 만큼 복용 후에는 한 달간 무공을 쓰지 않고 쉬면서 천천히 진기를 배양해야 한다는 종월의 당부는 자동으로 머릿속에서 지워졌다.

　맹부요가 눈을 들어 종이를 노려보면서 환약을 입에 넣어 달라는 눈치를 줬다. 종이가 망설이자 맹부요의 눈빛이 한층 더 날카로워졌다.

　그때껏 피가 흐르고 있는 그녀의 입가를 쳐다본 종이는 결국 이를 악물고 침상으로 다가가 환약을 입에 넣어 줬다. 그러고는 걱정스러운 기색으로 침상 가장자리를 짚고서 그녀의 얼굴을 살폈다.

　환약이 입에 들어가자마자 맹부요의 피부가 붉게 달아올랐다. 온몸의 피가 순식간에 펄펄 끓기 시작한 양 손목까지 새빨갛게 물든 그녀를 보고 종이가 기겁을 했지만, 다행히 붉은 기운은 금방 물러가고 곧 평소 피부색이 돌아왔다.

　맹부요는 환약을 삼키는 동시에 머릿속이 아찔해지는 경험을 했다. 가슴팍에서 거대한 대포가 터져 피와 살, 의식을 모조리 날려 버리는 것 같았다. 가루가 되다시피 한 살점과 의식의 파편이 구름 위까지 솟구쳐 오르고, 온몸의 피가 일거에 밖으로 뿜어져 나올 듯 들끓었다.

이때가 바로 파구소를 한 단계 더 끌어올릴 절호의 기회였다. 이 기세를 몰아 공력을 몸 안으로 유도한다면 7성 다음 단계로 성큼 올라설 수 있으리라.

그러나 맹부요는 단전에 모인 힘을 역류시키면서 장손무극의 경맥 안으로 진기를 밀어 넣었다. 그러자 손바닥과 맞닿아 있는 장손무극의 몸이 덜컥 경련하는 게 느껴졌다. 거센 진기의 흐름이 기습적으로 몸을 강타하자 휴면 상태였던 그의 진기가 마침내 깨어나 비록 더디지만 자가 회복에 돌입한 것이다.

가까스로 한숨 돌린 맹부요는 그의 등에 대고 있던 손을 조심스럽게 뒤로 물렸다. 적어도 손바닥이 등에서 완전히 떨어지기 직전까지는 분명 조심스럽고 신중한 동작이었다. 그러다가 서로 간의 접촉이 끊어진 순간, 그녀는 곧장 번개로 화했다.

새빨간 화염을 품은 칠흑의 번개로!

검은 번개가 방 안을 '쐐액' 하고 가로질렀다. 그 속도가 어찌나 빨랐던지 희미한 잔영이 허공을 가득 채웠다. 그녀가 모습을 감추고 난 자리에는 나지막한 외침 한마디만이 남겨졌다.

"철성, 넌 여길 지켜!"

밖에는 아직도 폭우가 퍼붓고 있었다. 또 한 번, 뇌성과 흡사한 굉음이 작렬했다. 소리에 흠칫 고개를 든 사내들은 맞은편 사랑채 창문이 박살 나면서 검은 그림자가 우레와도 같이 돌진해 오는 광경을 목격했다.

천둥보다 세차고, 번개보다 빠르며, 폭우보다 맹렬하고, 핏빛보다 짙게!

공중에서 발차기 한 번으로 건물 외벽 절반을 무너뜨린 인영이 벽체가 우르르 허물어지는 소리를 배경으로 몸을 회전시키면서 벽돌을 무더기로 걷어차 보냈다. 하늘을 빈틈없이 메우다시피 하며 가공할 위력으로 쏘아져 온 벽돌들의 조준점은 정확히 자피풍 일당의 면전이었다.

"대열 갖춰!"

우렁찬 구령이 떨어졌다.

자피풍 일당은 고도로 훈련된 무인들답게 그 즉시 잉어가 수면 위로 튀어 오르듯 몸을 날렸다. 헐벗은 몸뚱이들이 눈 깜짝할 사이에 진법을 완성하자 허공을 가르며 날아든 벽돌은 고스란히 바닥에 쓰러져 있는 여인의 몫이 됐다.

그러나 맹부요가 한발 빨랐다. 지면에 몸을 바싹 붙이고 검은 새매처럼 날렵하게 날아온 그녀가 여인을 단번에 낚아채 올렸다. 그러고는 찢어진 옷가지로 여인의 나신을 아쉬우나마 가려 준 후 조금 떨어져 있는 등나무 꽃 시렁 아래에 내려 줬다.

여인을 내려놓고 돌아선 맹부요가 진법 가장자리의 병사 하나를 목표물로 잡고 곧바로 그쪽을 향해 공중제비를 넘었다. 방금 막 거사를 치르고 나서 바지춤도 채 추스르지 못한 그 병사야말로 진법 전체를 통틀어 가장 약한 고리였다.

맹부요는 아무런 기교 없이 포탄 그 자체가 되어 적을 향해 돌진했다. 그녀는 한 줄기 검은 광선이자 거침없이 내달리는 그림자였으며, 바람을 찢으며 포효하는 바윗덩이였다. 무차별적으로 발출된 강기와 진력이 빗줄기를 사방으로 튕겨 내면서 그녀 주변 1미터 범위는 물 한 방울 침투할 수 없는 진공 상태가 됐다.

검은 바위처럼 돌진해 가며 그녀는 꼼짝 못 하고 과녁 신세가 된 상대방의 눈 안에서 절망과 공포를 읽어 냈다. 흡족한 반응이었다. 한계점까지 차오른 비분과 끓어오르는 피가 마침내 탈출구를 찾은 느낌이었다.

촤앗!

충돌 순간, 팔꿈치 아래 숨겨져 있던 시천이 잠시 모습을 드러냈다가 사라졌다. 나타날 때는 새카맣던 칼날이 회수될 때는 붉게 물들어 있었다. '쏴아' 하고 뿜어져 나온 피가 빗속에 무지개처럼 두툼한 띠를 그려 냈다.

맹부요는 웃었다. 거의 미친 사람처럼 웃어 젖혔다. 곧이어 검은색 도광이 허공을 긋자 피범벅인 머리통이 붕 날아 옆에 있는 다른 놈을 덮쳐 갔다.

조금 전까지만 해도 곁에 멀쩡하게 서 있던 동료의 머리통이 갑자기 자신을 향해 날아오자 옆의 병사가 질겁했다. 게다가 동료의 얼굴에는 생의 마지막에 느꼈던 절망과 공포가 생생히 남아 있었다. 머리통이 눈 안에서 점점 더 크고 선명해져 가다가, 어느 순간 절단면에서 뿜어져 나온 피가 그의 눈꺼풀에 와락 끼얹어졌다.

곧이어 목울대가 선뜩하더니 자기 머리통도 날고 있다는 느낌이 들었다. 장대비 쏟아지는 칠흑의 밤하늘을 배경으로 빙그르르, 기괴하게 돌면서.

공중에서 회전하는 사이에 주변 풍경이 360도 전방위에 걸쳐 눈앞에 펼쳐졌다. 뜰 사면을 에워싸고 있는 건물들, 건물 지붕 위에 미동도 없이 몸을 낮추고 있는 누군가, 마당 곳곳에 널린 시체들과 바깥채에서 세간을 뒤집어엎어 돈 되는 물건을 찾고 있는 형제들, 그리고 아직 빗속에 서 있는 자신의 몸체.

곧이어 예의 그 무시무시한 흑색 돌개바람이 또 한 번 다리를 휘둘려 차는 게 보였다.

빠악!

연속 머리 차기가 작렬했다!

방금 목이 잘린 병사의 머리와 몸통이 맹부요의 발차기에 맞아 다음 사람을 향해 쏘아져 갔다. 다음 목표물은 화들짝 뒤로 물러났지만, 격분한 맹부요가 진력을 실어 쏘아 보낸 머리통의 가공할 빠르기를 당해 낼 수는 없었다.

사내가 미처 검을 다 뽑기도 전에 사자의 머리통에서 툭 불거져 나온 눈알이 이미 그의 목전에 당도해 있었다. 허옇게 까뒤집힌 눈알에 얼굴이 짓눌리는 찰나, 날카로운 백색 섬광이 그의 뇌리를 관통했다. 그러더니 무언가가 터져 나가는 느낌이 들었다. 그의 머리 역시 몸통에서 분리되어 다음 사람을 향해 날아갔다.

머리통에서 머리통으로 이어지는 죽음의 사슬.

폭우가 퍼붓는 가운데 퍽, 퍽, 퍽, 하는 둔탁한 충돌음이 마치 맹수의 으르렁거림처럼 정원 전체에 메아리쳤다. 맹부요는 비에 흠뻑 젖은 채였고, 그녀의 검은 신형에는 구체적인 윤곽이 없었다. 지금 자피풍 일당 사이를 거침없이 누비고 있는 존재는 형태가 모호한 바람이자 그림자일 뿐이었다. 바람의 궤적을 따라 울긋불긋한 내장이 사방으로 튀고 잘린 팔다리와 으스러진 살점이 하늘 가득 흩뿌려졌다.

거듭되는 비명을 몰고 다니는 바람의 기세에, 피비린내 나는 밤의 장대비마저 멀찍이 밀려났다. 눈 깜짝할 사이에 아홉 놈의 목이 떨어졌다.

사내라고 해서 누구나 폭우를 온몸으로 맞으며 방사를 치를 정도의 체력이 되지는 않는 법. 뜰에서 여인을 겁탈한 열 명은 저택에 들이닥친 소대 가운데서도 강건한 신체와 고강한 무공, 왕성한 정력으로 손꼽히는 자들이었다.

선기국 황실 휘하에서 가장 과격하고 흉맹한 암살 조직인 자피풍의 구성원들은 비인간적이라고 불릴 정도로 혹독한 훈련을 통해 배출된다. 오늘 맹부요와 맞닥뜨린 무리는 정예 중의 최정예들인 만큼 일반적인 상황에서라면 상대가 맹부요라 쳐도 어느 정도는 버텨 줬어야 하는 것이 정상이었다.

그러나 절대 고수가 자기 몸을 사리지 않고 퍼붓는 피의 공격은 그들이 감당해 낼 수 있는 차원의 것이 아니었다. 제아무리 엄선된 10인이라 한들 물불을 가리지 않고 덤벼드는 맹부요의 벽력같은 살초와 천둥 같은 분노 앞에서는 한없이 무력했을 따름이었다.

맹부요는 태풍이 몰아치듯 삽시간에 아홉 명의 시체를 넘어 마지막 놈 앞에 다다랐다. 오늘 밤 습격 사건의 주동자, 아까 이씨 댁 며느리를 질질 끌고 와 맹부요의 숙소 문 앞에 내던졌던 바로 그 대장 놈이 마지막으로 남아 있었다.

일행 중에 두뇌 회전이 제일 빠른 대장은 비의 장막 너머로 동료들의 머리통이 연달아 날아오르는 광경이 눈에 들어오자마자 일단 도망칠 생각부터 했다. 그러나 뒤로 물러나며 몸을 돌리는 찰나, 하늘을 쩌렁쩌렁하게 울리며 떨어진 벼락이 신발코 바로 앞에 내리꽂혔다. 바닥에 깔린 석재가 순간적으로 새까맣게 그을려 쩍 쪼개졌다. 한 발자국만 더 내디뎠어도 그의 발가락이 당했을 일이었다.

대장이 소스라치게 놀라 발을 움츠리기 무섭게 등 뒤쪽에서 '쐐액' 하는 소리가 들려왔다. 바람 소리는 거의 즉각적으로 그를 따라잡았다. 온 천지가 새하얀 섬광으로 물든 가운데, 검은 광채가 드높이 치솟았다가 떨어지면서 그를 후려갈겼다.

아드득!

무언가가 으스러지는 소리와 함께 비명이 터져 나오고, 흉물스러운 덩어리들이 바닥으로 굴러떨어졌다. 맹부요가 납작하게 눕힌 칼날로 놈의 양물을 으깨 버린 것이었다.

대장은 고통을 이기지 못하고 사지가 오그라든 채 바닥에 나뒹굴다가 무의식적으로 몸뚱이를 펄떡펄떡 튕겼다. 수면 위로 튀어 오르는 잉어를 연상시키던 아까의 그 시원스러운 움직임이 아니라 이번에는 다 죽어 가는 물고기가 허연 뱃가죽을 드러내고 몸부림치는 것 같은 모습이었다.

그는 가랑이 사이를 붙들고 안간힘을 다해 등으로 바닥을 밀며 미끄러지기 시작했다. 미끌미끌한 지면을 이용해 하늘에서 떨어진 살육의 신으로부터 조금이라도 더 멀리 도망치고자, 자신을 살려 줄 안전지대까지 헤엄쳐 가고자.

앞채로 가면 집 곳곳에 흩어져 값나가는 물건을 찾는 중인 동료들이 마흔 명 더 있었다. 더 멀리 보자면 각각 쉰 명으로 구성된 순찰조 셋이 근처를 도는 중이었다. 후원을 빠져나가 앞채의 동료들에게 상황을 알리고 근처에 있는 순찰조를 불러 온다면 목숨을 부지할 수 있으리라.

목숨을 부지하는 데서 그치는 게 아니라 관원현 각지에 분산되어 있는 대대에 연통을 넣고, 단경端京에 주둔 중인 연대를 거쳐 대황녀께 보고를 올린다면, 제까짓 게 아무리 살육의 신이라도 겹겹 포위망에 몰아넣고 갈기갈기 찢어 죽일 수 있을 것이다. 자피풍의 강력한 정보망과 상부로 정보가 집중되는 형태의 조직 구조도를 생각하면 얼마든지 가능한 일이었다.

후원만 빠져나간다면!

대장은 죽을힘을 다해 버둥거리고 있었다. 피를 흘리면서 바르작바르작 땅바닥을 기는 그의 모습은 앞서 후원으로 도망쳐 오던 이씨 댁 며느리와 똑같았다. 맹부요는 칼을 꼬나물고, 머리를 풀어 헤치고, 냉기를 풀풀 뿜으면서 아까 자피풍 대장이 그랬듯 팔짱을 끼고 한 걸음 한 걸음 그의 뒤를 쫓으며 싸늘하게 웃고 있었다.

억수같이 쏟아지는 비는 그칠 기미가 없었다. 살인자와 희생자의 위치가 한순간에 역전된 이 핏빛 밤의 모든 선혈과 비분을 휩쓸어 가야만 직성이 풀릴 것처럼. 하지만 그러한 폭우도 피 끓는 여인의 가슴속에 자리한 불덩이 같은 분노를 쓸어 가지는 못했다.

바닥에서 바르작거리는 자피풍 대장의 뒤를 세 걸음쯤 따라갔을까. 맹부요가 앞으로 성큼 나서면서 손에 쥔 칼을 휘두르자 창백한 팔뚝 한쪽이 허공으로 빙그르르 날아올랐다.

"끄아악!"

귀를 째는 듯한 비명 사이로 흡사 깊은 우물에서 퍼 올린 얼음처럼 차갑고도 선명한 목소리가 울렸다.

"이건 이씨 일가를 몰살한 값이다!"

얼굴이 노래진 대장은 잘려 나간 팔을 부여잡고 입술을 부르르 떨었다. 의식이 가물거릴 만큼 고통스러웠지만, 그는 아까보다 더 필사적으로 밖을 향해 기어갔다.

맹부요가 또 한 번 큰 걸음을 내딛는 동시에 싸늘한 섬광이 번쩍했다. 이번에는 다리 한쪽이 깔끔하게 썰려 청석 바닥에 남겨졌다.

"이건 새 신부를 욕보인 값!"

처절한 울부짖음이 터져 나왔다. 그것은 사람 목소리라기보다는 번개와 번개가 교차하는 순간의 소름 끼치는 마찰음에 가까웠다. 피 칠갑이 되어 땅바닥에 널브러져 있는 형상 자체도 사람이라기보다는 음욕을 실컷 풀고 돌아서다가 말뚝이 빽빽한 사냥꾼의 함정에 떨어진 짐승으로 보였다. 놈은 여전히 허우적거리고 있었다. 뒹굴 때마다 땅바닥에 진득한 피를 칠하면서.

맹부요가 다시 한번 앞으로 나서는 동시에, 시천의 검은 광채가 마치 쏟아지는 폭포수처럼 놈의 뱃가죽을 뚫고 내리꽂혔다. 그녀는 일말의 망설임조차 없이, 살기등등하게, 칼날을 배에서 목구멍까지 일직선으로 그어 올렸다.

"이건 나를 타락시킨 값이다!"

'부부북' 하는 소리와 함께 울긋불긋한 내장이 쏟아져 나왔다. 놈의 추악한 몸뚱이는 한 차례 경련을 끝으로 마침내 움직임을 멈췄다.

맹부요는 칼을 늘어뜨리고 나지막하게 숨을 몰아쉬다가 손으로 얼굴을 가렸다. 빗물이 피 묻은 손바닥을 거쳐 철철 흘러내렸다. 창밖에서 나는 소리를 듣고도 관여하지 않기를 선택한 그 순간부터 줄곧 가슴속을 꽉 틀어막고 있었던 눈물처럼.

파렴치하기로 따지자면 사실 너나 나나 무엇이 다를까…….

이때 땅바닥에 널브러져 있던 덩어리가 꿈틀했다. 이 지경까지 난도질당하고도 아직 숨이 붙어 있다니, 실로 끈질긴 생명력이었다.

사내는 마저 앞으로 기어가면서 후원과 앞채를 나누는 문을 향해 하나밖에 안 남은 손을 뻗었다. 죽음을 앞둔 사내는 이미 의식이 흐려질 대로 흐려진 상태였다. 자기 뒤쪽에 멍하니 굳어 있는 맹부요의 존재마저 잊은 지 오래. 핏빛으로 물든 그의 기억 속에 남아 있는 것은 생존과 희망을 상징하는 문이 유일했다.

문에 손이 닿기 직전, 문가 등나무 꽃 시렁 밑에서 비틀거리며 튀어나온 사람이 그의 팔을 덥석 끌어안더니 사력을 다해 관절 반대 방향으로 비틀어 꺾었다.

빠각!

뼈가 부러져 나가는 소리였다. 닭 한 마리 잡아 본 적 없는 연약한 여인이 일생 가장 깊은 증오로부터 끌어낸 최대치의 힘을 이용해 기어코 그 섬뜩한 파열음을 만들어 낸 것이다.

사내는 비명조차 내지르지 못했다. 사지를 바짝 오그라뜨렸다가 다음 순간 나무토막처럼 뻣뻣하게 경직시킨 그는 그대로 영영 움직임을 잃었다.

시신에서 손을 뗀 이씨 댁 며느리가 문지방에 걸터앉아 하늘을 보며 웃어 젖혔다. 온몸이 멍 자국과 핏자국인 그녀는 바닥에 널브러져 있는 고깃덩이보다 훨씬 참혹한 몰골이었음에도, 그렇게 웃고 있었다. 통쾌하게, 미친 듯이, 기세등등하게, 가슴이 찢기는 소리로.

온 하늘을 진동시키던 뇌성과 빗소리를 단숨에 압도한 웃음소리가 더러운 세상을 뒤덮은 먹구름을 뚫고, 저택 안을 떠돌고 있는 이씨 일가의 말 못 할 원한을 서슬 퍼런 날붙이처럼 관통했다.

맹부요는 그 소리 속에서 온몸을 떨었다. 사시나무 떨듯이, 사지를 난도질당하는 사람처럼.

맹부요가 여인을 안아 올릴 요량으로 한 걸음 다가서면서 나지막이 말했다.

"그만! 제발 부탁이니까, 그만……."

갑자기 고개를 홱 돌린 여인이 맹부요의 팔뚝을 있는 힘껏 물었다. 칼끝처럼 뾰족한 이가 옷감을 뚫고 팔뚝 깊숙이 박혔다. 그 즉시 짭짜름한 액체가 축축하게 배어나 새하얗던 여인의 이를 빨갛게 물들였다.

여인은 턱에서 힘을 풀지 않았다. 피 맛을 본 야수의 만족감이 그녀의 검디검은 동공 안을 떠돌고 있었다.

가만히 팔을 대 주고 있던 맹부요가 읊조렸다.

"이걸로 괴로움이 조금이라도 덜어진다면야 그래, 얼마든……."

"퉤!"

시뻘겋게 덧칠된 이를 돌연 팔뚝에서 뽑아낸 여인이 고개를 한쪽으로 틀면서 침을 뱉었다. 그녀가 뱉어 낸 걸쭉한 핏물에는 부러진 이 조각이 드문드문 섞여 있었다.

그러더니 여인은 맹부요를 경멸스럽다는 듯 쳐다보면서 낮지만 매섭게, 더 많은 혐오를 눌러 담지 못하는 것이 한스러운 투로, 한 자 한 자 씹어 뱉듯 말했다.

"더러워!"

맹부요는 벼락이라도 맞은 양 비틀거리며 뒤로 물러섰다. 등이 뒤쪽에 있던 등나무 꽃 시렁에 부닥치자 비바람에 시든 보랏빛 등꽃 한 송이가 그녀의 창백한 뺨 위로 떨어졌다. 그대로

꽃잎이 얼굴에 들러붙어 퍽 우스운 모양새가 연출됐지만, 맹부요는 그조차 털어 내지 못할 정도로 딱딱하게 굳어 있었다.

옷이라고는 다 헤진 천 조각 몇 점밖에 남지 않은 이씨 댁 며느리가 문지방에 앉아 쏟아지는 빗줄기를 온몸으로 맞으며 삿대질을 했다.

"그 잘난 무공이 있으면서도 비겁하게 숨어서 집안사람들이 도륙당하는 걸 구경만 했어! 개를 상석에 앉혀 놓고 술대접을 한 꼴이지!"

맹부요가 꽃 시렁에 기대어 선 채 눈을 커다랗게 부릅떴다. 온 세상을 휩쓸던 폭우와 광풍이 한순간 연기처럼 사라지고 천지가 등나무 꽃 시렁 아래 한 뼘 땅으로 줄어들었다. 이제 주위에 남은 것은 사방팔방으로 튀어 다니는 이씨 댁 며느리의 힐책뿐이었다.

빗속 어딘가를 때리고 되돌아온 비난의 목소리가 무더기로 난사된 화살처럼 전방위에서 맹부요를 덮쳐 왔다. 그녀는 맥없이, 무력하게, 항변하지도 피하지도 못하고서 그 화살촉에 꿰뚫리고 칼날에 피 흘렸다.

등허리가 점차 구부정하게 휘어졌다. 지독하게 아픈 어딘가를 부여잡아야 할 것 같은데 손을 어디로 가져가야 할지 알 수가 없었다. 몸뚱이는 생채기 하나 없이 온전했다. 숭숭 구멍이 난 것은 그녀의 의식과 인간으로서의 존엄이었다. 차디찬 핏빛 바람이 거대한 심연처럼 뻥 뚫린 구멍을 관통하며 거친 포효를 내질렀다.

살면서 실수도, 패배도, 실패도 해 보았지만, 양심에 부끄러운 짓은 해 본 적이 없다고 자부했었다. 그러나 쨍한 쇳소리 같은 한 마디 한 마디가 칼날이 되어 자신을 마구잡이로 난도질하고 있는 이 순간, 맹부요는 도저히 항변할 말을 찾을 수가 없었다. 그녀는 그 칼날을 온몸으로 고스란히 받아 냈다.

이토록 참담한 현실이라니.

자신 역시 저들과 다를 바가 없었다. 막상 결단을 내려야 할 순간이 왔을 때 이기심 앞에 놓인, 소위 정의라는 것은 고작해야 바람 앞의 등불에 지나지 않았다.

지금껏 누가 누구 앞에서 고상한 척을 했던 걸까. 똑같이 이기적이고, 저열하고, 뻔뻔하고, 비겁한 인간이면서. 너도, 나도, 결국은 거대한 섭리 안에 내던져진 지푸라기 인형들에 지나지 않으면서.

일생 무릎을 굽힐 줄 몰랐던 그녀가 결국 땅바닥에 꿇어앉으며 생각했다.

이 순간의 자신을 앞으로 어떻게 받아들여야 하는 걸까.

그사이에 이씨 댁 며느리는 웃음을 그쳤다. 더는 날 선 말을 쏘아 내지도 않았다. 그녀는 문 옆 담벼락에 기대어 앉아 고개를 살짝 젖힌 자세로 영영 그 자리에 박제되고 만 뒤였다.

숨이 끊어진 것이다.

"으아아!"

처절한 절규가 구름을 뚫고 치솟더니, 그 소리가 미처 그치기도 전에 거무스름한 그림자가 공중을 미친 듯이 휘젓고 다니기 시작했다.

맹부요는 회오리바람처럼 질주했다. 후원과 앞채 사이에는 버젓이 중문이 있었지만, 그녀는 담장을 들이받아 무너뜨리면서 앞채로 돌진했다. 호신 강기도 펼치지 않은 탓에 자욱한 먼지 속을 벗어났을 때쯤에는 얼굴이 온통 피범벅이있다. 이마가 지독하게 욱신거리고, 피가 줄줄 흘러내려 눈앞을 가렸다.

그러나 그녀는 핏물을 훔쳐 내지 않았다. 주체할 수 없는 비분에 찢겨 나가는 가슴과 비교하면 이마의 통증 정도는 아무것도 아니었기에.

맹부요는 비 내리는 뜰에 아무렇게나 널린 시체 사이를 미친 사람처럼 내달렸다.

자신을 너무 과대평가했던 것이다. 그 순간에는 자신의 선택이 불러올 후폭풍을 겸연하게 받아들이고 감내해 낼 수 있을 줄로만 알았다. 이기적인 선택이었지만, 남은 평생 온 마음과 시간을 들여 보상해 주면 된다고 생각했다.

하지만 신랄한 독설을 쏟아 내던 여인은 맹부요가 보는 앞에서 숨을 거두었고, 그에 그녀는 결국 허물어지고야 말았다.

하늘이 무너지고, 땅이 꺼지고, 둥근 천장 같은 우주가 어지럽게 돌면서 추락해 그녀를 덮쳐 왔다.

무엇을 해야 할지 어디를 가야 할지 판단이 서지를 않았다. 주변 공기는 얼음장처럼 차디찬데 가슴은 미쳐 버릴 것 같은 분노로 끓어오르고 있었다. 심적 고통에 독한 약성이 더해지면서 온몸의 피가 통제를 벗어나 날뛰어 댔다. 그렇게 출구를 찾아 사방팔방 설쳐 대던 피의 흐름이 곧 의식을 휘감은 뱀이 되어 그녀를 죽기 살기로 옥죄어 왔다.

숨이 막혔다. 정신을 차릴 수가 없었다.

벗어나고 싶었다. 벗어나야 했다! 벗어나야!

그녀는 맹렬한 파공음을 끌며 질주하기 시작했다. 앞채에서 돈 될 만한 물건을 찾고 있던 나머지 자피풍 마흔 명의 귀에도 이때쯤 이상한 소리가 포착됐다.

늙은 이씨 내외가 쓰던 곁채의 창문과 출입문이 안쪽에서부터 벌컥 열리고, 병사 몇몇이 고개를 내밀었다. 밖을 둘러보고 난 병사들이 서로 눈빛을 교환하며 말했다.

"뭐야, 웬 귀곡성이래?"

바로 그때 유령처럼 회랑에 들어서는 검은색 그림자가 눈에 띄었다. 회랑의 검은 그림자가 시야에 잡힌 직후, 새카만 빛살이 몰아쳐 오는가 싶더니 무언지 모를 싸늘한 물체가 번개처럼 그들의 목을 긋고 지나갔다.

그 순간, 온 세상이 멈추었다.

머리 잃은 몸뚱이 위쪽으로 피가 분수처럼 솟구치고, 허공으로 붕 떠오른 누군가의 머리통은 저를 포함한 머리통 네 개가 나란히 문밖을 향해 추락하는 광경을 목격했다. 문 안쪽에서는 머리 잃은 시체 네 구가 밖을 살피던 자세 그대로 기우뚱 넘어지고 있었다. 방금 회랑에 들어선 맹부요가 칼을 쥔 채 그들 앞을 스쳐 간 결과였다.

단 한 수에 날아간 목이 무려 넷.

맹부요는 그 넷에게 눈길도 주지 않고서 곧장 다음 방으로 향했다. 뒤늦게야 그녀의 뒤쪽에서 머리통이 '쿵' 하고 지면에 꽂히는 소리가 울렸다.

등불 앞에서 금덩이의 순도를 살피고 있던 병사 하나가 소리를 듣고 퍼뜩 고개를 들었다. 무슨 일이냐는 물음을 내뱉기도 전에 등불이 갑자기 어두워졌다가 다시 확 타오르면서 새빨갛게 물들었다. 그의 피가 발하는 색으로.

느릿느릿 고개를 내려뜨린 병사는 자기 가슴팍에 언제 뚫렸는지 모를 커다란 구멍을 발견했다. 피에 젖은 창백한 손이 그 구멍 한복판에서 흑색 칼날을 뽑아내는 중이었다.

검은색 옷자락이 눈앞에서 펄럭했다. 옷자락이 일으킨 바람에서 피비린내를 맡았을 때쯤 검은 그림자는 이미 감쪽같이 사라진 뒤였다.

병사는 맥없이 쓰러지는 와중에 마지막으로 생각했다. 그건 사람이 아니었다고.

맹부요는 사람이고 싶은 마음이 없었다.

사람 노릇이란 얼마나 어렵고 고통스러운 일인가. 차라리 악마가 되고 말리라! 수치를 모르는 인간 본성을 말살하고 비정한 하늘을 찢어 버리리라!

그녀는 저택 전체를 헤집고 다니면서 사람이 눈에 띌 때마다 그 몸뚱이에 칼을 박아 넣었다. 조금 지나자 남은 자피풍 전원이 건물 밖으로 뛰쳐나와 단체로 그녀에게 덤벼들었다. 개중에는 그녀의 바로 곁까지 짓쳐들어온 용자도 있었다.

시천이 용자의 코뼈를 관통했다. 칼날이 밀도 높은 코뼈에 꽉 끼어 잠시 움직이지 못하게 된 사이에 앞뒤에서 동시에 공격이 날아들었다. 맹부요는 칼날을 뽑는 걸 집어치우고 아예 시체째로 칼을 휘둘러 적을 맹렬하게 후려쳤다.

실로 무시무시한 기세가 아닐 수 없었다. 하나둘 겁을 집어먹고 물러서는 자들이 나오기 시작하자 대열이 무너지는 건 순식간이었고, 자피풍 일당이 죽어 나가는 속도는 급격히 가속화됐다.

한참 적들의 목을 날리는 도중, 물 항아리 뒤에 숨어 벌벌 떨고 있는 사람 둘이 맹부요의 눈에 띄었다. 붙잡아 끌어내고 보니 연회석에서 마주쳤던 현령과 향관이었다.

맹부요가 칼을 치켜들자 두 놈이 울며불며 살려 달라고 애원을 했다. 이씨 일가를 돕고 싶은 마음이야 굴뚝같았으나 닭 한 마리 잡을 힘도 없는 자기들이 뭘 할 수 있었겠냐면서.

맹부요는 칼을 내리치려다 말고 도로 거두어들였다. 자신에게 둘을 질책할 자격도, 단죄할 자격도 없다는 생각이 들어서였다. 비열하기를 따진다면 자신이 저들보다 더하므로.

두 놈을 내팽개친 그녀가 다시금 칼을 거머쥐고 질주하기 시작했다. 저 밑에서부터 끓어오른 피가 목구멍을 울컥울컥 치고 넘어왔다. 의식은 모호했으나 약의 부작용이 본격화됐다는 것만은 알 수 있었다. 지금 가장 필요한 조치는 안정이었다.

하지만 그녀는 멈출 수가 없었다. 쉼 없이 내달리고 쉼 없이 피를 봐야만 했다. 가슴속 울분을 하늘 끝까지 뻗쳐오르는 피의 분수로 승화시켜야만 그 피가 뼈에 사무치는 이 고통을 씻어 내 줄 것이다.

칼이 쳐들리고, 칼이 떨어지고, 칼이 들어가고, 칼이 빠져나왔다. 비단 끈을 풀어 놓은 듯한 선혈이 허공을 수놓았다. 누구의 것이 됐든 피는 똑같이 붉었다.

광기에 가까운 살육과 무차별적 질주가 이어진 시간은 사실 그리 길지 않았다. 언제부터인가 맹부요의 뒤쪽에는 몇몇 그림자가 따르고 있었다. 그녀는 어렴풋이나마 자기 사람들이라는 걸 느꼈다. 은위들, 그리고 철성인 듯했다.

그녀가 자신을 저지하려는 은위들을 떨쳐 내며 외쳤다.

"가서 주군이나 잘 지켜! 꺼지라고!"

이번에는 두 눈이 시뻘겋게 충혈된 철성이 팔을 붙들었다. 맹부요가 당장에 따귀를 날렸다.

"왜 안 도와줬어? 왜 그냥 있었냐고!"

'철썩' 하는 소리에 번개마저 놀란 양 움츠러들었다.

앞으로 달려 나가는 맹부요의 등 뒤에서, 평소의 그 강건하던 사내대장부가 피맺힌 울음을 터뜨렸다. 가차 없이 날아와 꽂힌 따귀 때문은 아니었다. 그를 울린 것은 생의 한복판에서 피치 못해 내린 결단, 그리고 아직껏 피 흘리고 있는 주군의 상흔이었다.

맹부요는 여전히 폭주하고 있었다. 적은 이미 전멸했을 텐데도 그녀는 계속해서 시체를 뒤지고 다녔다. 사방으로 정신없이 날뛰는 그녀의 신형은 거의 발작적인 움직임을 보이고 있었다.

얼핏 누군가의 외침이 들려왔다.

"막아! 막아 세워!"

"울게 해야 돼! 저대로 놔뒀다가는 미쳐 버릴 거야!"

그러자 다른 누군가가 울음 섞인 투로 대답했다.

"도저히 막을 수가⋯⋯."

그래, 미쳐 버리자. 미쳐 버리면 그만이다! 이 냉혹한 세상에서의 삶은 어차피 고통의 연속에 불과한 것을, 차라리 다 함께 미치는 편이 나으렷다!

이때 홀연 희미한 그림자가 눈앞을 스쳤다.

맹부요는 짐짓 아무것도 보지 못한 양, 이글거리는 불덩이가 쏘아져 나가듯 그림자를 향해 곧장 돌진했다. 눈앞에 있는 게 산이 됐든, 바위가 됐든, 사람이든, 귀신이든, 감히 자기 앞을 가로막은 이상 들이받아 죽여 버리고야 말겠다는 기세였다.

그림자는 비키지 않았다.

콰앙!

맹부요를 받아 낸 것은 따스한 품이었다. 뼈가 시리도록 차디찬 천지간에 유일하게 변함없는 온기를 간직한 품.

일순 흠칫 굳었던 맹부요가 곧 온몸을 가늘게 떨었다. 딱딱하게 얼어붙은 사지와 달리 오장육부 안에서는 불이 타오르고 있는 지금, 그녀에게 결핍된 것이 있다면 바로 이 온화하고 너그러운, 모든 것을 포용하는 차분함과 따스함이었다.

그녀가 가진 것과는 완전히 다른 온도가 주체할 수 없이 들끓던 피를 부드럽게 가라앉히고, 주화입마 직전까지 가 있던 그녀를 돌려세웠다. 그녀가 자기 자신을 죽일 수도 있었을 아슬아슬한 순간에.

그녀를 안고 있는 이의 가슴이 가볍게 울리는 게 느껴졌다. 아마도 기침을 뱉은 듯했다.

머리 위에 무언가 따뜻하고 축축한 것이 한 방울 떨어졌다. 정신이 한결 맑아진 맹부요가 정수리로 손을 가져가려 하자 상대가 재깍 저지하더니 그녀를 안은 팔에 한층 더 힘을 넣었다.

억수같이 퍼붓는 빗속에서 그녀를 필사적으로 끌어안은 채, 그가 귓가에 속삭였다.

"부요, 부요, 부요, 부요······."

한 번, 또 한 번, 그의 부름이 지독한 자기혐오에 빠진 그녀의 자아를 일깨웠다. 그가 말했다.

"그대가 이러면 나더러는 어찌 살라는 말이오?"

그가 말했다.

"죄인은 그대가 아니라 나인 것을. 내 몸이 아무 탈 없었다면, 내가 자피풍의 동태를 살피고 접근을 막으라고 은위들을 밖으로 내보내지만 않았다면 이런 일은 벌어지지 않았을 터."

그가 말했다.

"부요, 잘못은 누구나 하오. 그것이 무슨 잘못이 됐든 내가 그대와 함께 짊어질 것이오. 혼자서 감당하려 하지 마오, 혼자서 그러지 마오."

그가 말했다.

"그대가 삶을 포기한다면 여기 있는 모두가 죽을 것이오. 제일 처음은 내가 될 테고."

그가 말했다.

"우시오, 세상에 우리가 직시하지 못할 일은 없소. 울지 못할 이유 또한 없고."

그가 핏물과 빗물로 뒤범벅된 그녀의 얼굴을 살며시 받쳐 올려 서로의 젖은 이마를 맞댔다. 길고 농밀한 속눈썹 아래 실핏줄이 가닥가닥 선 그의 눈이 맹부요의 흐릿한 시야에 잡혔다. 그 눈동자 안에서 넘실대는 아픔과 안타까움이 순식간에 그녀를 집어삼켰다.

그의 입술이 가만히 그녀의 입술 위로 내려앉았다. 그는 진기의 폭발로 인해 그녀의 오관 곳곳에서 흘러나온 피를 빗물까지 포함해 하나하나 입술로 훔쳐 내며, 무겁고도 집요한 입맞춤을 이어 갔다. 그녀의 지독한 상처가 치유될 때까지 자신이 가진 온기를 바닥까지 긁어 모조리 쏟아부을 작정인 듯했다.

맹부요는 영롱한 반짝임을 보았다. 차가운 빗물과는 전혀 다른 느낌, 소금기를 품은 액체가 그녀의 뺨 위로 떨어지면서 발한 반짝임이었다.

툭!

그 순간, 눈물이 단단한 얼음을 깨뜨리는 소리를 들은 것 같았다. 이제는 죽어 버린 여인의 비난을 들으며 소리 없이 얼어붙었던, 주체 못 할 광기가 깃든, 무슨 짓을 해도 녹지 않을 것 같았던 검은 얼음이 뺨에 떨어진 그의 눈물 한 방울에 마침내 균열을 내보였다.

불멸의 불씨 한 점이 드넓은 얼음 벌판 위로 빠르게 번져 나가듯 몸속에 뭉쳐 있던 울혈과 한기가 차츰차츰 풀리고, 세차게 날뛰던 파랑이 가라앉았다.

가슴을 틀어막고 있던 응어리를 긴 한숨과 함께 토해 낸 맹부요는 스르르 장손무극의 품 안으로 무너져 내렸다. 그리고는 더 이상 참을 것도, 눈치 볼 것도 없이 억장이 무너지는 소리로 통곡하기 시작했다.

둑이 붕괴하듯, 강물이 범람하듯 억눌려 있던 눈물이 가슴 찢기는 시름과 뒤섞여 분수처럼 터져 나왔다. 평생 흘릴 양을 한꺼번에 퍼 올린 듯한 그 눈물은 금세 장손무극의 속적삼을 적시고, 겉옷을 적시고, 그의 마음까지 적셨다.

장손무극은 맹부요를 끌어안은 채 뜰 한복판 핏물 섞인 진흙탕에 미동도 없이 앉아서 폭우를 고스란히 맞고 있었다. 하늘을 향해 빗물이 철철 흐르는 얼굴을 들어 올린 그가 품 안에서 차츰차츰 온기를 회복해 가는 여인을 한층 힘줘 끌어안았다. 그 순간 그의 얼굴에 스친 것은 감사의 표정이었다.

그래도 너무 늦지 않아 다행이었다. 비록 상처는 깊으나 이 역시 시간이 치유해 주리라.

검고도 아득한 하늘 아래, 폭우가 쏟아지는 가운데 아무렇게나 널린 시체들 사이에서 흠뻑 젖은 한 쌍의 남녀가 말없이 서로를 끌어안고 있었다. 여자는 자신의 비분과 고통을 눈물로 쏟아 냈고, 남자는 그녀와 함께 아파하면서도 그녀를 잃지 않았음에 감사했다.

그의 품 안에서 눈물 흘리던 그녀는 울음의 막바지에 이르러 검붉은 피를 뿜어냈다. 그는 안도의 미소를 지었지만, 정작 그의 안색은 빠르게 핏기를 잃어 가고 있었다.

두 사람은 서로를 안은 채 빗속으로 쓰러졌다.

〈부요황후〉 9권에서 계속